Helen und Michael Christopher

Sonne, Meer und Bea

Roman

AF139488

Zu diesem Buch:
Maja und Paul sind Anfang 20 und ein Paar. Nun brechen sie zu ihrem ersten gemeinsamen „Abenteuerurlaub" auf: eine Rucksackreise durch Indien. Die anfängliche Harmonie geht im Reisestress verloren. Maja und Paul freuen sich auf Sonne und Strand, doch am Meer treffen sie Bea. Sie wirbelt die perfekt geglaubte Beziehung durcheinander. Paul fühlt sich zu ihr hingezogen, was Maja in die Hände von Peter treibt. Maja wird von Eifersucht und Schuldgefühlen gequält. Als sich die Wege mit Bea wieder trennen, versöhnen sich Maja und Paul und genießen wie geplant ihren Liebesurlaub zu zweit. Maja glaubt das Kapitel mit Bea beendet, doch sie muss feststellen: Man trifft sich stets zweimal.

Der Roman ist keine klassische Liebesgeschichte, sondern eine amüsante Beziehungsgeschichte von Zweien, die sich bereits gefunden haben. Als Backpacker ziehen Paul und Maja los, um zu erkennen, dass die Gefahr für ihre junge Liebe nicht von der ungewohnten Umgebung ausgeht, sondern von ihnen selbst.
Sonne, Meer und Bea fügt den Roman und die Kurzgeschichte Hin und Weg (Liebe auf Reisen und Varanasi) zusammen.

Die Autoren:
Helen Christopher ist Musikethnologin und Michael Christopher ist Filmwissenschaftler. Beide sind häufig in Südindien unterwegs und daher sehr mit dem Land verbunden. Neben Romanen veröffentlichen sie gemeinsam Kinderbücher.

Alle Orte, Personen und Handlungen sind relativ fiktiv und basieren nicht unbedingt auf realen Begebenheiten.

Helen und Michael Christopher

Sonne, Meer und Bea

Roman

Bibliografische Information der Deutschen Nationalbibliothek: Die Deutsche Nationalbibliothek verzeichnet diese Publikation in der Deutschen Nationalbiblio-
grafie; detaillierte bibliografische Daten sind im Internet über www.dnb.de abrufbar.

Erschienen als Druckbuch: November 2014
Zuerst aufgelegt als „Hin und Weg – Liebe auf Reisen"
sowie „Hin und Weg - Varanasi"

Herstellung und Verlag: BoD – Books on Demand,
Norderstedt

ISBN: 9-783-738-60 737-6

Wenn eine Reise einen Prolog hätte, dies wäre er

Paul

Der Wecker klingelt. Die Nacht war viel zu kurz. Maja ist bereits hellwach und schaut mich an. Soll ich wirklich aufstehen? Das Thermometer auf dem Nachttisch meint: Nein! Mein Kopf gleitet langsam unter die Bettdecke zurück.

»Wir müssen los!«, versucht mich Maja wieder hervor zu locken. Sie hat recht, aber ich mache mir ernsthaft Sorgen, ob ich meinem Körper überhaupt die Kälte zumuten kann. Währenddessen ist Maja schon aus dem Bett gesprungen und schaut aus dem Fenster. Sie versucht in der Dunkelheit des Hinterhofes etwas zu erspähen.

»Es liegt Schnee draußen«, merkt sie an und verschwindet im Bad, ohne mich eines weiteren Blickes zu würdigen. Vollkommen auf mich selbst gestellt wage ich das Abenteuer. Die Wohnung ist kalt. Ich quäle mich in die Küche, um die Kaffeemaschine anzuschmeißen. Fasziniert schaue ich zu, wie die schwarze Brühe aus dem Filter tropft. Maja ruft aus der Dusche, ob ich auch an ihren Tee gedacht habe.

»Habe ich!«, schwindle ich sie an, denn natürlich habe ich vergessen, wie wenig sie Kaffee mag. Dabei hatte ich mich gerade schon gemütlich an den Küchentisch gesetzt, den Kopf auf zwei übereinandergestapelte Fäuste gestützt. Ich gähne vor mich hin und beschließe, doch heißes Wasser für ihren Tee zu kochen.

Die schwerste Aufgabe steht mir aber noch bevor: Wie bekomme ich meinen Mitbewohner Philipp wach? Gestern ist er spät mit seiner Flasche Wein in sein Zimmer getrottet und hat uns mit schwerem Kopf versprochen, morgen bereitzustehen. Als extremer Langschläfer bleibe er lieber die ganze Nacht wach und gönne sich noch das gute Tröpfchen zum Online-Spielen. Wach scheint er mir nicht zu sein. Der Computer ist zwar noch an, aber Philipp liegt voll bekleidet auf seinem Bett, den Mund halb offen. Wenigstens verliert er keine Zeit mit dem Anziehen, denke ich kurz, als ich den schlaffen Körper anstoße. Er reagiert nur mit einem abfälligen Brummen, das langsam in ein Grunzen übergeht.

»Es gibt Kaffee!« Keine Reaktion. »Guten Morgen!« im fordernden Ton. Philipp dreht sich weg. Also doch handgreiflich werden. Ich rüttle ihn – ohne Erfolg. Erst als ich ihm zart über die Wange streichle und ihm ins Ohr ein »Aufstehen, Süßer« säusle, entspringt ihm ein Lächeln. Das Abwehrbollwerk ist durchbrochen – also weiter mit Brachialgewalt: »Aufstehen Gefreiter Wagner. Es ist halb fünf. Wenn ich Sie nicht bei drei auf den Beinen sehe ...«

»Ist ja gut«, sagt er benommen. »Ich komme schon.« Von meinem militärischen Gebrüll angelockt, schaut Maja kurz die Tür herein: »Hast du ihn wach bekommen? Toll!«

Das Frühstück fällt spartanisch aus. Um diese Uhrzeit kann keiner von uns besonders viel essen. Während ich und Maja das allerletzte Mal unsere Sachen checken, ist Philipp auf der Toilette verschwunden. Ich höre nur noch, wie er den Schlüssel umdreht und den Klodeckel hochklappt. Als ich das realisiere, ist alles schon zu spät. Es kehrt gespenstische Ruhe ein.

»Er muss auf dem Klo eingeschlafen sein!« Ich schaue Maja panisch an. Sie pirscht sich an die Toilettentür heran und horcht: »Nichts zu hören.« Ich komme nach und klopfe an die Tür.

»Philipp. Ist alles okay?« Wieder ernte ich nur Schweigen. Doch die Erlösung kommt mit dem Rauschen des Spülkastens. Da habe ich Philipp wohl alles zugetraut.

Seit zweieinhalb Jahren wohne ich bereits mit Philipp zusammen. Wir haben uns am Anfang meines Studiums im Seminar „Soziologie des Glücks" kennengelernt, wo wir gemeinsam in eine Referatsgruppe gesteckt worden sind. Wir sollten analysieren, weshalb in Bangladesch die glücklichsten Menschen leben. Das war lustig, besonders weil ich keine Ahnung hatte und Philipp keine Lust auf all die soziologischen Themen. Wir machten keinen Hehl aus unserer Ahnungslosigkeit, schlitterten mit nichtssagenden Thesen durch unseren Vortrag, was der Professor dennoch unheimlich spannend fand. In mir wuchs das Selbstvertrauen, dass ich doch durchs Studium kommen kann und Philipp erkannte, dass ihm Medizin mehr liegt. Er bekam die Zulassung, kurz bevor wir gemeinsam nach Schweden in Urlaub fuhren. Dort haben wir uns so gut verstanden, dass wir danach zusammengezogen sind.

»Jetzt müssen wir aber langsam los …«, versuche ich ihn anzutreiben, aber das scheint bei Philipp keine Wirkung zu zeigen. »Eile mit Weile«, versucht er uns zu beruhigen, nimmt aber, als er den gereizten Blick Majas erspäht, doch an Tempo zu. So schaffen wir es endlich das Haus zu verlassen. Wir spurten zur U-Bahn in Richtung Warschauer Straße. Mit großen Schritten stürmen wir die Treppen hoch, Maja ganz vorne, ich knapp dahinter und Philipp, ohne Gepäck, mit etwas Abstand. Die Warnlampe blinkt schon und die Tür schließt sich, als ich in den fast leeren Wagen springe. Blitzschnell drehe ich mich um und halte mit Gewalt die Türe auf, damit Philipp auch noch mitkommt. Vollkommen außer Puste schlurft er an und quetscht sich durch den freien Spalt. Das war knapp, die nächste Bahn in zehn Minuten hätte schon zu spät sein können.

Mit der S-Bahn fahren wir weiter zum Alex und steigen dort in den Flughafenbus nach Tegel. Philipp dämmert vor sich hin. Kaum sind wir am Terminal angekommen, richtet sich seine Aufmerksamkeit auf eine offene Mülltonne. Wenig elegant bricht er die Sünden von gestern dort hinein. Beschämt, dass der da zu uns gehört, schultert Maja ihren Rucksack und verschwindet im Eingangsbereich. Ich schaue noch mal nach Philipp und klopfe ihm auf den Rücken: »Wird schon, Alter!«

Es ist an der Zeit Abschied zu nehmen. Wir stehen im Gang und ich hoffe, Philipp hält seine theatralische Ader im Zaum. Er versucht sich zu sammeln und drückt uns nur ganz kurz an seine Brust. Ich bläue ihm ein, sich sorgfältig und liebevoll um meine Pflanzen zu kümmern und, wenn was Wichtiges ist, sich per E-mail bei mir zu melden. Dann übergeben wir ihm unsere Jacken und mir wird mulmig, als ich sehe, wie er meine gute Lederjacke sorglos über seinen Arm wirft und diese langsam in Richtung Boden gleitet. Majas Mantel trägt er hingegen mit Bedacht.

Wir verschwinden hinter der Sicherheitskontrolle und drehen uns ein letztes Mal um. Philipp winkt uns zu. Maja winkt zurück, als ihr Gesicht plötzlich zu einem entsetzten Starren erfriert. Philipp hat den Pelzimitat-Kragen von Majas Mantel über seine Schulter geworfen, etwas schräg geguckt und sich dann seinen Mund daran abgewischt.

»Da war bestimmt nichts mehr dran«, versuche ich Maja zu beruhigen, aber es scheint, dass ich wenig Erfolg damit hatte.

Maja

Philipp ist wirklich ein Volltrottel! Aber ich will mich nicht weiter über ihn aufregen. Den Stress des Morgens blende ich einfach aus! Jetzt zählen nur noch Paul und ich. Und unser Urlaub. Zum Glück haben wir es gerade noch geschafft als Fast-Letzte einzuchecken und sogar Plätze nebeneinander bekommen. Das war meine größte Sorge. Denn den ersten Flug meines Lebens ohne Paul an meiner Seite? Nein! Beim Start habe ich vor Aufregung ganz fest seine Hand gehalten.

Wir landen in Delhi. Der erste Atemzug auf indischem Boden ist befremdlich. Mit dem Schritt aus dem Flugzeug und dem Eintreten auf die Gangway kommt mir ein ungewohnter Geruch entgegen, den ich nicht zu charakterisieren weiß. Jedes Land hat wohl seinen eigenen Duft.

Es ist spät in der Nacht und ich hoffe, schnell zu unserem Hotel zu gelangen. Daraus wird jedoch nichts. Bei der Einreise ist ewiges Warten angesagt, denn kurz vor uns ist eine weitere Maschine aus Europa gelandet. Also erst einmal Stau. Eine Dame am Einreiseschalter studiert mein Einreiseformular und mein Visum. Ich versuche, sie anzulächeln und meine Freude über die Ankunft in ihrem Land auszustrahlen. Aber sie erwidert mein Lächeln nicht. Der erste kleine Zweifel kommt auf, ob ich die nächsten Wochen hier überhaupt überstehen werde.

Unsere Rucksäcke liegen bereits neben dem ausgeschalteten Gepäckband. Schade, ich wollte doch unbedingt mal in Realität sehen, wie die Koffer rotieren, aufgeregt danebenstehen und mit einem kleinen Freudenschrei meinen Rucksack entdecken und vom Förderband ziehen.

Mit den ersten Rupien in der Hand stellen wir uns mit etlichen anderen Europäern in die Schlange für ein Prepaid-Taxi. Als wir aus dem Flughafengebäude treten, brauchen wir den richtigen Fahrer gar nicht lange zu suchen. Eine Traube Männer rennt auf uns zu und überfällt uns mit Fragen nach unserer Nummer. Sie entreißen Paul den Zettel. Die Aufregung legt sich, nun gibt sich unser Fahrer zu erkennen und die anderen rennen weiter zu den nächsten Ankömmlingen.

Wir gehen mit ihm zu einem der zahlreichen schwarzen Ambassadore, mit grünem Seitenstreifen und gelbem Dach. Unsere Rucksäcke verschwinden im kleinen Kofferraum. Kaum eingestiegen tritt der Fahrer aufs Gas und ab geht die rasante Fahrt. Obwohl, rasant ist noch untertrieben. Der gute Herr kennt anscheinend die Bremse nicht und auch keine Verkehrsregeln, dafür umso besser seine Hupe! Ich habe auf dem Weg mehr als einmal Angst, dass dies mein Letzter sein könnte. Dabei nimmt die Fahrt kein Ende und mein Unwohlsein stattdessen zu. Vor allem als die Gegend um uns herum immer merkwürdiger wird. Von draußen höre ich Hunde heulen. Im Dunkeln kann ich zwar wenig erkennen, doch stelle ich mir Slums so vor und ich bin entsetzt, als der Taxi-Fahrer langsamer wird und in eine Straße einbiegt.

Er sagt nur immer wieder »Paharganj, Main Basar«, und stellt unsere Rucksäcke an den Straßenrand. Aber in welche Richtung unser Hotel liegt, diese wichtige Information verschweigt er. Ich nehme an, er hat keinen blassen Schimmer, will dies jedoch nicht zugeben, sondern uns mitten zwischen verriegelten Wellblechhütten einfach zurücklassen. Schnell steigt er wieder ins Auto und braust ohne ein Abschiedswort davon.

Allein gelassen im Dunkeln bekomme ich Panik. Von hinten höre ich seltsame Schleifgeräusche. Sie werden immer lauter. Plötzlich steht ein hutzeliger Mann vor uns. Er ist in Lumpen gekleidet und zieht einen übergroßen Sack voller Plastik hinter sich her. Er redet auf uns ein. Ich blicke in sein zerfurchtes Gesicht und starre entsetzt auf seinen einzigen Zahn im Mund. Der Mann tritt so schnell auf Paul zu, dass dieser es nicht mehr schafft zurückzuweichen, ehe der alte Mann seine Hand ergreift. Er lacht und begrüßt uns freudig. Wir verstehen kein Wort und schauen uns fragend an. Daraufhin sagt der Mann: »Hotel, Hotel!?« Paul stammelt den Namen unseres Hotels. Der Mann zieht Paul am Arm hinter sich her. Ich beeile mich meinen Rucksack zu greifen und folge beiden besorgt. Der Weg führt in eine finstere Gasse. Mein Herz pocht vor Angst. Wohin führt uns der Mann? Nach Hotel sieht hier nichts aus. Eine fette Ratte kreuzt vor unseren Füßen den Weg. Erschrocken springe ich zurück. Die Ratte verschwindet in einem Hausspalt. Genau dort bleibt der Alte stehen. Ich erblicke das Schild mit dem Namen unseres Hotels. Ich weiß nicht, ob ich erleichtert sein sollte, aber wir sind am Ziel. Der Mann lacht uns erneut an und verschwindet mit dem Kratzen seines Plastiksackes auf dem sandigen Boden in der Dunkelheit.

Paul will die Tür öffnen, doch sie ist verschlossen. Er klopft. Nichts passiert. Ich gucke ihn ratlos an.

»Paul, was machen wir jetzt?«

»Keine Sorge ich habe gebucht, das klappt schon!« Es klingt als würde er sich selber Mut zusprechen. Beherzt klopfen wir jetzt zusammen gegen die Tür. Plötzlich geht Licht an und wir hören Stimmen. Die Tür schwingt auf, ein müdes Gesicht blickt uns an. »Mr. Paul?« Wir nicken. Der Mann hält uns die Tür auf und schlurft hinter den Tresen an der Rezeption. Er wuchtet ein dickes Buch auf den Tisch, in das wir uns eintragen sollen. Anschließend führt er uns zum Zimmer, schaltet das Licht, den Ventilator und den Fernseher ein. Als ob ich jetzt Lust hätte fernzusehen!

Erschöpft fallen wir aufs Bett. Die Laken sind fleckig, gut, dass wir dünne Schlafsäcke mitgenommen haben. Direkt auf dem Bett liegen möchte ich nicht und wissen, woher die Flecken stammen erst recht nicht.

Paul

Jetzt sitze ich also in Delhi. Neben mir liegt Maja, die endlich ein wenig Schlaf gefunden hat. Die Eindrücke hier sind intensiver. Auch wenn ich Erfahrung mit Fernreisen habe, erschlagen mich die ganzen Sachen, die auf mich einprasseln.

Bei der Ankunft habe ich Maja mit gespielter Souveränität zu blenden versucht. Dabei hielt ich nur meine Augen offen und bin den anderen Leuten hinterher gelaufen: Einreise, Gepäckabholung, Geldumtausch, Prepaid Taxi. Es wirkte alles so leicht und gibt Maja hoffentlich das Gefühl, bei mir gut aufgehoben zu sein. Aber, was will sie auch machen? Wir sind nun aufeinander angewiesen, müssen durch dick und dünn gehen, unsere Launen ertragen. Manchmal wirkt sie so distanziert und ich weiß nicht, wo ich bei ihr dran bin. Wie noch am Flughafen in Tegel, als sie mich für das Verhalten von Philipp verantwortlich gemacht hat. Immerzu: »Dein Freund Philipp, … kann doch nicht einfach …!« Ich bin doch nicht mit ihm verwandt. Wir kommen ja noch nicht einmal aus der gleichen Stadt. Aber Maja scheint die Einstellung zu vertreten: Zusammen gehangen, zusammen gefangen. Nein, kein böses Wort. Ich mag Maja sehr gerne.

Knapp eineinhalb Jahre sind wir jetzt zusammen und es läuft richtig gut. Wir haben uns auf einer Semesterparty der Mediziner kennengelernt, wo wir die beiden einzigen Nicht-Mediziner waren. Philipp hat mich mitgeschleppt, weil er alleine nicht los wollte und seine große Liebe Ramos ihn ein paar Tage vorher sitzen gelassen hatte. Ich habe ihm den Gefallen getan. Genau wie ich, wirkte Maja dort fehl am Platz und so kamen wir ins Gespräch. Sie ist von ihrer Freundin und Mitbewohnerin Kathi mitgebracht worden und konnte ebenso wenig wie ich mit den Mediziner-Storys etwas anfangen. Wir verzogen uns in eine Ecke und begannen zu reden. Es hat gefunkt und seitdem bin ich wieder glücklich.

Irgendwann meinte sie, dass sie mit mir gerne mal eine Reise in die Ferne machen möchte. Sie beneide mich dafür, wo ich schon überall war. Es sei an der Zeit, ihren Horizont zu erweitern und das am besten mit mir. Da ging mir das Herz auf.

Ich hoffe, diese Reise schweißt uns richtig zusammen. Ich wollte schon immer mal nach Indien. Maja war sofort von meinem Vorschlag begeistert. Doch ein wenig habe ich Angst vor dem, was kommen mag. Dabei erinnere ich mich an den Urlaub mit meiner Ex-Freundin Simone. Vor zwei Jahren waren wir gemeinsam auf La Gomera. Aber mit dem Urlaub begann unsere Entfremdung. Sie wollte einen Kuschelurlaub, ich langweilte mich schnell und gierte danach ein paar Leute kennenzulernen. Ihre Eifersucht war unerträglich. Wir waren nicht mehr lange ein Paar.

Was hatte ich nicht alles mit Simone für die Zeit nach dem Urlaub geplant. Und jetzt sitze ich mit ihrer Nachfolgerin in einem Bett, irgendwo in der Ferne. Mit Maja ist nichts geplant, nur der Urlaub. Trotzdem hoffe ich, dass sie mich danach nicht abserviert. Gleich irgendwann wird sie aufwachen und ich werde »Guten Morgen« sagen und mit ihr das Abenteuer beginnen.

Kapitel 1
Wo ist die Exotik? Vermisst!

Essen, Shoppen, Touri sein

Maja

Der erste Urlaubstag beginnt und ich bin völlig erschlagen. Der Typ an der Rezeption hatte die ganze Nacht den Fernseher laufen, wohl Cricket, wie Paul meint. Zusätzlich hat er mit seinem Handy gespielt und Klingeltöne ausprobiert. Es war zum verrückt werden. Und wegen der Schlafsäcke konnte ich mich nicht einmal richtig an Paul herankuscheln. Gegen sieben Uhr bin ich gerädert aus dem Bett gekrochen und habe mein Gesicht unter kaltes Wasser gehalten. Paul war bereits wach und bemühte sich gleich unser Zimmer zu tauschen. Denn einen weiteren Tag, oder besser noch eine solche Nacht, hätte ich nicht überstanden. Nach einer kleinen Diskussion zwischen Paul und dem Rezeptionskerl haben wir ein recht annehmbares Zimmer mit Blick in die düstere Gasse bekommen.

Jetzt sitzen wir müde aber zufrieden in Sam`s Café auf dem Dach. Ich wähle das „French Breakfast", denn das ist das Einzige mit Kakao statt Kaffee. Warum gerade das französische Frühstück keinen Milchkaffee beinhaltet, bleibt mir ein Rätsel. Zu essen bekomme ich ein Brötchen in Croissantform mit einer komischen roten Marmelade, dessen Geschmacksrichtung sich mir nicht erschließt. Ich bin unsicher, ob in dem Aufstrich überhaupt irgendeine Frucht enthalten ist. Zusätzlich finden sich auf meinem Teller scharfe Kartoffeln mit riesigen Zwiebeln.

Paul plant die erste Erkundungstour unserer neuen Umgebung. Zu dieser brechen wir auf, als immer mehr

Europäer aufs Dach zum Frühstücken strömen. Wir gehen hinunter auf den Main Basar. Zu meinem Erstaunen haben sich die verriegelten Wellblechhütten in bunte Läden verwandelt, die hauptsächlich Kram für uns Touristen verkaufen. Gerne würde ich mich in Ruhe umsehen, doch stehen bleiben ist ausgeschlossen. Sofort werden wir angequatscht: »Hi my friend, look at my shop.« So lege ich die hübsche rote Bluse mit goldenen Stickereien schnell wieder weg. Ich lächle abwehrend und gehe zügig weiter, meinen Blick auf den Rücken von Paul geheftet. Auf diese Weise schieben wir uns zwischen zahllosen Obst- und Gemüseständen, Kühen und anderen Touristen durch die Straße.

Jetzt am Tag ist der Main Basar laut und anstrengend, kein Vergleich zur verlassen wirkenden Gegend unserer Ankunft. Ich kämpfe mit meiner Gelassenheit und versuche auf jegliches Angelabere und Angezische von der Seite nicht zu reagieren. Schließlich habe ich genug damit zu tun, auf meine Schritte zu achten. Der Boden ist uneben und ich habe Mühe den Hinterlassenschaften der Kühe auszuweichen. So bin ich froh, als wir endlich in eine größere Straße abbiegen.

Paul führt mich sicher durch Paharganj zum Connaught Place. Auf dem Fußmarsch dorthin bewundere ich die vielen kleinen Straßenverkaufsstände, die vollbehangen sind mit aneinandergereihten Tütchen zum Abreißen, deren Inhalt von Waschpulver bis hin zu Chips reicht. Jeder Stand ist zudem mit einem Kühlschrank ausgestattet, befüllt mit Süßgetränken aller Art. Wir kaufen zwei Flaschen Wasser. Paul möchte auch Thums Up, eine lokale Cola, probieren.

Am Connaught Place finden wir jede Menge moderne

westliche Geschäfte. Ich schaue in die Schaufenster, kann mich aber kaum auf das Gesehene konzentrieren. Nach dem langen Fußweg sind meine Finger auf ihre doppelte Größe angeschwollen. Paul verordnet uns eine Pause im herrlich kühlen Barista, mit einem Mango Smoothie.

Da meine Finger nach der Rast noch nicht wieder ihre normale Form eingenommen haben, entscheiden wir uns den Rückweg nicht wieder zu Fuß anzutreten, sondern die Rikschas zu testen. Als eine knatternd neben uns auftaucht, müssen wir sie gar nicht erst anhalten, denn der Fahrer schneidet unseren Weg und fragt sogleich: »Where do you want to go?« Ziemlich aufdringlich, aber praktisch. Paul handelt den geforderten Preis um 30 Rupien runter, was der Fahrer prompt akzeptiert.

Wie gestern das Taxi fährt auch die Rikscha wie der Teufel. Unser Fahrer drängelt sich hupend durch die kleinsten Lücken im Verkehr und schreckt selbst vor der Überholung von Bussen nicht zurück. Ich halte mich krampfhaft an der Stange vor mir fest und versuche bei seinen riskanten Manövern nicht aus dem Gefährt zu fallen. Paul, der direkt rechts hinter dem Fahrer sitzt, hat seitlich einen Schutz, mein Platz hingegen ist zur Seite hin offen. Während ich also mit meiner Balance kämpfe, hat Paul Schwierigkeiten mit den zahlreichen Hubbeln auf den Straßen, die ihn stets mit seinem Kopf ans Dach der Rikscha stoßen lassen. Mein Freund ist mit seinen 1,89 ein stattlicher Mann. Seine elegant-athletische Statur hat mir als Erstes an ihm imponiert. Er überragt fast alle hier um einen Kopf, verloren gehen kann er mir wahrhaftig nicht. Aber ungemütlich ist es für ihn, da nichts auf seine Größe ausgerichtet ist.

Heilfroh steigen wir am Main Basar aus der Rikscha.

Paul bezahlt den Fahrer und ich sehe, wie sich ein breites Grinsen auf dessen Gesicht ausbreitet, als er sich schnell wieder nach vorne dreht und in den Verkehr einfädelt. Ich vermute, wir sind gerade voll übers Ohr gehauen worden. Auch Paul ist die Freude des Rikscha-Fahrers nicht entgangen.

Jetzt am Abend haben wir uns einigermaßen an die Lautstärke und das Gewusel auf der Straße gewöhnt. Der Main Basar kommt mir bereits nicht mehr ganz so chaotisch und nervig vor, wie noch am Morgen. So widmen wir uns den einzelnen Geschäften und lassen uns von den Verkäufern nicht mehr aus der Ruhe bringen. Ich ignoriere einfach alles, mit dem mir vorm Gesicht herumgewedelt wird.

Wir stöbern zunächst durch einen Laden, der bis unter seine Decke mit Lederschuhen in allen erdenklichen Farben vollgestellt ist. Für gemütliche Strandtage und Balkonabende fehlen uns noch leichte Sandalen. Ich schlüpfe in ein Paar mit einem breiten roten Riemen, auf dem orangefarbene Pailletten zwischen einem Blumenmuster aufgestickt sind. Sie sitzen gut und leuchten an meinen Füßen. Ich fühle mich richtig hübsch und beobachte Paul, der fluchend seinen linken Fuß aus einem blauen Schlappen wuchtet:

»Mist, die sind mir auch zu klein!«

Wir brauchen eine weitere halbe Stunde bis auch Paul den Laden mit einem neuen Paar Sandalen verlässt.

Auf dem Weg ins Hotel kommen wir noch an einem Shop mit traumhaften Umhängetaschen vorbei, wo wir eine gelbe Stofftasche für Paul und eine dunkelrote für mich erstehen, beide mit aufgenähten Spiegeln. Nun brauchen wir die Wasserflaschen nicht mehr in der Hand zu tragen. Abgerundet wird unser Einkaufstag mit zwei bunten Portemonnaies, ebenfalls aus Stoff. Nun sind wir bestens für unseren Urlaub gerüstet.

Paul

Wir sitzen fast alleine im Restaurant auf dem Dach unseres Hotels. Eigentlich dachte ich, wir könnten von den Erfahrungen weit gereister Traveller profitieren, aber wo sind die? Die beiden Typen hinten in der Ecke haben sich zurückgezogen, wohl um ungestört zu sein. Als wir nach oben gekommen sind und uns umgeschaut haben, blickten sie schnell weg, um bloß kleinen Kontakt zu uns aufzubauen.

Der ganze Tag war schwierig. Vom Zimmerwechsel über den Shoppingstress und den nervigen Verhandlungen mit den Verkäufern und Rikschafahrern. Mir fehlt dieses Basar-Gen. Ich hasse Feilschen wie die Pest. Aber Maja scheint begeistert von der Fülle der Waren zu sein, den bunten Klamotten und dem ganzen Klamauk, der sonst noch feilgeboten wird. Jetzt ist es dunkel geworden und recht kühl. Ich ziehe mir meine Jacke über und kann mir ein hämisches Grinsen nicht verkneifen. Beim Packen machte sich Maja noch über mich lustig: »Hallo? Wir fahren nach Indien. Da ist es warm. Kein Mensch benötigt dort eine Jacke.« Jetzt wirft sie mir einen bösen Blick zu und reibt sich über die Gänsehaut an ihren Armen.

Wir versuchen etwas aus der Karte zu bestellen, doch die Speisen sagen mir nichts. Ich frage mich ernsthaft, was ich nehmen soll.

»Palak Paneer und Alu Gobi«, versuche ich der Bedienung klarzumachen. Er schaut mich kurz an: »Sorry Sir, not available!«

Er wendet sich der Karte zu und zeigt uns mit dem Finger die verfügbaren Speisen auf. Wir entscheiden uns aus der Not heraus für zweimal Malai Kofta mit Lassi und Brot. Wir stellen uns rätselnd vor, was da gleich kommen mag. Wird es scharf sein wie Feuer? Wird es uns schmecken? Oder noch wichtiger: Wird es fleischlos sein? Denn Maja isst ja kein Fleisch und hat mich zum Gelegenheitsfleischfresser erzogen. Die Gelegenheiten werden in nächster Zeit rar.

So wirklich definierbar ist es nicht, was uns da geliefert wird und Maja versucht sich zu vergewissern:

»Vegetarian?«

»Yes, sure, Malai Kofta.«

Sie atmet erleichtert auf und nimmt einen Schluck vom Lassi. Ja, der mundet sehr, auch wenn er nicht so cremig ist, wie man ihn aus dem Supermarkt kennt. Vorsichtig tasten wir uns an die in Soße getunkten Kugeln heran.

»Interessant«, lautet meine erste Bewertung. Die beiden Typen hinten in der Ecke stecken ihre Köpfe zusammen und fangen an zu tuscheln. Lästern die jetzt über uns? Unsicher rupfe ich mir etwas vom Brot ab. Ist das die Arroganz der Schon-Eingeweihten? Der Kellner kommt freundlich auf mich zu und versucht mir pantomimisch die richtige Handhabung für das Essen zu zeigen.

»Chapati, Chapati«, sagt er und deutet an, wie man mit dem Brot die Nahrung aufnimmt. Stolz nickt er mir zu, als ich mich nicht ganz so dämlich anstelle. Und auch Maja bekommt es hin. Ein guter Lehrer! Den Typen bringt er kurz darauf einen Burger und eine Pepsi. Emotionslos stellt er das Tablett auf ihren Tisch und dreht sich abrupt von ihnen weg. Auf dem Weg zurück lässt er uns noch ein Lächeln zukommen.

»Another Chapati?«

»Ja, gerne doch«, wer braucht von heute an denn noch eine Gabel? Plötzlich fühle ich mich in Indien angekommen. Liebe geht durch den Magen. Auch Maja scheint es geschmeckt zu haben.

Am nächsten Morgen kommen wir nicht ganz so früh aus den Federn, wie ich es mir vorgenommen hatte. Irgendwer hat heute Nacht gefroren, und ich kann sagen, ich war es nicht. Die Februarnächte in Delhi sind eben nicht zu unterschätzen. Da wir uns heute ein paar Sehenswürdigkeiten anschauen möchten, haben wir keine Zeit zu Sam's zu gehen, auch wenn Maja mosert und ihr französisches Frühstück zu erbetteln versucht. Ich vertröste sie auf Morgen. Wir machen uns hinunter in das Restaurant des Hotels. Heute mal etwas Indisches frühstücken. Ich bin gespannt, was es dort gibt! Der gestrige Abend hat mir Lust gemacht, das Land auf kulinarischem Weg zu entdecken.

Eine Frühstückskarte gibt es nicht, sondern einen schnoddeligen Kellner. Dieser versucht uns mit Worten das Angebot der Küche schmackhaft zu machen: »Sandwich, Egg-Sandwich, Toast, Egg-Toast, Egg-Omelette ...«

»Mhm«, denke ich mir. Das scheint ein eingeschränktes, auf Ei fixiertes Angebot zu sein. Ich frage nach einem indischen Frühstück.

»Omelette, Masala-Omelette«, kommt als Antwort.

Überfordert schaue ich Maja an, die schmollend ihr

Okay gibt, und willige in zwei Masala-Omelette ein. Dazu zwei Chai, die sogleich in kleinen Pappbechern kommen. Vielleicht waren meine gestrigen Lobeshymnen auf die indische Küche verfrüht. Die Omelette wissen nicht zu überzeugen. Glibberig-glibschige Dinger mit Kartoffeln und Zwiebeln. Wir essen nicht auf und beschließen, später das Frühstück nachzuholen.

Heute möchte ich mit Maja das Rote Fort und die Altstadt Delhis erkunden. Zu Fuß sieht man mehr und ganz so weit wirkt es auf der Karte nicht. Ich kann Maja überreden, die Rikschas links liegen zu lassen und auch nicht die Metro für die eine Station zu nehmen. Wir wuseln durch das Verkehrschaos am Bahnhof vorbei, durch viele kleine Gassen. Von einem offenen Hof kommen einige Jungs auf uns zu. Sie grinsen und strecken uns ihre linke Hand zum Gruß entgegen. Mir kommt das komisch vor. Links? Ist das nicht die unreine Hand? Ihren leuchtenden Augen und ihrer offenherzigen Lebensfreude kann Maja nicht widerstehen. Entzückt reicht sie dem Kleinsten unter ihnen zuerst die Hand.

Verschüchtert zieht er sie zunächst zurück, entschließt sich aber mit der rechten Hand doch zuzugreifen. Der Größte gibt ihm einen Klaps auf den Hinterkopf und ergreift als Nächster Majas Hand. Jetzt wimmeln alle um uns herum und wollen ihren Gruß mit uns austauschen. Wir kommen erst weiter, als ein Pfiff ertönt und die Jungs, so plötzlich, wie sie aufgetaucht waren, wieder verschwunden sind.

Irgendwann erreichen wir dann doch noch Chandni Chowk, aber viele Geschäfte haben heute geschlossen. Ich hatte vergessen, dass Freitag ist, und mache mir Sorgen, ob der Besuch der großen Moschee heute möglich ist. Hinter den heruntergelassenen Blechrollos kann man sich den Charme der Straße leider nicht vorstellen. Wir schauen uns um, aber an ein Durch-die-Atmosphäre-treiben-lassen ist nicht zu denken. Wir nehmen uns eine Auszeit an einem Straßenstand. Die Pause tut gut, denn der Weg ist leider etwas länger als von mir angenommen.

Man kommt so schwer durch den Verkehr und die Karte aus dem Reiseführer ist schlecht zu gebrauchen. Ich gebe Maja eine Thums Up aus und versuche mich an einer Limca. Ein paar Meter weiter erspähe ich ein Fastfood-Lokal im modernen Antlitz. Dort nimmt man sich ein Tablett und kauft ein Token von dem, was man haben möchte. Damit stellt man sich an die passende Ausgabe.

Der Junge hinter der Theke schaut sich den Zettel an, murmelt etwas vor sich hin, reicht ihn an einen Nebenmann, drei Stationen weiter, und lächelt mich an: »Wait, wait.« Ich muss etwas unsicher gewirkt haben, mit einem Gesichtsausdruck à la: Ob ich hier jemals das bekomme, was ich geordert habe?

Aber keine zwei Minuten später hat Maja ihren Kartoffelburger und ich mein Channa Daal mit Naan. Der junge Mann überreicht mir freudestrahlend mein Tablett und meint nur »Thank you«. Ich denke, nichts zu danken, und trete etwas beschämt meinen Weg zu einem freien Platz an. Wie konnte ich ihm bloß Böses unterstellen? Ich drehe mich noch einmal um und er lächelt mich an. Ich lächle zurück und reiche Maja ihren Burger. An unserem Tisch sitzt bereits ein Engländer, der uns sogleich anspricht.

»I'm here for the World Cup. Do you like Cricket?« Ich erkläre ihm, dass Cricket in Deutschland nicht so populär ist. Er erzählt von der Cricket Weltmeisterschaft und dass er für die Spiele der englischen Mannschaft in Indien Karten habe: erst Nagpur, dann Bangalore, schließlich Chennai. Sein Lieblingsspieler ist Kevin Pietersen, den müssten wir aber kennen! Als wir verneinen, schaut er uns enttäuscht an. Wir versprechen ihm, die Spiele zu verfolgen und verabschieden uns.

Beim Hinausgehen wechseln ich und der junge Mann hinter der Theke noch kurz Blicke und ich finde es schade, dass man über das Kunde-Service-Verhältnis wohl nie hinauskommen wird.

Maja

Gestern sind wir früh ins Bett gefallen. Paul legte seinen Arm um mich und zog mich fest an sich. »Ein schönes Gefühl«, dachte ich noch, aber dann war ich schon weg. Mitten in der Nacht wurde ich wach. Dunkel war es und ich fror! Ich stand leise auf, zog mir Socken an und eine Bluse über mein Schlafshirt. Das war wohl die Quittung dafür, dass ich mich in Berlin lustig gemacht hatte, über Pauls Bedenken er könnte frieren. Heute Morgen hat er mich auch extra »nett« geweckt, mir an der Nase gewackelt und als ich die Augen öffnete mit einem schelmischen Grinsen gefragt: »War meiner Süßen heute Nacht etwa kalt?«

Und ich hatte gehofft morgens vor ihm aufzuwachen, um diesen Umstand verheimlichen zu können. Tja, nun muss ich seine Häme wohl über mich ergehen lassen.

Aber viel Zeit blieb dafür glücklicherweise nicht, denn der Besuch vom Roten Fort stand heute an.

Im Fort sitzen wir nun auf einer Wiese, von den roten Mauern umringt unter einem großen Baum, der wohltuenden Schatten spendet. Hier sind wir die Hauptattraktion. Das ist schon die fünfte Fotoanfrage, seit wir uns auf dem Rasen niedergelassen haben. Wir scheinen interessanter als das Fort selbst zu sein. So posieren wir inmitten fremder indischer Familien aus dem ganzen Land für deren Fotoalben. Sie freuen sich so sehr über die Begegnung mit uns, dass ich ganz gerührt bin und mich im Gegenzug über ihre Begeisterung freue. Einzig die Gruppe halbwüchsiger junger Männer, die alleine mit mir eine Fotosession wollten und sich eng um mich drängten, war mir unangenehm. Aber immer noch besser als die Starrer, die mit ihren Handys herumspielen, so auffällig die Kameralinse in unsere Richtung haltend, dass ihre Absicht ungefragt Fotos zu machen offensichtlich ist.

Doch die erfreulichen Begegnungen überwiegen. Die süße Familie mit dem Kleinkind, das gerade seinen Kopf geschoren bekommen hat und ein bezauberndes Festkleid trägt, kommt zu uns hinüber und bittet um ein Foto. Strahlend sage ich zu. Diese Familie hatte wiederum ich die ganze Zeit über fasziniert beobachtet. Nachdem sie uns fotografiert hat, sagt Paul: »One photo in return, please«, und auch ich bekomme eine Aufnahme mit dem niedlichen Kind. Das soll der Abschluss eines herrlichen Nachmittags sein. Schnell packen wir unsere Taschen und machen uns auf den Rückweg, ehe weitere Fototermine mit uns eingefordert werden können. Für heute macht Maja das Fotomodell Feierabend!

Jetzt noch zur Moschee? Ich bin müde und habe keine Lust mehr.

»Wie kommen wir gleich zurück?«, frage ich Paul mit dem Impetus, dass es mir mit dem Sightseeing für heute reicht und ich den Weg zurück nicht auch wieder laufen möchte.

»Vielleicht holen wir uns eine Rikscha«, bietet mir Paul an.

Vor dem Fort scheinen die Rikschafahrer schon auf uns gewartet zu haben. »My friend, Paharganj, come and sit down«, lädt uns der Erste in sein Gefährt ein. Wir handeln einen Preis aus, der uns aber schon beim Einschlagen viel zu hoch vorkommt.

Zurück in Paharganj steht Paul der Kauf einer Handy-Karte im Sinn, die er in einem Vodafon-Shop ersteht. Als wir wieder auf die Straße treten, werden wir von Kashmiris umzingelt, die ihre »very nice pashmina shawls« verkaufen wollen. Nach der gefühlten tausendsten Ansprache entschließe ich, mich nicht zu Aggressionen verleiten zu lassen. Was soll's, wir haben schließlich Zeit. Und einige Schals sehen richtig hübsch aus. Zudem benötige ich doch anscheinend noch etwas Warmes zum Überstreifen, wenn es abends kalt wird. So folge ich einem Verkäufer in seinen Shop und lasse mir Schals in verschiedenen Farben zeigen. Ein Rot-brauner mit Paisleymuster spricht mich an und wird von mir erstanden. Schließlich lässt er sich traumhaft mit meinen Sandalen und meiner Tasche kombinieren.

Von den vielen Stoffen berauscht, landen auch eine typische indische Baumwollbluse, in Grün mit aufgenähten roten Perlen sowie eine schwarze dünne Hose in meinem Besitz. Die Bluse hat lange Ärmel und reicht mir bis zu den Oberschenkeln. Mir werden auch zahlreiche kurze Tops präsentiert, die ich jedoch ablehne. Schließlich möchte ich von den Indern nicht als billige Europäerin, die leicht zu haben ist, gesehen werden. Ich habe noch die lüsternen

Blicke der jungen Männer im Kopf, die mich beim Roten Fort verfolgt haben. Nein, auch wenn es sicher noch wärmer werden wird, ich möchte anständig angezogen sein und nicht mit zu freizügiger Kleidung indische Moralvorstellungen verletzen.

Zurück im Hotel nutze ich gleich die neue Handykarte und rufe nach Hause an. Merkwürdig, um die halbe Welt die vertrauten Stimmen so nah zu hören. Meine Eltern sind beruhigt, endlich von unserer guten Ankunft zu hören. Wir machen schnell wieder Schluss, um die Telefonkosten nicht zu sprengen. Gerade rechtzeitig, denn jetzt kommt Paul nur mit einem Handtuch bekleidet und frisch rasiert ins Zimmer. Und ich auf andere Gedanken. Das Handtuch fliegt in die Ecke, meine Klamotten hinterher und eng umschlungen lassen wir uns aufs Bett gleiten. Glücklich und erschöpft schlafen wir ein.

Das soll Romantik sein?

Paul

Wieder sind wir etwas spät. Doch da der Bahnhof um die Ecke liegt, haben wir es pünktlich dorthin geschafft. Die Eingangshalle ist bevölkert von unzähligen Menschen, die auf dem Boden sitzen und auf ihre Züge warten. Es ist noch eine halbe Stunde bis zu unserer Abfahrt, aber der Kerala-Express steht bereits am Bahnsteig. Sorgen mache ich mir über die vergitterten Fenster, die mir in Notsituationen recht unpraktisch erscheinen. „Sleeper S7" ist unser Wagen, irgendwo in der Mitte des ellenlangen Zuges. Draußen am Eingang klebt eine Liste mit den Namen der Passagiere: Mr. Paul und Ms. Maja, Platz 39 und 40 nach Agra Cant.

»Schau, das sind wir!«, sage ich zu Maja, erklimme mit Schwung die zwei Stufen und stürme in den schon gut gefüllten Wagen.

Unser Platz ist an der Seite, zwei Sitze am Fenster, ohne einen Nachbarn. Über den Gang geht es etwas tiefer hinein. Dort sitzen drei Personen, die uns freudig zunicken. Sie haben ihr schweres Gepäck unter den Sitzen verstaut. Ich schaue sie an und lächle. Unsere Rucksäcke hieve ich auf die Ablage über uns.

»Wir brauchen Wasser«, sagt Maja. »Haben wir noch Zeit?«

»Gut zwanzig Minuten. Kann ich dich hier alleine lassen?«

»Na, wenn du wieder kommst.«

»Du hast ja mein Gepäck!« Ich glaube, sie hat eine andere Antwort erwartet, denn ihre Mundwinkel verziehen sich nach unten. Da habe ich wohl ein Fettnäpfchen erwischt. Ich entschwinde auf den Bahnsteig. Glücklicherweise ist direkt vor unserem Wagen ein Getränkestand. Ich kaufe für 24 Rupien zwei Flaschen Wasser und für 27 Rupien eine Maaza. Ich kehre zurück, gebe Maja ihre Flasche und stelle die Maaza auf den Klapptisch zwischen uns. »Was Süßes für meine Süße!«

Kritisch schaut sie sich das Getränk an. »Mango, danke!« Und alle Spannungen sind verflogen.

Mit einem Ruck setzt sich der Zug in Bewegung. Jetzt geht es also los. Weiter in das Unbekannte: fremde Stadt, kein Hotel. Wir haben uns zwar auf einen Favoriten einigen können, aber wer weiß, wie der so sein wird. Ein Blick am Abend auf den Taj Mahal wäre schön.

Der Zug rumpelt vor sich hin. Maja schaut entspannt aus dem Gitter-Fenster und betrachtet die vorbeiziehende Landschaft. Auf der Fahrt kommen ständig Verkäufer den Gang entlang und bieten allerlei an, von Plastikkämmen über Kinderbücher bis hin zu Speisen. Ich genehmige mir zwei Samosas und gebe Maja, weil sie mich mit großen Augen anschaut, einen ab. Direkt hinterher kommt ein Teeverkäufer, der mit seinen »Chai–Chai«-Rufen nicht zu überhören ist. Er bleibt direkt vor uns stehen, schaut mich mit ebenso großen Augen an wie eben Maja und fragt: »Chai?« Auch ihm kann ich nicht widerstehen, vergewissere mich kurz, ob Maja auch einen will, und ordere zwei. Er klemmt die Kanne zwischen die Beine, zaubert zwei kleine Pappbecher hervor und lässt den Tee hineinfließen. Ich gebe ihm, etwas unsicher über die Preise, einfach zwei Zehn-Rupienscheine, wovon er mir einen aus der Hand zieht und in seiner Hemdtasche nach dem Wechselgeld kramt. So günstig habe ich mir das nicht vorgestellt. Davon könnte sich die Bahn bei uns mal eine Scheibe abschneiden. Langsam fährt der Zug in den Bahnhof von Agra ein.

Maja

Agra. Den Taj Mahal vor der Tür und wir werden die nächsten zwei Nächte in einem winzigen Zimmer verbringen. Wie unwürdig, das hatte ich mir wirklich anders vorgestellt! Unser Zimmer liegt im Erdgeschoss und der Boden ist mit Schmutz übersät. Eine üble Absteige, in der ich mich überhaupt nicht wohlfühle! Aber wir hatten keine andere Wahl, dieses Hotel war das einzig bezahlbare mit freiem Zimmer. Also die Schlafsäcke ausgerollt, auf denen wir jetzt auf dem Bett sitzen. Auf das siffige Nachtschränkchen habe ich eine rote Stoffrose gelegt, um die Atmosphäre im Raum wenigstens ein wenig aufzuhellen. Am Nachmittag, als wir nach dem Einchecken ins Grusel-Hotel zur Stadterkundung rausgegangen sind, hat sie mir ein indischer Junge in die Hand gedrückt, bevor er kichernd mit seinem Kumpel davonrannte. Das Schild an der Rose verkündet mir: „Be my Valentine". Aber da mein Verehrer so schnell verschwunden ist und ich seinen Namen nicht kenne, wird wohl nichts aus uns beiden.

So eine romantische Geste würde ich mir auch von Paul wünschen. Von ihm habe ich noch nie Blumen geschenkt bekommen. Kaum habe ich die Rose neben dem Bett drapiert, macht er sich schon wieder lustig, um anschließend den künstlich verordneten Valentinstag und die Blumenindustrie zu kritisieren. Alles auch meine Rede, aber das Jahr hat schließlich weitere 363 Tage, die für charmante Aufmerksamkeiten frei zur Verfügung stehen. Als Paul meinen bösen Blick auffängt, lenkt er ein:

»Komm liebreizende Maja, wir gehen jetzt ganz romantisch essen und hinterher entführe ich dich auf eine Kutschfahrt. Lass dich überraschen!«

Wie zu erwarten hat er wieder alles ins Lächerliche gezogen, doch ich kann seinem Charme nicht widerstehen. Außerdem bin ich gespannt, was er mit der Kutschfahrt meint.

Zunächst finden wir ein einfaches Restaurant, das vegetarische Thalis für 40 Rupien anbietet, die wir unbedingt probieren wollen. Kurze Zeit später sitzen wir an einem freien Tisch und ein älterer Herr mit fleckiger Uniform serviert uns höflich einen riesigen Berg Reis auf einer Metallplatte. Diese hat an einer Seite drei Vertiefungen, welche mit Daal, einem Kartoffel- sowie einem Blumenkohl-Gericht gefüllt sind. Paul saugt den aromatischen Duft tief ein. Zu meiner Rechten schlurft unsere Servicekraft heran, schöpft mit einer Kelle eine klare Flüssigkeit aus einem Henkeltopf und gießt sie über meinen Reis.

»Oh, das wird Ghee sein«, stellt Paul fest und beäugt neugierig die Prozedur, die nun für seinen Teller stattfindet. Zum Schluss legt der Mann noch je zwei Chapatis vor uns und wir werden unserem Essen überlassen. Die Kartoffeln sind wahnsinnig scharf und steigen mir direkt in Nase und Augen. Während ich schniefe und mit dem Schmerz kämpfe, erscheint erneut die Bedienung und füllt die fast leere Mulde wieder mit Kartoffeln auf. Auch ein weiteres Brot landet auf meiner Platte. Jetzt ist der Essensberg vor mir wieder fast so groß wie zu Beginn. Alle weiteren Nachschläge lehne ich ab, damit es, wenn ich satt bin, auch so aussieht als hätte ich etwas gegessen. Am Ende bleibt über die Hälfte des Reises auf meinem Teller. Unsere Bedienung blickt mich an, unsicher, ob er meine Platte auch wirklich schon abräumen könne.

»Finished?«, fragt er.

»Yes, finished. Delicious, but too much for me«, versuche ich ihm zu erklären. Nicht einmal Paul hat es geschafft komplett aufzuessen und ich wundere mich, wohin die anderen Gäste diese Riesenportionen stecken.

Pappsatt wende ich mich Paul zu: »Wo ist jetzt deine Pferdekutsche, die uns zurück zum Hotel bringt?«

Er grinst schon wieder. »Hat hier jemand etwas von einem Pferd gesagt?«

Fünf Minuten später sitze ich auf einer Fahrrad-Rikscha hinter einem alten dürren Mann. Ich blicke auf seine wenigen, fettigen Haarsträhnen, die er von den Seiten über seinen ansonsten kahlen Kopf gekämmt hat. Romantik ist in meinem Verständnis etwas anderes! Mir tut der Mann leid, der uns unter Aufbringung all seiner Kraft in langsamem Tempo über die Straßen kutschiert. Besonders als wir von einem jüngeren Fahrrad-Rikschafahrer spielend überholt werden. Aber unser gibt nicht auf. Mit stoischer Ruhe und Ausdauer bahnt er sich den Weg zu unserer Unterkunft. Er beeindruckt mich, und auch wenn wir eine Ewigkeit brauchen, hätte ich keinen anderen Fahrer haben wollen. Am Ende geben wir ihm zehn Rupien mehr als ausgemacht. Seine Augen strahlen und er winkt uns zum Abschied hinterher. Trotz fehlender Romantik, einen schöneren Tagesabschluss hätte ich mir nicht vorstellen können.

Ich freue mich auf Morgen. Der Taj Mahal wird die

Romantik-Quote ins Unermessliche heben und für alles entschädigen.

Der Anblick ist atemberaubend. Und wir haben ihn fast für uns alleine. Gut, dass wir so früh aufgestanden sind. Nun stehen wir mit wenigen anderen Indern vor dem beeindruckenden Bau und genießen den Moment. Als Erstes nutzen wir die Leere der Anlage und machen einige Fotos: Den Taj Mahal alleine aus verschiedenen Perspektiven, Paul davor, ich davor und schließlich stellt Paul die Kamera auf eine Mauer und betätigt den Selbstauslöser. Schnell rennt er zu mir und umarmt mich für das Foto. Kurz, aber aufregend. Denn, um den Gepflogenheiten des Landes gerecht zu werden, verzichten wir weitestgehend auf alle Intimitäten in der Öffentlichkeit, die für uns in Deutschland ganz selbstverständlich sind. Eigentlich finde ich das gar nicht verkehrt, denn auf diese Weise gewinnen Berührungen wieder viel mehr an Bedeutung. Dennoch ist es aus der Gewohnheit heraus noch merkwürdig, wenn wir unterwegs nicht einfach mal Händchen halten können. Die Inder praktizieren dies nämlich mit Hingabe, allerdings nur gleichgeschlechtlich.

Nachdem wir das Grabmal einmal umrundet haben, steuern wir auf den Ausgang zu. Inzwischen sind zwei Stunden verstrichen und das Gelände hat sich mit lärmenden Schulklassen und westlichen Touristen gefüllt. Der Zauber der Morgenatmosphäre ist verflogen. Es ist Zeit aufzubrechen.

Paul

Der Taj Mahal. Die Pracht Indiens. Das Denkmal ewig währender Liebe. Wir haben es gerade hinter uns gebracht. Ganz so schlimm, wie ich es mir vorgestellt habe, war es nicht, aber auch nicht wirklich eindrucksvoll. Es mag daran liegen, dass ich kein Romantiker bin. Oder mir die Vorschreibungen auf den Nerv gehen, was man wo zu fühlen hat.

Ein »Oh«, ein »Ah«, ein Foto fürs Album und dann weiter auf dem Pfad der gesammelten Eindrücke. Glücklicherweise waren wir früh dort und die Touristenströme kamen erst später. Und werden, jetzt wo wir wieder draußen sind, den ganzen Park, die ganze Plattform um das Mausoleum bevölkern und »Ah« und »Oh« rufen und den Auslöseknopf ihres Fotoapparates betätigen.

Das Rote Fort von Agra lassen wir rechts liegen, in seiner Bruderfestung in Delhi waren wir ja erst vorgestern. So kämpfen wir uns vorwärts durch die aufkommende Wärme in Richtung Bahnhof Agra Fort. Wir wollen heute noch nach Fathepur Sikri. Da der nächste Zug erst in eineinhalb Stunden fährt, beschließen wir im Basar hinter dem Bahnhof zu stöbern und die Zeit totzuschlagen. Wir kehren in einem düsteren und staubigen Restaurant ein, wo wir einen Tee trinken wollen. Wohl in der Hoffnung, wir würden mehr bestellen, schaut uns die Bedienung im vollkommen leeren Speiseraum entgeistert an, bringt uns dann aber ohne zu murren zwei Tassen Tee. Ich lese Maja aus dem Reiseführer etwas über unser Ziel vor.

Fathepur Sikri ist gut 40 Kilometer entfernt. Es heißt, diese verlassene Stadt ist unbedingt einen Besuch wert, also lassen wir uns das Vergnügen auch nicht nehmen, da es auf unserer Eintrittskarte zum Taj Mahal mit vermerkt ist.

Auf dem Rückweg zum Bahnhof kaufen wir ein paar Bananen, denn ich bin hungrig. Aber da bin ich nicht alleine. Wir warten vor dem Bahnhof. Meine in einer Plastiktüte verstauten Bananen halte ich hinter meinem Rücken. Plötzlich zuppelt etwas daran.

»Oh mein Gott, jetzt versuchen mir die Bettler schon mein Essen aus der Hand zu reißen«, denke ich und gebe ein empörtes »Hey« von mir. Maja schrickt zusammen und schaut mich fragend an. Hinter mir entdeckt sie etwas Großes und es ist kein Bettler. Es rupft an meinen Bananen und sieht entschlossen aus, diese für sich zu beanspruchen. Eine braune Kuh zieht an meiner Tüte, und wenn sie ihr aus dem Maul gleitet, schnappt sie sogleich wieder zu. Sind diese Bananen eine Heldentat wert? Kämpfen auf Banane und Tod mit dem Hornvieh? Oder lasse ich Milde walten und überlasse ihr mein Essen? Ich beschließe nachzugeben. Die Kuh trottet mit den Bananen davon.

Die Fahrt mit dem Zug dauert eine Stunde und wir landen irgendwo vor dem Ort auf einer staubigen Piste. Aber der Reiseführer weist uns den Weg. Am Eingang erwartet uns eine Überraschung. In der vollkommen überteuerten Eintrittskarte vom Taj Mahal ist das Entgelt für Fathepur Sikri nicht, wie von mir angenommen, enthalten, sondern sie wollen noch mal Eintrittsgeld haben. Mich ärgert es, dass hier die Touristen geschröpft werden, weswegen ich empört kehrt mache. Die erhoffte Wirkung entfaltet meine Aktion aber nicht, der Ticketverkäufer verzieht keine Miene.

Toll, jetzt haben wir den ganzen Weg hier hinaus gemacht und eigentlich ist es das nicht wert! Agra wird vollkommen überschätzt. Langsam dreht sich vor Hunger mein Magen um. Wir bestellen uns in einem Dachrestaurant gebratenen Reis und gebratene Nudeln, was im Endeffekt unerheblich ist. Beides ist extrem fettig und schwimmt in Öl: Lecker! Wir stochern in unserem Essen herum und lassen das meiste davon stehen. Ich hoffe, Maja ist nicht zu enttäuscht, ob dieses katastrophalen Tages. Der Taj Mahal war noch das Beste.

Der Bus, der uns zurück nach Agra bringt, bestätigt das Bild weiter. Ein klappriges Etwas mit drei Löchern im Boden direkt unter mir, die den Blick auf die Straße freigeben. Dazu brettert der Fahrer über Schlaglöcher und dreht, um das dröhnende Motorengeräusch zu übertönen, die Musik bis zum Anschlag auf. Mir schmerzen die Ohren. Maja kramt in ihrer Tasche und zaubert Ohropax hervor. Meine Rettung! So lässt sich die Fahrt überstehen.

Wir nehmen uns eine Rikscha vom Busbahnhof zum Hotel und kehren dort, nachdem wir uns frisch gemacht haben, noch mal zum Essen ein. Ich bestelle mir Daal und Chapati, Maja Cheese Naan. Aber so wirklich will es mir heute nicht schmecken. Morgen geht es weiter nach Varanasi.

Gutmenschen

Maja

»Maja, komm! Schneller!« Paul rennt fünf Schritte vor mir. Ich hetze in der Dunkelheit hinter ihm her und versuche, sein Tempo mitzuhalten. Wir rennen auf den Bahnhof zu und stürmen durch das Eingangsportal. Ich habe Seitenstechen. Mit einem eleganten Sprung hüpft Paul über die Taschen einer Großfamilie, die sich auf dem Bahnhofsboden ausgebreitet hat. Ich umrunde die Familie und falle noch weiter zurück. Paul erreicht das Gleis, auf dem sich der Zug bereits langsam ruckelnd in Bewegung gesetzt hat.

»Das ist jetzt aber nicht unserer?«, schreie ich ihn an.

»Doch! Nimm die Beine in die Hand! Das schaffen wir!«

Was sollen wir schaffen? Meint Paul im Ernst, wir springen noch auf den Zug auf?

»Komm endlich, der ist doch noch ganz langsam!« Paul läuft mit großen Schritten neben dem Zug her. Er greift nach einem Metallbügel an einer offenen Tür und schwingt sich leichtfüßig auf das Trittbrett. Mir drückt die Last meines Rucksackes schwer auf den Schultern und ich komme kaum voran. Ich stolpere vorwärts und versuche das Tempo anzuziehen, damit ich auf die Höhe der Tür komme. Paul hat inzwischen seinen Rucksack in den Wagen geschmissen und hält mir seine Hand entgegen.

»Super, Maja, gleich hast du es geschafft!«

Ich blicke stur auf seine rettenden Finger, ignoriere den

stechenden Schmerz in meinen Eingeweiden und mobilisiere ein letztes Mal meine Kräfte. Ich greife nach seiner Hand, meine Füße stoßen sich wie von selbst ab, Paul zieht einmal kräftig und ich erreiche mit einem Satz das rettende Trittbrett. Noch ein großer Schritt und ich stehe im Waggon. Ich lasse meinen Rucksack zu Boden krachen und ringe um Atem.

»Wow, Maja, das war großartig! Fantastisch hast du das gemacht!« Mein Freund strahlt mich begeistert an und klopft mir anerkennend auf die Schulter. Er ist mächtig stolz auf mich! Ich sehe an seinem Blick, dass er mich am liebsten fest in die Arme schließen würde, aber das geht leider nicht. Um uns herum stehen mehrere junge Männer und starren uns an. Keuchend winke ich ab.

»Ach, das war doch nichts!«, grinse ich und merke, wie der Stolz auch von mir Besitz ergreift. Das habe ich wirklich toll gemacht! Von mir selbst beflügelt schultere ich erneut meinen Rucksack und wir machen uns auf, unsere Sitzplätze zu suchen.

Der Zug hat inzwischen sein Höchsttempo erreicht und rattert behäbig vor sich hin. Wir kämpfen uns durch die vollen Abteile, an Pilgerern und allerlei Touristen vorbei. Alle strömen sie zum heiligen Fluss.

Nach einer Ewigkeit stoßen wir endlich auf unsere Fensterplätze. Ich bin klatschnass. Meine Bluse klebt an meinem durchschwitzten BH und meine Hose schrubbelt bei jedem Schritt an meinen Beinen. Schnell verstaue ich meinen Rucksack und lasse mich erschöpft auf meinen Platz fallen.

Ich lehne mich gemütlich zurück und lege meine Füße gegenüber an Pauls Seite. Er rümpft seine Nase.

»Oh, sorry. So schlimm?« Ich ziehe meine Beine zurück.

»Ach Quatsch. Nach deiner Heldentat dürfen deine Füße ruhig etwas muffeln. Komm, gib sie mir zurück! Dann lege ich meine zu dir.«

Gesagt, getan. Jedoch geht von seinen riesigen Füßen ebenfalls ein unschöner Geruch aus. Ich halte es kaum aus. Aber mich jetzt deswegen zu beschweren ist wohl nicht angebracht. Ich leide still.

Paul lächelt mich glücklich an und schaut danach zum Fenster raus. Gedankenverloren spielt er mit meinen klebrigen Zehen. Das muss Liebe sein. Gerne würde auch ich rausschauen, aber dazu müsste ich meine Nase direkt über Pauls Füße halten. So begnüge ich mich damit, in den Gang zu blicken und die anderen Fahrgäste zu beobachten. Es ist sowieso dunkel draußen. Die Nacht kann lang werden.

Die Familie gegenüber vom Gang packt gerade ein großes, in Zeitungspapier eingeschlagenes Paket aus. Zum Vorschein kommt ihr Abendessen, über das sich alle Familienmitglieder sogleich hermachen. Der kleine Junge bekommt von seiner Mama Stücke vom Chapati abgerissen, ins Essen getaucht und in den Mund geschoben. Er schmatzt zufrieden.

Während die Familie sich zu elft in einem Abteil stapelt, wird das Nebenabteil von drei Italienern belagert. Einer liegt oben auf einer der beiden Pritschen, auf der anderen sind drei Rucksäcke und mehrere Taschen deponiert. Während der Obere bereits schläft, blättern die beiden anderen auf den Bänken lustlos im Reiseführer.

Paul hält derweil ein kleines Nickerchen. Ich versuche mich auch zu entspannen und rutsche im Sitz nach unten.

Gelangweilt beobachte ich weiter die Szenerie und bin froh über die Ablenkung, als der Kontrolleur erscheint und ich Paul anstupsen muss, damit er unser Ticket vorzeigt.

Gewissenhaft kontrolliert der Schaffner unsere Fahrkarte und hakt uns auf seinem Klemmbrett ab. Anschließend wendet er sich der Familie neben uns zu. Er blickt auf seinen Zettel, schaut zu den Italienern und diskutiert mit dem Familienvater. Der winkt ab und sagt wiederholt: »no problem!«

Der Kontrolleur gibt sich damit nicht zufrieden. Mit finsterer Miene wendet er sich den Touristen zu: »You have a problem! No ticket! Go, go!«

Die Traveller protestieren und zeigen ihre kleinen Pappkarten vor.

»You have to go!« Der Kontrolleur versucht zu erklären, dass sie lediglich Tickets für die 3. Klasse haben, ohne Reservierung. Das heißt, sie müssen in die völlig überfüllte Holzklasse umsiedeln. Schlaf werden sie dort nicht bekommen. Das wird eine harte Nacht!

Auch wenn die indische Familie auf ihre Reservierung verzichten möchte, lässt sich der Zugbegleiter nicht beirren. Er beginnt, die Rucksäcke von der Pritsche zu zerren und weist die Italiener zum Gehen an. Sie gestikulieren verzweifelt und versuchen zu verhandeln. Sie zeigen auf uns. Der Kontrolleur grinst in unsere Richtung: »They have the right ticket! Good, good!« Er schenkt uns ein Lachen. Ja, es geht doch, wir haben es schließlich auch geschafft, den richtigen Fahrschein zu besorgen. Da wollten die Drei wohl am falschen Ende sparen. Ich bin stolz auf meinen Freund, dass er alles so gut im Griff hat! Wir haben für die Nacht jeder eine eigene Pritsche übereinander und können es uns gemütlich machen.

Da ist die Fahrt doch noch unterhaltsam geworden. Pauls Füße sind vergessen und ich bekomme sogar Appetit, als Paul von einem vorbeilaufenden Händler Samosas ordert.

»Ein kleiner Snack für die Nacht«, wie er meint. Nun nimmt er endlich seine Beine runter und verschlingt seine Portion mit großen Bissen. »Happ, happ« und mit vollem Mund noch »Lecker!«, dann ist seine Schale leer. Eigentlich bin ich noch vom Abendessen gut gesättigt, aber bei Samosas kann ich einfach nicht widerstehen.

Satt und zufrieden machen wir uns bereit zum Schlafen. Schnell auf die Toilette und Zähne putzen, wobei eine kleine Kakerlake am Beckenrand gut aufpasst, ob ich das ordentlich mache. Anschließend wuchte ich meinen Rucksack an das Kopfende der oberen Pritsche und klettere hinterher. Paul kommt nun auch vom Bad zurück.

»Hey Maja, ich soll dich schön grüßen!«

»Hä? Wen hast du denn getroffen?«

»Kleopatra, die süße Kakerlake. Ich glaube, das Waschbecken ist ihr Reich. Dennoch hat sie mir großzügig erlaubt, es zu benutzen.«

»Ach, das ist ja nett von ihr. Mir hat sie es auch gestattet.«

Wir machen unsere Witze und überspielen damit unser Verlangen nach einander. Schon wieder eine getrennte Nacht. Und wir können uns nicht einmal einen Gutenacht-Kuss geben, das würden ja alle sehen.

»Schlaf gut, mein Schatz und träume schön von mir!«, seufze ich.

»Mir ist schon ohne heiße Träume von dir zu warm. Wenn ich von dir träume, verdampfe ich bestimmt!«

»Oh, dann lass es lieber, ich brauche dich noch!«

Das eintönige Rattern des Zuges lässt mich schläfrig werden und mit erotischen Bildern von meinem Liebsten im Kopf schlafe ich selig ein.

Lange hält der Schlaf allerdings nicht vor. Ich erwache mitten in der Nacht und friere im Luftstrom des Ventilators, der schräg über mir surrt. Ich versuche ihn auszuschalten, doch der Schalter klemmt. Mist, jetzt bin ich hellwach. Ich wühle nach meinem Reisewecker. Gerade mal halb drei. Ich versuche zur Ruhe zu kommen und wieder einzuschlafen. Wälze mich auf die eine, dann wieder auf die andere Seite. Die Pritsche ist hart, mein Rücken tut weh. Ach menno!

Der Zug wird langsamer und hält schließlich mit quietschenden Bremsen. Ich schiebe den kleinen Vorhang zur Seite und versuche in der Dunkelheit das Ortsschild zu entziffern. Lucknow. Da liegt die halbe Strecke noch vor uns. Drei junge Männer rennen durch den Gang auf den Ausgang zu. Lachend hüpfen sie aus dem Waggon. Ich schaue ihnen durch das Fenster nach. Einer von ihnen trägt einen gelben Rucksack. Er hebt sich leuchtend von der Dunkelheit ab. So ein auffälliger Rucksack kann im Gewusel nicht verloren gehen. Praktisch!

Ich gähne und lege meinen Kopf auf meinen Rucksack, der mir auf Nachtzugfahrten als Kopfkissenersatz gute Dienste leistet. Nun schaffe ich es doch, endlich wieder einzuschlafen.

»My bag, my bag!« Eine schrille Frauenstimme reißt mich am frühen Morgen aus dem Schlaf. Durch unseren Waggon rennt eine junge Frau und schreit panisch nach ihrem Gepäck. Sie wendet sich an alle westlichen Touristen und fragt, ob jemand ihren Rucksack gesehen hat, aber niemand kann ihr helfen.

Von denen, die aus dem Schlaf hochschrecken, erntet sie lediglich einen vorwurfsvollen Blick. Wie kann sie es wagen, zu dieser Uhrzeit den Wecker zu spielen? Ich höre die Mitreisenden grummeln und sich auf die andere Seite drehen, um weiter zu schlafen. Andere hingegen haben sich gar nicht erst stören lassen.

Auch mir wirft die junge Frau einen flehenden Blick zu, als sie vorbeieilt. Dem Akzent nach kommt sie aus Skandinavien. Ich hebe ratlos meine Schultern und gähne ausgiebig. Was für eine beschissene Nacht!

Paul setzt sich unten auf und ich luge über den Pritschenrand.

»Guten Morgen, Maja! Na, auch schon ausgeschlafen?«

»Nee, aber wach. Dabei wollte ich doch so lange wie möglich liegen bleiben, damit die Fahrt schneller vorbei geht. Was musste die denn auch für einen Krach machen!«

»Da hat aber jemand schlecht geschlafen. Meine Nacht war herrlich! Angekuschelt an meinen Rucksack ... Das arme Mädel hätte lieber auch mit ihrem Rucksack kuscheln sollen. Dann wäre ihr Gepäck jetzt noch da!«

»Und sie hätte nicht den halben Zug wecken müssen!«

»Komisch, dass alle anderen weiterschlafen und nur wir wach sind. Maja, hör auf zu schimpfen und komm zu mir runter, anstatt wirklich noch alle aufzuwecken! Wir holen uns jetzt einen heißen Chai und frühstücken gemütlich!«

Frühstücken, um fünf Uhr morgens? Paul hat echt Humor! Missmutig klettere ich hinab und setze mich ihm gegenüber. Paul lacht mich an. Er schaut nach rechts zur schlafenden Familie, beugt sich zu mir herüber und drückt mir schnell einen Kuss auf den Mund.

»Guten Morgen, mein Liebling!«

Wie schön! Das war mir aber viel zu kurz. Ich schaue nach links. Die Familie ist ruhig und friedlich. Schnell beuge auch ich mich vor und gebe Paul einen stürmischen Kuss.

»Langsam, langsam. Hebe dir lieber noch was für das Hotel auf!«

Ich grinse und lehne mich zurück. Ich glaube, der Tag wird noch gut.

Der erste Teeverkäufer kommt durch den Wagen und freut sich über unseren Zuspruch. Der auf ihn folgende Frühstücks-Verkäufer ebenso.

Während wir uns über unser Paratha-Frühstück hermachen, steht auch die Familie auf. Der Vater erwacht mit einem Lied auf den Lippen und geht pfeifend auf die Latrine. Ist das „All my loving" von den Beatles? Das kenne ich doch.

»Close your eyes and I'll kiss you, tomorrow I'll miss you …« Leise vor sich hin singend, kehrt der Mann vom Klo zurück und grinst uns an. Oh, hat er unser kleines Kuss-Szenario mitbekommen? Ach, wahrscheinlich ist er einfach nur gut drauf. Doch jetzt zwinkert er mir zu. Ich gucke schnell weg. Wir müssen wohl etwas zurückhaltender sein.

Der Mann tuschelt mit seiner Frau. Sie wirft uns einen verstohlenen Blick zu.

»Die ziehen bestimmt über uns her«, meine ich zu Paul. »Der Mann hat unsere Küsse mitbekommen.«

»Echt? Die können doch auch laut lästern, wir verstehen ja eh kein Wort.«

Jetzt schauen uns beide auch noch neugierig an. Der Mann richtet seine Worte nun direkt an uns und will wissen, woher wir kommen.

»Germany.«

»Ah, Germany. The land of Hitler. I like Germany! I like Hitler!« Der Vater ist begeistert.

Was soll man darauf antworten? Wir versuchen höflich, aber knapp, das Gespräch zu beenden. Da kommt uns die junge Skandinavierin gerade recht, die noch verzweifelter als eben zurückkehrt. Sie hat es aufgegeben, die Touristen anzusprechen. Ihr Gesicht ist von Tränenspuren gezeichnet. Jetzt tut sie mir doch leid. Anscheinend ist sie ganz alleine.

Wir wenden uns ihr zu, und Paul richtet in seiner sozialen Ader einige mitfühlende Worte an sie. Sie erzählt weinend, dass sie nur ganz kurz eingenickt sei. Als sie erwachte, waren ihr Rucksack und ihre Umhängetasche weg. Wir raten ihr, den Schaffner aufzusuchen, der wirkte wirklich kompetent! Der hilft bestimmt! Vielleicht taucht ihr Rucksack dann doch wieder auf. Ich drücke ihr noch eine Packung Butterkekse in die Hand. Die Arme hat bestimmt Hunger, jetzt wo ihr ganzes Gepäck weg ist. Sie nimmt verdutzt die Kekse entgegen. »Good luck!«, rufen wir ihr noch hinterher. Sie stolpert weiter durch den Zug. »Conductor? Conductor?«, hören wir sie immer leiser fragen.

Das wäre erledigt. Immerhin, wir haben ihr geholfen und nicht weggeschaut. Die gute Tat für heute ist vollbracht. Zufrieden lehnen wir uns zurück und genießen den Ausblick. Als ich kurz davor bin wegzudämmern, dämmert es mir.

Wie war das mit dem gelben Rucksack heute Nacht? Ich teile Paul meine Gedanken mit.

»Mensch Maja, das war bestimmt ihr Rucksack! Das hättest du ihr sagen müssen. Das arme Mädchen sucht den ganzen Zug ab …!«

»Aber das war doch lange vorher! Ich habe mir halt nichts dabei gedacht. Ich war im Halbschlaf.«

»Na ja«, seufzt Paul. »Wir hätten ja eh nichts machen können. Wenn sie wieder bei uns vorbei kommt, müssen wir ihr wohl oder übel ausrichten, dass ihr Rucksack vor ihr ausgestiegen ist.«

Paul

Dort steht sie. Ich habe sie eben noch im Zug gesehen. Aufgeregt, hektisch atmend. Nun sitzt sie auf dem gelb-schwarzen Bordstein in der Nähe von einem der großen Lichtmasten auf dem Vorplatz zum Bahnhof, knapp fünf-zig Meter von uns entfernt. Sie wollte also auch hierher. Ihr blondes Haar weht in der leichten Brise.

»Hello Sir! Rikscha« spricht mich ein Mann von der Seite an.

»Nein«, versuche ich ihm deutlich zu machen, aber er lässt keine Ruhe.

Wie soll ich mich hier konzentrieren, wenn der Kerl ständig versucht an meinem Arm zu zuppeln?

»Hotel, Hotel!« Mein Sichtfeld ist von einer mit Gold umrahmten Visitenkarte gestört. Versteht der Mann nicht, dass ich gerade nicht mit ihm reden möchte?

»Schau mal da hinten. Ist das nicht das Mädchen aus dem Zug?«, fragt mich Maja und zerrt an meinem anderen Arm.

»Wer? Wo?« Ich versuche zu sehen, was sie sieht. Und sie sieht das gleiche Mädchen wie ich.

»Sie sieht verlassen aus. So ohne Rucksack.«

Ein wenig Häme klingt durch Majas Worte.

»Sollen wir sie fragen, ob wir helfen können?«

»Nein, lass mal. Sie wartet bestimmt auf jemanden, der sie abholt«, sagt Maja entschieden.

»Fragen schadet doch nichts«, versuche ich sie umzustimmen, aber Maja wiegelt ab.

»Ich will ins Hotel. Nach der Fahrt brauche ich eine Dusche!«

Wir kämpfen uns weiter nach vorne, vorbei an allerhand Leuten, die versuchen, mir und Maja eine Fahrt in ihrem Gefährt aufzuschwatzen. Ein Elefant ist leider nicht mit dabei, den hätte ich vielleicht genommen.

Uns wurde geraten, sich nicht auf die Fahrer am Bahnhof einzulassen, da sie einen nur über den Tisch ziehen. Daher wollen wir weiter die Straße hinunter, in Richtung Stadt, und dort einen netten und zuverlässig aussehenden Riksha-Fahrer aussuchen.

»Komm, wir müssen weiter, am besten hier entlang!« Maja stiefelt entschlossen über eine von den hohen Bordsteinkanten und quetscht sich zwischen zwei Autos hindurch. Ihr Weg führt weit weg von der Blondheit, in einem großen Bogen über den Parkplatz.

»Maja, komm, da ist doch ein Weg für Fußgänger. Der ist sicherer!«

»Finde ich nicht!«, faucht sie mich an.

Doch die nächsten Lücken sind für uns mit den Rucksäcken zu schmal. Ich setze mich durch und wir kehren auf den Fußweg zurück.

»Hallo!« Das blonde Mädchen schaut zu uns hoch, als hätte sie auf mich gewartet. »Ihr seid aus Deutschland, wie ich höre. Schön, Deutsch kann ich besser als Englisch. Ich habe auf euch gewartet. Ihr seid die einzigen netten Menschen im Zug gewesen.«

»Oh danke«, gibt sich Maja verblüfft.

»Können wir dir irgendwie helfen?«, frage ich sie.

»Meinen Rucksack haben die nicht gefunden.«

»Ich glaube«, gibt Maja kleinlaut zu, »den werden sie auch nicht mehr finden. War er gelb?«

Silvie bejaht.

»Dann ist er vermutlich schon in Lucknow ausgestiegen, ohne dich. Im Halbschlaf habe ich drei Männer mit einem Rucksack hinausgehen sehen.«

Silvie muss schlucken. Die letzte kleine Hoffnung hat Maja ihr zerstört.

»Ach herrje! Jetzt habe ich nichts mehr. Zum Glück trage ich meinen Pass und meine Traveller Checks stets bei mir.« Sie wischt sich mit dem Arm den Schweiß im Gesicht weg.

»Ja, das ist gut. Wenigstens ist dann die Reise nicht verloren«, richtet Maja ihr Verständnis an sie.

»Übrigens. Ich bin Silvie. Aus Uppsala.«

»Ich bin Paul und das ist Maja. Wir reisen zusammen. Woher kannst Du so gut Deutsch?«

»Das habe ich studiert. Aber ich reise hier nicht im Land herum. Ich bin gekommen um etwas Gutes zu tun, bei einem Hilfsprojekt.«

»Dann erwarten sie dich bestimmt! Du musst sie nur anrufen und sie holen dich ab! Wir können Dir gerne ein paar Rupien leihen«, sagt Maja. Ihr Blick ist in Richtung Innenstadt gerichtet.

»Nein, so einfach ist das nicht! Zum einen habe ich die Nummer nicht mehr und die haben gesagt, ich soll morgen vorbei kommen.« Silvie wirkt in diesem Moment eher wie jemand, der Hilfe benötigt, anstatt wie jemand, der anderen helfen könnte.

»Very good hotel!« Zwischen mich und Maja hat sich ein Mann gedrängt, der verspricht, uns das beste und schönste Hotel der Stadt zu zeigen. Es sei ganz günstig. Verwundert schaue ich ihn an und schüttle bloß den Kopf.

»Komm doch mit, wir wollen zu einem Hotel in die Altstadt, in der Nähe des Manikarnika Ghats«, biete ich Silvie an, die sogleich dankbar auf unser Angebot eingeht. Fast von Silvie unbemerkt wirft Maja mir einen ernsten Blick zu.

Wir schultern alle, außer Silvie, unsere Rucksäcke und laufen los. Eigentlich ist es doch ziemlich praktisch mit kleinem Gepäck zu reisen. Mein Rucksack zerrt an meinen Schultern und das Wasser läuft mir den Rücken hinunter. Als wir die Straße überquert haben, ist es mit unserer neuen trauten Dreisamkeit vorbei. Erst hupt er nur von hinten. Dann überholt er uns und tuckert langsam neben uns her. Dass er sich auf der falschen Straßenseite befindet, scheint dem Kerl egal zu sein.

»Rikscha, Rikscha«, ruft er uns zu. Er führe uns überall hin. Sein Gefährt: ein Ferrari. Und er: Michael Schumacher. Kleine Rallye-Streifen kleben an der Seite seines Fahrzeugs. Er hupt abermals. Ich versuche ihm zu signalisieren, dass wir keine Rikscha benötigen. Auch keinen Ferrari. Er glaubt mir nicht und begleitet uns weiter. Er redet auf mich ein, aber ich habe aufgehört ihm zuzuhören. Vielleicht lässt er uns in Ruhe, wenn ich ihn ignoriere. Doch wir haben einen Begleiter, der uns nicht mehr von der Seite weicht.

Was soll ich nun tun? Eigentlich wollte ich uns eine Rikscha entfernt vom Bahnhof organisieren. Aber unser Begleitfahrzeug verhindert das.

»Wir sollten hier mal stehen bleiben. Ich habe Durst«, gebe ich meinen Begleiterinnen zu verstehen. Eigentlich will ich ihn nur vom Hals haben. Ich kaufe uns Dreien ein Getränk.

»Hier für Dich, eine Limca.« Ich reiche Silvie die kleine Flasche. »Ach, und Wasser.« Ich wende mich erneut dem Verkäufer zu und ordere noch zwei große Flaschen mit Wasser.

»Danke«, erwidert unsere neue Freundin.

»Sehr generös, mein lieber Freund!« Maja wirkt leicht schnippisch und gereizt.

»Ja, sehr nett!« Silvie schaut mich lächelnd an. Ich lächle zurück.

Der Fahrer hat mittlerweile seinen Motor abgestellt und schaut ohne Unterlass zu uns hinüber. Wenn ich zu ihm blicke, lächelt er mich an. Denkt er, seine Beharrlichkeit wird mit Erfolg belohnt? Ein wenig tut er mir leid, aber auf der anderen Seite nervt er mich gewaltig. Silvie gibt mir die leere Flasche Limca zurück. Maja ist genervt, weil sie gerne ins Hotel möchte und ihr alles zu lange dauert. Der Fahrer bleibt in Lauerhaltung. Wir überqueren die Straße. An einem belebten Platz verliert unser Anhängsel den Anschluss.

»Unser Anhängsel ist fort«, sage ich zu Maja.

»Wie fort? Wer ist fort?« Sie schaut zu Silvie hinüber. Silvie ist noch da. »Ich verstehe nicht, was Du meinst.«

»Den Rikschafahrer. Hast Du den nicht bemerkt? Unsere Eskorte seit dem Bahnhof«, antworte ich ihr.

»Doch, schon. Aber ich hatte andere Sorgen … Der hätte uns doch gut fahren können«, meint Maja.

Ich versuche ihr abermals zu erklären, warum man das nicht machen sollte. Zu dem Erstbesten in den Wagen steigen. Dafür bin ich zu erfahren. Maja lacht laut auf. Silvie schaut erst verstört, lächelt dann aber verlegen mit.

»Ich hoffe, ich halte euch nicht länger auf als nötig. Aber ich danke euch für eure Hilfe.« Silvie blickt uns bemitleidenswert an.

»Ist kein Ding. Wir helfen gerne«, erwidere ich. »Es ist echt eine unglückliche Lage für Dich.«

Wir gehen weiter bis zu einem Rikschastand und nehmen uns eine Rikscha in Richtung Godaulia. Wenn ich Agra schon erdrückend fand, Varanasi ist erdrückender. Der Verkehr lärmt um uns herum, die Zweitakter blasen ein Gemisch aus Abgasen und aufgewirbeltem Staub in meine Nase. Ich muss niesen.

»Gesundheit«, wünscht mir Silvie. Ich schaue in ihre blauen Augen und lächle sie an. Ihre blonden Haare wehen im Fahrtwind. Maja blickt geistesabwesend aus dem Fenster.

»Godaulia!«, stellt unser Fahrer beherzt fest und fragt sogleich: »Hotel?«

»No, nahi«, antworte ich ihm in einem Englisch-Hindi-Mix und zahle ihm den vorher ausgemachten Preis. Er zählt die Scheine, tritt auf sein Gaspedal und rast tuckernd davon. Ich schaue mich um. Meine Ratlosigkeit bleibt nicht unbemerkt. Ein junger Mann in einem hellen Gewand löst sich von einer Gruppe am Straßenrand und kommt auf uns zu.

»Hotel?«, fragt er aufdringlich und bietet uns an, uns zu einem »Super-Hotel« zu begleiten, mit Blick auf den Ganges. Es wirkt, als wollte ein jeder einem ein Hotel vermitteln. Ich lehne dankend ab, aber der Mann bleibt nicht locker. Er zählt eine Menge Hotelnamen auf und wartet unsere Reaktion ab. Als wir uns für eine Richtung entscheiden, bleibt er an uns dran. Im Gegensatz zu unserem Rikschafahrer hat er den entscheidenden Vorteil, dass wir ihn nicht abschütteln können.

Als er merkt, dass wir nicht mit ihm reden, verstummt er, weicht uns aber nicht von der Seite. Ich sehe den einen oder anderen Schlepper starten, uns auch aufzusuchen. Sie stoppen aber abrupt ihr Vorhaben, als sie sehen, dass wir einen der Ihren schon im Schlepptau haben.

»Maja, ist Dir aufgefallen, dass wir uns hier stets wen einfangen?«

»Echt?«, antwortet sie schnippisch. »Doch, jetzt wo du es sagst …« Sie schaut Silvie lächelnd an und sagt zu mir: »Du hattest dir doch erst in Agra was eingefangen!«

»Kann ich mich gar nicht erinnern.«

»Ich mich aber um so besser. Da war es aber eine blöde Kuh.« Dann singt sie: »Gestern war sie braun, heute ist sie blond, und alles ist ja so wunderbar, wunderbar.«

»Das Lied kannte ich noch nicht«, fällt Silvie ins Gespräch ein.

»Kannst du auch nicht. Ist ein Speziallied.«

»Speziallied?«

»Ja, sehr speziell.« Maja lacht.

Wir bleiben vor einem Hotel stehen. Der Schlepper schaut zu uns hinüber.

»Ich glaube, wir sind da!«, meine ich zu den beiden.

Ich schaue am Schild hoch: »Yogi Ganga Lodge«.

»Und was ist mit dem hier »New Yogi Ganga Lodge«? Das scheint neuer zu sein«, meint Silvie begeistert und zeigt auf ein anderes Schild gegenüber.

»Nein, lass uns dieses nehmen. Paul hat es vorher mal im Netz gecheckt und es klang gut. Oft nennen sich Nachahmer ähnlich, um etwas vom Ruhm abzuschöpfen«, leistet Maja einen entscheidenden Beitrag.

Wir schultern unsere Rucksäcke. Der Schlepper setzt sich ebenfalls in Bewegung. Er stürmt als Erster zur Tür hinein und stellt sich an den Tresen. Er murmelt zum Rezeptionisten etwas auf Hindi. Dieser schaut zu uns hinüber und murmelt etwas zurück. Ich schüttle sofort protestierend den Kopf.

Einen Raum für drei Personen möchte er uns anbieten. Der Preis scheint zu hoch zu sein. Hat sich der Schlepper für das Hinterherlaufen etwa eine kräftige Provision verdient? Ich bleibe skeptisch. Maja stellt ihren Rucksack auf den Boden. Silvie steht etwas verloren herum. Sie hätte ihren Rucksack wohl auch gerne abgestellt.

Aber ich bin nicht bereit mich auf dieses Spiel von Hotel und Schlepper einzulassen. Zuerst kläre ich den Rezeptionisten auf, dass wir zwei Zimmer benötigen und dass ich nicht gewillt bin, soviel zu bezahlen. Der Schlepper bleibt schön in unserer Nähe. Ich aber werde grantig.

»Mädels, los! Die wollen uns über den Tisch ziehen.«

Widerwillig schultert Maja ihre Sachen und folgt mir. Der Rezeptionist zischt den Schlepper an und folgt mir. Er fasst mir an den Arm und zerrt mich zurück. Ich blicke ihn an.

»Special price, special price!« Er bietet uns einen Rabatt an.

Ich bin mir sicher, dass es der Ausgangspreis ist. Also gut. Angesichts der steigenden Temperaturen und der fehlenden Lust eine andere Unterkunft zu suchen, quartieren wir uns in seiner Herberge ein. Der Rezeptionist hebt die Schultern zum Schlepper, der ohne den erwarteten Lohn abzieht.

Silvies Travellerschecks werden aber leider nicht akzeptiert. Wir müssen ihr die Anzahlung vorstrecken.

Nachdem sich Maja auf unserem Zimmer frisch gemacht hat und wir uns im hauseigenen Restaurant gestärkt haben - die Rechnung ging auf mich - machen wir uns auf, um Silvie neu auszustatten. Zuerst fahren wir in die Luxa Road am Rande der Altstadt. Dort tauscht sie ihre Travellerschecks ein.

»Endlich wieder Geld in den Händen«, erleichtert zahlt Silvie uns aus. Aber es ist nicht das erwartete Shopping Paradies. Wir hören von einer großen Mall in Richtung Bahnhof und lassen uns per Rikscha dort hin kutschieren.

Silvie begibt sich in einen Shopping-Rausch und ich bin froh, dass Maja sich heute zurückhält. Aber Silvie muss mir alles zeigen: »Paul, schau mal, steht mir das?«

Ich sage kulanterweise stets Ja und Amen: »Ja super Silvie. Sexy.« Im Fab-India Laden suche ich ihr sogar ein paar nette Oberteile aus. Sie ist von meiner Beratertätigkeit dermaßen angetan, dass ich selbst ihre Unterwäsche begutachten muss.

Es ist mir ein wenig peinlich, als Mann in einem indischen Laden eine eigentlich wildfremde, wenn auch hübsche, Frau in BH und Höschen zu begutachten. Ebenfalls peinlich berührt scheint die Verkäuferin. Nur Maja ist stinkig. Ich begreife schnell und trete vor die Tür: »Ich gehe uns was zu trinken kaufen«, gebe ich vor und lasse Silvie und Maja alleine.

Ich frage mich, ob Silvie versucht mich anzugraben. Nett anzuschauen ist sie ja. Aber andererseits scheint sie mir eine Spur zu aufdringlich zu sein.

Erschöpft von den Strapazen bin ich froh endlich wieder im Hotel zu sein und eine Silvie-Auszeit zu erhalten. Die Maja-Erholungszeit ist gekommen. Kuschelnd starten wir in die Nacht.

Maja

»Nee, Paul. Das ist jetzt nicht dein Ernst!« Paul springt direkt aus dem Bett. Sein Gemächt ist noch nicht mal wieder zusammengeschrumpft.

»Wieso? Lass uns doch wenigstens einmal ein bisschen früher in den Tag starten!«

»Fünf Minuten kuscheln wäre doch noch drin gewesen!«

»Haben wir nicht schon genug gekuschelt? Ich will noch in Ruhe frühstücken! Und in einer halben Stunde beginnt schon unsere Yoga-Stunde.«

Ich bin sauer und schmeiße das Kissen nach ihm. Paul ist aber schon im Bad verschwunden und es klatscht nur gegen die Tür.

Na toll. Kaum taucht eine hübsche Frau auf und ich bin überflüssig! Wegen mir hätte er niemals Yoga gemacht. Zu Hause hat er sich immer über die Leute, die zum Yoga-Kurs gingen, lustig gemacht. Aber wenn Silvie fragt und ihm dabei schöne Augen macht, ist er sofort begeistert! Sie müsse unbedingt ihr Karma aufbessern, hatte sie gestern Abend zu uns gesagt. Das gehe mit Yoga am besten.

Ich strecke meine schmerzenden Glieder. Gestern fand ich die Idee noch gut. Yoga muss man in Indien wirklich mal gemacht haben und mein Rücken würde es mir bestimmt danken. Aber so wie sich Paul heute wegen Silvie aufführt ... Ach, ich bleibe noch liegen. Soll er doch alleine frühstücken gehen. Essen vorm Yoga. Auf so eine Idee kann auch nur mein verfressener Freund kommen.

Die Tür vom Bad geht auf.

»Maja, bitte komm mit frühstücken! Steh auf! Oder willst du mich etwa mit Silvie alleine essen lassen?«

»Was? Nein, natürlich nicht!« Ich hüpfe aus dem Bett, renne ins Bad, klatsche mir Wasser ins Gesicht, schlüpfe in Hose und T-Shirt und stehe keine Minute später vor Paul.

»Auf zum Frühstück!«

Wir teilen uns einen großen Obstbecher mit Papaya und Banane, dazu Cheese-Naan. Silvie taucht zum Glück nicht auf.

Wir treffen sie erst auf dem Hoteldach, wo sich bereits ein munteres Grüppchen in der noch kühlen Morgenluft um den Yoga-Lehrer versammelt hat. Wir setzen uns in die Reihe hinter Silvie und beginnen die Stunde mit dem Sonnengruß. Mir ist es viel zu früh für Verrenkungen und ich schaffe es nur mit Mühe, mich aus der Bauchlage auf meine Hände zu stützen. Bin ich froh, bereits was im Magen zu haben! Vor uns höre ich Silvies Magen knurren. Doch sie hat keine Probleme mit den Übungen. Grazil und weich bewegt sie ihren Körper genau in Pauls Blickfeld. Sie wackelt mit ihrem Po hin und her, in der kurzen Shorts, die ihr Paul gestern ausgesucht hat. Ich mag Yoga nicht!

Paul hingegen ist am Ende der Stunde ganz begeistert. Ich kann mir gut vorstellen, warum!

»Hey, das hat echt Spaß gemacht, Silvie! Wir müssen uns in Berlin unbedingt eine Yoga-Gruppe suchen, Maja!«

»Mhm. Bei uns um die Ecke gibt es ein Yoga-Studio für Senioren, vielleicht nehmen die uns ja auf?«

»Ach Quatsch, Maja! So blöd hast du dich doch gar nicht angestellt. Wir können ruhig einen richtigen Kurs besuchen. Das schaffst du schon!«

»Ja, klar.« Ich habe keine Lust auf weitere Ausführungen.

»Ich gehe noch duschen und frühstücken, ja? Wir treffen uns dann in einer Stunde. Ich freue mich, dass ihr mir suchen helft. Das ist echt lieb von Euch!« Mit einem Lächeln verabschiedet sich Silvie in Richtung Restaurant.

»Toll, und was machen wir jetzt, Paul?«

»Wolltest du nicht noch kuscheln?«

»Einverstanden!«

Fast frisch und sehr erholt starten wir mit Silvie unsere Sightseeing-Tour, während der wir parallel nach der Hilfsorganisation suchen wollen.

Allerdings hat Silvie weder eine Ahnung wie die Straße hieß, noch erinnert sie sich an den genauen Namen des Vereins. Wie kann man nur so blöd sein?!

»Das stand alles auf dem Zettel in meiner Umhängetasche. Warum hätte ich mir das merken sollen? Ich will doch nur helfen! Den armen Kindern helfen!«

Paul wirft mir einen genervten Blick zu.

»Kannst du dich denn wenigstens an irgendetwas erinnern? Damit wir einen Anhaltspunkt haben, wonach wir suchen müssen?«

Silvie überlegt.

»Ach, ich glaube, der Name war irgendwas mit Sonne. Und die Adresse war in der Altstadt, das weiß ich noch genau!« Ihre Augen leuchten. »Das ist doch ein guter Anfang, oder?«

Na ja, wie man's nimmt. Die Altstadt ist ein pulsierendes Labyrinth aus kleinsten Gassen. Aber egal, wir haben versprochen zu helfen, dann machen wir das auch. Dabei lassen wir uns von Silvie nicht unser Kultur-Programm vermiesen. Wir werden in aller Ruhe die Stadt anschauen und die Sehenswürdigkeiten abklappern. Mehr als dabei unsere Augen nach der Sonne offenzuhalten, können wir eh nicht.

Den Ganges mit der Menschenmasse am Manikarnika Ghat lassen wir links liegen und stürzen uns direkt in das verwirrende Getümmel der Altstadt. Hier herrscht rege Betriebsamkeit. Wir werden auf unserem Weg stets und ständig angesprochen, weisen jedoch jegliche Anliegen rigoros ab. So bahnen wir uns unseren Weg durch das verwinkelte Zentrum und betrachten die verschiedenen Tempel und Moscheen. Dabei müssen wir ständig auf Silvie achtgeben. Aufgescheucht läuft sie vor und zurück, um die nächste Ecke, bleibt hier und dort stehen und späht in die Gegend.

»Wo kann es nur sein? Es muss doch hier irgendwo sein!«

»Silvie, bleib ruhig! So hektisch wirst du deine Organisation niemals finden. Wir laufen doch gerade alle Straßen ab. Also bleib einfach bei uns und halte die Augen offen. Die Organisation hat doch bestimmt ein großes Schild am Eingang! Wenn du uns hier noch verloren gehst, hilft dir das nicht weiter!« Pauls Ansage wirkt. Silvies Panik legt sich ein wenig.

»Du hast recht, Paul! Erstmal Durchatmen! Atmen wirkt Wunder!« Mitten auf dem schmalen Weg bleibt sie stehen und vollzieht die Atemübungen, die wir heute Morgen in der Yogastunde gemacht haben.

Einige Passanten umrunden sie, doch ein junger Mann, der auf seinem Rücken einen riesigen Sack transportiert, kann nicht mehr stoppen und kommt durch Silvies abrupten Stillstand ins Taumeln. Der Sack rutscht von seinem Rücken, schlägt auf und glitzernde Armreifen prasseln auf den Boden. Paul und ich helfen beim Aufsammeln und murmeln entschuldigende Worte. Als wir alle Reifen beisammenhaben, hievt der Mann den Beutel zurück auf seinen Rücken und hetzt gebückt weiter.

»Ein: mhhhh - und aus: ffff.« Silvie hat von dem von ihr ausgelösten Schlamassel nichts mitbekommen. Mit geschlossenen Augen steht sie in der Gasse und atmet einfach. Paul und ich schauen uns verdutzt an.

»Ist die wirklich so verpeilt?«

»Sieht so aus.« Ich weiß nicht, ob ich verärgert sein, oder einfach lachen sollte. Die Situation ist zu absurd.

»Ein: mhhhh - und aus: ffff.« Silvie öffnet die Augen und strahlt uns an. »So, nun kann es weitergehen. Jetzt ist mein Geist offen und bereit die Adresse zu finden.« Sie geht beschwingt weiter.

Dennoch bin ich es, die Silvie drei Straßenzüge weiter auf das Schild aufmerksam machen muss.

»Hey Silvie, komm zurück! Schau mal, kann es das hier sein?«

Am Eingang eines größeren Komplexes prangt das Metallschild: Happy Sunshine Girls, in roten Lettern, umgeben von Sonnenstrahlen.

»Super, das ist es! Bestimmt! Sunshine Girls, wie konnte ich das nur vergessen? Kommt mit, ich will mich vorstellen!«

Ob das wirklich die richtige Organisation ist? Ganz überzeugt wirkt Silvie nicht, eher so, als ob sie sich selbst mit ihren Worten überzeugen wolle. Sie läuft vor, ich wende mich an Paul:

»Wir gehen kurz mit rein, ja? Nur schnell schauen, ob

sie dort wirklich richtig ist, dann können wir sie guten Herzens sich selbst überlassen! Okay? Die geht mir so auf den Senkel!«

»Mir auch! Aber ich will mir das auf jeden Fall auch mal anschauen! Wo wir so lange danach gesucht haben, muss ich mir ein Bild davon machen.«

Wir stapfen hinter Silvie her.

»Wisst ihr, wo wir hin müssen? Wo ist denn das Büro?« Silvie sieht schon wieder den Wald vor lauter Bäumen nicht.

»Ähm, Silvie, wie wär's, wenn du einfach mal den Schildern folgen würdest? Da steht es doch groß und deutlich: Office!«

»Oh ja, hab ich gar nicht gesehen …«

Bin ich froh, wenn wir das verpeilte Küken bald los sind! Nur noch ein paar Minuten, dann können wir Silvie ihrem Schicksal überlassen.

Das Büro ist in einem schicken Neubau untergebracht. Als wir den Eingang betreten, kommt ein Wachmann auf uns zugeeilt, der hastig seinen Gürtel schließt. Freundlich fragt er nach unserem Begehr und wir erklären Silvies Anliegen. Er leitet uns gut gelaunt zur Chefin ins Büro und schlendert pfeifend zurück zu seinem Platz vor der Tür.

Eine korpulente Europäerin sitzt auf einem High-tech-Drehsessel vor dem Computer. Als sie uns sieht, springt sie auf und die Federung schnellt einen halben Meter nach oben. Auf ihrem Gesicht liegt ein Strahlen. Sie schüttelt als erstes Silvies Hand.

»Hallo, du musst Silvie sein. Wir erwarten dich schon sehnsüchtig! Und du hast noch zwei Helfer mitgebracht, wie schön!« Sie gibt uns die Hand.

»Wir haben Silvie nur begleitet. Wir sind gleich wieder

weg!« Paul beeilt sich, das Missverständnis aufzuklären.

»Wie schade! Das ist wirklich bedauerlich.« Sie seufzt. »Letzten Monat ist uns das Mädchen abgehauen, das für den Englisch-Unterricht zuständig war. Und der junge Mann, der letzte Woche angefangen hat, ist gleich nach zwei Tagen getürmt. Hach, die heutige Jugend ... hat keine Ideale mehr ... Faul sind die jungen Leute! Haben nur ihr eigenes Vergnügen im Kopf ...« Die Frau schimpft sich in Rage.

»Aber ich bin ja hier ... und motiviert«, versucht Silvie sich im guten Licht zu präsentieren.

»Sicher, sicher. Ja, das ist natürlich schön. Wir freuen uns!« Die Frau fängt sich wieder und ringt sich ein Lächeln für Silvie ab.

»Gut, wo waren wir? Wollt ihr einen Kaffee? Die Maschine mahlt die Bohnen ganz frisch! Vielleicht bekomme ich euch damit überredet bei uns zu bleiben.« Sie schenkt Paul und mir ein lauerndes Grinsen.

»Nein, danke!«

»Aber gerne!« Paul hat die glänzende moderne Kaffeemaschine entdeckt. »Also, den Kaffee nehme ich gerne, danach müssen wir aber gehen. Wir wollen heute noch den Affentempel besichtigen.«

»Schade, schade.« Sie schüttelt bedauernd den Kopf. »Nun gut, aber schön, dass du da bist, Silvie. Wo hast du eigentlich dein Gepäck?«

»Ähm ..., im Hotel.«

»Warum hast du deinen Rucksack denn nicht gleich hierher mitgebracht?«

»Na ja ...«, stammelt Silvie. Ihr ist die Sache mit dem Rucksack peinlich. »Ich soll doch erst übermorgen anfangen!«

»Ach, tatsächlich?« Die Frau zieht sich einen Stapel mit losen Papieren heran und fängt an zu kramen.

»Hier sind deine Unterlagen. Du hast recht, erst übermorgen. Schade, schade. Du kannst natürlich gerne heute schon anfangen, aber die Versicherung zahlt dann im Schadensfall nicht …«

»Morgen möchte ich mit meinen Freunden noch eine Bootstour auf dem Ganges machen.«

»Okay! Aber heute zeige ich dir schon mal alles. Komm mit!«

Die Frau geht in einem Tempo voran, das ich ihr gar nicht zugetraut hätte. Schon ist sie im Flur verschwunden. Silvie guckt uns kurz Hilfe suchend an.

»Wir sehen uns heute Abend im Hotel, ja? Ich lade euch zum Essen ein!« Schnell läuft sie der Frau hinterher.

»Hey, und was ist jetzt mit meinem Kaffee? So ein Saftladen!« Paul ist enttäuscht. Wir stehen ratlos im leeren Büro.

»Komm Paul, lass uns lieber schnell abhauen!«

Wir verlassen das Gebäude und gehen am schlafenden Wachmann vorbei über den Hof zum Ausgang. Das Areal ist von schäbigen Wellblechhütten eingerahmt, aus denen wir nun Hämmern und Klopfen hören.

»Was sind das eigentlich für olle Baracken? Gehören die zur Organisation dazu?« Ich bin arg verwundert.

»Mhm, kann ich mir nicht vorstellen.« Paul betrachtet sie skeptisch. »Vielleicht haben die Mädchen gerade Werkunterricht?«

»Die Baracken sehen für mich eher nach Slum aus. Die können doch nicht zu den Happy Sunshine Mädels gehören.«

»Ach egal, Maja. Soll Silvie doch hier glücklich werden.

Wir gehen jetzt erstmal einen Kaffee trinken.«

»War der schlecht! Mieser Krümmelkaffee! Was würde ich jetzt für einen richtigen Filterkaffee geben! Vielleicht sollten wir doch bei den Happy Sunshine Girls anfangen. Oder wir beauftragen Silvie, deren Kaffeemaschine zu klauen ...«

Wir sitzen in der Nähe des Durgatempels auf einer Mauer. Überall hüpfen Affen herum, aber Paul kann an nichts anderes als an seinen Kaffee denken. Typisch!

»Nee Paul, vielleicht wäre ein Entzug doch das Beste! Und jetzt hilf mir mal!« Ein kleiner Affe zieht an meinem Hosenbein. Der ist ja ganz niedlich, aber mir ist das etwas unheimlich. Ich hoffe, der hat keine Tollwut.

»Hau ab!«, hilft leider nicht. Der kleine Kerl rupft weiter an meiner Hose, schaut mich frech an und macht komische Laute.

»Ich verstehe dich leider nicht, bitte geh!«

Paul lacht sich schlapp. »Bitte, bitte, lieber Affe. Ja, warum gehst du denn nicht ...? Maja, meinst du wirklich darauf würde er hören?« Paul kann gar nicht mehr aufhören, er lacht und lacht.

Ich komme mir blöd vor. Auch andere Touristen werden von Affen belagert, die wehren sich aber entweder lautstark, schütteln die Affen ab und flüchten oder lassen sie zu sich auf den Schoß springen und füttern sie.

»Ich will aber nicht aufstehen. Wir sitzen so schön im Schatten! Also Paul, nun mach mal was und lach mich nicht nur aus!«

»Ich lache doch nicht über dich! Nur mit dem Affen! Aber gut, ich verscheuche ihn dir.«

Er schiebt das Äffchen mit dem Fuß von mir weg und

jagt es fort. Das Tier guckt verdutzt, schließt sich dann aber einem im Schatten ruhenden Affengrüppchen an.

»Na, zufrieden? Hab ich toll gemacht, was?«

»Ja, danke.«

Als ob das jetzt eine Heldentat gewesen wäre. Kann Paul nicht mal einfach so was für mich machen, ohne blöde Kommentare? Ich krame in meiner Tasche. Irgendwo müssen doch die Kekse sein. Die Packung war schon offen und meine Tasche ist voller Krümmel. Ah, da sind sie. Ich brauche dringend eine Stärkung!

Kaum habe ich die Packung hervorgeholt und nehme mir knisternd einen Butterkeks heraus, stehen sie vor mir. Ich habe sie gar nicht kommen hören. Doch ich bin bereits von einer Affenhorde umzingelt. Entsetzt starre ich auf ihre gefletschten spitzen Zähne. Der Erste hüpft halb auf meinen Schoß und langt nach den Keksen.

Paul

»Ahhh!«

Erschrocken springt Maja auf und wirft eine Packung mit Butterkeksen in hohem Bogen weit weg von sich. Ich starre sie ungläubig an.

»Mensch Maja, du hättest mir wenigstens einen abgeben können.«

Sie reagiert nicht auf mich und sucht stattdessen Deckung hinter mir. Ich schaue der Packung hinterher. Der kleine süße Affe neben ihr auch. Er hat Pech gehabt. Unmengen von Keksen regnen auf eine sich stetig nähernde Affenhorde herab. Sofort stürzen sich die Tiere auf die Leckerbissen, zanken und hauen sich. Eine echte Keilerei, die

Maja da ausgelöst hat.

Die Besten, die einen Keks ergattert haben, ziehen mit ihrer Beute schnell von dannen, setzen sich in den Schatten und vertilgen ihre Beute laut schmatzend. Der kleine Affe hat nichts abbekommen.

Die anderen Besucher des Tempels, die ihnen nur Bananen vor die Füße geworfen haben, sehen gegen Majas Gaben alt aus. Sie müssen weiter um ihr Karma fürchten. Vielleicht hat mein Äffchen bei ihnen ja Glück.

Maja zittert. Ich drehe mich um und gehe auf sie zu.

»Na, alles klar? Komm, setz dich lieber wieder, du bist ja ganz bleich.«

»Nein, ich will hier nur noch weg!« Maja greift ihre Tasche und kehrt dem Tempel wackligen Schrittes den Rücken.

»Hey, warte«, rufe ich, »Wir waren doch noch gar nicht im Tempel.«

»Ist mir egal. Ich gehe nicht wieder zu den Affen.«

»Ach komm Maja, die tun doch nichts. Die sind ja jetzt satt.«

»Hast du ihre Zähne gesehen? Die sind irre spitz …!«

Maja klopft zur Bestätigung auf ihre Schneidezähne.

»Bei der Zuckerbombe, die du ihnen zugemutet hast, aber bestimmt nicht mehr lange.«

»Jetzt aber noch.«

»Stimmt.«

»Eben!«

»Aber da können die Affen doch nichts für. Die warten doch nur darauf, dass die Touristen so blö …, mhm«, ich stocke kurz »… ,dass die Leute ihr Essen rausholen.« Ich versuche mein Lachen zu unterdrücken.

»Ich hatte Hunger«, pampt sie mich beleidigt an. »Aber

den Tempel kannst du vergessen. Hübsch sieht der von außen ja eh nicht aus.«

»Deswegen sollten wir ihn ja mal von innen betrachten.«

»Ich habe kein Interesse daran. Ich will zurück.«

»Maja. Wie wäre es dann, wenn ich Dich einfach zum Essen einlade?«

»Aber bloß weit weg von hier!«

»Versprochen!«

Wir trotten vom Tempel in Richtung Altstadt. An einer viel befahrenen Hauptstraße kehren wir kurz in einem ansprechenden Restaurant ein und bestellen uns eine Kleinigkeit. Heute Abend sind wir ja anscheinend noch zu einem ausgiebigen Dinner eingeladen. Wenn Silvie sich für unsere Hilfe revanchieren möchte, müsste das Essen üppig ausfallen: sechs Gänge plus Schampus.

Ich hatte mir einen schöneren Morgen vorgestellt. Die Yoga-Stunde war ja noch ganz lustig, aber die Suche nach der blöden Organisation von Silvie war nur anstrengend. Was hätten wir nicht alles entdecken können! Die verwinkelten Gassen laden zum sich treiben lassen ein. Aber Silvie trieb uns durch die staubigen Hinterhöfe. Ich frage mich ernsthaft, wie diese Frau jemanden helfen kann, wenn sie sich noch nicht einmal selbst helfen kann.

Auf einer Platte werden uns Kleinigkeiten serviert, Samosas und Pakoras.

»Hier Maja, nimm einen. Die Affen sind gerade beschäftigt.«

Aus ihren Gedanken herausgerissen, schreckt sie auf und schaut sich kurz um: »Mach keine blöden Witze. Ich empfand die Situation echt als brandgefährlich.«

»Du hast sie doch elegant gelöst!«

»Haha!« Maja wirft mir einen vorwurfsvollen Blick zu.

Geschickt versuche ich einen Themenwechsel zu vollziehen und lästere über Silvie.

»Ich weiß nicht, ob wir Silvie hier alleine in Varanasi lassen können. Sie ist ohne uns vollkommen aufgeschmissen.«

»Willst du sie etwa auf unserer Reise mitnehmen?«

»Nein, wie kommst Du bloß darauf?«

»Du wirfst ihr immer solch lüsterne Blicke zu!«

»Ich? Nein!«

Zumindest ist mir das bislang nicht aufgefallen. Silvie sieht hübsch aus. Ja, ich kann sagen, dass mir ihr Äußeres sehr wohl gefällt. Aber es geht ja auch um die inneren Werte. Und hier kann ich nur sagen, dass die Frau mich nervt und ich es keine Woche mit ihr aushalten würde.

»Aber ich sage Dir, Du würdest keine Woche mit ihr aushalten«, sagt Maja zu mir und vertilgt einen Pakora mit Käsefüllung, den sie mir zuvor noch um die Nase gewedelt hatte.

Bevor ich zum Protest ansetze, besinne ich mich eines Besseren, denn Maja hat schließlich recht. Und sie kennt mich nur zu gut. Außerdem wollte ich über Silvie lästern und nicht ihr Verhalten rechtfertigen. Ich versuche mich an einem erneuten Spaß.

»Ich glaube, Maja, wir würden den Laden rocken, du, mein Happy Sunshine Girl! Aber Silvie …«.

Maja fällt mir ins Wort: »Nein, mein Guter, ich will mit dieser ominösen Organisation nichts zu tun haben.«

»Ach Maja, ich wollte …«

»Ist mir egal. Ich sage: Nein!«

Jedes weitere Wort würde wohl in einer Katastrophe enden. »Ich wollte doch nur sagen, dass wir …«

»Lass uns los. Ich will zurück ins Hotel!«

Der Abend kommt schneller als erwartet und so auch Silvie. Sie klopft zaghaft an unserer Tür.

»Hallo, seid ihr bereit?«, fragt sie von draußen.

»Nein!«, gibt Maja unmissverständlich zum Ausdruck.

Dabei hätten wir schon lange bereit sein können, wenn Maja sich nicht in Zeitlupe nach dem Duschen abtrocknen würde.

»Wir kommen in zehn Minuten zu Dir rüber«, antworte ich Silvie.

Als sich Silvie hörbar seufzend in ihr Zimmer verkrochen hat, setze ich mich auf das Bett und schaue Maja genüsslich zu. Ich bekomme Appetit.

»Zehn Minuten sind zu kurz. Du hättest eine halbe Stunde heraushandeln müssen.« Sie wickelt sich das Badehandtuch eng um ihren Körper, verzieht sich zum Schrank und kleidet sich rasch an. »Ich bin für Silvie bereit!«

»Es kann ja noch nett werden«, versuche ich mir Mut zu machen. »Der Abend ist lang.«

»Vielleicht für Dich. Ich will das Ganze so bald wie möglich beenden und dann Schlafengehen. Ich freue mich auf die Tour morgen.«

Maja bleibt unnachgiebig und ich werde wohl heute bei ihr leer ausgehen.

Wir schlendern missgelaunt den Hotelflur zu Silvies Zimmer herab und lassen uns von ihr ins Hotelrestaurant leiten.

»Zum Dank möchte ich euch zum Essen einladen.«

Sie setzt sich uns gegenüber. »Ihr ward mir eine große Hilfe.« Ihrem Gesicht entspringt ein gequältes Lächeln.

»Dann erzähle uns mal von deinem großen Tag. Wie sind die Happy Sunshine Kids denn so?«, frage ich sie geradeheraus.

Ihr Lächeln gefriert. Sie schaut nach unten, sammelt sich und blickt mit einem Räuspern wieder nach oben.

»Es ist furchtbar.«

Silvie hört nicht mehr auf, von ihrer Organisation zu erzählen. Sie vergleicht ihre Informationen, die sie aus dem Internet und der offiziellen vom Entwicklungsministerium gesponsorten Broschüre hat, mit dem, was sie in den paar Stunden dort gesehen hat.

Das Büro war das Eine, der Ort, wo sie arbeiten soll, das Andere. Sie muss von nun an in einer der Baracken mit drei anderen Helferinnen schlafen. Davor sind die Wellblechhütten, in denen die Mädchen arbeiten.

»Sie bekommen eine Ausbildung, damit sie später einen Job bekommen können«, erklärt uns Silvie. »Ich muss ihnen morgens Englisch beibringen und am Nachmittag helfe ich als Aufseherin in den Werkstätten. Ist das nicht schrecklich?«

Sie redet und redet und vergisst dabei fast ihr Essen. Für uns gab es keinen Kaviar, keinen Schampus und auch kein Bier. Ich seufze lautstark. Auf Champagner und Kaviar hätte ich verzichten können, aber nicht auf mein Feierabendbier.

Silvie schnattert weiter von ihren Happy Sunshine Girls. Ich bekomme nur noch mit, dass ihr die Arbeit nicht gefällt und das alles extrem religiös ist und denke mir, wie man so blöd sein kann, sich auf so etwas überhaupt einzulassen. Ich schaue zu Silvie. Sie lächelt mich an.

»Wie konnte ich nur so blöd sein und mich darauf einlassen?«

Tja, denke ich mir und meine nur: »Die Einen möchten Affen etwas voressen, die Anderen nur Gutes tun. Beides geht meistens nach hinten los.«

Als ich dies ausgesprochen habe, verspüre ich schon einen Tritt von meiner Nachbarin. Silvie versteht mich nicht und muss mangels Aufklärung weiter im Dunkeln tappen.

»Hast Du den Vertrag schon unterschrieben?«, möchte Maja wissen.

»Ja, in Stockholm.«

»Das ist schlecht«, stellt Maja fest und genießt sichtlich ihren Lassi.

»Hast Du keine Probezeit?«, möchte ich wissen.

Sie schüttelt den Kopf. »2000 Kronen müsste ich bezahlen, um den Vertrag aufzulösen.«

Ich verkneife mir jeglichen abwertenden Kommentar und versuche aufbauend zu wirken: »Dann ist es ja gut, dass wir heute Abend keinen Champagner zu trinken bekommen haben.«

Maja

Warum können wir nicht mal einen Typen aufgabeln? Einen richtig gut aussehenden Kerl. Stattdessen sitzen wir jetzt mit diesem aufreizenden Go-go-Girl in einem Boot. Warum hat Silvie sich hier eigentlich nur kurze Klamotten gekauft? Aber Paul hatte Silvie darin ja noch bestärkt. *Guck mal, Silvie, wär das nicht ein schöner Rock für dich?* Für mich war das nichts weiter als ein kleiner bunter Stofffetzen. *Und hier, das ist doch ein tolles Top?* Für mich sah das eher aus wie ein gehäkelter Topflappen.

Zielsicher hat Paul Silvie beim Shoppen sexy Sachen rausgesucht. Dabei hat er mich in Berlin noch über indische Moralvorstellungen belehrt.

Nee, die nächsten Mitreisenden, mit denen wir Unternehmungen machen, werden Männer sein! Am liebsten würde ich die schöne freie Urlaubzeit allerdings ganz intim mit Paul alleine verbringen. Ich mag keine Kletten! Wir wollten Silvie doch schon gestern loswerden. Und jetzt verbringen wir wieder den ganzen Tag mit ihr. Ich könnte kotzen!

Das Bötchen schaukelt auf dem Ganges und die Ghats ziehen gemächlich an uns vorbei. Wir passieren Wäscher, die mit geschickten Bewegungen lange bunte Tücher durchs Wasser ziehen, sehen Tempeln und Pilgergruppen hinterher und schauen uns die Badenden an, die sich ehrfürchtig rituell waschen.

»Vielleicht brauche ich auch eine rituelle Reinigung im Ganges«, scherzt Silvie. »Damit mein Karma und ich endlich wieder im Einklang sind.«

Sie ist seit gestern Abend sehr nachdenklich. Die unglückliche Ankunft in Varanasi und die Zustände in der Hilfsorganisation machen ihr sichtlich zu schaffen. Sie hadert mit ihren Entscheidungen und überlegt, ob sie dort wirklich anfangen soll. Ich bete darum, dass sie nicht auf die Idee kommt, durchs Land reisen zu wollen. Womöglich will sie sich uns dann morgen anschließen …

»Du wirst sehen, Silvie, alles wird gut! Du opferst deine Zeit einer guten Sache, du willst helfen. Da wird das Schicksal dir bestimmt nicht weiter übel mitspielen«, tröste ich sie.

»Du willst doch nicht im Ernst in diesen dreckigen Fluss?« Paul ist noch entsetzt von der Idee, im Ganges zu baden.

»Nee, war doch nur Spaß! Danke Maja, danke Paul. Ich bedanke mich für eure Unterstützung.« Silvie knetet bei ihren Worten Pauls Schulter.

Ich versuche mich zu entspannen, aber die Eifersucht nagt tief in mir und versetzt mir immer wieder Stiche. Dabei weiß ich doch, dass überhaupt kein Anlass dazu besteht. Paul widmet sich Silvie nicht übermäßig, nur ganz normal. Also eigentlich alles in Ordnung. Die negativen Gefühle kann ich trotzdem nicht ganz abschalten. Ich ärgere mich über mich selbst. Ich sollte den Moment genießen, nicht grübeln!

Am Lalita Ghat endet unsere Bootstour. Die Stunde ist um und unser Schiffer lässt uns bei den Stufen aussteigen. Wir laufen in Richtung Manikarnika Ghat. Am Verbrennungs-Ghat wollen wir uns heute endlich mal in Ruhe umsehen. Vorher essen wir zur Stärkung Dhal in einem kleinen Restaurant. Damit sind wir für die Verbrennung der Leichname hoffentlich gut gewappnet.

Als Erstes sehen wir die Rauschschwaden aufsteigen, dann riechen wir sie auch. Mir wird ganz anders. Der Anblick und der Geruch der brennenden Scheiterhaufen lassen mich erschaudern.

Silvie will mitten hinein in das Getümmel, doch Paul hält sie zurück.

»Bleiben wir lieber etwas auf Abstand. Wir wollen doch die trauernden Familien nicht stören.«

Das ist mir mehr als recht. Wir schauen uns das Spektakel aus der Entfernung an. Wie können diese traurigen Bilder so viele Touristen faszinieren? Manche fotografieren doch tatsächlich die brennenden Leichname! Ich bin fassungslos und versuche das Gegenteil - die Bilder nicht zu detailliert in meinen Kopf zu lassen, um mich nicht an sie zu erinnern.

»Tolle Stimmung, oder?«, Silvie fragt das ganz im Ernst. Sie schaut interessiert umher und hat ein Leuchten in den Augen. Wie um alles in der Welt kann man von Leichenverbrennungen begeistert sein?

»Na ja, als toll würde ich das nicht bezeichnen«, meint Paul. »Aber es hat seinen eigenen Reiz. Der Trubel, die Feierlichkeit, … Und schaut, jetzt wird er dem Ganges übergeben. Das ist wirklich faszinierend!«

Ein Scheiterhaufen kohlt in den letzten Zügen und wird gerade von ein paar Männern in den Fluss geschoben. Auch Paul ist von diesem Schauspiel hingerissen. Bin ich hier die einzige Normale?

»Was ist denn daran so interessant? Ich finde es einfach schrecklich!«

Paul und Silvie schauen mich erstaunt an.

»Warum?«, fragt Silvie naiv.

»Das ist nun mal der Lauf der Dinge. Und einem Hindu kann doch gar nichts Besseres passieren, als dass er nach seinem Tod in den heiligen Ganges kommt. Wir können uns für ihn freuen!« Paul sieht das Ganze sehr pragmatisch.

»Nee, also mir ist schon ganz schlecht! Kaum ist der eine Leichnam im Fluss, brennt schon der nächste. Ich kann mir das kaum anschauen!«

»Ach komm, Maja. Nur noch ein paar Minuten. Dann gehen wir.«

Paul richtet seine Aufmerksamkeit auf den nächsten Scheiterhaufen. Er ist zum Anzünden vorbereitet. Ich möchte nicht sehen wie die Flammen von dem Menschen, auch wenn er nicht mehr lebt, Besitz ergreifen. Meine Augen wandern über das riesige Lager mit den Holzscheiten, das sich neben dem Ghat erstreckt. Ein paar Männer holen Nachschub und schleppen die Scheite vom Lager zum Ghat. Einer sitzt mitten zwischen den Hölzern im Schneidersitz auf einem Sack. Etliche Ketten trägt er um den Hals. Sie liegen auf seinem nackten dunklen Oberkörper. Seine Haare sind zu langen Rastas verfilzt. Seine Augen sind geschlossen, er scheint zu meditieren.

Das hingegen finde ich faszinierend. Der Anblick des Mannes zieht mich in den Bann. Er strahlt eine immense Ruhe aus. Voller Würde ist er in sein eigenes Universum versunken. Ich kann nicht aufhören, ihn zu betrachten. Sein Körper pulsiert, es scheint eine enorme Kraft von ihm auszugehen. Seine Haare fallen auf seine Arme, seine Hände liegen entspannt auf seinen verschränkten Beinen. Alles fließt ineinander, alles ist eins. Unter seinen Beinen entstehen neue Arme.

Spinne ich jetzt? Ich blinzle und schaue genauer hin. Nein, tatsächlich! Mein Magen dreht sich um. Der Sack ist gar kein Sack! Der Mann meditiert auf einem Menschen – auf einer Leiche. Meine Beine knicken unter mir weg. Sofort ist Paul da und zieht mich zu sich hoch.

»Maja, was ist los?« Panik schwingt in seiner Stimme. Er packt mich an den Oberarmen.

Ich bekomme keinen Ton raus und zeige nur in Richtung des Mannes.

»Oh, ein indischer Rastafari«, scherzt Paul.

Ich reiße mich los und renne durch die Menschenmenge die Stufen zum Wasser hinunter. Mein Magen rumort, doch herauskommen will nichts. Ich hänge eine Weile über dem Ganges und schaue in das trübe stinkende Wasser.

Was da alles Ekliges drin schwimmt. War das gerade ein kleiner Finger? Oder doch nur ein Stück verkohltes Holz? Ich besinne mich auf meine Taktik und schaue nichts genau an.

Paul kommt mir nach und legt seine Hand zart auf meinen Rücken. »Geht's wieder?«

Ich nicke und lasse mich neben ihm auf einer Stufe nieder. »Was war denn los? Warum hat dich der Anblick des meditierenden Mannes so verstört?«

»Hast du es denn nicht gesehen?«

»Was?«

»Der saß auf einem Toten!«

»Echt? Ich dachte, der sitzt auf einem Sack.«

»Nein, ich hab's genau gesehen. Es war eine Leiche!«

»Komische Sitten haben die indischen Rastafaris! Mhm, das muss ich mir noch mal anschauen. Kommst du mit?«

Widerwillig folge ich Paul die Treppe hoch, zurück zum Holzlager.

»Er ist verschwunden.« Paul klingt enttäuscht. »Aber eine Leiche sehe ich auch nicht.«

»Sie muss aber noch hier sein!« Ich schaue mich um. »Komisch!«

Am Ghat laden gerade zwei Männer einen Toten auf eine Bahre und schichten Holz um ihn herum. »Hey, vielleicht ist er das!«

»Ja, vielleicht.« Paul zuckt mit den Schultern. »Oh, da kommt Silvie. Die hatte ich ganz vergessen.«

»Hey, ihr beiden. Da seid ihr ja wieder. Ihr könnt doch nicht einfach so wegrennen! Auf einmal stand ich hier ganz allein.«

»Maja musste in den Ganges kotzen.«

»Stimmt doch gar nicht«, empöre ich mich. Warum

muss Paul mich immer so schlecht darstellen?

»Nicht?«, fragt Silvie.

»Na ja, erst sah es so aus, aber es war doch Fehlalarm.«

»Puh, dann bin ich ja froh!«

»Ach, so schlimm wär es ja auch nicht gewesen.«

»Oh doch!« Silvie schaut uns entschlossen an.

»Warum?«, fragen Paul und ich unisono.

Silvie atmet tief ein und macht eine theatralische Pause. »Na, weil ich es doch mache!«

»Wie? Was machst du?« Paul ist ebenso verwirrt wie ich.

»Ich mach's. Ich lass mich im Ganges segnen! Aber wenn Maja da jetzt reingekotzt hätte … Das wäre mir doch zu eklig gewesen.«

Ich denke an die Millionen Inder die schon in den Fluss gekotzt, gekackt, oder was auch immer gemacht haben, und unterdrücke mein Lachen.

Paul

Sachte steigt Silvie die Treppen hinab. Im Wasser steht schon der Guru und erwartet sie.

»Hast Du Dir das auch gut überlegt?«, möchte ich wissen.

»Das ist doch nicht schlimm. Ich gehe nur bis zu den Knien ins Wasser. Und man wird ja auch nicht gleich ins Wasser geschmissen.«

»Und wenn Du untergetaucht wirst?«

»Nein, er soll mich nur segnen. Das werde ich ihm vorher sagen.«

Behutsam krempelt sie an der letzten Stufe ihren Rock

hoch und steigt vorsichtig in die trüben Fluten.

Zuerst muss sie dem Guru ein paar Scheine rüberwachsen lassen, dann führt er sie bis zum Bauchnabel ins Wasser. Silvie wird unsicher. Doch ein Zurück gibt es nicht mehr. Der Guru beginnt mit seiner Zeremonie. Er lässt ein Messinggefäß mit einem kleinen Feuer um ihren Kopf kreisen und spricht beschwörende Worte. Silvie schließt die Augen.

Der Guru stimmt einen mantrischen Gesang an, legt Silvie seine Hand auf ihren Kopf und schwupps, ist sie untergetaucht. Einmal, zweimal, dreimal.

Als sie wieder auftaucht, spuckt sie Wasser. Der Ekel ist in ihrem schockstarren Gesicht gezeichnet.

»Bäh!«, meint Maja und dreht sich weg. Ich spüre hinter meinem Rücken den Ansatz eines Lachanfalls. Diplomatisch sammelt sich Maja wieder und schenkt Silvie die gebotene Aufmerksamkeit. »Hätte ich ein Handtuch, würde ich es dir reichen.«

»Komm!« Ich biete ihr meine Hand an.

Silvie torkelt die erste Stufe hoch, rutscht weg und landet erneut im Ganges. An ihr vorbei schwimmt ein kleiner Haufen. Sie sieht ihn an und nimmt erneut Anlauf. Sie greift meinen Arm mit beiden Händen. Dann lässt sie sich auf den Stufen nieder und wringt ihren Rock aus.

»Was soll ich jetzt tun? Was mache ich jetzt bloß?«

Verstört zupft sie an ihren Haaren und versucht Pflanzenreste heraus zu friemeln.

»Am besten gehen wir zurück ins Hotel und du duschst und ziehst dich um«, versucht Maja zu helfen.

»Und was ist mit meinem Karma?«

Silvie hat seltsame Ideen.

»Und du nimmst irgendetwas ein, damit du dir keinen

Magen-Darm-Virus holst«, gebe ich noch zu bedenken.

»Weshalb hat er mich untergetaucht? Ich hatte ihm doch gesagt, dass ich das nicht will.«

»Hat er dich denn verstanden?«, frage ich sie.

»Weiß ich nicht. Er hat mit mir nicht Englisch gesprochen.«

Damit dürfte diese Frage geklärt sein. Ich schaue meine Hand an und weiß nicht so recht, was ich mit ihr machen soll. Maja erkennt mein Dilemma: »Im Hotel desinfizieren wir alles gründlich. Solange darfst Du mich aber nicht anpacken. Dein Arm steht unter Quarantäne.«

»Und Silvie?«

»Erst recht!«

Maja lässt mich neben Silvie die Straße herlaufen. Sie ist auf Abstand bedacht. Die anderen Touristen auf dem Weg zum Ghat betrachten Silvie mit Neid, dass sie sich so intensiv auf Indien eingelassen hat. Ein paar Einheimische schauen sie mitleidig an. Am meisten Leid tue ich mir aber selber. Schon wieder hat Silvie uns dazu gebracht den Tag anders zu verbringen als von mir geplant.

Maja grinst hämisch: »Mich würde interessieren, ob Silvie ein Vorbild für die anderen Touristen auf dem Weg zum Ghat ist. Am liebsten würde ich noch mal zurückgehen und mir auf den Stufen das Schauspiel ansehen. Wir könnten Wetten abschließen, wie viele sich jetzt auch segnen lassen.«

Silvie schleicht apathisch neben uns her und bekommt Majas Frotzeln nicht mit. Ich antworte nicht. Ich hätte gerne am Abend eine Zeremonie am Ufer gesehen. Sie sollen so atmosphärisch sein. Aber Silvie können wir in dieser Situation wohl nicht alleine lassen. Wir verabreden uns ein weiteres Mal zum Abendessen.

Silvie stürzt dabei eine Cola nach der anderen hinunter.

»Das desinfiziert, heißt es immer. Stimmt doch, Paul?«

»Weiß nicht«, antworte ich wortkarg.

»Aber es ist doch nicht schlimm? Mein Bauch sticht etwas.«

»Vielleicht solltest Du einen Arzt aufsuchen«, rate ich ihr.

»So schlimm wird es nun auch wieder nicht sein.«

Tapfer setzt sie sich senkrecht und isst einen Happen.

Ich höre etwas rumpeln. Mein Bauch ist es nicht. Maja schaut mich an und deutet mir, ihrer war es auch nicht. Gemeinsam blicken wir zu Silvie.

»Es ist alles in Ordnung. Ich brauche keinen Arzt.«

»Wir gehen lieber wieder zurück auf die Zimmer.« Maja verschlingt noch schnell ihr letztes Chapati und springt auf.

»Silvie, vielleicht solltest Du dich etwas hinlegen und viel trinken. Hier nimm noch meine Wasserflasche mit«, biete ich ihr an.

Silvie streichelt mir dankbar die Hand. Mir ist aufgefallen, dass Silvie mich mit anderen Augen ansieht als ich sie. Wäre Maja nicht mit dabei, wäre es bestimmt noch offensichtlicher gewesen. Wenn ich vor ihr stehe, glänzen ihre Augen. Sie sucht meine Nähe. Nun gut, ich bin ein sportlicher Typ und sehe auch nicht übel aus.

Vor ihrer Zimmertür bleiben wir kurz stehen. Silvie schaut mich an: »Ich glaube, mir ist schlecht.«

Sie würgt kurz und verschwindet schnell in ihrem Zimmer. Danach ward sie nicht mehr gesehen.

Wir machen uns noch einen schönen Abend. Gehen noch mal hinaus, lassen uns durch die Atmosphäre treiben und beenden den Tag auf der Dachterrasse unseres Hotels mit Cola und Papaya-Shake.

»Werden wir morgen noch mal bei ihr vorbeischauen?«, fragt mich Maja.

»Natürlich, was denkst du denn? Wenn es ihr schlechter geht, müssen wir einen Arzt rufen.«

»Aber ich habe keine Lust, sie den Morgen weiter am Backen zu haben. Nachher müssen wir noch mit ihr gemeinsam ein Krankenhaus suchen.«

»So schlimm wird es doch nicht sein.«

»Ich habe gesehen, was im Fluss schwamm. Und das schwimmt jetzt in Silvies Magen.« Maja zieht genüsslich an ihrem Strohhalm.

»Meinem Magen geht es gut!«, sage ich stolz.

»Da ist ja auch kein Gangeswasser drin!«

»Stimmt.«

»Sage ich doch.«

»Was machen wir noch Schönes?«, möchte ich wissen.

»Lass bloß deine Hände bei Dir. Ich traue der ganzen Sache noch nicht.«

»Hey, ich habe vor dem Essen schließlich die Hälfte meines Duschgels verbraucht um alles abzuwaschen«, protestiere ich.

»Trotzdem!«

»Schade.«

Wir hatten dennoch eine ganz angenehme Nacht. Ich und Maja haben noch lange geredet und den Stress der letzten Tage ganz weit hinter uns gelassen. Morgen geht es für uns weiter und Silvie wird, so denn sie gesund ist, bei ihren Happy Sunshine Girls das glücklichste Sonnenmädchen sein.

Am nächsten Morgen klopfen wir behutsam an Silvies

Tür. Sie ist nicht abgeschlossen und wir treten ein. Silvie liegt nicht im Bett. Dafür hören wir es auf der Toilette rauschen.

»Alles in Ordnung?«, fragt Maja.

Wir hören nur ein Geräusch, das wie »Mmpf« klingt.

»Mmpf – was?«, frage ich.

»Mmkmme mmklchmm.«

»Was hast Du gesagt?«

»Mkmme klch.«

»Silvie sind wohl die Vokale ausgegangen«, scherze ich zu Maja.

»Wahrscheinlich sind sie die Klospülung runter!«, spinnt sie meinen Gedanken weiter.

»Ist gut, wir warten!«, rufe ich Silvie laut zu.

Sie kommt stark gebeugt, ihre rechte Hand den Magen haltend, aus der Toilette. Sie sieht vollkommen fertig aus. Silvie schleicht an uns vorbei und lässt sich auf das Bett fallen.

»Willst Du einen Keks zur Stärkung?« Maja hält ihr eine Packung Butterkekse unter die Nase.

Silvie muss drei Mal würgen und verschwindet erneut auf der Toilette.

»Wo hast Du die schon wieder her? Ich dachte deine Vorräte haben die Affen.«

»Ein paar Kekse habe ich noch. Das ist meine eiserne Reserve.«

»Gibst Du mir einen? Ich glaube unser Frühstück findet heute verspätet statt.«

Ich krümmle in Silvies Bett, fege es aber mit meiner Hand schnell wieder sauber.

Silvie kehrt erleichtert zurück. Sie berichtet, dass sie die ganze Nacht nicht von der Toilette heruntergekommen ist und kein Auge zugemacht hat. Sie wirkt erschöpft.

»Wann musst Du heute anfangen?«, möchte ich von ihr wissen.

Eine Träne läuft ihre Wange hinunter.

»Was soll ich machen? Mir geht es nicht gut.«

»Rufe einen Arzt. Dann bekommst Du etwas Antibiotisches und vielleicht ist dann alles wieder gut«, rate ich ihr.

»Und rufe deine neue Stelle an. Vielleicht können die dir ja helfen«, sagt Maja.

»Das ist nicht gut!« Silvie wimmert leise vor sich hin, aber noch genügend laut, dass wir es mitbekommen.

»Lass die Arbeit ruhen und erhole Dich etwas.«

»Darum geht es nicht. Ich mag nicht mehr!«

Maja schaut demonstrativ auf die Uhr.

»Wir müssen weiter.« Ich leite von Maja angespornt unseren Abschied ein. »Unser Zug fährt um halb zwölf nach Satna.«

»Bitte bleibt noch«, fleht Silvie uns an. »Ich fange wohl lieber nicht bei der Organisation an, was meint ihr?«

»Keine schlechte Idee. Viel Glück!«, rufe ich ihr beim Hinausgehen noch zu.

Wir hetzen die Treppen hinunter, frühstücken gemütlich und checken pünktlich aus. Eine Rikscha fährt uns zum Bahnhof, aber wir sind irgendwie schon wieder etwas spät dran. Der Zug steht schon bereit. Am Bahnsteig nehme ich meine Beine in die Hand und springe über einen unachtsam abgelegten Rucksack.

»Maja, komm schnell, den schaffen wir noch.«

Ach du heilige …!

Maja

Die Fahrt nach Satna verläuft unspektakulär. Paul schläft, oder tut so, ich weiß es nicht. Ich hänge meinen Gedanken nach und genieße den Moment der Ruhe. Das Land überfordert mich ziemlich. Daher blende ich Vieles aus und schaue lieber gar nicht zu genau hin. Ich glaube, sonst würde ich oft verrückt werden. So verlasse ich mich in vielen Situationen einfach auf Paul und vertraue darauf, dass er das schon richten wird. Eigentlich doch eine schöne Anerkennung für ihn. Aber ich denke, so kann es nicht weitergehen. Ich muss auch alleine in Indien zurechtkommen können. Schließlich will ich nicht von einem Mann abhängig sein. Aber wenn ich ehrlich bin, gefällt es mir, dass ich mich hier oft entspannt zurücklehnen kann, denn es ist stressig genug.

Ich wecke Paul. Wir sind in Satna angekommen, von wo wir mit einem Bus weiterfahren werden. Er schleppt sich hinter mir aus dem Zug. Ihm scheint es nicht gut zu gehen und ich mache mein Vorhaben wahr, stelle ihn auf dem Gleis im Schatten ab und organisiere uns ein Frühstück. Ich kaufe ich eine Maaza, eine Packung trockene Kekse und vier Bananen. Ich habe jetzt riesigen Hunger.

Als ich zu Paul zurückkehre, sitzt er zusammengesunken auf seinem Rucksack. Er schaut auf den Boden und stöhnt.

»Hier, Paul. Ich habe uns Frühstück mitgebracht. Vielleicht geht es dir danach besser!« Paul schaut mich an und hält sich schnell die Hand vor den Mund.

»Ich glaube, das ist keine gute Idee.« Er würgt. »Mir ist irgendwie schlecht. Iß du ruhig schon mal alleine.«

»Mhm, du siehst überhaupt nicht gut aus! Meinst du, wir schaffen es bis nach Khajuraho?«

»Bestimmt!«

»Gut, dann organisiere ich uns eine Rikscha zum Busbahnhof. Ich komme gleich wieder und hole dich ab.« Als Antwort erhalte ich nur ein zustimmendes Grunzen. Auf dem Weg durch den Bahnhof schiebe ich mir schnell eine Banane rein. Das muss als Frühstück erst einmal reichen. Vor dem Bahnhofsportal trete ich auf die Straße. Hier warten etliche Rikschafahrer. Ich spreche einen an und nach kurzer Verhandlung sind wir uns über den Preis zum Busbahnhof einig. Das war doch gar nicht so schwer! Ich bin mit mir mehr als zufrieden!

Nun muss ich nur noch Paul in die Rikscha befördern. Das erweist sich als gar nicht so einfach. Er steht schwankend auf und bricht beim Versuch seinen Rücksack aufzusetzen fast unter dem Gewicht zusammen. Ich nehme rasch seine Umhängetasche an mich, schwinge mir mit der anderen Hand mein Gepäck auf den Rücken und stütze ihn. Wir bleiben eine Weile so stehen. Paul atmet mehrmals tief ein und aus und gibt mir dann das Zeichen, dass es losgehen kann. Wir setzen uns im Schneckentempo in Bewegung und durchqueren den Bahnhof.

Unser Rikschafahrer hupt ungeduldig als er uns erblickt, aber dass macht Paul auch nicht schneller. Als wir endlich sein Gefährt erreichen und er Paul sieht, ist er entsetzt.

»No, no!« Er winkt ab. »Not Khajuraho, Hotel!« Ist das jetzt so eine Schleppersache? Statt uns zum vereinbarten

Ziel zu bringen, lotst er uns ins Hotel seines Schwagers und bekommt eine fette Provision? Ich schüttle den Kopf und protestiere. »Busstation!«

Doch der Fahrer zeigt nur auf Paul und weigert sich uns zu befördern. Ich schaue fragend zu Paul.

»Was machen wir jetzt?«

Paul blickt mich an und ich erschrecke. Inzwischen sieht er noch schlechter aus. Ganz bleich ist er geworden und auch ich glaube nicht mehr, dass wir es mit ihm im Bus nach Khajuraho schaffen. Mit einem Zug vielleicht, der hat wenigstens eine Toilette …

So gebe ich dem Fahrer recht und sage: »Okay, hotel. Good hotel!« Er grinst. »Very good hotel, madam!«

Schon die Fahrt mit der Rikscha verlangt Paul einiges ab. Jede Kurve und jedes Überholmanöver quittiert er mit einem Stöhnen. Er ist sichtlich erleichtert, als wir vor dem heruntergekommenen Bau halten. Ich hingegen gar nicht. Die Auffahrt ist schmierig, mit roten Flecken und Müll übersät. Paul macht sich sofort Schritt für Schritt auf in die Rezeption. Mir bleibt nichts übrig, als dem Rikschafahrer den ausgemachten Preis in die Hand zu drücken und Paul zu folgen. Wir bekommen ein kleines Zimmer ohne Fenster, dafür mit Flachbild-Fernseher. Auch hier sind in der Ecke über dem Mülleimer Flecken. Aber ich kann mich nicht beschweren, denn Paul steuert direkt auf das Bett zu und legt sich hin.

Der Tag wird lang. Paul schläft die halbe Zeit, und als er wach wird, trägt er mir auf, die Bustickets für morgen klarzumachen. Also tigere ich zur Rezeption, um zu fragen, wie ich das am besten bewerkstellige. Der Mann hinterm Tresen ist sehr zuvorkommend. Er ruft gleich bei einem Busunternehmen an und bucht uns zwei Plätze. Die

Summe, die er dafür von mir fordert, ist happig. Wahrscheinlich hat er die Hälfte für sich draufgeschlagen. Aber egal, er ist freundlich und ich bin froh unsere Weiterfahrt so unproblematisch organisiert zu haben. Auf dem Rückweg in unser Zimmer gehe ich beim Restaurant vorbei und kaufe uns Wasser und einfaches Naan-Brot. Damit sollte Pauls Magen zurechtkommen. Den Rest des Tages verbringe ich auf dem Bett und zappe mich durch das indische Fernsehprogramm, während Paul neben mir döst.

Ich erwache am nächsten Morgen als Paul aufspringt. Mit den Worten »Oh Gott, mir ist da ein Malheur passiert«, rennt er ins Badezimmer. Auf einen Schlag bin ich hellwach und bemerke den unschönen Geruch, der im Raum hängt. Ein Blick auf Pauls Bettseite bestätigt den Verdacht. Das Laken ist von einer braunen Flüssigkeit überzogen, die sich noch in Bewegung befindet. Hastig verlasse auch ich das Bett, ehe sie zu mir herüber laufen kann. Da hat sich Paul wohl bei Silvie angesteckt, denke ich, und rufe in Richtung Bad: »Alles klar bei dir? Brauchst du Hilfe?«

»Nein, nein, schon gut. Ich wasche nur meine Hose und meinen Schlafsack aus. Ähm, pack du doch schon mal unsere Sachen zusammen. Ich glaube, wir müssen hier so schnell wie möglich weg!«

Ja, das denke ich mir auch. Der Gestank ist kaum zu ertragen und unser Zimmer hat schließlich kein Fenster zum Lüften.

Als ich alle herumliegenden Dinge in unsere beiden Rucksäcke verstaut habe und umgezogen bin, öffnet sich die Badezimmertür. Paul schleicht heraus, ohne mich anzublicken. Er murmelt etwas, das ich als Plastiktüte interpretiere. Er kramt seine Tüte für die Schmutzwäsche aus seinem Rucksack, leert sie aus und stopft die nassen Sachen hinein. Ihm scheint sein Unglück peinlich zu sein. Immerhin, er hält sich aufrecht auf den Beinen und sieht lange nicht mehr so blass wie gestern aus. Ich versuche die Situation zu überspielen und tue so, als wäre nichts gewesen. Während Paul das Laken vom Bett zieht und in eine Zimmerecke schmeißt, schnüre ich meine Schuhe und gehe zur Tagesordnung über: »Na, dann mal auf nach Khajuraho«.

Statt einer Antwort verzieht Paul das Gesicht und rennt erneut aufs Klo. Ich suche aus meinem Rucksack die Packung mit dem Loperamid heraus. Wortlos nimmt Paul sie an sich. Beim Verlassen unseres Zimmers schließen wir schnell die Tür hinter uns. An der Rezeption legen wir den passenden Betrag für die zwei Nächte und den Zimmerschlüssel auf den Tresen, und ehe der Hotelangestellte dahinter noch etwas sagen kann, sind wir bereits auf und davon. Paul sieht zu mir herüber und instruiert mich: »Kein Wort mehr darüber, ja?«

»Ja, klar«, bestätige ich ihm sein Anliegen und stelle mir vor, wie in diesem Moment der Hotelboy die fleckigen Laken entdeckt.

Paul

Viel zu früh sind wir am Busbahnhof. Besorgt fragt Maja: »Geht es?« Ich bin froh über die echte Zuwendung, die sie mir gegenüber zeigt.

»Ein bisschen besser.« Natürlich ist gar nichts gut, denn es rumort weiter, und es fühlt sich nicht okay an.

»Du kannst gerne was essen. Ich lasse es besser sein«,

biete ich ihr an.

Aus meiner Tasche krame ich zwei Tabletten hervor und werfe sie mir ein. Jetzt sollte Ruhe sein, doch der Schluck Wasser löst wieder ein Unwohlsein aus.

»Kann ich Dich gerade mal alleine lassen?«, frage ich Maja.

»Ja. Wieso? Ach!«, gibt sie zu verstehen.

Ich mache mich auf den Weg zur „Pay & Use-Toilette" in dem seltsamen Betonklotz mitten auf dem Busbahnhof. Ich befürchte das Schlimmste, sowohl von der öffentlichen Toilette als auch von meinem besorgniserregenden Zustand. Ich gebe dem Mann zwei Rupien und treffe entgegen allen Vorstellungen auf ein recht sauberes Klo. Ich hocke mich über das eingefasste Loch im Boden und versuche mit der linken Hand meine Hose zu halten, so dass sie nicht den Boden berührt. Man weiß ja nie! So verharre ich einige Zeit, aber nichts passiert. Ratlos warte ich noch ein wenig, aber ich möchte Maja auch nicht so lange alleine auf dem Bahnhofsteig sitzen lassen. Ich beschließe, das Unternehmen abzublasen und den Tabletten zu vertrauen.

»Wann fährt der Bus?«, umschifft Maja das heikle Thema, als ich zurückkehre.

»Zwei Stunden haben wir noch. Du kannst aber wirklich gerne was essen«, wiederhole ich mein Angebot.

»Nein, ich möchte nicht. Wenn Du es nicht schaffst, können wir Khajuraho ausfallen lassen und uns hier eine neue Unterkunft suchen«, schlägt sie mir vor.

Wenn ich es nicht schaffe? Was soll das denn jetzt heißen? Ich habe bislang alles geschafft. Ich bin Paul. Ich habe damals in der Jugend, beim Landespokal, mit einem fast gebrochenen Arm noch Basketball gespielt. Mit Schmerzen versteht sich. Aber ich musste für das Team da sein. Ich mache nicht schlapp!

Sie hält mir ihre Hand auf die Stirn: »Ein bisschen warm bist du schon!«

»Nein, ich will hier weg!«, sage ich kurz angebunden und setze die Flasche Wasser zum Trinken an. Im Bauch gluckert es bedrohlich. Ich versuche, mir nichts anmerken zu lassen. »Außerdem haben wir den Bus gebucht. Der war ja nicht gerade billig!«

»Gut!«, sagt sie kurz und damit ist die Diskussion beendet. Die Wartezeit ist zäh. Der Busbahnhof füllt sich und es wird warm. Ich habe Hunger, aber überhaupt keinen Appetit. Für die Fahrt gehe ich noch mal eine Flasche Wasser kaufen. Dabei komme ich an einem Essensstand vorbei. Allein die Gerüche drehen mir den Magen um. Ich habe das Gefühl, nie wieder etwas Indisches essen zu können.

Maja

In Khajuraho angekommen, treffen wir am Busbahnhof einen Portugiesen, mit Vollbart und Klampfe, der sich uns ungefragt anschließt. Wir laufen zu dritt ins Dorf. Luis heißt er und fragt uns aus. Da Paul heute nicht zu gebrauchen ist, bleibt die Kommunikation größtenteils an mir hängen. Ich erläutere, woher wir kommen und wohin wir noch wollen. Luis ist zwar sehr freundlich und locker, aber ich bin froh zu hören, dass er weiter in den Norden möchte. Er schwärmt uns von Dharamshala vor, wo er am Anfang seiner Reise bereits eine Woche verbracht hat, während mein Kopf rattert. Ich vermute, er will zusammen mit uns ein Hotel ansteuern und versuche mir eine Ausrede zurechtzulegen. Ich möchte nicht schon wieder Anschluss. Mal ein netter Abend oder einen Ausflug mit anderen Travellern, gerne. Aber Silvie war mir zu viel. Ich habe keine Lust auf noch eine Klette, auch wenn es diesmal eine männliche wäre. Nein, ich möchte unseren Urlaub zu zweit genießen.

Luis Frage, ob wir denn zusammen ein Hotel nähmen, reißt mich vorzeitig aus meinen Überlegungen. So antworte ich ihm ehrlich, dass wir uns bereits ein Hotel vorgebucht haben. Seine Mundwinkel verziehen sich nach unten und seine Enttäuschung ist nicht zu übersehen. Er möchte in die angesagte Tempel-Lodge. Glück gehabt! Schnell verabschiedet er sich und entschwindet in die Richtung von drei blonden Frauen, die ihre Rucksäcke abgestellt haben und sich mit Blick ins Buch beraten. Da muss ich kein schlechtes Gewissen haben, das wird sicher eine nette Zeit für Luis in Khajuraho.

Unser Hotel liegt genau gegenüber von einem Wasserbecken, in dem es nur so von Mückenlarven wimmelt. Ein pulsierender Tümpel des Grauens. Uns beschleicht das ungute Gefühl, vielleicht doch nicht die richtige Wahl getroffen zu haben. Aber das Hotel selbst sieht hübsch aus, unser Zimmer ist türkis gestrichen und es gibt eine wunderschöne Dachterrasse. Lediglich die Armada von Moskitos, die in unserem Zimmer herumschwirrt, stört das Gesamtbild. Wir sind skeptisch, aber Paul nicht in der Verfassung eine weitere Unterkunft anzuschauen und ich fühle mich nach dem Drecksloch in Satna endlich wieder wohl. So stehen wir unschlüssig mitten im Raum.

Der Hotelangestellte versucht unsere Bedenken zu verscheuchen: »Don't worry, no problem. Give me five minutes!«

Er verschwindet und kommt mit einem kleinen blauen Plättchen zurück, das er triumphierend in die Höhe hält. »Mosquito Mat«, sagt er stolz und zündet eine Ecke davon an. Der aufsteigende Rauch riecht nicht gesund. Der Boy schreitet das ganze Zimmer ab und beräuchert mit seiner vermeintlichen Waffe gewissenhaft auch unser Badezimmer. Mir ist nicht richtig klar, was er damit bewirken will, da die Moskitos weiter um mich surren. Ich schaue ihn ungläubig an: »Okay, and now?«

Wir sollen fünf Minuten warten, dann wäre alles in Ordnung. Damit verlässt er uns. Und tatsächlich, auf einmal geraten die Moskitos ins Taumeln und ich kann zusehen, wie einer nach dem anderen zu Boden sinkt. Es regnet Moskitos. Rational denke ich: »Was für ein brutaler Akt«, doch innerlich freue ich mich, dass wir für heute die Füße hochlegen und uns noch einen ruhigen Abend machen können. Mit dem Tuch, das vor dem Badezimmer als Matte liegt, fegen wir die Moskitos so gut wie möglich in einer Ecke des Raumes zusammen und hängen Pauls nasse Sachen vom Morgen zum Trocknen auf. Anschließend spannen wir zur Sicherheit unser Moskitonetz über das Bett, obwohl der Geruch im Zimmer für neu eintreffende Moskitos bestimmt den sicheren Tod verheißt.

»Für uns ist das auch nicht gesund«, stellt Paul fest, »aber immer noch besser, als wenn du Malaria bekommst und ich dich pflegen muss!«

»Ha, ha«, Paul kann schon wieder uncharmante Witze auf meine Kosten machen, dann geht es ihm also besser. Ich springe zu ihm aufs Bett und versuche ihn in den Schwitzkasten zu nehmen, was bei seiner Statur jedoch ein albernes Unterfangen ist. Er rettet seinen Kopf und meine Ehre mit den Worten: »Wie wäre es mit Pizza auf der Terrasse? Ich lade dich ein.«

Mein Magen knurrt zustimmend, eine wunderbare Idee. Wir steigen die Treppe hinauf auf die Dachterrasse und genießen die Abendstimmung. Zu der Pizza lässt sich Paul sein erstes Bier in Indien schmecken. Nach den Ereignissen am Morgen finde ich das eine dämliche Wahl, aber ich möchte ihm jetzt keine Vorhaltungen machen, denn vom Nachbartisch haben wir deutsche Stimmen vernommen. Sie gehören Annika und Moritz aus Frankfurt. Paul lässt sich die Gelegenheit einer kleinen Konversation nicht nehmen und so klingt der Abend gemütlich zu viert aus. Das Pärchen ist lustig und wir lachen viel, da Moritz ihre Reiseerlebnisse mit ulkigen Grimassen ausstattet. Zum Abschied rät Annika mir, ich solle bei der Besichtigung der berühmten mit Sexszenen versehenen Tempel unbedingt auf die Orgien-Szene mit dem Pferd achten. Die sei echt heiß.

Der nächste Tag beginnt gemächlich. Nach dem Bier werde ich nur langsam klar im Kopf. Um Paul vor größerem Schaden zu bewahren, habe ich mich erbarmt und ihn beim Leeren seiner zweiten Flasche kräftig unterstützt. Er hätte sonst ohne Sinn und Verstand alles in sich hineingeschüttet und wäre sicher heute auch nicht zu gebrauchen gewesen. Er rührt sich noch nicht und zur Erholung lasse ich ihn weiter schlafen. Ich raffe mich auf, schleiche ins Bad und nutze die Zeit für eine ausgiebige Dusche. Nach dem Abtrocknen mache ich mir einen lockeren Zopf und betrachte mein Gesicht im Spiegel. Etwas Farbe habe ich in den wenigen Tagen bereits bekommen, nicht viel, aber wir achten auch sorgfältig darauf, uns regelmäßig einzucremen. Die Sonnencreme verteile ich auch jetzt auf Gesicht, Hals und Arme. Ein abschließender prüfender Blick und ich bin bereit für den Tag. Paul hat sich inzwischen aufgesetzt und reibt sich verschlafen die Augen. Ich setze mich zu ihm und streichle seine stachelige Wange. »Guten Morgen«, sage ich betont fröhlich. »Gut geschlafen? Und, wie geht es dir heute?«

»Na ja«, brummelt er. »Mit 'nem Kaffee wird's schon werden.« Dann macht er den Fernseher an und dreht die Lautstärke des Musiksenders auf, ehe er im Bad verschwindet. Ich schaue mir die Choreografie der bauchfreien Tänzerinnen und des galanten Tänzers in ihrer Mitte an. „Patiala House" wird am Ende eingeblendet, das ist wohl der Titel des Films, aus dem der Song stammt. So lenke ich mich mit den bunten Bildern und ihren eingängigen Melodien ab und versuche mir keine Sorgen um Pauls Zustand zu machen.

Paul

Der gestrige Abend war doch noch lustig. Nachdem ich mich nach Khajuraho gequält habe und echt mächtigen Hunger schob, haben wir auf der Dachterrasse Annika und Moritz getroffen. Die beiden sind schon länger auf Reisen.

»Wie war es denn in Rishikesh?«, wollte ich wissen. Dort haben sie ihre Rundreise gestartet, die sie über Nepal nach Bengalen und Varanasi führte. Jetzt sind sie auf ihrem Rückweg nach Delhi. Moritz begann weit auszuholen und versuchte, halb um Authentizität bemüht, halb als Stand-up-Comedian, die Stimmung zu beschreiben. Von den Ashramis und den ganzen Sinnsuchern, zu denen er ja nicht gehöre. Trotz meines lädierten Zustandes war ich ganz gesellig. Es gab ein, zwei Bier, die großen Flaschen Kingfisher, die bei mir ihre Wirkung entfalteten. Annika erzählte von ihren Varanasi Erlebnissen und fand es schade, dass wir uns nicht bereits dort getroffen hatten.

Ihre Erzählungen beschrieben eine Atmosphäre, die ich dort nicht verspürt hatte. Ich versuchte, die Story von der im Ganges badenden Silvie mit einzubringen. Moritz hörte mir aber nur mit halbem Ohr zu und fand es beeindruckend, dass unsere „Freundin" so intensiv in die Stimmung eingetaucht sei. Ich glaube, wir redeten aneinander vorbei.

Stimmung und Atmosphäre, diese beiden Begriffe benutzten die beiden gerne. Ich fand aber, ihre Augen erzählten etwas anderes. So stimmig war das alles nicht, manches klang sehr übertrieben, manches aufgesetzt. Ich empfand den Abend aber als angenehm und Maja trank von meinem zweiten Bier sogar mit.

Erstaunlicherweise war sie heute Morgen auch vor mir wach. So sitzen wir auf der Terrasse in froher Erwartung auf unser Frühstück. Der Sinn steht mir noch immer nicht nach Indischem. Toast, Marmelade und Kaffee – damit müsste mein Magen zurechtkommen. Das Bier gestern ging doch erstaunlicherweise auch ganz gut. Diesmal versuche ich, den Tag mit ein paar aufgelösten Kohletabletten zu überstehen. Wer weiß, wie oft ich das Loperamid noch für Fahrten brauchen werde. Ich zwänge das Toastbrot in mich hinein. Der Kaffee ist Krümmelkaffee, »Nescafé«, wie die Bedienung stolz sagt, als ob das was Besonderes sei. Was gäbe ich jetzt für einen echten Filterkaffee, der den Bierdunst in meinem Kopf vertreibt und die Lebensgeister weckt. Ist nicht.

Maja ist heute Morgen sehr ruhig und auch mir ist es nicht nach großer Konversation. So sitzen wir uns wie ein altes Ehepaar am Frühstückstisch gegenüber, genießen die ersten Sonnenstrahlen, die sich über die staubige Landschaft erheben, und lassen uns bedienen. Heute wollen wir die Tempelanlagen besichtigen von denen Annika und Moritz so plastisch erzählt haben.

Maja

Nach dem Frühstück klopfen wir bei Annika und Moritz. Moritz macht wieder Witze, diesmal übers Packen und Weiterreisen, aber wirklich glücklich sehen heute Morgen beide nicht aus. So verabschieden wir uns lieber schnell und machen uns auf den Weg zu den Tempelanlagen. Gegenüber vom Eingang steht ein Mülleimer. Ich krame etliche benutzte Taschentücher und Keksverpackungen hervor und schmeiße alles gewissenhaft in die Tonne. Ein Polizist, der am Tempeleingang mit einem Gewehr zur Überwachung sitzt, steht auf und kommt herüber. Er beobachtet mich neugierig und scheint sich zu fragen, was die Europäerin dort mache. Ist das erlaubt? Müsse er da einschreiten? Nein, sie benutzt nur den Mülleimer. Aber dies ist für ihn wohl kein alltäglicher Anblick. Ich erkläre dem Polizisten, dass wir aus Deutschland kommen.

»Oh, I see«, nickt er anerkennend und scheint beeindruckt, oder vielleicht auch nur verwundert. Auf jeden Fall sagt er uns freundlich »Goodbye«, ehe er wieder seinen Platz einnimmt und wir die Tempelanlage betreten.

Die Tempel sind sehr eindrucksvoll und am spannendsten natürlich die expliziten Kamasutra-Szenen. Aber so sehr ich auch Ausschau halte, ein Pferd kann ich nicht entdecken. Aus meiner Tasche angle ich den Reiseführer. Dort ist das besagte Relief ebenfalls beschrieben und ich lese noch mal nach, an welchem der Tempel es zu sehen ist. Dennoch finden wir es einfach nicht und ich bin enttäuscht. Auch von Paul, der nur halbherzig beim Suchen hilft und an den Darstellungen kaum interessiert scheint.

Nach einer Weile entschließen wir uns, den Tempeln den Rücken zu kehren, ohne die Pferde-Szene gesehen zu haben. Wir schauen uns noch in Khajuraho um, aber außer weiteren Tempeln, auf die wir jetzt keine Lust mehr haben, und den obligatorischen Touristenläden gibt es hier nicht viel. Ich stöbere durch einen kleinen Shop, der Hippieklamotten anbietet, aber ich mag nichts kaufen. Lieber batike ich mir meine Hosen und T-Shirts wieder selber. Meine Mutter hat meiner Schwester Bianca und mir als Kinder gezeigt, wie man auch mit Brombeeren und Kurkuma färben kann. Die knalligen Farben, die hier zu kaufen sind, schreien hingegen nach Chemie. So verlassen wir mit leeren Händen den Laden, auch wenn der Verkäufer sich noch nicht geschlagen geben möchte und weiter auf uns einredet. Leicht genervt flüchte ich auf die Straße.

Weit kommen wir nicht, denn wir laufen einem heruntergekommenen Typen in die Arme, der sich ganz im Gegensatz zu uns über dieses Treffen freut. Er labert uns mit irgendwas voll, aber ich verstehe ihn nicht, denn er kann seinen Mund nicht richtig bewegen und eine rote Flüssigkeit läuft seine Lippen hinunter. Er lacht und entblößt seine rot verschmierten Zähne. Jetzt reicht's! Ich sage ihm freundlich aber bestimmt, dass wir keine Zeit haben.

Wir machen einen großen Bogen um ihn. Für mich ist der Abend damit gelaufen. Und Morgen müssen wir schon wieder weiter, dabei hätte ich gerne noch einen erholsamen Tag in Khajuraho verbracht.

Kapitel 2
Keiner Schuld bewusst

Du verstehst mich nicht!

Paul

Gestern bin ich den ganzen Tag wie eine Art Zombie hinter Maja hergeschlappt. Mir war es zwischen den Tempeln zu warm. Die Reliefs haben mir wenig gesagt. Ich habe keine Lust weiter zu reisen, aber bleiben möchte ich auch nicht. Wird es in der nächsten Stadt besser? Ich bin mir unsicher. Mein Halt ist Maja. Ich kann mich auf sie verlassen.

»Wie geht es Dir heute?«, fragt sie besorgt.

»Schon wesentlich besser!«

»Also? Können wir dann los?«

Maja gibt die Richtung vor. Zielstrebig steuert sie den Busbahnhof an, wo sie mir noch einen Cappuccino gönnt. In einer Ecke des offenen Wartebereichs hat ein Mann seinen Stand aufgebaut und verkauft frisch gebrühten Cappuccino. Sorgsam reinigt er die Maschine, bevor sie dampft, zischt und den Espresso heraus lässt. Er bereitet alles gewissenhaft vor und überreicht mir den Becher mit perfektem Milchschaum. Zufrieden nehme ich auf einem der Plastikstühle Platz. Ich erfreue mich an dem herrlichen Getränk. Endlich schmeckt mir wieder etwas.

»Hier, probiere doch auch einmal.« Ich halte Maja meinen Becher unter die Nase. Sie führt meine Hand fort aus ihrem Gesicht.

»Nein, du weißt, ich mag keinen Kaffee.«

»Der ist aber wirklich lecker! Nur einen Schluck.«

»Mensch, lass das! Du brauchst nicht versuchen, mich

zu überzeugen.«

»Schade, du verpasst was.«

»Ich glaube nicht.«

»Na dann.«

»Eben.«

Unser Gespräch verstummt und hinterlässt einen faden Beigeschmack. Ich verstehe nicht, weshalb sie nicht wenigstens mal nippt und dann ihr Urteil fällt. Die Aussage »Ich mag keinen Kaffee« finde ich zu pauschal.

Maja rückt ihren Stuhl von mir weg und streckt sich in Richtung Sonne. Ich beachte sie nicht weiter und widme mich meinem Cappuccino. Der Bus aus Jhansi kommt und lässt einige Touristen heraus. Einer kommt auf uns zu, kramt sein Buch aus dem Rucksack und fragt in gebrochenem Englisch, wo die Hotels seien. Er scheint zu erwarten, dass sie den Busbahnhof säumen würden, aber sie sind einen Fußmarsch die Straße hinunter. Er ist mit meiner Antwort nicht zufrieden und versucht sein Glück beim Cappuccino-Mann, dem er das Buch mit der Karte des Ortes unter die Nase hält.

»You want coffee?«

»Non, non, hôtel.«

»How much coffee do you want?«

»Non coffee, just hôtel, where?«

Der Cappuccino-Mann zeigt die Straße hinunter, den gleichen Weg, den ich ihnen bereits wies. Missmutig schultern der Typ und seine Begleiter ihre Rucksäcke und verschwinden hinter der nächsten Biegung. Der Cappuccino-Mann schaut zu mir und hebt fragend seine Schultern, die er resigniert wieder fallen lässt.

Ich hätte ihm gerne noch einen zweiten Cappuccino abgekauft, aber Maja drängelt. Unser Bus steht bereit und wer weiß, wann er losfährt. Ich verabschiede mich und zwänge Rucksack und Körper in die viel zu schmale Bank in der viertletzten Reihe.

Sobald ich neben Maja Platz genommen habe, schaut sie mich ernst an.

»Du bist unmöglich!«, beginnt Maja das Gespräch.

»Wieso? Was ist los?« Ich gebe mich verwirrt, denn ich weiß wirklich nicht, was sie gerade von mir will.

»Fandest du Silvie so toll, dass du gestern den ganzen Abend von ihr reden musstest?«

»Ich habe doch nur ein wenig geplaudert. Silvie war doch echt unterhaltsam.«

»Trotzdem, mir passt es nicht, welchen Raum sie in unserem Urlaub eingenommen hat. Versprichst Du mir etwas?«

»Alles!«

»Ich möchte nicht, dass wir noch einmal so viel Zeit mit einer allein reisenden Frau verbringen. Lass uns lieber an Pärchen halten. Mit Annika und Moritz war es doch ganz nett.«

»Versprochen!« Ich streichel zärtlich über ihren Handrücken. »Versprochen.«

In Jhansi werden wir in der Nähe vom Bahnhof herausgelassen. Wir laufen die staubige Straße hoch in die Richtung, wo unser Hotel liegen soll. Es ist nicht viel los in Jhansi. Das sehen auch die Kinder des Ortes so und liegen auf der Lauer. »Hey! Zwei Touris«, denken sie bestimmt und rennen los. Sie kommen überfallartig aus zwei unterschiedlichen Richtungen und belagern uns. Ich kann sie kaum zählen, es sind fünfzehn oder zwanzig und alle wollen mir und Maja die Hand geben. Sie sind so begeistert, dass sie versuchen, sich in der Lautstärke zu überbieten, wenn sie nach Land und Namen fragen. Dann kichern sie und schreien unsere Namen laut heraus.

Mir ist das unangenehm und auch Maja schaut wenig begeistert aus. Doch mein beiläufiges »Bye« interessiert die Kinder nicht. Sie laufen uns weiter hinterher, umkreisen uns und verlangen jetzt nach einem Foto. Den Gefallen möchte ich ihnen aber nicht machen, da mir der Sinn eher nach Hotel und Dusche ist. Wir stehen vor der Frage, ignorieren oder freundlich sein? Als wir sehen, dass von hinten noch fünf Mädchen angelaufen kommen, nehme ich Maja an die Hand und steuere mit schnellen Schritten zum Hotel.

Ein paar Jungen lachen und rennen uns weiter nach: »Hey Germany, wait, wait, photo!« Die Gruppe der Mädchen hat uns mittlerweile eingeholt. Sie schauen mich kurz an und bedrängen Maja mit den Fragen, die wir den anderen schon beantwortet haben. Um Geduld bemüht, aber dennoch vehement, versuche ich uns weiter den Weg zu bahnen. Und tatsächlich, an der Ecke zur Hauptstraße drehen sie plötzlich ab, nicht ohne uns noch ein »Bye Germany« zu widmen.

Das Hotel, in dem wir einchecken, ist nicht gerade überlaufen, aber dennoch ganz nett. Der Hotelflur im ersten Stock geht in eine offene Veranda über und unser Zimmer rechts ab. Maja schaut mich entgeistert an.

»Das Offene hier gefällt mir nicht und auch das braune Holz überall.«

»Wieso, ist doch ganz schick. Ich mag das.«

»Und die Tiere bestimmt auch …«

»Welche Tiere?« Ich schaue Maja verwundert an.

»Schlangen, Affen, Spinnen …«

»Ich glaube nicht, dass wir denen hier in der Stadt begegnen werden.«

Skeptisch und keineswegs beruhigt folgt mir Maja in das Zimmer. »Ich glaube, das nächste Mal sollten wir uns die Zimmer anschauen, bevor wir einchecken.«

»Eine gute Idee«, finde ich und lasse mich auf das Bett fallen. Bislang fand ich alle Zimmer in Ordnung, so auch dieses. Ich schnappe mir die Fernbedienung und bleibe bei einem Musiksender hängen. Maja schaut ungläubig zur Wand und an die Decke. »Du bist dir sicher? Keine Spinnen?«

»Ja, absolut!«

»Wirklich?«

Ich spüre, wie Maja mir in diesem Punkt nicht vertraut. Und wie kann ich mir auch sicher sein? Schlangen können überall auftauchen. Sogar in Berlin auf dem Klo. Affen habe ich hier keine gesehen und Spinnen beachte ich grundsätzlich nicht. Ich hüpfe unter die Dusche. Als ich wieder komme, sitzt Maja auf dem Bett und schaut die Wand an. Offensichtlich hat sie nichts entdeckt, ansonsten hätte ich bestimmt einen Schrei vernommen.

»Etwas entdeckt?«

»Nein!«

»Dann lass uns in die Stadt. Später kannst du noch genug die Wand beobachten.« Mein Ton wird schnippisch, dabei will ich gar nicht böse sein. Aber Maja scheint das nicht wahrgenommen zu haben und meint nur »Ja, gut«, und stapft hinter mir her.

Unser Weg führt uns die Hauptstraße entlang in Richtung Stadtmitte. Da wir noch Geld benötigen betreten wir die Bank of India und lösen einen Traveller Check ein. Um Maja danach noch etwas aufzuheitern, machen wir halt in einem Fast-Food-Lokal. Ich bestelle Kaffee und Maja einen Tee. Den hat sie sich wahrlich verdient und ich merke, wie sich ihre Stimmung aufhellt.

Maja

Das Restaurant sieht nicht einladend aus, aber für ein Getränk soll es uns reichen. Paul bestellt sich seinen Kaffee, der für zwölf Rupien in der Karte steht. Mein Tee ist nicht verzeichnet. Da Tee aber nie mehr als Kaffee kostet, machen wir uns keine Gedanken. Hätte ich geahnt, welches Drama folgt, ich hätte ihn, anstatt zu trinken, lieber dem arroganten Chef ins Gesicht gespuckt. Denn als es ums Bezahlen geht, will er 112 Rupien von uns. Wir denken, er verwechselt uns und sagen ihm, dass wir nichts gegessen hätten, nur Tee und Kaffee getrunken. Doch er antwortet, das sei der normale Preis: »Tea is very expensive in India!«

Wäre ich nicht so verblüfft und verärgert, ich wäre wohl in schallendes Gelächter ausgebrochen. Aber es stellt sich heraus, dass er seine Abzocke völlig ernst meint. Und da Tee nicht in der Speisekarte steht, können wir ihm auch nichts entgegensetzen. Paul beginnt mit ihm zu diskutieren, aber der Restaurantbesitzer geht auf seine Argumente überhaupt nicht ein, sondern wiederholt hartnäckig; »You had the tea, you have to pay!«

Mir wird es zu bunt. Ich mache eine riesen Szene, zetere herum und werde immer lauter. Mein Herz schlägt bis zum Hals. Auch Paul steigert seine Lautstärke. Langsam beginnt es dem Mann, unangenehm mit uns zu werden. Er versucht einzulenken und dennoch sein Gesicht zu wahren: »Okay, I give you discount, pay 50 Rupies.« Aber da hat er seine Rechnung nicht mit Paul gemacht. Der fördert aus seiner Hosentasche Kleingeld zutage und knallt ihm exakt 24 Rupien auf den Tisch. Mit einem schnippischen Kommentar verlassen wir den Laden. Schade, dass man in Indien wohl nur zu seinem Recht kommt, indem man einen gehörigen Aufstand macht.

Die Überraschungen des Tages sind damit noch nicht zu Ende. Bei der Rückkehr ins Hotel erwartet uns auf der Holzverkleidung in unserem Zimmer eine große dunkelbraune Spinne. Als wir den Raum betreten, sehe ich sie zunächst nicht. Erst als sie sich plötzlich in Bewegung setzt und die Wand entlang krabbelt, erschreckt sie mich. Ich schreie und springe aufs Bett. Paul reagiert schnell und scheucht die Spinne zur Tür heraus. Ich dachte, er hätte sie dann von unserer zweiten Etage ins Erdgeschoss befördert, aber nein, stattdessen sagt er mir: »Ach, die ist nach links weggerannt, die kommt schon nicht wieder.«

»Ist sie jetzt weg, oder nicht?«, hake ich nach.

»Ich sehe sie nicht mehr!«

»Wo ist sie hin?«

»Na, nach links weg, hab ich doch schon gesagt.«

»Die kommt doch bestimmt wieder!«

»Dazu hat sie doch gar keinen Grund. Die sucht sich ein neues Plätzchen.«

»Geh gucken, wo sie hin ist! Ich will das genau wissen!«

»Maja, du spinnst! Ich laufe doch jetzt nicht einer Spinne hinterher! Die ist weg!«

»Die kommen aber immer wieder. Ich kann heute Nacht kein Auge zumachen, wenn ich nicht genau weiß, wo sie hin ist. Bei dem Holz kann sie doch überall sein!«

»Jetzt flipp mal nicht aus, Maja. Du bist ja völlig paranoid!«

»Paranoid? Na danke! Ich bin nur realistisch. Und ich hatte schließlich recht mit meinem Gefühl, dass hier Tiere im Hotel sind.«

»Paranoia zieht Tiere an. Wer nach Spinnen sucht, findet auch welche!«

»Du bist so ein Arschloch! Als wäre das meine Schuld. Du hast doch die Spinne nicht richtig entsorgt! Das ist schließlich deine Aufgabe!«

»Ich weiß nicht, was du hast, Maja. Ich habe dich immerhin vor der Spinne gerettet. Jetzt brauchst du hier keinen Aufstand machen und mich beleidigen. Wenn du weiter rumschreist, kümmere ich mich um die nächste Spinne nicht mehr!«

Das ist eine böse Drohung, aber ich will es mir mit Paul nicht verscherzen. Ich versuche mich zu beruhigen und lenke ein. Als wir ins hoteleigene Restaurant gehen, ist der Ärger fast schon wieder vergessen. Die Spinne sehe ich am Abend zum Glück nicht mehr.

Paul

Das mit der Spinne war jetzt nicht mein Fehler. Sie ist freiwillig aus dem Zimmer gelaufen, irgendwohin nach links. Wer konnte denn schon ahnen, dass sie wiederkehrt und innen an unserem Türrahmen auf Maja lauert? Anscheinend Maja, die sogleich erneut einen riesigen Aufruhr machen muss. »Ich hab's dir ja gesagt ...«, »Du kannst doch nicht ...«, »Wieso hast du nicht ...« und so weiter. Sie triumphiert, dass sie recht hatte. Ich muss wohl oder übel klein beigeben und verspreche ihr, das nächste Mal etwas sorgsamer zu sein. Aber meine Stimmung ist erst einmal dahin. Wie kann man aus einer solchen Lappalie so einen Aufstand machen? Ich verstehe Maja nicht. Ich nehme ein Glas, stülpe es über die Spinne, klemme die Speisekarte vom Nachttischschrank darunter und befördere sie die Veranda hinunter in den grünen Innenhof.

»Ich hoffe, du bist jetzt glücklich?«

Maja schmollt zufrieden. Wir gehen gemeinsam hinunter zum Frühstück. Alu Paratha steht heute an. Mein erstes indisches Frühstück seit ein paar Tagen. Maja nippt nachdenklich an ihrem Tee.

»Nimmst du mich eigentlich ernst?«

»Ich gehe mal davon aus.«

Sie schüttelt den Kopf und verschränkt ihre Arme vor der Brust.

»Dann handle auch direkt, wenn ich dich um etwas bitte. Und tue nicht so, als würdest du alles für mich machen, aber eigentlich denkst, lass die Alte reden.«

»Ich weiß nicht, wie du jetzt darauf kommst.«

»Du weißt, dass ich Angst vor Spinnen habe?!«

»Und, ich habe sie doch raus gejagt?«

»Aber nur halbherzig! Sie war ja eben wieder da!« Meine Güte, man kann auch übertreiben.

Unser Zug nach Hyderabad fährt erst um Viertel nach zwölf und so haben wir nach dem Frühstück noch etwas Zeit. Dieses 24-Stunden-Check-out-System überzeugt. Wir können uns in aller Ruhe auf die Nachtzugfahrt vorbereiten und uns sogar wieder vertragen, inklusive Versöhnungssex. Danach müssen wir am Bahnhof erst einmal schauen, ob wir überhaupt Tickets für den Zug haben, denn wir sind lediglich auf der Warteliste gelandet.

Vor dem Hotel werden wir bereits erwartet. Nachdem wir das Gelände verlassen haben und um die Ecke am Sikh-Tempel biegen, lauern dort schon die Kinder von gestern. »Hey Germany«, werden wir begrüßt und alle kommen auf uns zu gelaufen. Haben die Kinder keine Schule? Aufgeregt hüpfen sie um uns herum. Da ihnen die Fragen gestern schon ausgegangen sind, begnügen sie sich damit, uns zu begleiten. Irgendwie sind sie heute niedlicher, weil sie nicht ganz so aufdringlich sind. Die Eskorte führt uns die Straße hinunter. Die wenigen Erwachsenen am Wegesrand schütteln den Kopf. Andere fragen die Kinder lautstark, wer wir denn seien. Sie antworten ihnen: »Germany, Germany«, dann lachen alle und wir dürfen den Weg fortsetzen.

An einem Tor, das aussieht wie ein Wagen der indischen Eisenbahn, biete ich den Kindern an, doch meinen Fotoapparat hervorzukramen. Sie drängeln sich um mich herum und versuchen ihre Nasen in meinen Rucksack zu stecken. Als sie verstehen, was ich vorhabe, stellen sie sich aufgeregt auf, wechseln die Positionen und machen sich fotografierbereit. Ich knipse einmal, zweimal, dann soll Maja sich dazustellen, dann ich und am Ende zeigen wir ihnen das Ergebnis auf dem kleinen Bildschirm. Alle versuchen einen Blick auf das Bild zu erhaschen. Als sie anfangen Einzelfotos zu fordern, muss ich sie leider enttäuschen. Wir müssen ja noch zum Bahnhof.

Die Listen mit den Reisenden, die an der „Reservation Chart" hängen, sind noch nicht angebracht. Ich versuche jemanden zu fragen, wann das geschieht. Er schaut sich unser Ticket an und führt uns zu einem Automaten. Er zeigt auf meinem Internetausdruck auf eine lange Nummer, die er sogleich eintippt. Dann bestätigt er: »Wir haben

Plätze – Sleeper 9, Platz 3 und 38.« Ich bedanke mich für seine Hilfe, aber Maja schaut griesgrämig. Der Mann bemerkt ihr Unbehagen und versucht sie zu beruhigen: Wir können die Plätze im Zug sicherlich tauschen, damit wir zusammensitzen.

Denke ich auch und verspreche Maja, mich diesmal direkt darum zu kümmern.

Deine perfekte Planung ...!

Maja

Heute geht es wieder weiter auf unserer Route. Die erste Nachtzugfahrt steht an: 19 Stunden werden wir unterwegs sein. Der Zug rattert vor sich hin und ich kann mich endlich entspannen. Mit mulmigem Gefühl haben wir den Zug betreten und nach unseren zwei Plätzen geschaut. Die beiden ersten Männer, die wir ansprachen, reisten mit Frau und Familie und konnten daher nicht mit uns tauschen. Aber beim dritten Versuch hatten wir Glück und ein netter allein reisender Herr half uns mit seinem Platz aus. Nun sitzen wir nebeneinander. Der Schaffner hat unseren Tausch abgesegnet und in seiner Liste vermerkt. Jetzt kann nichts mehr schief gehen!

Leider haben wir keinen Fensterplatz zum Rausgucken. Wir befinden uns mitten in einem offenen Abteil, von denen etliche nebeneinander einen Wagen füllen. Gegenüber von uns hat ein älteres Ehepaar Platz genommen und am Fenster sitzt eine junge Familie mit Kind. Über den schmalen Gang hinweg komplettiert die Runde eine alte Dame und eine jüngere mit ihrer etwa fünf Jahre alten Tochter. Das kleine Mädchen wurde am Anfang der Fahrt von ihrer Mutter angespornt uns Mitreisenden die Hand zu geben und auf Englisch zu begrüßen, was ich da noch entzückend und niedlich fand. Nun singt sie allerdings seit einer halben Stunde ununterbrochen englische Kinderlieder. Zumindest nehme ich das an, denn ich erkenne nur dann und wann mal ein Wort sowie das englische Alphabet, das die Kleine in Abständen immer wieder mit schiefen, dafür umso lauteren Tönen zum Besten gibt. Die Mutter klatscht dazu begeistert und sagt ständig »Well done, Sadhana«. Ja, der Name passt. Das Kind ist ein echter Satansbraten und tyrannisiert nun nicht mehr unsere Ohren, sondern ein jüngeres Mädchen aus dem Nachbar-Abteil. Sie schubst es wiederholt und reißt schließlich dessen Plastikkarusell an sich. Das Kind fängt an zu brüllen, aber die Mutter von Sadhana sieht keine Veranlassung ihre Tochter zu maßregeln, sondern tut stattdessen so, als gehe sie das alles nichts an. Dem älteren Ehepaar geht das Verhalten von Sadhana nun zu weit. Die Frau greift ein, entwendet ihr das Spielzeug und gibt es dem anderen Mädchen zurück. Ich lächle sie dankbar an, als sie wieder ihren Platz gegenüber von mir einnimmt.

Sadhana hingegen hat so etwas wohl noch nicht erlebt und verharrt zunächst in einer Schockstarre, bevor sie sich wieder zu ihrer Mutter setzt. Der herrliche Zustand von Ruhe währt allerdings nicht lange, denn Sadhana wurmt es, keine Aufmerksamkeit mehr zu erhalten, weshalb sie aufsteht und durch den Wagen turnt. Paul, ich und unsere Banknachbarn versuchen sie nun komplett zu ignorieren, was sie jedoch lediglich zu Höchstleistungen anspornt.

Glücklicherweise wird irgendwann jedes Kind müde und so gibt Sanalein nach einer gefühlten Ewigkeit auf und lässt sich von ihrer Mutter mit Essen anlocken. Aus einem in Zeitung eingeschlagenen Paket fördert diese Reis, Gemüse und Chapatis zutage. Schmatzend wird das Mahl verzehrt, wobei die Mutter diesmal tonangebend ist. Die Reste landen mitten auf dem Gang neben mir. Ich rücke näher zu Paul in die Mitte unserer Bank. Da es schon halb sieben am Abend ist, packen auch wir unser Essen aus. Ein helles, süßes Brot, zu dem wir uns einen weiteren Chai von einem der Verkäufer im Zug gönnen.

Nach dem Essen passiert nicht mehr viel. Wir blättern noch in ein paar englischsprachigen Magazinen, die Paul zusammen mit dem Brot am Bahnsteig besorgt hat, und um acht Uhr wollen unsere Mitreisenden bereits die Betten einnehmen. Die Rückwand unserer Bank klappen wir mit Hilfe des jungen Familienvaters nach oben. Sie wird mit zwei Ketten an der obersten Pritsche angehängt. Es entstehen drei Liegen: Unten, Mitte und Oben. Pauls Pritsche ist die Mittlere. Ich ziehe meine Schuhe aus und klettere nach oben, wo es so eng ist, dass ich Schwierigkeiten habe in meinen Schlafsack zu schlüpfen. Währenddessen dreht Sadhana noch mal auf und singt erneut inbrünstig ihre Lieder. Sie möchte partout nicht schlafen. Aber da nun überall nacheinander das Licht ausgeht, gibt sie bald auf und es kehrt Ruhe ein. Ich beuge ich mich runter zu Paul, wir geben uns die Hand und sagen: »Gute Nacht!« Eine ungewohnte Situation, aber das Intimste, was in einem voll besetzten indischen Zug möglich ist.

Mein Schlaf ist unruhig: An jeder Haltestelle wache ich auf. Und wenn ich wieder eindöse, baue ich das Klappern des Ventilators über mir in meine wirren Träume ein. Morgens um sieben werde ich von den Geräuschen und Stimmen unserer Mitreisenden wach. Gegenüber klappen sie das mittlere Bett zum Sitzen hinunter. Ich schaue über den Rand meiner Pritsche und werde mit einem freundlichen »Good morning« begrüßt, das wohl auch Paul gilt, denn er antwortet mit mir unisono. Daraufhin streckt er seine Hand zu mir hinauf. Ich beuge mich zu ihm hinunter und wir begrüßen uns zum Morgen ebenso förmlich wie gestern die Abendgrüße ausfielen. Dabei sieht er unverschämt gut aus mit seinen zerzausten Haaren und ich würde am liebsten drüber wuscheln. Sein fröhlicher Blick zeigt mir, dass er besser geschlafen hat. Mit schmerzendem Rücken klettere ich nach unten, strecke mich und hole den Schlafsack und meine Wasserflasche von meiner Pritsche. Paul klappt sein Bett wieder zur Rückenlehne hinunter und schon sitzen wir da wie am Vortag. Sadhana schläft noch und sieht dabei so ruhig und friedlich aus, dass ich mich frage, ob es sich tatsächlich um ein und dasselbe Kind handelt, welches mir wenige Stunden zuvor den letzten Nerv raubte.

Das viele Wasser, das ich in der Nacht getrunken habe, möchte langsam wieder raus und ich suche mit mulmigem Gefühl die Zuglatrine auf. Gestern Abend war sie bereits in einem fortgeschrittenen Siffigkeitsstadium und ich befürchte das Schlimmste. Mein Gefühl wird nicht getäuscht. Der Boden ist nass und mit Schmutz und Haaren übersät. Die Toilette hingegen wartet mit Resten meiner Vorgänger auf, die von der leckenden Spülung nicht fortgeschwemmt wurden. Ich kremple meine Hosenbeine hoch und hocke mich hin. Wenigstens kann man die indischen Toiletten benutzen, ohne sie berühren zu müssen.

Anschließend bürste ich mir die Haare und schaue in den kleinen Spiegel über dem Waschbecken. Leider ist dieses mit Essensresten verstopft und meine morgendliche Gesichtswäsche fällt daher aus. So creme ich mich direkt ein. Bürste und Cremedose verschwinden in meiner Tasche, ich lasse die Hosenbeine hinunter und kehre zu Paul zurück. Der hat es sich mit einer Zeitung und einem Pappbecher Kaffee gemütlich gemacht.

»Schau mal Maja, der Zeitungsverkäufer hatte den

Deccan Cronicle auf Englisch. Ein Teeverkäufer ist leider noch nicht vorbeigekommen, sonst hätte ich dir schon einen Chai besorgt.«

Lieb, dass er an mich gedacht hat. Ich lasse mir einen Teil der Zeitung geben und warte auf meinen Tee. Innerhalb der nächsten Stunde kommen jedoch lediglich drei weitere Kaffeeverkäufer an uns vorbei.

Der nächste Verkäufer kommt durch unseren Wagen. Als auch er zu lauten »Kapi, Kapi«-Rufen anhebt, blicke ich enttäuscht zu Paul: »Ach menno!« Eindringlich schaut mir Paul in die Augen. Er scheint zu überlegen. Dann wendet er sich abrupt dem Verkäufer zu, der gerade an uns vorbei läuft, und ordert zwei Kaffee. Ich setze schon an zu protestieren, möchte aber den netten Mann, der mir jetzt einen Becher in die Hand drückt, nicht verunsichern. Dann kommt Paul mir zuvor:

»Probier den einfach mal. Ob Tee oder Kaffee, beides schmeckt eigentlich nur süß. Der indische Zugkaffee ist bestimmt der beste, um mit dem Kaffeetrinken anzufangen.«

»Das habe ich aber gar nicht vor«, gebe ich pampig zurück. Dennoch greife ich zu.

»Du hast recht, der schmeckt nur süß und mit der vielen Milch gar nicht so übel nach Kaffee.«

»Kaffee schmeckt doch nicht übel! Wie sprichst du denn vom tollsten Getränk der Welt«, regt sich Paul theatralisch auf. Aber ich sehe, wie zufrieden er mit sich ist und sich freut, dass ich den Becher komplett leere.

Jetzt brauchen wir nur noch Frühstück. Ein Verkäufer preist »Vegetable Cutlets« an. Das klingt doch gut, auf jeden Fall werden sie vegetarisch sein. Wir ordern eine Portion, die aus zwei Gemüsebratlingen mit vier labbrigen

Toastscheiben und Ketchup besteht. Wir machen uns daraus je ein Sandwich. Vom Brot abgesehen ganz lecker. Die Cutlets bestehen hauptsächlich aus Kartoffeln und sind mit Kreuzkümmel und Chili gewürzt. Paul ist mit dem Mini-Frühstück, wie er es bezeichnet, noch nicht zufrieden und beäugt bereits neugierig das Essen des älteren Ehepaares.

»What is it? It looks good!«

Die beiden strahlen und freuen sich über Pauls Interesse. Sie reichen uns ein rundes frittiertes Etwas mit einem Loch in der Mitte hinüber. Paul greift beherzt zu. Ich muss wohl skeptisch ausgesehen haben, denn die Frau wendet sich an mich: »Vada! Please try it«.

Paul gibt mir eine Ecke und steckt sich selbst ein großes Stück in den Mund. Schmeckt! Wir sind einer Meinung und ordern uns bei der nächsten Gelegenheit ebenfalls eine Schale. Gesättigt lehne ich mich zurück. Wir müssten bald in Hyderabad sein.

Paul

Jetzt ist es schon kurz vor neun und der Zug ist noch immer nicht in Hyderabad angekommen. Ich schaue aus den Gittern vor meinem Fenster und sehe die braune Landschaft vorbeiziehen. Die junge Familie hat uns ans Fenster gelassen und sich auf die oberste Pritsche zum Ruhen gelegt. Maja hatte eben ihren ersten Kaffee und ich bin in dieser Hinsicht mit der Welt versöhnt. Aber weswegen rattert der Wagen so langsam vor sich hin? Eben stand er noch eine halbe Ewigkeit in einem unbedeutenden kleinen Bahnhof.

Ein älterer Mitreisender meint, bis Hyderabad sei es bestimmt noch knapp eine Stunde. Mein Hintern schmerzt und ich bin unruhig bis zappelig. So lange in einem Zug.

Die Nacht habe ich nicht gut geschlafen, mir aber nichts anmerken lassen. Die Fahrt war unruhig. Am liebsten würde ich sofort nach der Ankunft ins Hotel und dort ins Bett. Aber in Hyderabad haben wir nur eine Nacht und fahren dann direkt mit dem nächsten Nachtzug weiter nach Bangalore. Das bedeutet für uns, dass wir die Zeit nutzen und so viel anschauen müssen wie nur möglich. Ich blicke zu Maja, die ebenfalls aus dem Fenster starrt.

Langsam macht sich die Stadt breit, Hütten säumen die Gleise und der Zug fährt in Secunderabad ein. Die nächste Station wird Hyderabad sein. Auf dem Bahnsteig stehen verschiedene Händler und reichen uns Sachen durch das Fenster. Maja versucht durch sie hindurchzusehen, aber es muss ihr schwerfallen, wenn sie Bananen, Kekse oder Plastikkämme direkt vor die Nase gehalten bekommt. Sie wendet sich mir zu und ich deute an, dass wir uns langsam fertigmachen können. In der Hoffnung, dass ihr langes Warten doch nicht unnütz war, blicken die drei Händler vor dem Fenster zu uns hinein und beobachten, wie wir die Rucksäcke packen. Sie warten auch immer noch, als wir uns wieder setzen. Der Zug hält gut eine halbe Stunde in dem Bahnhof. Irgendwann wird es den Dreien zu viel und sie verziehen sich unverrichteter Dinge.

Schließlich kommen wir in Hyderabad an, wenn auch mehr als drei Stunden zu spät. Wir verabschieden uns von den Mitreisenden und stehen auf dem Bahnhof. HYDE-RABAD KANCHEGUDA steht auf dem Schild. Ich schlucke. Maja bemerkt sofort, dass etwas nicht stimmt.

»Sind wir hier nicht richtig?«

Ich druckse herum: »Doch, fast.«

»Fast heißt, wir sind nicht am richtigen Ort.«

»Na doch, wir sind in Hyderabad.«

»Aber?«

Ich krame die Karte hervor und studiere sie eingehend.

»Ich dachte, wir kämen dort an, am Hauptbahnhof, aber wir sind woanders.«

Maja lässt ihren Rucksack zu Boden gleiten und schaut mich entsetzt an. Ich versuche sie zu beruhigen, dass es nicht so schlimm sei, nur dass wir eben eine Rikscha zum anderen Bahnhof nehmen müssen.

»Und dort gehen wir erst einmal richtig frühstücken«, sage ich bestimmt und steuere zielsicher aus dem Bahnhofsgebäude heraus. Maja schultert ihren Rucksack und folgt mir mit etwas Abstand zu den Rikschas.

Auf dem großen Vorplatz des „richtigen" Bahnhofs werden wir von dem Rikscha-Fahrer wieder herausgelassen. Ich möchte nicht zu früh ins Hotel, da wir erst morgen Abend weiterfahren. Außerdem habe ich Hunger. Wir nehmen unsere Sachen und schauen nach einem Laden, in den man einkehren kann. Auf der Bahnhofsstraße finden wir aber keinen, der unseren Ansprüchen gerecht wird. Heute bin ich sehr anspruchsvoll, was uns zu Coffee Day in einer kleinen Einkaufspassage am Ende der Straße führt. Burger und Kaffee sind zwar langweilig, aber genau das, wonach mir der Sinn steht.

Dass die Stadt mit Fahnen feierlich geschmückt ist, hätte mich früher stutzig machen sollen. Nach der Stärkung befinden wir uns auf der Suche nach einem Hotel. Aber alles, was wir zu hören bekommen ist: »No room! Sorry!« Wir sind schon fast alle in unserer Preisklasse beschriebenen Hotels abgelaufen, sogar ein Teureres, was uns ebenfalls bescheinigte: »Rooms not available!« In der Stadt sei das Deccan Festival und deswegen dürfte es nicht so leicht sein, ein Zimmer zu bekommen. In höchster Verzweiflung springen wir auf einen alten Mann an, der schon eine Weile neben uns herumhüpft, um uns ein bestimmtes Hotel anzupreisen. Eigentlich wollte ich ihn ignorieren, denn, wenn man Schleppern nachgibt, zahlt man am Ende drauf. Aus reiner Nächstenliebe und grenzenloser Gastfreundschaft macht das schließlich niemand.

Als wir ihm unsere Aufmerksamkeit schenken, strahlt sein Gesicht und er führt uns über zwei kleine Gassen zu einem Hotel, das von außen gar nicht so übel aussieht. Sogar einen Aufzug hat es und die Preise sind trotz der Provision erträglich. Ich bin froh, dass wir doch noch ein Hotel gefunden haben.

Maja

Ich könnte heulen. Ich bin mit den Nerven am Ende. Das Hotelzimmer hätte ich niemals genommen, aber wir hatten keine Wahl. Sauber ist das ganze Gebäude nicht, aber wir haben uns schnell für ein Zimmer entschieden, ehe wir heute gar keine Unterkunft mehr bekommen hätten. Unglücklich stelle ich meinen Rucksack ab und werfe den ersten Blick ins Bad. Ein alter rottiger Boiler hängt dort, voll von Spinnenweben. Und der Boden ist mit einer schleimigen gelben Schicht überzogen. Ich knalle die Tür sofort wieder zu. Die Dusche muss heute ausfallen und aufs Klo muss ich wohl im Restaurant gehen. In diesem Raum werde ich so wenig Zeit wie möglich verbringen. Ich schaue, ob sich im Zimmer ebenfalls Spinnen versteckt haben, als ich plötzlich etwas Schwarzes über das Bett flitzen sehe.

»Das war jetzt aber keine Spinne, oder?«, sage ich panisch zu Paul.

»Äh, was denn?«

»Na, das schwarze Tier auf dem Bett!«

»Meinst du nicht das an der Wand?«

Auf einmal sehen wir ganz viele dieser Tiere im Zimmer krabbeln. Und das in allen Größen. Kakerlaken! Eine kleine Schwarze huscht unter der Badezimmertür hervor, eine größere braune bewegt sich behände die Wand hinauf und eine riesige liegt auf dem Rücken in der Ecke. Nun, wo wir genauer hinschauen, sehen wir immer mehr. Viel zu viele um sie zu fangen und raus zu setzen oder sie zu ignorieren. Ich bin kurz vorm Ausflippen und verharre vor Schreck nur noch starr mitten im Raum. Aufmerksam beobachte ich die Kakerlaken, damit sie mir ja nicht zu nahe kommen. Dafür wird Paul aktiv, inspiziert das Bett und klopft zwei Exemplare hinunter. Dann hängt er unser Moskitonetz auf, stellt die Rucksäcke aufs Bett und schiebt die Enden des Netzes unter die Matratze, damit keine Kakerlake mehr ins Bett gelangen kann.

»Komm, wir machen jetzt einfach Sightseeing und gehen Essen.« Besorgt fügte er hinzu: »Eine Nacht wirst du es doch aushalten, oder?« Da stehe ich allerdings bereits auf dem Flur. Nur schnell weg aus dem Horrorhotel.

Paul

Für den Rest des Tages steht noch Sightseeing an. Da es aber schon so spät ist, spare ich das Fort Golkonda für morgen auf und locke Maja mit der Möglichkeit am Char Minar, dem Wahrzeichen Hyderabads, die Basare zu besuchen. Hier soll sie die Kakerlaken vergessen. Wir laufen die Straße hinunter, vorbei an einem großen Textilkaufhaus und an vielen kleinen Boutiquen, die Burkas in allen möglichen Facetten anbieten. Ich bin erschrocken, wie viele Frauen in Hyderabad in Burkas herumlaufen. Die gesamte Atmosphäre ist beklemmend. Zwischen den vielen bunten Fahnen wirken die Frauen in Schwarz wie ein Antipode.

In mir kommt die Furcht hoch, ob wir überhaupt züchtig genug gekleidet sind und nicht gleich ein Moralisierungs-Mob um die Ecke kommt, um uns erst zurechtzuweisen und danach gleich zusammenzuschlagen. Ich fühle mich unwohl auf der Straße, aber trotz aller Befürchtungen ist die Atmosphäre friedlich. Hinter einer Kurve taucht das Char Minar vor uns auf. Es ist merkwürdig: Ich bestaune muslimische Kulturgüter, freue mich auf Kebab, was ich mir heute Abend mit Sondererlaubnis von Maja genehmigen darf, aber weshalb misstraue ich dann der Alltagskultur?

Das Char Minar steht wie der Triumphbogen in Paris auf einer Verkehrsinsel, während die Autos um es herumtosen. Wir schaffen es auf die Mitte zu kommen und ich bin froh, heute noch etwas erreicht zu haben. Doch die Ernüchterung kommt jäh. Das Char Minar hat vor einer halben Stunde zugemacht, keine Chance es zu besichtigen und von oben die Stadt zu bewundern. Mag Hyderabad mich nicht? Vielleicht findet Maja wenigstens etwas auf dem Basar, der kurz hinter dem Char Minar beginnt. Dann war der Tag nicht vollends für die Katz! Doch es ist Freitag. Die meisten Geschäfte haben geschlossen und die Rollläden hinunter gezogen. Gerade einmal eine Handvoll Händler bieten ihre Waren feil. Ich zweifel an mir. Ich zweifel an der Stadt. Ich zweifel an der Situation.

Maja

Ich habe die Nacht überlebt, obwohl so richtig vorbei ist sie nicht, denn draußen ist es noch dunkel. Unser Reisewecker zeigt 5:46 Uhr und 29°C! Da ist es über Nacht kaum abgekühlt. Kein Wunder, dass ich total geschwitzt habe. Am liebsten würde ich unter die Dusche springen, aber da war ja was …! Meine Laune ist auf dem Tiefpunkt.

An Schlaf war nicht zu denken. Nie zuvor in meinem Leben habe ich mich so unwohl gefühlt. Auch wenn wir geschützt unter dem Netz lagen, mein Verstand spielte nicht mit. Ständig krabbelte mir irgendwas auf der Haut und ich konnte mir noch so oft sagen, dass er nur Schweiß sein wird oder Dreck, aber keine Kakerlake. Trotzdem wurde ich einfach nicht ruhig. Dies lag sicherlich auch an der Lautstärkekulisse. Unser Zimmer befindet sich direkt neben dem Aufzug. Nicht nur, dass die ganze Nacht über Stimmen- und Schrittgewirr vor der Tür herrschte, der Aufzug spielte zudem bei jeder Betätigung die Lambada-Melodie. Als es 6 Uhr wird, halte ich es nicht mehr aus. Ich muss hier raus. Ich stupse Paul an, der, wie sich nun herausstellt, ebenfalls wach ist und nur noch seine Augen ausruhen wollte. Um 6:05 Uhr sind wir fertig zum Abmarsch und stehen mit dem Sonnenaufgang draußen auf der Straße. Unschlüssig, wie wir den Tag überstehen sollen, denn heute Abend steht uns schließlich erneut eine Nachtzugfahrt bevor.

Paul

Die Nacht war kurz. Maja wirkt als hätte sie durchgemacht, mit dicken Rändern unter den Augen. Sie scheint noch schlechter geschlafen zu haben als ich. Ein paar Mal bin ich in der Nacht von der Musik des Aufzuges aufgewacht und habe mich gefragt, ob das Moskitonetz wirklich dicht ist. Aber die Schwere meiner Augen hat immer wieder gesiegt.

»Lass uns aufstehen. Ich kann nicht mehr«, fleht Maja mich an. Noch nicht einmal frisch machen möchte sie sich. Wir sichern das Moskitonetz, damit kein Viech in unsere Rucksäcke krabbeln kann und wir ihm eine kostenlose Weiterreise ermöglichen. Ungeduldig auf der Bettkante sitzend, wartet Maja, bis ich von der Toilette wiederkehre, springt auf und zerrt mich regelrecht aus dem Zimmer. Mit zerwuselten Haaren und ohne mir die Zähne geputzt zu haben, betreten wir den Aufzug, der uns sogleich mit Lambada begrüßt. Maja scheint innerlich zu platzen. Schnell schließe ich die Fahrstuhltür und mit einem Ruck geht es nach unten. Der Rezeptionist schaut uns schlaftrunken an, sich wohl fragend, warum wir so früh schon auf den Beinen sind. Das frage ich mich auch. Draußen ist nichts los. Links hinten, auf dem Bürgersteig, liegen ein paar Personen, die noch tief und fest schlafen. Wir gehen an ihnen zügig vorbei. Erst auf der Hauptstraße kommt Maja zur Ruhe.

»Ob der Coffee Day schon auf hat?«, frage ich zweifelnd. Wir schlendern die Straße hinunter. Hinter den Häusern ruft ein Muezzin zum Gebet. Die Morgendämmerung ist vorbei und ich freue mich auf meinen Kaffee. Wir überqueren die Straße, doch die Passage, in der sich der Coffee Day befindet, ist unbelebt. Kein Licht brennt, keine Tür ist geöffnet. Kein Kaffee für mich. Maja meint nur kurz »Oh«, und scheint sich nicht für den frühen Ausflug verantwortlich zu fühlen. »Was machen wir jetzt?«

Am liebsten würde ich antworten: »Komm, lass uns ins Hotel zurück und noch ein wenig schlafen.« Aber dann kann ich mir sicher sein, dass mir so Einiges um die Ohren fliegen wird. So unsensibel, wie Maja mich oft hinstellt, bin ich doch nicht.

»Was denkst du?«, stelle ich ihr eine Gegenfrage.

»Keine Ahnung, ich denke du hast einen Plan!«

Einen Plan. Genau. Aber ich will kein Öl ins Feuer gießen, außerdem bin ich viel zu müde, um wegen so etwas einen Streit vom Zaun zu brechen.

Ich überlege scharf: »Irgendwas wird doch bestimmt auf haben. Wir schauen uns einfach mal um.«

Damit ist Maja zufrieden. Wir laufen in der Gegend herum, die Straße in Richtung Char Minar hinunter. Auf der rechten Seite sehen wir einen Laden, der voller Gäste ist. Erleichtert betreten wir ihn und suchen ein freies Plätzchen. Erst jetzt stelle ich fest, dass es ausschließlich Männer sind, die hier ihren Tee trinken. Alle in weiß gekleidet, viele mit einem Käppi. Wir hingegen leuchten mit bunter Kleidung und strahlen auch deswegen aus der Masse heraus. Wir nehmen ebenfalls Tee. Einige Gäste starren zwar etwas, aber es herrscht eine freundliche Distanz zu uns. Ich glaube, die Männer sind gerade aus der

Moschee gekommen und stärken sich nach dem Gebet mit einem Tee. Dabei frage ich mich, ob sie das täglich machen, so zwischen Aufstehen und auf die Arbeit gehen.

Leider ist der Laden zu voll um etwas zu frühstücken. Die Gäste scheinen alle ihre Routine zu haben und ich gehe davon aus, dass ich ihre Abläufe aufs Empfindlichste störe, wenn ich uns jetzt noch etwas zu Essen aussuchen würde. So stehen wir nach fünfzehn Minuten wieder auf der Straße und das Spiel beginnt von vorne.

»Was machen wir jetzt?«, fragt Maja.

»Was denkst du?«

»Keine Ahnung. Hast du keinen Plan?«

»Lass uns noch etwas umschauen. Irgendwo muss man doch auch Frühstück bekommen.«

Und so laufen wir weiter umher, bis wir im Souterrain eines Gebäudes auf der linken Straßenseite erneut einen Laden sehen, in dem etwas Betrieb herrscht. Hier geht es bedeutend ruhiger zu. Wir nehmen einen Tee mit Minzgeschmack und begutachten die kleine Speisekarte. Es gibt Vada, und da ich die kenne, bestelle ich uns beiden je einen Teller. Das Café ist gemütlich eingerichtet, mit Teppichen und kleinen Sitzgruppen. Wir genießen unser Frühstück, doch als wir fertig sind:

»Was machen wir jetzt?« Als hätte jemand auf die Wiederholen-Taste gedrückt.

»Ach was weiß ich. Keinen Plan.«

»Ich habe jedenfalls keine Lust auf Sightseeing!«

»Und was sollen wir stattdessen machen?«

»Weiß ich nicht.«

»Zurück ins Hotel willst du ja bestimmt auch nicht, oder?«

»Genau.«

Ratlos blicke ich Maja an. Golkonda ist gestrichen. Alternativen müssen her. Ich schlage vor, mit dem Bus nach Secunderabad zu fahren, vielleicht gibt es da ja eine Shopping Mall, wo wir die Zeit totschlagen können. Maja stimmt ein, obwohl ich nicht erkennen kann, ob sie wirklich damit zufrieden ist.

Die Buslinie 2 führt uns durch die Stadt zum Bahnhof nach Secunderabad. Hier sieht alles gediegener aus, aber ich finde nirgends die ersehnte Shopping Mall. Wir laufen kreuz und quer, vorbei an einer Demonstration und beschließen nach zweieinhalb Stunden das Unternehmen abzubrechen. Die Mittagssonne brennt unaufhörlich. Hätten wir das Fort Golkonda besucht, wäre die Zeit bestimmt effektiver vorbei gegangen. Aber das kann ich ihr jetzt nicht sagen. Wohl ihrer Schuld bewusst jammert Maja auch nicht und stapft tapfer neben mir her. Wir fahren zurück und setzen uns in den Coffee Day. Mein erster Kaffee des Tages.

Maja

Kaum Schlaf, kaum Essen, völlig fertig. So hatte ich mir unseren ersten gemeinsamen Urlaub wahrlich nicht vorgestellt! Und jetzt: Rucksäcke schultern und auschecken. Vier Stunden bevor unser Zug fährt, aber aufgrund der 24-Stunden-Regelung müssen wir das Hotel verlassen. Nun gut, das fällt mir natürlich leicht. Nur das schwere Gepäck die ganze Zeit mit zu schleppen nicht. Mit dem stehen wir nun vor dem Hotel und die Sonne brennt unbarmherzig. Der Schweiß läuft mir den Rücken hinunter und sammelt sich in meiner Unterhose. Alles klebt und die einzige Devise lautet: Schatten suchen! Den finden wir nach einem einstündigen Marsch in einem Kinderpark.

Der Eintritt kostet fünf Rupien, die wir gerne zahlen. Dafür können wir die verbleibenden Stunden auf einer Bank die Füße hochlegen. Unser Ausblick ist die riesige Buddha-Statue, die mitten im Hussain Sagar, einem künstlichen See, steht. Beeindruckend. Doch dass der 350 Tonnen Monolith 1990 bei dem Versuch ihn in die Mitte des Sees zu schiffen sank, acht Menschen mitriss und danach zwei Jahre auf dem Grund liegen blieb, zerstört mir die Unbeschwertheit. Warum kann hier nicht einfach mal etwas rundherum perfekt sein? Wir hatten noch keinen Tag unserer Reise, der gänzlich schön war. Irgendein Aspekt hat bislang stets die Stimmung verdorben. Ich frage mich, wann die Entspannung beginnt.

Die Hitze macht mich lethargisch und lenkt mich von weiteren Grübeleien ab. Wir ruhen im Park und ich träume von einem großen Eis.

»Paul, ich hätte gerne ein Eis.«

»Mhm, dann hol uns doch eins, da hinten ist ein Kiosk.«

»Aber die Kühlkette … Ich bin mir unsicher, ob es richtig gekühlt wurde.«

»Tja, aber es ist doch ein fester Stand, mit Dach.«

»Und was ist mit Stromausfällen?«

»Keine Ahnung, aber bring mir ein Eis mit!«

Na gut, soviel zum Thema Vorsicht beim Essen. Mir ist heiß und die Kühlkette völlig wurscht. Ich raffe mich auf und schaue beim Kiosk in die Tiefkühltruhe. Sie ist zwar mit Eiskristallen überzogen, aber die Eispackungen sehen gut aus. Zudem ist auch der Durchlauf hoch. Bevor eine Großfamilie mit fünf kleinen Kindern ebenfalls den Stand erreicht, greife ich schnell zwei Kegel Pistazien-Kulfi am Stil. Mit den Eistüten komme ich zurück zur Bank.

»Hier, nimm schnell, es schmilzt schon.« Paul greift gierig nach seinem Kulfi. Als wir einträchtig schleckend und zufrieden nebeneinander auf der Bank sitzen, denke ich, dass der Tag doch noch richtig schön wäre, hätten wir nicht schon wieder eine Nachtzugfahrt vor uns. Laut spreche ich meinen Gedanken lieber nicht aus. Dabei habe ich inzwischen arge Zweifel an Pauls Planung und bin verstimmt, ob seiner anstrengenden Route in den Süden. Was hat er sich bloß dabei gedacht? So viele Fahrten über Nacht hintereinander und dazwischen immer nur eine Nacht in einer Stadt, bevor wir weiterhetzen müssen. Mir fehlen Ruhe und Muße. Gerne hätte ich wieder drei Nächte an einem Ort und nicht ständig neue Eindrücke, die mich erschlagen.

Dennoch versuche ich, meinen Unmut Paul nicht spüren zu lassen. Immerhin hat er sich um alles gekümmert und unsere Reise im Vorfeld minutiös bis ans Meer hinunter durchgeplant. Aber ich hatte ein stressfreieres Reisen erwartet. Nun denn, Vorwürfe bringen jetzt nichts. Nur noch zwei Stationen und wir sind erstmal längere Zeit am Indischen Ozean. In Pondicherry können wir es uns so richtig gemütlich machen und einfach ausspannen! Die Vorstellung von einem romantischen Meeresaufenthalt zu zweit gibt mir Kraft für die Weiterreise.

»Na Paul, dann nehmen wir mal die nächste Nachtzugfahrt in Angriff, was?« Ich bemühe mich gelassen zu klingen, auch wenn mir die hotellosen Zeiten zusetzen.

Der Kaffeetrinkende Clown

Paul

Das ist früh. Ich werde aus meinen Träumen geweckt, kurz bevor wir in Bangalore einfahren. Ein freundlicher Mitreisender tippt mich an und gibt mir Bescheid, dass wir in einer guten halben Stunde da sein werden. Ich bedanke mich und wecke Maja. Der Zug ist pünktlich um 6:25 Uhr im Bahnhof. Heute hätte ich mich über eine Verspätung nicht beschwert, aber es hilft nichts. So verlasse ich recht unfit den Waggon. Maja scheint es nicht viel besser zu gehen. Am liebsten würde ich sie jetzt in den Arm nehmen, aber das muss warten, bis wir das Hotel erreicht haben.

Mein Rucksack zieht unendlich an meiner Schulter. Ich gehe zu einer Sitzgelegenheit, die um einen Pfosten des Bahnhofsdaches angebracht ist, und lasse mein Gepäck auf den Stein gleiten. Maja tut es mir gleich und so setzen wir uns erst einmal hin und starren auf unseren Zug, der noch am Gleis steht. Hier in Bangalore nimmt kaum einer von uns Notiz. Ein Hunderudel streunt, auf der Suche nach etwas Essbarem, durch den Bahnhof. Ich hoffe, dass sie nicht zu uns hinüber kommen. Als einer von ihnen seinen Kopf hebt und starr in unserer Richtung schaut, versuche ich nicht zurückzustarren, damit er meine Unsicherheit nicht merkt. Glücklicherweise ist er schnell abgelenkt und der Rest des Rudels läuft weiter zum Ende des Bahnsteigs. Auch seltsame Gestalten schlendern zwischen den Fahrgästen und den anderen Bewohnern des Bahnsteigs umher. Ist es nur meine Müdigkeit, die alles bedrohlich wirken lässt, oder der Umstand, dass ich noch kein Frühstück hatte?

Nach einer kurzen Verschnaufpause machen wir uns auf den Weg. Vor dem Bahnhof liegt ein riesiger Busbahnhof, der passenderweise Majestics heißt. Wie Majestix, denke ich und sehe mich sofort auf einem Schild stehen, von zwei Untergebenen getragen. So schwer sind heute meine Beine. Wir sind gestern einfach zu viel umhergelaufen. Ich hätte auch nichts gegen ein Fläschchen Zaubertrank.

»Wenn du Miraculix siehst, sag mir Bescheid«, spaße ich zu Maja.

»Mirácoli? Du willst Nudeln zum Frühstück?« Sie schaut mich perplex an. Da hat sie meinen Spaß nicht verstanden.

»Nein, ich hätte nur gerne etwas vom Zaubertrank.« Ich erkläre Maja meine Gedankengänge.

»Ach so, ich verstehe.« Maja lacht. Zum ersten Mal seit einigen Tagen. So ernst, wie sie in der letzten Zeit war, kenne ich sie gar nicht. Eigentlich liebe ich ihr bezauberndes Lachen und ihren Sinn für Humor. Ich hoffe, sie hat ihn nicht verloren. Ich lache mit.

Am Busbahnhof entdecke ich eine kleine Gaststätte. In einer Ecke ist noch ein Platz frei. Die anderen Gäste weisen uns darauf hin, dass das hier ein Selbstbedienungslokal sei. Vorne gibt es wieder Token, die Speisekarte hängt hinter der Ausgabestelle. Ich versuche etwas Neues ausfindig zu machen und entscheide mich für Idlis. Am Tokenschalter möchte ich also einen Kaffee, einen Tee und zwei Platten Idli bestellen.

»Sorry Sir. Coffee not available. Idli not available.«

Keinen Kaffee, keine Idlis? Ich versuche es mit Dosa.

»Dosa not available!«

»Vada?«

»No, not available. Only Pongal.«

Ich schaue mir die Pampe auf dem Tablett eines Vorübergehenden an und verziehe das Gesicht. Nur Pongal.

Ich gehe zu Maja, die sich auf das Frühstück freut, und muss sie enttäuschen.

»Nur Pongal!«

Sie blickt zum Tischnachbarn hinüber.

»Lass uns weiterziehen!«, bestimmt sie.

Wir schultern unsere Rucksäcke und gehen, ohne etwas bestellt zu haben, aus dem Lokal, als unser Weg von zwei mittelgroßen Kakerlaken gekreuzt wird.

»Ist wohl besser!«, bestärke ich unseren Beschluss.

»No Pongal?«, ruft uns der Verkäufer hinterher und beginnt hämisch zu lachen.

Nein, antworte ich ihm sauer und versuche ihm verstehen zu geben, dass ich Idlis will, dass ich Kaffee will und keine Kakerlaken. Er verzieht die Miene und sein Lachen verstummt. Treffer! Paul ist fieser als er. Dafür lachen jetzt die anderen Gäste. Ich weiß nicht genau, ob über mich oder den Verkäufer. Um nicht groß grübeln zu müssen, fasse ich es einfach als Zustimmung auf und lasse den Laden hinter mir.

Wir überqueren den Rest vom Majestics mit Hilfe einer Fußgängerbrücke, von der man einen atemberaubenden Blick auf das Treiben und die Geschäftigkeit des Busbahnhofes hat. Was auf den ersten Blick chaotisch erscheint, folgt eigentlich einer Ordnung. Die Hektik, mit der die Fahrgäste in die Busse springen, ist gepaart mit einer Lässigkeit, die mir in Indien langsam abhandenkommt. Auf mich wirkt nur noch die Hektik. Das soll sich ändern!

Kann es sein, dass es keine gute Idee gewesen ist, von einer Stadt in die nächste zu hetzen?

Von der Brücke führt uns der Weg zu einer Unterführung, die eine große Straße quert. Wir folgen der Masse. Am Ausgang des Tunnels sehen wir eine Möglichkeit unser Frühstück nachzuholen. Auf der anderen Straßenseite befindet sich ein Lokal. Unten kann man im Stehen essen, aber eine Servicekraft weist uns den Weg die Treppe hoch. Wir bekommen einen Platz am Fenster und können genau auf den Ausgang des Tunnels blicken.

Ich kriege meine Idlis und noch einen Vada dazu. Idlis sind kleine gepresste Reis-Ufos, die mit Sambhar und Chutney total lecker sind. Ich esse nach Art des Hauses mit der Hand, auch wenn das Sambhar sehr heiß ist. Gegen acht Uhr brechen wir schließlich auf, um unser Hotel aufzusuchen. Ich fühle mich gestärkt und laufe gemeinsam mit Maja durch die Straßen Bangalores. Beinahe hätte ich ihre Hand gegriffen, aber besinne mich schließlich, es besser nicht zu tun. Wir betreten das Hotel. Es wirkt sehr sauber. Doch bevor wir einchecken, lassen wir uns diesmal die freien Zimmer zeigen und lehnen das Erste direkt ab, da es im Erdgeschoss neben der Rezeption liegt. Das ist uns zu laut, so bekommen wir ein besseres im vierten Obergeschoss angeboten. Wir checken um 8:30 Uhr ein. Endlich Ruhe.

Ich schalte den Fernseher an und zappe ein wenig umher. Hier kann man es sich gut gehen lassen.

»Schau mal, ist das nicht, hier …? Du weißt schon!?« Maja zeigt auf den Fernseher, wo gerade eine Pepsi-Reklame läuft: »Der englische Spieler?«

»Der englische Spieler?« Ich rätsle, was sie meint. »Meinst du Kevin Pietersen? Kann sein.«

Wir beobachten, wie der Cricketspieler auf einem Ochsenkarren steht und Melonen anreicht. Dabei wechselt er von links nach rechts, angetrieben von einem feschen indischen Bauern. Ein Schnitt. Und er steht im Stadion. Dort macht er die gleiche Bewegung mit seinem Cricket-Schläger wie gerade zuvor auf dem Karren: »The palti hit!«, heißt es.

Oh, jetzt kenne ich Kevin Pietersen. Von der Weltmeisterschaft habe ich bislang wenig mitbekommen. Doch heute spielt Indien gegen England. Ich habe mir vorgenommen, mal rein zu schauen.

Doch vorher beschließen wir, die gute Stimmung zu konservieren und machen uns auf in die Stadt. Es ist noch früh. Als wir das Hotel verlassen, fragt uns der Mann an der Rezeption, ob wir DAS SPIEL anschauen. Erst jetzt realisiere ich, dass Indien-England in Bangalore stattfindet. »No, no ticket«, antworte ich ihm und er seufzt.

In der Stadt ist eine aufgeregte Stimmung zu spüren. Viele Engländer sind unterwegs. Ob wir unsere Bekanntschaft aus Delhi hier treffen werden? Wir laufen in Richtung City. Für eine Rikscha habe ich kein Geld mehr. Nach dem Vorschuss für das Hotel bin ich total blank. Jetzt muss erst einmal ein Geldautomat her. In einem Kaufhaus finden wir einen, wobei es keine gute Idee war, dort Geld zu ziehen. Maja stürzt sich sofort in die Textilabteilung und schaufelt sich Klamotten über ihren Arm. Hier ein Oberteil, da eine Hose. Auch für mich hat sie was besorgt. In den meisten Sachen, die sich Maja überstreift, sieht sie ganz heiß aus. Ich finde, sie hat für diese indischen Sachen einen guten Körper. Aber als sie mit einer türkisen Plunderhose aus der Umkleidekabine kommt, kann ich mein Grinsen kaum verbergen.

«Hui, wo hast du denn die Clownshose her?«

»Wieso Clownshose? Ich finde die ganz schick!«

»Guck mal in den Spiegel! Sieht ziemlich albern aus!«

»Was hast du denn dagegen? Die ist so schön luftig.«

»Luftig, du sagst es. Damit werden bestimmt deine Schritte leichter.«

»Hä? Das verstehe ich nicht.«

»Jetzt mal im Ernst. Deine Oberteile sind ganz schön, aber in dieser Hose siehst du aus wie die letzte Esotrulla. Guck lieber mal nach etwas Schickem. Das steht dir besser!«

Nicht ganz von mir überzeugt, hängt Maja die Hose wieder weg, nicht ohne ihr noch einmal zärtlich über das Bein zu streicheln. Wir schlendern nach dem Großeinkauf noch ein wenig über die MG Road, wo es nur so von aufdringlichen Händlern wimmelt.

»Sir, Sir«, schreien sie in meine Richtung. Ich soll hier schauen, ich soll dort schauen. Nein, danke. Ein Verkäufer steht auf und zerrt an meinem Arm. Der Kerl geht mir total auf die Nerven. Zumal er es gewagt hat, an mir herumzutatschen, dass ich meine Idee von der Gelassenheit von heute Morgen hervor holen muss, um nicht auszuticken. Ich entgegne ihm nur: Weißt du wie man deine Sachen in Deutschland nennt? TINNEF, und ich möchte keinen Tinnef!«

»Tiffin, tiffin?«

»No, Tinnef!«

»Oh, Tinnef«, und er lacht mich freudig an.

Maja

Das große Kaufhaus macht mir richtig Freude und ich
entwickle nach der anstrengenden Nachtzugfahrt neue
Energie. Die viele bunte Kleidung überfordert mich fast.
Ich weiß gar nicht, was ich zuerst anschauen soll. Und das
Beste ist, wir werden fast komplett in Ruhe gelassen. So
bummeln wir entspannt durch die unzähligen Kleidungs-
reihen. Ich staple alles, was ich anprobieren möchte, über
meinen Arm. Als ein stattlicher Haufen angewachsen ist,
verziehe ich mich in eine Umkleidekabine. Am Ende der
Anprobe entscheide ich mich für drei Oberteile. Eigentlich
will ich mir auch eine schicke türkisfarbene Hose kaufen.
Aber als ich in dieser vor die Kabine trete, lacht Paul sich
schlapp. Er meint, sie sehe albern und peinlich aus. Ich
finde, sie steht mir gut, aber wenn er meint, ich sähe wie
eine komische Esotrulla aus … Mhm, ein wenig eingeschnappt hänge ich die Hose zurück. Wenn er sie wirklich
nicht mag, was hätte es für einen Wert sie zu kaufen?

Paul kommt mir dafür diesmal nicht ungeschoren davon. Er soll auch endlich was schickes Indisches zum Anziehen bekommen. Er hat wie immer überhaupt keine Lust
auf die Anprobe, aber schließlich ringt er sich durch und
wir nehmen einen senfgelben Kurta mit grünen Stickereien
für ihn mit. Richtig hübsch sieht er darin aus. Begehrens-
wert.

Jetzt brauche ich dringend eine Pause und wir landen
in einem modernen Café, wo wir uns ein teures Essen
gönnen. Zur Bewachung unserer Sachen bleibe ich an
unserem Tisch sitzen, während Paul das Angebot inspiziert.

»Lust auf ein Paneer-Sandwich?«, ruft er zu mir herüber.

»Ja, das klingt super. Ach, und einen Cappuccino hätte ich dazu gerne.«

»Habe ich das richtig gehört?«, Paul sprintet zu mir zurück. »Oder habe ich akustisch etwas falsch verstanden?« Er strahlt über beide Ohren.

»Na, ein kleiner Cappuccino wird mich wohl nicht umbringen«, antworte ich ihm und grinse.

Er gibt unsere Bestellung auf und balanciert mit zwei Tassen auf mich zu. Auf dem Milchschaum der einen Tasse ist eine Blume, auf dem anderen ein Herz. Paul schiebt die Herz-Tasse vor mich auf den Tisch: »Ich habe die Bedienung extra für dich darum gebeten.«

»Aber schade«, fährt er fort, nachdem er den ersten Schluck genommen hat. »Der ist heute gar nicht gut. Du hättest den in Khajuraho probieren sollen, der war vorzüglich!«

»Paul …«, unterbreche ich warnend seine Schwärmerei.

»Ja, ist schon gut. Ich freue mich halt und möchte nicht, dass du jeglichen Kaffee jetzt wieder verteufelst. Lass dich von diesem hier bitte nicht abschrecken.«

»Wenn ich noch mal Lust darauf haben sollte, werde ich wohl mal wieder einen bestellen«, gebe ich ihm zu verstehen.

Aber das lässt Paul mir so nicht durchgehen. »Weißt du was? Ich habe eine tolle Idee. Nächstes Mal probiere ich einfach vor, und wenn der Kaffee oder Cappuccino gut ist, dann trinken wir schön noch einen zusammen!« Er grinst schelmisch. Ich sehe den Schalk in seinem Nacken begeistert auf- und abhüpfen.

»Du willst doch nur zwei trinken«, entgegne ich.

»Nein, mir geht es nur um dich, Teuerste«, flötet er mir zu. Er greift seine Tasse mit Daumen und Zeigefinger, spreizt die übrigen Finger ab und schlürft mit gespitzten Lippen vom Cappuccino. Mit Milchschaum auf der Oberlippe blinkert er mich an. Wir müssen gleichzeitig lachen. Pauls Humor ist einfach unwiderstehlich! Die weibliche Bedienung schaut uns verständnislos an und knallt lieblos unsere Teller mit den Sandwiches auf den Tisch. Na, Trinkgeld gibt es nicht. Das Essen mundet dennoch. In gelöster Stimmung verlassen wir das Café.

Der Abend steht ausschließlich im Zeichen der Entspannung. Zurück im Hotel stellen wir den Fernseher an, wo gerade eine Tanzshow läuft, in der junge Menschen anscheinend zu Filmsongs ihre Choreografie vortragen. Bewegen können sich die Inder wirklich gut. Alles sieht so athletisch und elegant aus, kein Vergleich zu uns steifen Deutschen. In der Werbepause schalten wir rüber zum Cricketspiel. Ich verstehe die Regeln nicht wirklich, aber es ist interessant zuzuschauen und ich muss nicht viel denken. Raus zum Essen möchte ich nicht mehr. Und auch Paul kann sich, einmal auf dem Bett ausgestreckt, nicht mehr davon lösen. So durchstöbern wir die Speisekarte vom Hotel. Paul wählt die Nummer vom Restaurant, um uns Bonda, Biryani und Lassi aufs Zimmer liefern zu lassen. Er muss alles fünfmal wiederholen, ehe er richtig verstanden wird. Die Bonda sind allerdings »not available«. Wir weichen auf Vada aus. In der Wartezeit starren wir beide apathisch auf den Bildschirm, unfähig zu einer Regung oder einem Wortwechsel. Als es klopft, sage ich zu Paul: »Dein Job«, und beobachte im Liegen das Auftischen unserer Köstlichkeiten. Am liebsten würde ich direkt hier auf dem Bett die Speisen vertilgen, aber der junge Mann richtet uns das Essen gewissenhaft auf dem kleinen runden Beistelltisch an. Nachdem Paul bezahlt hat, schwinge ich die Beine auf den Boden und lasse mich auf einem der beiden Sessel nieder.

»Oh Paul, das sieht verlockend aus, was?«

Wir stürzen uns als Erstes auf die Vadas, frisch frittiert, knackig und knusprig. Sie sind ein Gedicht, das in einem herrlich scharfen Kokosnuss-Chutney eine wundervolle Ergänzung findet. Danach teilen wir uns das Biryani-Gericht, ein riesiger Berg Reis mit verschiedenem Gemüse, Cashewkernen und Ananasstücken.

Als das Cricketspiel zu Ende ist und unsere Teller leer geputzt sind, stapele ich alles und stelle das Metallgeschirr vor unsere Tür. Zurück im Zimmer will ich mich wieder aufs Bett fallen lassen, doch Paul hat etwas dagegen. Komisch, erst jetzt fällt mir auf, dass er nackt ist und etwas von ihm absteht, das auf mich zeigt. Er streift mir Bluse, Hose und Unterwäsche vom Körper und zieht mich hinter sich ins Bad. Das Wasser der Dusche wird zum Glück warm. Das Universum meint es gut mit uns. Bislang hatten wir kein Hotel, in dem die Dusche mehr als lauwarm wurde. Aber heute ist unser Abend heiß. Das Wasser prasselt von oben und unten prickelt es gehörig.

Am nächsten Morgen klingelt der Wecker viel zu früh. Er reißt mich aus den schönsten Träumen. In denen stehe ich noch immer mit Paul unter der Dusche. Ich mag einfach gar nicht aufstehen. Ein lang gezogenes »Neeeeee, lass das«, entfährt mir, als mein Liebster an meinem Schlafsack zieht, um mich anzutreiben. Während ich noch im Bett liege, hat er sich inzwischen angezogen und seinen Rucksack gepackt. Super, er ist wieder fit und voller Tatendrang zum Weiterreisen. Ja, wir müssen um 8:30 Uhr aus dem Hotel raus. Aber ich hätte mir gewünscht, dass wir den Tag trotzdem gemütlich beginnen, noch ein paar Minuten im Bett kuscheln, bevor der Reisestress erneut unbarmherzig zuschlägt.

Heute fährt unser Nachtbus um 22:30 Uhr nach Pondicherry. Das heißt, den ganzen Tag in Bangalore abhängen, ohne Hotel. Also auch vor der langen Busfahrt nicht mehr frisch machen. Diese Aussicht verschafft mir jetzt kein Hochgefühl. Ich bin verstimmt, dass Paul offensichtlich keine Lust dazu hat, die restlichen Minuten Zweisamkeit zu genießen, sondern es kaum erwarten kann das Hotel zu verlassen.

»Jetzt komm endlich, Trantüte!« Er hetzt mich. Ich stelle auf stur und bleibe einfach liegen. Nicht allein aus Trotz. Meine Beine fühlen sich auch unendlich schwer an. Ich weiß gar nicht, wie ich heute auch nur einen Schritt laufen soll. Wie gerne hätte ich jetzt meine luftige Hose …

Hups, da bin ich wohl kurz noch mal eingepennt. Paul sitzt neben mir auf dem Bett und rüttelt an meiner Schulter.

»Maja, jetzt steh auf! Wir haben nur noch eine halbe Stunde bis zum Check-out. Ich glaube kaum, dass du dich in dieser kurzen Zeit abmarschbereit machen kannst.« Er klingt sauer.

»Boa, das war gemein«, grummel ich verschlafen zurück. »Du weißt genau, dass ich keine Frau bin, die drei Stunden vorm Spiegel steht. Ich brauche doch nur zehn Minuten!«

Ich schäle mich unter dem strengen Blick von Paul aus meinem Schlafsack. »Du hättest mich ja auch liebevoll wecken können«, schleudere ich ihm noch entgegen, ehe ich mich ins Bad schleppe. 20 Minuten später stehe ich mit geputzten Zähnen und in frischen Klamotten an der Tür, zumindest körperlich bereit zum Aufbruch. Meine Lust räkelt sich noch faul im Bett.

»Na dann …«, sagt Paul nur und schreitet voran zur Rezeption. Unsere Rucksäcke dürfen wir glücklicherweise kostenlos im Gepäck-Raum des Hotels deponieren.

»Wenigstens etwas«, meine ich zu Paul. »Mit dem schweren Ding hätte ich heute auch keinen Schritt gemacht.«

Paul scheint jedoch nicht zu verstehen, dass ich von der ganzen Anstrengung schlapp bin, sondern reagiert lediglich mit einem genervten Schnauben. So suchen wir in angespanntem Schweigen einen Ort zum Frühstücken. Wir verständigen uns ohne Worte auf ein kleines Restaurant mit lokalem Frühstücksangebot. Paul bestellt für sich einmal Idlis und ich tue es ihm nach. Still isst jeder für sich und ich halte die eisige Atmosphäre kaum aus. Wenn dieser Tag noch erträglich werden soll, muss ich wohl die Kluge sein.

»Lecker die Idlis, oder was sagst du?«

»Jupp, lecker.« Pauls Antwort fällt mehr als knapp aus.

Na, das hat ja super geklappt. Jetzt muss ich zum ultimativen Versöhnungsangebot übergehen. Ich bestelle bei der Bedienung zwei Kaffee. Als die dampfende Tasse vor ihm steht, heitert sich Pauls Stimmung tatsächlich auf. Wir lassen die kleinen Unstimmigkeiten vorerst auf sich beruhen und planen den Tag.

»Gut«, meint Paul. »Heute also keine Anstrengung. Lassen wir uns treiben und bummeln einfach durch die Stadt.«

Dem Vorschlag habe ich nichts hinzuzufügen und so tändeln wir durch Bangalore. Zur Mittagshitze lassen wir uns in einem Park nieder, anschließend stöbern wir durchs Basar-Viertel. Mich begeistern dort besonders die Straßen mit den Einladungskarten. Es reiht sich Laden an Laden. Alle sind vollgestellt mit größtenteils Hochzeitseinladungen. Sie sind edel und auffällig. Bunte Ganeshas mit Goldrand künden von glücklichen Verbindungen. Oder gaukeln diese vor. Die muslimischen Hochzeitskarten sind hingegen schlicht, laden mit einer Sure oder dem Bild des Koran zum großen Fest. Hochzeiten sind sicher ein lukratives Geschäft, denn die Läden nehmen kein Ende. Dabei würde ich gerne noch zum Gewürz-Basar und Safran kaufen. Aber meine Beine streiken und weiter herumirren möchte ich nicht.

Wir beschließen, bei der MG Road noch zu Mc Donalds zu gehen. Paul gönnt sich, ohne mich zu fragen, einen Chicken-Burger. Ich schlucke meinen Kommentar hinunter und versuche mich an dem Kartoffel-Burger zu erfreuen. Ich hätte mir aber den Käse nicht aufdrängen lassen sollen. Der billige Scheiben-Schmelzkäse ruiniert den Geschmack. Meine Laune sinkt bedrohlich. Und um 16 Uhr müssen wir bereits unser Gepäck aus dem Hotel holen. Was hat sich Paul nur bei seiner Planung gedacht? Jetzt müssen wir noch bis 22 Uhr die Zeit herumkriegen, dabei bin ich vom Nichtstun heute total genervt. »Hätten wir nicht einfach einen früheren Bus nehmen können?«

Paul

Jetzt sind wir wieder unterwegs, ohne einen Ort, an dem wir uns zurückziehen können. Wir streifen durch die Stadt und finden keine Ruhe. Erst spät am Abend wird unser Bus in Richtung Meer abfahren. Vielleicht hätten wir einfach eine weitere Nacht im Hotel zahlen sollen? Nun sitzen wir in gereizter Stimmung am Busbahnhof. Noch drei Stunden bis zur Abfahrt. Maja zweifelt immer mehr an meiner Planung und fragt, weshalb wir keinen früheren Bus nehmen konnten. Ich bin genervt. Von ihrer vorwurfsvollen Haltung, von der Warterei an diesem ungemütlichen Ort, von dem Lärm, von der Vorstellung eine Nacht in einem viel zu engen Bus zu verbringen.

Zu Hause hat man sich nicht so viele Gedanken gemacht, man hat das Land und die Strapazen unterschätzt. Ich bin ja jetzt auch kein hartgesottener Traveller, wie Maja es meint. Das ist mein erster Abenteuer-Urlaub und er stellt mich vor Herausforderungen, die ich mir bislang nie ausgemalt habe. Eigentlich war es mir klar, dass nicht alles so laufen würde, wie in der Heimat. Aber ich fühle mich doch sehr fremd. Ich kann noch nicht einmal so tun, als würde ich dazugehören, wie im europäischen Ausland, oder in New York. Ich bin offen für die Kultur und möchte mit den Einheimischen in Kontakt kommen. Aber wenn man die Sprache nicht versteht, ist es schwierig. Und dazu noch, das ständige Weiterreisen.

Maja wird es nicht besser gehen, aber ihre schlechte Laune geht mir auf den Geist. Ich antworte auf ihre Frage.

»Ich dachte, der Volvo wäre der beste Bus, damit wir nicht zu früh ankommen. Und es ist ein besserer, gemütlicher als die anderen, die hier herumstehen. Hoffe ich zumindest. Kostet auch 150 Rupien pro Person mehr.«

»Und warum sind wir nicht mit dem Zug los?«

»Ich hatte dich gefragt, ob es okay ist.«

»Da ging ich nicht davon aus, dass das hier so anstrengend ist. Ich habe dir vertraut!«

»Du glaubst, ich will dich hiermit quälen, oder was?«

»Nein, das habe ich nicht gesagt. Aber du hättest besser planen sollen!«

Mir ersticken alle Worte. Was bildet die sich eigentlich ein? Bin ich ihr Reiseleiter? Und wieso musste ich alles planen? Ich drehe mich beleidigt von ihr weg.

»Und jetzt bist du eingeschnappt«, stichelt sie.

»Was soll ich dazu sagen? Meine Planung ist Mist!«

Auch Maja verstummt. Gestern war alles toll und heute eine Katastrophe. Ich wünschte, sie hätte mehr Verständnis für mich.

Wie wir da so schmollen, kommt ein Typ auf uns zu. Mit Rucksack auf dem Rücken, Trekking-Sandalen an den Füssen und einem beige-braunen Hemd am Körper, das zu seinem khaki-braunen Hut auf dem Kopf passt. Seine Nase ist knallrot und die Haut schuppt sich von seiner Stirn. Freudig lachend fragt er uns, ob wir auch nach Pondy wollen, und er sich zu uns setzen könne. Die Stimmung zwischen Maja und mir muss er vollkommen ignoriert haben oder bemerkt sie nicht, trotz der Blitze die zwischen uns hin und her zischen. Naiv und beherzt schüttelt er uns beiden die Hände und setzt sich auf seinen Rucksack, den er uns gegenüber auf den Bussteig gelegt hat.

Er stellt sich als Kevin vor und er möchte weiter nach Mamallapuram, um dort ein wenig auszuspannen. Er redet ohne Unterlass, während er seine Trinkflasche befummelt. Wie es in Hampi ist, ob wir auch dort waren, oder vorhaben dorthin zu fahren und erzählt, was er dort alles gemacht hat. Eigentlich hat er nichts gemacht, aber das breitet er dermaßen aus, dass die Zeit verstreicht. Er bietet uns seine Kekse an. Bangalore? Nein, er sei hier nur zum Umsteigen. Er mag keine großen Städte, sie seien ihm zu hektisch. Er sei auch gerade erst angekommen.

Ich blicke zu Maja. »Siehste, so anstrengend kann meine Reiseplanung also doch nicht sein«, und denke mir: »Was für ein bekloppter Freak.«

Glücklicherweise sind die Plätze in den Bussen reserviert, so dass er sechs Reihen hinter uns sitzen muss. Ich bin froh, die Laberbacke nicht während der ganzen Fahrt an uns kleben zu haben und Maja ist es wohl ebenso, denn sie nimmt, als der Bus losfährt, ganz zärtlich meine Hand in ihre.

Kapitel 3
Ein Tolles Trio

Willkommen in Esotopia

Paul

Auf der Fahrt habe ich kaum geschlafen. Ich finde es schön, dass Maja, bis sie eingeschlafen ist, meine Hand gehalten hat. Vielleicht war unser Streit gestern nur dem Stress geschuldet. Als wir die Grenze Pondicherrys erreichen, wundere ich mich, denn die Sonne ist noch nicht aufgegangen. Ich versuche Maja zu wecken, aber auch heute will sie nicht aufwachen. Auf einen Schlag bin ich von ihrem Verhalten wieder genervt.

»Lass mich schlafen.«

»Maja. Das geht nicht, wir sind gleich da.«

»Ist mir egal. Ich bin müde.«

»Jetzt steh endlich auf«, herrsche ich sie an. Sie würdigt mich erst mit einem bösen Blick, danach mit gar keinem mehr.

Ich bin sauer. Auf Maja, die nicht in die Gänge kommen will und auf die öffentlichen Verkehrsmittel, mit denen man gar nicht rechnen kann und die einen immer so früh rauslassen. So stehen wir mit einigen Fahrgästen in der Dunkelheit von Pondy. Kevin kommt noch mal auf uns zu und fragt, was wir jetzt vorhaben und ob wir nicht mit nach Mamallapuram wollen. Maja blickt mich nun doch wieder an und gibt mir zu verstehen, dass sie so schnell wie möglich von hier weg will. Ich finde es lustig, dass Maja so allergisch auf Kevin reagiert. Aber ich muss zugeben, dass der Kerl echt schräg ist. Ich wundere mich, wie der in Indien klarkommt. Zur Verabschiedung will er uns umarmen. Maja schultert schnell ihre Sachen und entfernt sich einige Schritte. Ich hingegen bin zu langsam. Er zieht mich an sich heran und herzt mich als wären wir schon ewig befreundet. Ich bilde mir ein, dass in seinem Drücken eine Spur Verzweiflung steckt. Er schaut mich mit glasigen Augen an und hofft, dass wir uns vielleicht wiedersehen werden. Ich vergewissere mich, dass er vier Tage in Mamallapuram verbringen möchte. Vier Tage! Wir werden also unter keinen Umständen früher dort hinfahren. Als er sich von mir abwendet und ich Maja hinterherlaufe, höre ich seine Stimme, die penetrant versucht nach dem Bus nach »Mallpuram«, wie es nennt, zu fragen.

Wenn mich momentan etwas mit Maja eint, so ist es unsere Ablehnung solcher Typen, die vollkommen verpeilt auf den Spuren der alten Hippies auf Selbsterfahrungstrip wandeln und es sich nicht eingestehen können, völlig fehl am Platze zu sein.

Ich krame meine Karte aus dem Reiseführer hervor und mache Maja ein romantisches Angebot.

»Lass uns ans Meer, in einer Stunde ist Sonnenaufgang.«

Sie stimmt ein. Wir machen uns zu Fuß auf den Weg. Kurz hinter dem Busbahnhof ist es vorbei mit der Geschäftigkeit. Nachdem wir eine große Straße gekreuzt haben, ist vollkommene Ruhe. Pondy schläft und wirkt so friedlich wie kein anderer Ort, den wir bislang in Indien besucht haben. Als wir das Meer erreichen, hat sich bereits ein grauer Schleier am Horizont breitgemacht. Wir setzen uns an die Mauer der Promenade und sehen zu, wie der große Ball aus dem Meer hervor steigt und die Nacht vertreibt. Ich streichle Maja zart über ihren Handrücken. Sie lächelt sanft. Wir sind doch ein gutes Team. Da muss nur mal jemand von außen kommen und schon ist jeder Streit vergessen.

Wir beschließen, im Le Café frühstücken zu gehen. Le Café klingt gut, klingt Französisch und das liegt auch nahe, denn Pondicherry ist eine ehemalige französische Kolonie. Leider ist das Personal im Café total unmotiviert und wir warten ewig, bis wir überhaupt eine Speisekarte in die Hand bekommen.

Bei unserem nächsten Hotel ist das Check-in erst um 12 Uhr und so haben wir noch eine Unendlichkeit vor uns, bis ich wieder ein Bett unter meinem Rücken spüren darf. Nach dem Frühstück setzen wir uns zurück ans Meer. Leider hat Pondicherry keinen richtigen Strand. Hinter einem kleinen Streifen mit hart getretenem Sand geht es steil abwärts zum Meer und riesige Steine liegen herum, wohl um bei stürmischer See die Wellen zu brechen. So beginnen wir uns zu langweilen, während die ersten Sport treibenden Inder an uns vorbei walken oder mit ihren Hunden Gassi gehen.

»Vielleicht lassen die uns ja auch früher rein«, meine ich zu Maja.

»Wo hinein? Was meinst du? Was?«

Ich habe sie wohl aus ihren Träumen gerissen.

»Ich meine, vielleicht können wir ja ein wenig früher im Park-Guesthouse einchecken.«

»Ach das. Okay.«

Wir stehen auf und ziehen die Promenade entlang in Richtung des grau angestrichenen Gebäudes an deren Ende.

»Aber was ist, wenn die sauer auf uns sind, weil wir viel zu früh auftauchen?« Mir kommen Zweifel, ob wir es wirklich versuchen sollen.

»Was nun. Wollen wir? Oder nicht?«, drängelt Maja.

»Was meinst du?«

»Was soll ich meinen?«

»Ob wir es versuchen sollen, oder etwa nicht.«

»Ist mir gleich. Entscheide du!«

»Weshalb muss ich eigentlich alles entscheiden? Ob wir essen gehen, oder zum Strand, ob wir Einchecken und was sonst noch alles. Du hast doch auch einen Kopf.«

»Der ist gerade schlapp.«

»Und mir geht es etwa besser?« Ich stelle meinen Rucksack an einem Spielplatz ab und setze mich auf einen kleinen Steinelefanten. Maja bleibt beleidigt stehen.

»Es ist deine Superplanung.«

»Ach Maja, das hatten wir doch schon mal.«

»Tut mir leid! Mir geht es nicht gut, ich bin müde und vollkommen fertig!«

Ich schlucke. Mich hat die Reise auch total geschlaucht und da hatte ich kein Gefühl dafür, wie es Maja geht.

»Hast du Lust auf eine Kokosnuss? Ich habe hinten einen Verkäufer gesehen, der seinen Stand aufgebaut hat. Warte, ich hole uns zwei.«

Flugs bin ich verschwunden und kaufe uns grüne Kokosnüsse. Der Verkäufer schlägt sie mit einer kleinen Minimachete auf und reicht mir zwei Strohhalme. Zurück hat sich Majas Gemüt beruhigt und wir können gemeinsam am Meer unsere beiden Kokosnüsse ausschlürfen und von ein paar netten Tagen träumen.

Maja

Ich schaue aufs Wasser hinaus. Da sind wir endlich: zu zweit am Meer. Ich schlürfe an meiner Kokosnuss und Paul streichelt meine Hand. Mein Groll legt sich und ich muss zugeben, Pauls Planung war doch nicht so schlecht. Ich bereue jetzt, dass ich den ganzen gestrigen Tag nur gemault und völlig unleidlich auf jede Äußerung Pauls reagiert habe. Seine Idee mit dem Sonnenaufgang war wunderbar. War sie das, meine ersehnte romantische Geste? Ich schüttle meine Kokosnuss.

»Schon alle! Das war lecker, danke!« Ich grinse Paul voller Demut an und alle Streitigkeiten zwischen uns scheinen verflogen.

Um 12 Uhr steuern wir das Gasthaus an. Eine missmutige ältere Frau sitzt hinter dem Rezeptionstisch. Wir grüßen freundlich und setzen uns ihr gegenüber, erhalten aber lediglich ein knappes Nicken und die Andeutung eines gezwungenen Lächelns. Paul lässt sich nicht irritieren und bringt unser Anliegen vor. Er sagt der Frau, dass wir vor zwei Wochen eine Mail geschrieben hätten.

»Okay«, fällt die Frau ihm sichtbar genervt ins Wort. »And what do you want NOW?«

Paul beginnt erneut: Wir hätten gerne ein Zimmer, mit Balkon zum Meer. Alle seien belegt, werden wir in arrogantem Tonfall angeblafft. Sie seien schließlich kein Hotel, sondern ein Gasthaus der Sri Aurobindo-Gesellschaft.

»Ja, das wissen wir doch. Deshalb sind wir schließlich hier. Wir mögen die Ideen von Sri Aurobindo und „der Mutter". Und die friedliche Atmosphäre.«

Bei den Worten von Paul fällt mir die Kinnlade hinunter. Was redet er denn von friedlicher Stimmung, wo die Dame uns augenscheinlich wie den letzten Abschaum behandelt?! Eigentlich bin ich verärgert und würde am liebsten ein anderes Hotel aufsuchen, aber dieses Gasthaus hat einfach eine traumhafte Lage und ist die einzige erschwingliche Unterkunft direkt am Meer. Dafür nehme ich gerne die strengen Regeln in Kauf. Keinen Alkohol, kein Fernseher, Zapfenstreich um 10 Uhr abends. Das Rauchverbot kommt uns sogar sehr entgegen und schließlich suchen wir ja tatsächlich Entspannung und Erholung. Da ist die spirituelle Atmosphäre bestimmt förderlich.

Ich halte meinen Mund und lächle debil vor mich hin.

Die Schmeichelei von Paul bringt tatsächlich den gewünschten Erfolg. Die Frau schaut nun in ihrem Computer nach. Sie scheint zu überlegen und mustert uns zweifelnd. Schließlich ringt sie sich durch und macht uns ein Angebot: Wir bekommen ein Zimmer zum Meer hinaus, aber im Erdgeschoss. Wir blicken nur auf eine Mauer, hinter der das Meer zu vermuten ist. Und wir müssen eine weitere Stunde darauf warten.

»Wonderful!« Paul bedankt sich charmant, doch die Antwort ist nur ein eisiger Blick.

Wir lassen uns auf dem Rasen der gepflegten Gartenanlage nieder. Eine grüne Wiese mit angelegtem Wasserlauf und Steinfiguren. Ein herrlicher Ort. Hier können wir sicherlich zur Ruhe kommen. Ich lobe Paul für seine erfolgreiche Zimmerverhandlung und er freut sich sichtlich. So habe ich ihn lange nicht strahlen sehen. Ich frage mich, wie weit die letzte wirklich freundliche Äußerung meinerseits zurückliegt und mir tut meine schlechte Laune der vergangenen Tage leid. Ich würde mich gerne bei Paul entschuldigen, aber jetzt ist nicht der richtige Zeitpunkt.

Unser Zimmer ist leider wirklich keine Offenbarung. Es gibt zwei schmale einzelne Betten, die aufgrund ihrer Moskitonetz-Halterungen nicht zusammengeschoben werden können. Gegenüber der Betten prangen zwei große Porträts von Sri Aurobindo und „der Mutter", seiner spirituellen Begleiterin. Falls uns die getrennten Betten nicht vom weltlichen Vergnügen abhalten, sollen uns deren Blicke wohl in zweiter Instanz vor einer Verunreinigung unserer spirituellen Suche bewahren.

Apropos weltliches Vergnügen: Ich habe Hunger! Wir gehen in die Kantine des Gasthauses und bestellen aus dem überschaubaren Angebot Omelette mit Brot und Lassi. Das Essen ist ganz ordentlich und die junge Frau, die uns bedient, freundlich. Sie sitzt, wenn sie nicht gefordert ist, mit ihrer Kollegin ganz hinten in der Ecke des Raumes auf dem Boden. Die Stimmung in der Kantine ist bedrückend. Und obwohl Aurobindo von der Liebe seinen Mitmenschen und der Natur gegenüber gesprochen hat, wie mir eine kleine Broschüre und Sprüche, die überall hängen und auf Tischkarten stehen, verraten, empfange ich atmosphärische Störungen. Die europäischen Gäste sitzen weit über den Raum verteilt. Ein belebender Austausch, wie ich ihn mir hier vorgestellt habe, findet nicht statt. Wer hierher kommt, um Harmonie und Liebe zu finden, wird sicher enttäuscht. Auch die Kommunikation mit den indischen Angestellten ist weit entfernt von gleichgestellter Freundschaft. Eine knappe Bestellung, kein Lächeln. Ich frage mich ernsthaft, ob irgendjemand der Anwesenden die Schriften von Aurobindo überhaupt gelesen hat.

Wir flüchten in die Stadt. Pondicherry ist unheimlich

schön. Die Häuser sind hübsch hergerichtet und der französische Charme nicht zu übersehen.

Wir finden ein nettes Café. Dort gibt es alles, was das französische Herz begehrt: Baguette, Croissants, verschiedene Kaffeevariationen, Pasteten, Kuchen und Kekse. Wir können nicht widerstehen. Zwei „Danish Choco" landen auf unserem Tablett, mit dem wir zur Kasse gehen. Als sie bezahlt sind, setzen wir uns an den einzigen freien Tisch. Der Laden ist gut gefüllt. Das Publikum an den Nachbartischen erinnert an unsere Unterkunft. Viele sehen in ihren Gewändern mit verklärtem Blick nach Sinnsuchern aus, die das einfache Leben im Ashram wohl doch nicht aushalten und immer mal wieder eine Pause mit vertrautem Essen einlegen müssen. Wahrscheinlich jeden Tag. Die übrigen Gäste sind jüngere Leute, wohl Rucksackreisende wie wir. Aber auch hier im Café gilt, bloß kein freundlicher Blick oder netter Austausch und wir kommen mit niemandem ins Gespräch. Wir sind genervt vom komischen Europäer-Eso-Mix, der hier an jeder Ecke lauert.

Uns zieht es an die Promenade. Wie am Morgen sitzen wir auf den großen Steinen am Meer und beobachten zuerst den Mondaufgang, anschließend die bizarre Szenerie um uns herum. Die Promenade gleicht einer Partymeile. Überall stehen kleine Essensstände. Die einen verkaufen Gerichte direkt aus der Pfanne, die anderen gemischte Obstbecher. Daneben Verkäufer, die bunt blinkende Plastikdinger hoch in den Himmel schießen und sicher wieder auffangen. Meistens jedenfalls.

Wir essen hier und da ein paar Happen und kehren früh zurück in unsere Unterkunft. Beide sind wir völlig platt, der Tag war mehr als anstrengend.

»Das mit den Betten geht gar nicht«, stellt Paul klar, als

wir unser Zimmer betreten. »Auf welchem der beiden möchtest du deinen Körper heute Nacht an meinen kuscheln?«

»Wir nehmen das am Fenster.« Ich freue mich, dass Paul das Thema angesprochen hat, denn ich hätte auch nicht getrennt von ihm schlafen mögen. Seine liebe Ansprache nutze ich als Einstieg für ein klärendes Gespräch.

»Du Paul«, ich druckse herum. »Es tut mir leid, dass ich die letzten Tage so mies gelaunt war. Mir war einfach alles zu viel. Und dann der wenige Schlaf.« Ich gucke ihn schuldbewusst an.

»Ja, du warst schon etwas anstrengend. So griesgrämig und gereizt ...«

Oh. Eine direkte Anklage hatte ich jetzt nicht erwartet. Ich war auf ein ähnliches Eingeständnis seinerseits eingestellt. Ich will schon verärgert zum Gegenangriff starten und ihm seine schlechte Planung vorhalten, aber Paul kommt mir glücklicherweise zuvor, legt seine Arme um mich und beendet seinen Satz:

»... aber ich weiß. Meine Planung war wohl nicht die beste. Verzeih mir. Doch egal wie furchtbar die Erlebnisse der letzten Tage waren, ich möchte keins davon missen, denn sie waren ja mit dir verbunden.« Ich bekomme einen tiefen Blick in die Augen und einen Kuss. »Und jetzt vergessen wir alles Vorgefallene und genießen den Rest des Urlaubs! Eine Runde Backgammon zum Einstieg?«

»Gerne«, erwidere ich. »Und danke, schöner hätte ich es nicht sagen können.«

Wir erfreuen uns an der neu erlangten offiziellen Harmonie und setzen uns mit dem kleinen Reise-Spiel aufs Bett. Jeder gewinnt einmal. So lassen wir es heute stehen. Dabei ist Paul doch ein Kämpfer und muss eigentlich immer auf eine klare Entscheidung spielen. Als er sich dann den Reiseführer schnappt und die nächsten Tage in Pondicherry planen möchte, interveniere ich.

»Nee Paul, davon möchte ich heute wirklich nichts mehr wissen. Lass uns einfach mal spontan die nächsten Tage genießen.«

»Okay, gegen Genießen habe ich nichts einzuwenden.« Er klappt das Buch zu. »Ich glaube, das Bett ist zu schmal, um nebeneinanderzuliegen. Willst du nach oben oder unten?«

Paul

Ich starre an die Decke. Es ist dunkle Nacht. Der Mond scheint fade durchs Fenster und draußen ist es mucksmäuschenstill. Dann ein Rascheln. Nervös scheint ein Tier draußen über den Rasen zu flitzen. In der Ferne höre ich das Tröten eines Elefanten. Die Vögel kreischen auf und fliegen fort. Wieder Ruhe. Ich versuche aufzustehen, doch ich kann nicht. Mit einem Mal donnert es draußen bedrohlich. Ich spüre es vibrieren. Der Vorhang weht auf und der Mond erhellt die Szenerie. Ich sehe wie riesige Wassermassen auf uns zu gewalzt kommen. Und …, ich wache auf.

Nass geschwitzt liege ich im Bett, alles ist ruhig, nur Maja atmet leise vor sich hin. Etwas verunsichert schiebe ich das Moskitonetz zur Seite und gehe ans Fenster. Draußen ist alles friedlich. Wenn man genau hinhorcht, dann kann man die Brandung des Indischen Ozeans erahnen. Ich habe wohl nur geträumt.

Vor einigen Jahren ist Pondicherry von dem verheerenden Tsunami aus Indonesien getroffen worden. Und nun liegen wir in einem Hotel, direkt am Meer, im Erdgeschoss. Mir ist mulmig zumute. Ich schaue auf die Uhr: Sie zeigt halb drei. Ich gehe ins Bad, um mich frisch zu machen. Im Spiegel schaue ich in meine Augen. Sie sehen glasig aus. Ist es der Schrecken des Albtraums, der noch in ihnen steht, oder hat auch mich Indien geschafft? Ich spritze mir Wasser ins Gesicht und sage mir, dass allein der geträumte Tsunami mich so fertig ausschauen lässt. Ich klettere zurück zu Maja unters Netz und halte sie ganz fest.

Von der Wand schauen mich mit eindringlichen Blicken Aurobindo und „die Mutter" an. Das hat mich und Maja gestern nicht davon abgehalten, unzüchtig zu sein. Unverheiratet und splitterfasernackt teilten wir eines der Betten und waren gezwungen, uns sehr nahe zu sein. Sie obenauf und ekstatisch. Das muss Tantra sein. Die Gefühle waren intim, besonders nach den Unstimmigkeiten die Tage zuvor. Ich bin gut eingeschlafen, an Majas heißen Körper geschmiegt.

In gleicher Pose wachen wir am Morgen auf. Die Sonne strahlt uns direkt ins Gesicht und so kann Maja heute auch nicht so lange schlafen wie sonst. Im Gasthaus ist schon viel Betrieb. Überall klappert Blechgeschirr, Türen schlagen zu, Stimmengewirr. Ich streichle Maja zart über die Wange. Sie lächelt mich an.

»Noch mal?«, möchte ich sie verleiten.

»Nicht jetzt. Aber heute Abend gerne wieder«, vertröstet mich Maja. Der Guru blickt mich derweil von der Wand an.

»Naja, wir werden ja auch beobachtet.«

Maja lacht und gibt mir einen langen Kuss.

Wir gehen in die Kantine, um unser heutiges Frühstück einzunehmen. Das Angebot ist stark auf Europäer zugeschnitten. Kaffee gibt es. Das stellt mich zumindest zufrieden. Im Frühstücksraum sind ähnliche Figuren wie gestern anzutreffen. Die Stimmung ist gleich bescheiden.

Der spargeldünne Kerl im weißen Gewand, der immer auf der Wiese des Geländes mit einem glückseligen Lächeln, aber toten Augen, ein paar extreme Yoga-Übungen vollzieht, ist nicht einmal der Schlimmste. Auch heute haben sich die Besucher so weit wie möglich von den anderen weggesetzt. Sie grinsen zwar alle wie die Katze bei Alice im Wunderland, aber ihr Grinsen wirkt falsch und aufgesetzt. Unter ihnen wäre der Kevin von heute Morgen noch der Normalste gewesen, ein Kumpeltyp, bestimmt. Wir sind hier in einem Ashram-Gasthaus, aber so krass habe ich mir das nicht vorgestellt.

Als wir unser Essen bekommen, schwebt eine sphärische Gestalt zur Tür hinein, in weiten weißen Gewändern. Sie schaut sich um, bedenkt aber niemanden eines Blickes, schnappt sich eine Zeitung und setzt sich, mathematisch gesehen, in die am weitesten abgelegene Ecke, wo keine fremde Aura ihre Energien stört.

Fünf Minuten später kommt ein schwerer Inder, ebenfalls ganz in weiß, mit langem wallenden Haar und mächtigen Ringen an den Fingern in den Raum und setzt sich an einen freien Tisch. Aufgeregt wippt die Gestalt aus der Ecke ihren Oberkörper hin und her. Sie beschließt aufzustehen und läuft glückselig zu dem Inder, ich nenne ihn mal ihren „Guru".

Der greift sich ihre Zeitung, schaufelt beim Lesen seinen Reis in sich hinein und schweigt. Die ganze Szenerie erinnert an ein Frühstück, wie man es aus alten Filmen kennt: Der Vater vergräbt sich hinter der Zeitung, während die Kinder ruhig, aber hoffnungsfroh, auf seine Aufmerksamkeit warten. Diese erhält unsere Gestalt aber nicht. Nach dem Essen steht ihr Guru auf und verlässt den Raum. Doch sie ist glücklich. Ist sie das?

Ich lästere noch eine Weile mit Maja über diese Esotrulla, deren Welt mir so fremd ist, wie sonst kaum etwas. Dann liest mir Maja neue Sprüche vom Guru vor. Es fällt uns schwer, unser Lachen zu unterdrücken.

»Es ist schon lustig, dass hier überall diese interessanten Weisheiten stehen, aber niemand sie befolgt«, meint Maja.

»Dann können wir hier nicht bleiben«, spaße ich zu Maja. Ich äußere meinen Wunsch, in ein anderes Hotel umzuziehen. Maja ist sofort einverstanden:

»Mir ist auch mehr nach einem Genießerurlaub, statt dieses Esopokus.«

Mit einer gut gelaunten Maja an meiner Seite begebe ich mich auf die Suche nach einer neuen Unterkunft. In einer kleinen Seitenstraße entdecken wir ein nettes Hotel, das von außen einladend aussieht. Der Mann an der Rezeption zeigt uns sofort ein Zimmer mit Balkon, der leider vom Meer abgewandt ist, aber mit seinen Korbstühlen sehr gemütlich wirkt. Die bisherigen Bewohner checken um 12 Uhr aus, dann können wir es für die nächsten drei Tage haben.

Maja und ich sind sofort hellauf begeistert und sagen zu. Jetzt müssen wir nur noch aus dem Park Guesthouse auschecken und den Kram zu unserer neuen Unterkunft bringen. Das dürfte ein Leichtes sein. Zum Abschied schwebt nochmals meine Freundin, die Gestalt, über die Wiese. Und jetzt auch aus meiner Wahrnehmung. Gut so!

Im neuen Heim sitzen wir am späten Nachmittag gemeinsam auf unserem Balkon und genießen die letzten Sonnenstrahlen. Maja ist zufrieden und ich habe das erste Mal seit Langem das Gefühl, irgendwo angekommen zu sein. Das muss gefeiert werden. Heute Abend möchte ich weggehen, in eins der vielen schicken Lokale. Um die Ecke habe ich eine nette palmengedeckte Dachbar entdeckt. Es war nicht schwer Maja zu überreden, den Tag dort ausklingen zu lassen.

Sie macht sich für mich schick und ich freue mich über den wiedergewonnenen Frieden. Ich bekomme einen Kuss und sie verspricht mir für später mehr. Wenn das kein perfekter Abend wird. Erst gehen wir essen und dann zur Dachbar. Sie ist gut gefüllt, aber wir finden einen schönen Platz mit Blick auf die Straße. An den Tischen sitzen hauptsächlich Europäer. Die meisten Gäste rauchen und so sind wir froh, dass wir an der frischen Luft sitzen und die Meeresbrise den Qualm von uns weg bläst. Ich genieße mein Bier.

Von einem der Nachbartische kommt eine gut gelaunte Frau auf uns zu. Sie habe gehört, dass wir Deutsche seien, und fragt, ob sie sich zu uns setzen dürfe. Ich bin froh, mal wieder mit jemandem reden zu können. Wenn man Kevin außer Acht lässt, dann hatten wir unser letztes nettes Gespräch mit Annika und Moritz vor gut einer Woche.

Sie heißt Bea und scheint ganz nett. Ein wenig alternativ und ziemlich mutig, denn sie ist ganz alleine unterwegs. Da ist es nicht verwunderlich, dass sie Anschluss sucht, das kann ich nur zu gut verstehen. Wir haben ein interessantes Gespräch, so dass ich sogar darüber hinwegsehe, dass sie sich am Tisch eine Zigarette anzündet. Sie erzählt, dass sie einen Freund in Bangalore besucht hat, der ihr aber schnell auf die Nerven ging. Er saß nur in dem IT-Dorf der Internetfirma, in der er sein Praktikum macht, aber sie wollte etwas erleben, etwas vom Land sehen. So hat sie Reißaus genommen und verschwand in Richtung Meer.

Bea stammt aus der Nähe von Basel und studiert Journalismus. Deswegen hat sie auch keine Scheu auf Leute zuzugehen. Sie hat ein sehr einnehmendes Wesen, redet ein bisschen viel, aber ist dabei nicht unangenehm. Während der nächsten zwei Biere erfahre ich vermutlich alles von ihr. Und als der Abschied droht, fragt sie uns, ob wir morgen auch die Stadtrundfahrt mit dem Ausflug nach Auroville machen wollen. Ich finde das eine gute Idee.

Wir verabschieden uns unten auf der Straße mit Küsschen links, Küsschen rechts und einer festen Umarmung, die sich gut anfühlt. Als Bea um die Ecke verschwunden ist, schaut mich Maja böse an:

»Was war denn das? Oh ja Bea, gerne doch, morgen um zehn. Wir freuen uns?«

»Ich fand das eine schöne Idee.«

»Hast du etwa unsere Abmachung vergessen?«

»Welche?«

»Die wegen Silvie.«

»Nein, natürlich nicht.«

»Und warum haben wir jetzt diese Bea am Hals?«

»Bea hat schließlich uns angesprochen, und ich konnte doch nicht unhöflich sein …«

»Du hättest wenigstens fragen können, ob ich einverstanden bin!«

»Ach Maja. Sei nicht so. Wir haben bestimmt viel Spaß morgen! Lass uns noch ein wenig die Promenade entlang bummeln und dann nach Hause.«

Und als wir das Meer erreichen, ist der Ärger verflogen und Maja schmiegt sich in meine Arme. Wir vergessen jede Etikette, an die sich hier in Pondicherry sowieso kaum einer hält. Alle schlendern Händchen haltend über den Damm. Auf unserem Zimmer hat Maja ihr Versprechen nicht vergessen und verführt mich. Ich bin zwar etwas benebelt, aber dennoch in der Lage es zu genießen.

Maja

Paul hat sich eine Bar mit französischem Namen ausgesucht, in der wir uns ein Bier bestellen. Zunächst beobachten wir die anderen Gäste. Paul ist aufgedreht und in Laberlaune. Er freut sich, wieder unter Menschen zu sein. So, wie er sich immer wieder umschaut, hält er nach geeigneten Kommunikationspartnern Ausschau. Aber anscheinend ist er sich noch unschlüssig, wen wir ansprechen könnten. Als wir unser Kingfisher fast alle haben, kommt ihm eine Frau in unserem Alter zuvor. Sie setzt sich einfach zu uns an den Tisch und stellt sich als Bea vor. Sofort plaudert sie drauf los, sichtbar froh, endlich wieder mit jemandem Deutsch reden zu können. Ungefragt bestellt sie drei weitere Biere. Eigentlich wollte ich gerade auf etwas Alkoholfreies umschwenken, aber ich will nicht als Spielverderberin gelten und trinke mit. Bea plappert ohne Punkt und Komma und Paul verfällt in die Rolle des interessierten Zuhörers.

Ich muss zugeben, ihre Schilderungen sind ganz spannend, aber ich mag ihr extrovertiertes Gehabe nicht. Sie hat ein vereinnahmendes Wesen, das auf mich recht penetrant wirkt.

Ich versuche mich ins Gespräch einzubringen, was jedoch gar nicht so leicht ist, denn Beas Pausen füllt Paul mit seinem Redebedarf aus. Als es an die dritte Runde geht, bestelle ich mir schnell eine Cola. Paul und Bea prosten sich derweil gut gelaunt mit einem weiteren Bier zu. Ich hingegen bin bereits etwas betrunken, aber nicht angeheitert, sondern eher schwer im Kopf. Mir missfällt, dass Paul an Beas Lippen hängt und nicht einmal etwas sagt, als sie anfängt zu rauchen. Dabei sind wir uns doch einig in unserer Antipathie gegen Zigaretten. Als ich einwerfe, dass wir den Rauch nicht mögen, meint Paul schnell: »Ach, der Rauch zieht doch nach hinten weg. Kein Problem!«

Resigniert lehne ich mich zurück. Den Abend hatte ich mir wahrlich anders ausgemalt. In der Gegenwart von Bea fühle ich mich unwohl. Wie sie aufreizend lacht und sich dabei immer wieder durch ihre langen lockigen Haare streicht. Bilde ich es mir ein, oder schmeißt sie sich hier vor meinen Augen an Paul ran? Sie sieht wirklich gut aus, das ist leider nicht zu leugnen. Knackig braun ist sie und alles sitzt bei ihr an den richtigen Stellen. Ich versuche diesen Umstand auszublenden und denke »egal, ist ja nur für heute Abend.« Das Gute am Umherreisen ist ja, das alle Begegnungen nur flüchtig und vorübergehend sind. Man lernt sich kennen, aber richtige Freundschaften zu schließen ist kaum möglich. Manchmal ist das schade, aber es hat durchaus auch positive Seiten, wie in diesem Fall. Außerdem haben wir ja eine Abmachung!

Doch auf einmal wendet sich der Abend in die ganz falsche Richtung. Bea hat uns für Morgen zu einer Stadtrundfahrt eingeladen und ich muss fassungslos mit ansehen, wie Paul freudig zusagt. Völlig entgeistert wanke ich hinter den beiden die Treppe hinunter. Gut gelaunt verabschiedet sich Bea. Sie gibt Paul einen Kuss auf jede Wange und drückt ihn an sich. Na, das wird ja immer besser! Aber ehe ich mich versehe, bin auch ich an der Reihe, bekomme ebenfalls zwei Küsschen und eine Umarmung. Vor lauter Verblüffung mache ich einfach mit. Als sie verschwunden ist, frage ich Paul, was das sollte. Ich bin verärgert über sein Verhalten. Aber die vertraute Abschiedsszene ging eindeutig nicht von ihm aus. Vielleicht reagiere ich über. Mit Glück wird Bea morgen gar nicht auftauchen. Zuverlässig wirkt sie nicht. Ich denke, sie ist sehr oberflächlich.

Das dritte Rad

Paul

Wir sitzen auf der Dachterrasse unserer kleinen Pension und genießen den Blick auf den Indischen Ozean. Es gibt ein original französisches Frühstück. Lecker! Croissants und Kaffee, wie zu Hause.

Neben uns hat sich ein Pärchen platziert, das uns aber keines Blickes würdigt. Ein »Bonjour« hier, ein »Bonjour« da, das ist alles an Kommunikation. Komisch, Pondicherry ist ein schöner, aber einsamer Ort. Wir kommen kaum in Kontakt, weder mit Europäern noch mit Indern. Niemand schenkt mir Aufmerksamkeit.

Bea ist anders. Sie treffen wir gleich an der Touristeninformation. Von dort startet die Stadtrundfahrt. Ich freue mich, denn noch einen Tag herumzulungern bekommt mir nicht. Maja ist missmutig. Sie würde wahrscheinlich lieber in Pondicherry bleiben und in den Auroville-Shops stöbern. Aber ich will heute Auroville im Original sehen. Bea hat gestern von der Utopie des Ortes geschwärmt. Sie hat viel darüber gelesen und uns alles erzählt. Es gehe dort um Selbstverwirklichung und das Leben im Einklang mit der Natur. Das klingt gut.

Die Touristeninformation liegt um die Ecke, direkt an der Strandpromenade. Wir kaufen zwei Tickets und setzen uns auf die Stufen vor dem Eingang. Ein kleiner Bus steht bereit. In ihm sitzen drei indische Pärchen und zwei Französinnen.

»Bea kommt nicht!«, meint Maja.

»Ach, die ist bestimmt nur etwas spät dran.«

»Du scheinst sie aber schon gut zu kennen!«

»Was soll jetzt diese schnippische Art?«

»Bea kommt nicht«, setzt Maja nochmals an.

»Bea kommt!« Ich sehe sie um die Ecke biegen.

»Ach, schön, dass ihr auf mich gewartet habt. Grüezi Maja, Paul.« Bea fällt uns um den Hals, als hätten wir uns Monate nicht gesehen, ein Küsschen links, eins rechts.

»Wo gibt es die Tickets? Habt ihr schon welche? Ach ja, ich sehe! Wartet auf mich!« Sie verschwindet im Gebäude.

Wir steigen in den Bus ein, denn der Fahrer drängelt, indem er den Motor anschaltet. Ich weise ihn darauf hin, dass gleich noch jemand kommt. Er lächelt mich an und lässt den Motor aufbrummen.

Bea hetzt in den Bus und setzt sich auf die andere Seite vom Gang. Sie schaut mich freudestrahlend an: »Super, geschafft!«

Bea redet ohne Unterlass. Ich hätte nicht gedacht, dass sie immer neue Themen findet.

»Ihr beiden seid ein tolles Paar. Die meisten Paare, die ich kenne, werden mit der Zeit total spießig, sind nur noch auf sich selbst bezogen und langweilig. Ach Maja, ich beneide dich! Dein Paul ist echt klasse.«

Ich fühle mich geschmeichelt und lächle verlegen. Maja blickt desinteressiert aus dem Fenster. Ich tätschle ihr über die Hand.

»Ein tolles Paar«, wiederholt Bea und kommt gleich zum nächsten Thema. »Ist euch aufgefallen, dass die anderen Leute in Pondicherry so ungesprächig sind?«

»Und manche entrückt«, entgegne ich und nutze die Chance, Bea von der „Gestalt" zu berichten, die ich gestern im Park Guesthouse entdeckt habe. Bea lacht und ich lache mit.

Die Stadtrundfahrt führt uns zu verschiedenen Sehenswürdigkeiten, an denen wir herausgelassen werden, ein Zeitlimit bekommen und schnell durchhecheln. In einem kleinen Resort, wo eine Bootstour durch die Mangroven ansteht, klinken wir uns aus. Wir warten die halbe Stunde auf die anderen in einem kleinen Garten. Dort hängen von einem alten Baum zwei Schaukeln, mit riesenlangen Seilen. Bea erstürmt die vordere Schaukel, ich sichere mir die Zweite. So schaukle ich mit Bea. Danach überlasse ich Maja meine Schaukel. Ich lehne mich an den Baum und beobachte meine beiden Damen. Wir haben viel Spaß zusammen.

Am Nachmittag steht Auroville auf dem Plan. Bea ist ganz aufgeregt. Wir werden am Besucherzentrum herausgelassen, wo wir eine Einführung in die Philosophie des Ortes erhalten, die auf den Ideen unserer beiden Freunde Aurobindo und der Mutter fußen. Bea schaut sich alles ganz genau an, Maja starrt gelangweilt auf die Tafeln, ich stehe zwischen beiden: zwischen der Verantwortung Maja gegenüber und der Energie Beas. Ich fühle mich zerrissen.

»Maja, reiß dich mal zusammen! Wir sind ja gleich wieder in der Stadt«, gebe ich meiner Freundin zu verstehen. Ihr Desinteresse geht mir auf die Nerven.

In Auroville kann man sich nicht frei bewegen, sondern ist gezwungen, auf abgesteckten Touristenpfaden ausgewählte Bereiche der Siedlung zu erkunden. Die indischen Paare lassen sich per Elektroauto zu den Attraktionen fahren. Wir laufen zu Fuß zum Mandir, dem zentralen Meditationstempel. Bea stürmt vorneweg. Sie sieht atemberaubend aus in ihrem orangefarbenen Faltenrock, wie eine Blume im Urwald. Ich werde etwas langsamer, um Maja Schritt halten zu lassen.

»Kommt ihr beiden, ich kann den Mandir schon sehen. Auf ihr Schnecken!«, brüllt Bea durch den Wald.

Der Mandir. Ja, was soll ich sagen. Der Reiseführer erzählt uns, wie genial das Ding sei. Ich finde, es sieht aus, wie ein überdimensionierter Golfball in Gold. Bea ist begeistert und so spiele auch ich den Interessierten.Als wir erfahren, dass wir nicht in das Heiligtum hinein dürfen, zieht sie eine Schmolllippe. Ich tätschle ihr tröstend die Schulter. Enttäuscht kehren wir zurück zum Bus. Bea unterhält sich dabei mit den Französinnen. Ich gehe mit Maja hinterher.

»Wir können ja nachher in der Stadt zu dritt was Essen gehen«, schlage ich vor.

»Ich würde aber lieber mit dir alleine einen schönen Abend am Meer verbringen.«

»Komm, lass uns das Morgen machen. Morgen widme ich mich ganz und gar dir. Versprochen. Aber heute machen wir noch einen drauf.«

»Du meinst, so als tolles Trio?«, bemerkt Maja sarkastisch.

»Sind wir doch auch, oder?«

»Naja gut, aber morgen sind wir wieder ein tolles Paar!«

Als wir Bea am Bus den Vorschlag mit dem Essen machen, fällt sie Maja um den Hals. »Dann haben wir heute richtig viel Spaß, wuhhh!«

Zurück in Pondicherry laufen wir auf dem Weg zu einem italienischen Restaurant die Promenade entlang. Bea spricht viel mit Maja und es wirkt, als würden die beiden sich gut unterhalten. Ich hatte schon Angst, dass Maja Bea als Konkurrentin sieht und mir dann eine peinliche Szene macht. Aber Bea hat recht: Wir sind ein tolles Paar! Und Bea ist auch toll. Es sieht gut aus, wie meine beiden Mädels vor mir herlaufen. Maja die Ernste und Bea die Lustige.

Im Restaurant setzt sich Bea mir gegenüber. Doch für meinen Geschmack redet sie zu viel mit Maja. Ich bin eifersüchtig.

»Ach Maja, du bist Vegetarierin. Das finde ich toll. Ich esse auch kein Fleisch mehr. Jetzt bestimmt schon seit zweieinhalb Jahren. Es ist ein tolles Gefühl. Seit wann isst du schon kein Fleisch mehr?«

»Schon immer. Meine Eltern leben auch so und deswegen bin ich damit aufgewachsen.«

»Echt? Toll! Meine Eltern essen gerne Fleisch. Meine Großeltern haben in ihrem Dorf auch selbst geschlachtet. Hühner, Kaninchen …«

»Nein danke. Wir hatten auch ein Kaninchen im Garten, aber das ist an Altersschwäche gestorben.«

»… irgendwann habe ich rebelliert. Seitdem ich alleine wohne, esse ich kaum noch Fleisch. Nur noch bei meinen Großeltern.«

»Soso, du bist also eine Teilzeit-Vegetarierin. Paul ist hingegen ein Teilzeit-Fleischfresser«, Maja grinst in meine Richtung.

Ich gebe beiden zu verstehen, dass ich kaum noch Fleisch esse und bald bestimmt ganz damit aufhören kann. Bea macht mir Mut, während Maja weiter hämisch grinst.

In der Wartezeit auf unsere Pizza sehe ich meine „Gestalt" in das Restaurant hinein schweben, knapp dahinter ihr Guru. Nun mische ich mich ins Gespräch ein und zeige Bea meine „liebste Freundin" in Pondicherry. Maja gibt auch ihren Senf dazu. Wir amüsieren uns köstlich zu dritt.

»Der hat bestimmt ein Ding mit ihr am Laufen«, meint Maja und Bea erschrickt: »Sein Ding möchte ich mir lieber nicht vorstellen. Nein Maja. Bitte nicht.« Sie bricht in schallendes Gelächter aus.

Maja

Während wir uns für die heutige Stadtrundfahrt fertigmachen, hoffe ich, dass Bea nicht auftauchen wird. Ich habe keine Lust auf sie. Auf dem Weg ins Erdgeschoss kommen wir an einer kleinen Ganesha-Statue vorbei, die mit Blumen geschmückt ist. Ich weiß, dass der Gott Süßigkeiten liebt. Paul ist in derart freudiger Erwartung auf den Tag, dass er großen Schrittes voran auf die Straße stürmt. So bekommt er nicht mit, dass ich schnell ein Mango-Bonbon aus meiner Tasche krame und Ganesha hinlege. Ich flüstere: »Bitte mach, dass Bea nicht kommt.« Ich habe keine Ahnung vom Hinduismus, und wie man mit seinen Göttern redet, und hoffe, mein Gebet wird dennoch erhört.

Anscheinend habe ich es richtig gemacht, denn von Bea ist bei der Touristeninformation weit und breit nichts zu sehen. Wir setzen uns mit unseren Tickets auf die Treppe. Leider fährt der Bus noch nicht ab, wir müssen warten.

Plötzlich springt Bea um die Ecke und zerstört innerhalb einer Sekunde all meine Hoffnungen. Sie ist nicht zu übersehen mit ihrem knall orangefarbenen Rock und einer weißen Bluse, die eng an ihren drallen Brüsten anliegt. Über diesen hüpft eine bunte Holzkette mit großen Perlen auf und ab. Um ihren Kopf hat Bea sich ein zum Rock passendes Baumwolltuch gebunden, das ihre wilden Haare bändigt. Sie schmettert uns ein markerschütterndes »Grüezi« entgegen. Ihre überdimensionale Sonnenbrille nimmt sie ab, als sie zur Begrüßung erneut Küsschen auf unsere Wangen verteilt. Ich muss mich anstrengen, damit meine Gesichtszüge vor Enttäuschung nicht entgleisen, und schaffe ein halbwegs höfliches »Hallo«. Aufgekratzt stürmt Bea weiter zum Ticketschalter. Wir steigen derweil in den Bus.

Beas Redeschwall nimmt auch heute kein Ende. Ich habe mich ans Fenster gesetzt, um raus zu gucken und mich damit ablenken zu können. So habe ich etwas Abstand zu ihr. Allerdings hat sie deshalb auch uneingeschränkten Zugriff auf Paul. Wie gestern haben sich die beiden viel zu erzählen.

Als wir einen Garten am See besuchen, hüpft Bea direkt auf eine von zwei langen Baum-Schaukeln. Sie quietscht und kichert vergnügt. Paul sichert sich die andere Schaukel und lässt mich einfach stehen. Der Anblick der beiden, die sich beim Schaukeln amüsieren, versetzt mir einen Stich. Hey Paul, wer ist denn hier das tolle Paar!?

Das ertrage ich nicht und laufe zum See. Ich setze mich ans Ufer und beobachte die indischen Pärchen, die mit Ruderbooten auf den See gefahren sind. Die Männer versuchen elegant die Boote durch das Wasser zu lenken und kämpfen mit den Rudern und ihrer Balance. Die beiden älteren Frauen sehen finster drein, ihnen ist der Wassertrip wohl nicht geheuer. Nur das junge Paar turtelt herum und das Mädchen bewundert offensichtlich die starken Oberarme ihres Geliebten. Paul hat auch so wunderbar muskulöse Arme. Ich zwinge mich, nicht zu den Schaukeln zu blicken und auch nicht dem Lachen zu lauschen, das mit dem Wind zu mir getragen wird. Erst nach einer Viertelstunde stehe ich auf und kehre zum Baum zurück. Paul springt nun in hohem Bogen von seiner Schaukel ab und Bea ruft entzückt: »Wow Paul, du bist aber sportlich!«

Endlich wendet Paul sich an mich und hält mir seine Schaukel hin. Das Schaukeln ist herrlich. Doch nach wenigen Minuten ist der Spaß für mich vorbei. Der Reiseleiter ruft zum erneuten Aufbruch. Weiter geht es nach Auroville.

Dort angekommen hat Paul weiterhin nur Augen für Bea, die von diesem Ort völlig fasziniert ist. Ich verstehe absolut nicht, wofür ich mich hier begeistern sollte. Überall nur die immer gleichen spirituellen Sprüche. Also, mir sagen die nichts. Paul hingegen scheint seine Antipathie gegenüber Esos vergessen zu haben, denn voller Interesse bestaunt er alles, was Bea uns zeigt. Und dann, aus heiterem Himmel zischt er mir zu, ich solle mich zusammenreißen, shoppen gehen könnten wir ja später. Hä? Was soll denn das jetzt? Habe ich irgendetwas vom Einkaufen gesagt? Ich verstehe Paul heute gar nicht. Wenigstens fragt er mich vorher, ob wir zu dritt essen gehen. Ich hatte mir schon gedacht, dass wir Bea heute nicht mehr abschütteln können. Und Paul verspricht mir für morgen wieder Zweisamkeit. Das stimmt mich versöhnlich.

Bea spricht auf dem Weg ins Restaurant nur mit mir. Sie erzählt von den vielen Läden in Pondicherry, die Produkte aus Auroville verkaufen und was sie dort alles erstanden habe. Vielleicht ist mein Eindruck, dass sie es auf Paul abgesehen hat, falsch. Bea redet zwar viel naiv daher, aber ich halte unser Gespräch auch im Restaurant am Laufen, damit sie sich nicht wieder Paul zuwendet. Zumindest versucht sie vegetarisch zu leben. Paul entscheidet sich, als er das hört, ebenfalls für eine vegetarische Pizza. Ich kann mir einen triumphalen Blick nicht verkneifen, denn ich weiß, wie gerne er Salami-Pizza isst. Nach dem Essen suchen wir uns wieder eine französische Dachlokalität aus, auf der wir uns Cocktails bestellen. Ich trinke erst einen mit Alkohol, danach steige ich auf die reine Fruchtsaft-Variante um. Paul und Bea verzichten natürlich nicht auf den Rum und sind gut angeheitert. Sie erzählen sich eine Anekdote nach der anderen und lachen sich schlapp. Wann geht ihnen endlich der Gesprächsstoff aus? Ich schalte auf Durchzug. Beas oberflächliches Geplapper hält ja kein Mensch aus.

Ich habe dennoch gut geschlafen, voll Vorfreude auf den heutigen Tag. Endlich habe ich Paul wieder für mich alleine. Zwei Tage Bea sind mehr als genug! Aber immerhin, sie hat nicht übertrieben. Die kleinen Läden in Pondicherry sind wirklich herrlich. Ganz gemütlich schlendere ich mit meinem Paul von einem zum anderen und staune über Naturseifen in verschiedenen Duftrichtungen, Holzschnitzereien, bunte Baumwollstoffe, Räucherstäbchen, ökologische Kleidung, Taschen und Portemonnaies aus Leder, und, und, und. Schade, dass ich mich auf einige Kleinigkeiten beschränken muss. Mein Rucksack ist schwer geworden und mein Portemonnaie leer. Deshalb kaufe ich mir nur eine kleine Handtasche aus Leder, Sandelholzräucherstäbchen, eine Kette mit blauen Glasperlen und ein korallenfarbenes Baumwolltuch. Paul hilft mir heute ganz lieb bei der Auswahl. Wie schön die wiedererlangte Zweisamkeit ist. Ich habe die Zweifel von gestern vergessen, wir sind ein tolles Paar! Damit hatte Bea recht. Und heute Abend gibt es einen romantischen Abschied von Pondicherry. Morgen sind wir wieder unterwegs. Diesmal freue ich mich aufs Weiterreisen. Weg von Bea. Tschüss, auf Nimmerwiedersehen!

Beim Stadtbummel stoßen wir auf ein Internet-Café. Wir sind jetzt schon etliche Tage unterwegs und hatten noch keine Gelegenheit unsere E-Mails zu checken. Kurz entschlossen gehen wir hinein. Die Computer stehen in kleinen Kabinen hintereinander. Wir nehmen jeder einen. 15 Rupien für eine Stunde, das klingt angemessen. Kathi hat mir in der Zwischenzeit viermal geschrieben. In der letzten Mail fragt sie panisch, ob es uns gut gehe, und bittet, dass ich mich so schnell wie möglich bei ihr melden solle. Ich schreibe einen langen Brief zurück und erzähle ihr ausführlich von unseren Abenteuern. Über Bea schreibe ich Kathi nichts. Ich will nicht eifersüchtig wirken, aber unverfänglich könnte ich auch nichts erzählen, dafür kennt Kathi mich viel zu gut. Und ich möchte Bea auch nicht den Raum für Erinnerungen an sie geben.

Philipp hat sich bei Paul nicht gemeldet. So scheint in Berlin alles in Ordnung zu sein.

Paul

Gestern habe ich Maja versprochen, sie heute zum Shoppen zu begleiten. Ohne Murren. Ohne Bea. Beim Frühstück ist heute Schmalkost angesagt: nur Brot und Marmelade. Aber Schwamm drüber. Ich werde mir nach-her noch irgendwo etwas auftreiben, was nach Croissant aussieht. Maja wirkt heute glücklicher als gestern. Wir stromern durch die Straßen und Gassen Pondicherrys, nehmen uns viel Zeit, stecken unsere Köpfe in diese und jene Boutique, wo ich interessierter tue als ich bin.

Internet, Local-Cola und endlich ein Schokocroissant. Es ist heiß, als wir wieder auf der Straße stehen. Maja wird unleidlich.

»Ich will ein Eis. Gebt mir ein Eis! Ich zerfließe!«

Ich verstehe Maja nur zu gut. Bevor wir ins Internet gegangen sind, hatten wir irgendwo eine Eisdiele gesehen. Ich vertröstete sie, später würden wir zurückkehren, auf dem Heimweg. Und jetzt stehe ich in der Pflicht. Wo ist diese verdammte Eisdiele? Auf der anderen Seite war ein Hotel, daneben ein komischer Eso-Laden. Ich irre herum und versuche mir meine Ahnungslosigkeit nicht anmerken zu lassen. Und siehe da. Eine Ecke herum gegangen und uns prangt das Schild entgegen: „Natural Ice Cream".

»Oh, super. Du hast es gefunden. Ich dachte schon …«

Wir nehmen uns jeder einen Becher, Maja gönnt sich „Jackfruit", ich mir „Tender Coconut". Im Fernsehen läuft Cricket. Der Mann an der Kasse fragt, ob er auf einen Musiksender umschalten solle, aber mich stört es nicht. Um Bangladesh stehe es nicht gut, informiert er mich. Ich nicke zustimmend.

Bevor wir in den Abend starten, wollen wir uns noch auf dem Zimmer frisch machen. Ich möchte Maja heute elegant ausführen und den Abend am Meer ausklingen lassen. Morgen müssen wir weiter, weil unser Zimmer schon vorgebucht ist. Ich springe unter die Dusche und lasse mich danach nackt aufs Bett fallen. Ich warte auf Maja, dass sie auch aus dem Bad kommt. Es klopft an unserer Tür. Ich ziehe mir schnell Shorts über und öffne.

»Hallo Paul. Wie schön, dass ihr da seid. Ich hatte schon Angst, ihr wärt die ganze Zeit unterwegs. Habe ich gestört? Nein? Wo ist Maja? Was habt ihr heute vor?«

Bea steht vor der Tür und zieht mich nah an sich heran. Damit hatte ich nicht gerechnet. Während sie mich herzt, kribbelt es in meinem Oberkörper gewaltig. Küsschen links. Küsschen rechts. Dann lässt sie von mir ab und setzt sich auf unser Bett.

»Maja ist im Bad und macht sich schick«, antworte ich ihr. Ich suche nach einem Hemd und streife es mir über.

»Maja, Bea ist da!«, rufe ich ins Bad und höre ein »Oh« als Antwort. Damit kann ich, leider, verhindern, dass Maja nackt aus dem Bad zu mir ins Bett gehüpft kommt. Dafür erzählt mir Bea, was sie heute erlebt hat, und fragt mich interessiert über unseren Tag aus. Dabei inspiziert sie mich genau. Mein Herz überschlägt sich. Glücklicherweise kommt Maja bald aus dem Bad.

»Ach Maja, schön, dass du da bist. Ich hatte schon Angst, dass ihr heute was anderes vorhabt.« Ein erfreutes Lächeln entspringt Beas süßem Mund. Sie hüpft auf und nimmt Maja sofort in körperlichen Beschlag. Dann legt sie ihren Arm um deren Schulter, setzt sich zwischen uns aufs Bett und strahlt. Dabei berührt ihr kleiner Finger meinen.

»Wir hatten vor, romantisch essen zu gehen«, sagt Maja und ich weiß nicht, ob es an mich oder an Bea gerichtet war.

»Oh.« Eine kurze Pause. »Toll, ich habe einen riesigen Hunger. Wo wollen wir hin? Wieder Italienisch?«

»Nein«, werfe ich mich ins Gespräch. »Es soll hier einen guten Südinder geben. Wir möchten heute Dosas!«

»Das klingt gut. Das klingt sehr gut.«

Bea wirkt ein wenig verunsichert. Man spürt bei ihr die

Angst, heute von uns außen vor gelassen zu werden. Sie geht in die Offensive: »Na dann. Mal los.«

Maja schaut zu mir herüber. Ich versuche ein fragendes Gesicht zu machen. Aber was soll ich tun? Bea haben wir heute im Schlepptau.

Beim Dosa-Essen verfliegt die angespannte Stimmung bald. Bea setzt sich mir gegenüber. Dabei streift sie ganz zufällig mein Bein mit ihrem.

»Weißt du, wie man die Dinger hier isst?« Sie schaut mich mit großen Kinderaugen an.

»Ich denke mal, es ist ähnlich wie bei den Idlis. Man übergießt …« Ich erkläre ihr alles was ich bislang über das Essen indischer Speisen gelernt habe. Sie klebt an meinen Lippen.

Danach gehen wir wieder etwas trinken und steuern die Bar an, in der wir Bea kennengelernt haben.

»Wie schön. Ein Bier!« Bea erläutert, dass sie die ganzen künstlichen Getränke, wie Limo und Cola, nicht mag.

»Paul ist ein echter Cola-Kenner. Überall wo er eine neue Marke sieht, steht er schon da und setzt zum Trinken an«, stellt Maja mich bloß.

Ich grinse verlegen. »Ganz so krass ist es nun auch wieder nicht.«

»Ich trinke ja gerne frischen Saft. Von Kokosnüssen, Ananas oder Orangen. Das finde ich lecker«, meint Bea.

»Wir hatten heute eine Cola direkt von einem Hersteller aus Pondy und dann haben wir noch ein Eis gegessen«, berichtet Maja weiter.

»Aber das Bier schmeckt dir auch, Paul, oder?« Bea prostet mir zu.

Maja wirft ein: »Wir reisen morgen weiter.«

»Echt? Schade! Wohin?« Bea schaut uns entsetzt an.

»Nach Mamallapuram«, antworte ich.

»Oh super, da komme ich mit. Dort wollte ich auch noch hin. Das soll total chillig sein. Und einen viel schöneren Strand haben als Pondy.«

»Echt?« Maja schaut Bea ungläubig an.

»Ja, und danach will ich auf die Andamanen, zum Tauchen.«

»Echt? Tauchen? Das klingt spannend. Das habe ich noch nie gemacht.« Ich bin begeistert und Bea erzählt alles übers Tauchen. Sie berichtet von den tollen Farben, die man in tropischen Gewässern sehen kann.

Ein paar Getränke später torkeln wir nach Hause, setzen Bea bei ihrem Guesthouse ab und quälen uns die Treppen zu unserem Zimmer hoch. Maja ist wenig angetan von der Idee, mit Bea weiter zu reisen. Ob sie etwas von dem Knistern gespürt hat? Ich hoffe nicht.

Maja

Ich stehe unter der Dusche, als ich Stimmen höre. Der Fernseher ist es aber nicht. Das Zimmer hat ja keinen. Es klingt nach Paul und einer Frauenstimme. Komisch. Ist das etwa Bea? Nein, das kann nicht sein. Sie weiß doch gar nicht, wo wir wohnen. Als ich das Wasser abstelle, ruft Paul: »Maja, Bea ist hier.«

Boa, das kann jetzt nicht wahr sein. Ist das ein blöder Witz von ihm? Ich lausche an der Tür und tatsächlich, Beas Stimme plärrt mir entgegen. »Ist Paul eigentlich noch nackt?«, schießt es mir durch den Kopf. Wir hatten ja noch etwas anderes vor …

Gut, dass im Bad noch Klamotten zum Trocknen hängen, sonst müsste ich jetzt nackt das Zimmer durchqueren, vor Beas Augen. Ich schlüpfe in die schwarze Hose aus Delhi, ziehe eine hellblaue Bluse aus Bangalore an und binde mir das heute erstandene Tuch um den Kopf. Dazu die neue Perlenkette. Eigentlich wollte ich nur mit der Kette und in das dünne Tuch gehüllt ins Zimmer zurückkehren. Vorhin dachte ich noch, ich sehe schick und heiß aus. Genau richtig für den Abend mit Paul. Jetzt betrachte ich mich kritisch im Spiegel. Kann ich in diesem Outfit überhaupt mit Bea mithalten? Und wieso habe ich das Gefühl, mich mit ihr messen zu müssen?

»Was will die olle Zibbe eigentlich hier?«, frage ich mein Spiegelbild. Ich bleibe noch einige Minuten fertig angezogen im Bad stehen und warte. Paul müsste Bea jetzt eigentlich mitteilen, dass wir keine Zeit haben und sie wieder verabschieden. Den Stimmen nach zu urteilen, haben sie es sich jedoch auf dem Bett bequem gemacht. Mich durchläuft ein Hitzeschauer. Wie war das, ist Paul eigentlich immer noch nackt? Das muss ich jetzt sehen, also atme ich tief durch und öffne resigniert die Tür. Puh, Paul hat sich etwas angezogen. Zum Glück auch ein Hemd. Ich möchte mir nicht ausmalen, dass er Bea mit freiem Oberkörper begrüßt haben könnte. Ihre obligatorische Umarmung, versunken in seine starken Arme … Aber Paul ist ordentlich bekleidet. Die Begrüßungszeremonie Beas lasse ich erleichtert über mich ergehen.

Nun sitzen wir zu dritt auf dem Bett und Bea beschließt, dass wir auch zu dritt essen gehen. Was soll ich dazu sagen?

Schon haben wir dampfende Dosas vor uns und Paul erklärt Bea wie man diese isst. Dabei haben wir sie selbst bislang noch nicht probiert. Ich schütte Sambhar und Kokosnuss-Chutney über meinen knusprigen dünnen Dosa. Lecker ist er, aber noch leckerer wäre er in intimer Atmosphäre gewesen.

Selbstverständlich geht es auch heute nach dem Mahl wieder um Bier. Bea scheint ein Alkoholproblem zu haben, denn sie möchte unbedingt in die Bar, wo wir sie uns eingefangen haben. Am liebsten würde ich Paul schütteln und ihn anschreien: »Wollten wir unseren letzten Abend in Pondy nicht gemütlich am Meer verbringen?« Das scheint er völlig vergessen zu haben.

Die beiden bestellen sich Bier, ich mir eine Cola. Als Bea mein Getränk sieht, muss sie gleich prahlen, dass sie ja nur „Gesundes" tränke.

Der hochprozentige Alkohol, den Bea und Paul danach in ihren Cocktails haben, ist wohl auch gesund. Wenn wir morgen hier weg sind, ist für Paul erst einmal wieder Schluss mit dem vielen Alkohol! Ich finde es abstoßend, wie die beiden lallen und sich schwankend auf den Heimweg machen. Und ich bin sauer zuschauen zu müssen, wie blendend sie sich verstehen.

Leider ist mir vorhin rausgerutscht, dass wir morgen weiter reisen. Und Paul musste Bea dann freudig verraten, wohin es geht. Meine einzige Genugtuung ist, dass Bea zu betrunken war, um daran zu denken, sich mit uns zu verabreden. Im Hotel stelle ich Paul zur Rede. Aber er ist zu benebelt für einen Streit mit mir. Er verspricht, dass wir morgen alleine abreisen und auf jeden Fall ein eigenes Hotel nehmen. Damit kann ich leben, wenn auch schwer. Ich komme lange nicht zur Ruhe und finde keinen Schlaf. Die ganze Zeit schwirren mir Bilder von Paul und Bea im Geist herum: wie sie miteinander reden, wie sie miteinander lachen. Irgendwann stehe ich auf und packe meinen

Rucksack um mich abzulenken. Paul schläft tief und fest und atmet schwer.

Paul

»Hallo, werd mal wach! Ich möchte frühstücken.«

Ich versuche Maja die Decke zu entreißen. Sie wehrt sich und murmelt vor sich hin. »Die werden schon auf uns warten. Ist ja teuer genug da oben.«

»Aber ich habe Hunger.«

Maja vertröstet mich und quält sich zehn Minuten nach unserem kurzen Disput langsam aus dem Bett und verschwindet im Bad. Als sie wieder kommt, raunt sie schnippisch: »Vielleicht kannst Du ja Bea abholen, dann zeigst Du Ihr Deinen Stammplatz oben.«

»Maja!«, ich werde laut, »Hör auf! Das hatten wir gestern schon. Es ist nicht meine Schuld, dass Bea vorbei kam.«

»Du hast aufgemacht!«

»Und was sollte ich machen?« Ich schaue sie fragend an. »Lass uns jetzt friedlich frühstücken gehen«, bestimme ich.

Wir kommen kurz vor zehn Uhr nach oben, und als ich die letzte Stufe erklommen habe, sehe ich, wie sich zwei füllige Französinnen auf unserem Platz breitgemacht haben. Dem Anschein nach müssen es Mutter und Tochter sein, aber erfreulich ist das alles nicht. Das schöne Blau des Meeres verstellt von zwei plumpen Geschöpfen, in unbeschreiblichen Klamotten und hässlichen Crocks an den Füßen. Die Tochter lächelt zu uns herüber.

»De wear were ot deday.«

Wie bitte? Ich habe sie nicht verstanden und blicke zu Maja. Sie zuckt müde und gelangweilt mit den Schultern. Die Tochter versucht mit dem Finger auf etwas zu zeigen, was sich draußen befinden muss.

»De we-ar werre ot deday«, wiederholt sie und setzt nochmals nachdrücklich »ot, ot« hinzu. Dazu wischt sie sich mit dem Unterarm an ihrer Stirn Schweiß ab.

»Ah, the weather is very hot today«, gebe ich den Verständigen. Sie blickt mich begeistert an, wohl in der Hoffnung der Hölle ihrer Mutter zu entfliehen. Diese zündet sich eine Zigarette an und beachtet ihre Tochter nicht weiter. Ich habe aber keine Lust auf ein anstrengendes Gespräch und wende mich Maja zu.

Die Servicekräfte haben schon fast das gesamte Frühstück abgeräumt. Widerwillig stellen sie noch ein paar Sachen auf den Tisch und gießen uns Kaffee ein. Im Korb befinden sich nur ein paar Scheiben Brot. Heute bekomme ich wieder keine Croissants. Reste davon sehe ich aber auf dem Teller der Mutter und denke mir – »Danke Maja«. Aber ich schweige. Auf dem Weg nach unten ruft uns die Tochter noch ein »Au-revoir« hinterher.

Wir müssen uns beeilen, denn um zwölf Uhr haben wir unser Zimmer zu verlassen. Seltsamerweise hat Maja gar nicht viel zum Einpacken. Mir ist nicht aufgefallen, dass fast sämtlicher Kram, der herumliegt, von mir stammt. Ich gerate in Hektik. Nicht gewillt mir zu helfen, lächelt mich Maja an und setzt sich entspannt auf den Balkon.

Ich lege meine Sachen auf das Bett und stelle den Rucksack davor. Von draußen höre ich ein »Hallo Maja« und ein »Ach Du heilige Scheiße!«

Maja stürmt ins Zimmer und faucht mich an: »Das ist jetzt nicht dein Ernst. Schicke sie weg!«

Ich antworte ihr: »Ich habe nichts gemacht.« Kurz darauf klopft es an unserer Tür und Bea steht bei uns im Zimmer.

»Meine Sachen habe ich unten gelassen. Hallo Paul, lass Dich drücken. Hallo Maja, meine Liebe! Dann können wir gleich zusammen nach Mamallapuram fahren.«

Gut gelaunt inspiziert sie meine Packaktion.

»Komm Maja, setzen wir uns noch ein wenig auf den Balkon. Männer können ja so langsam sein …«

Verbünden sich die beiden heute gegen mich? Ich fühle mich nicht geschmeichelt, als mir Bea mit ihrem Finger über den Rücken streift und dann Maja an der Hand nach draußen führt.

»Du kommst schon klar«, ruft sie mir vom Balkon aus zu und lacht dabei. Ich stopfe meinen Kram schnell in den Rucksack, nur um zu zeigen, dass ich doch meinen Mann stehen kann.

»Bin fertig!« Ich stecke meinen Kopf die Tür hinaus.

»Fein, dann habt ihr ja alles. Also los. Ich freue mich!«, sagt Bea.

Wir schultern unseren Kram. Als Bea nach unten stürmt, um ihre Sachen zu holen, nutzt Maja die Gunst der Stunde und stellt mich nochmals zur Rede.

»Was soll das jetzt? Ich dachte, wir fahren alleine.«

»Maja, was soll ich denn machen? Ich habe sie nicht eingeladen.«

»Am Anfang schon! Warum sagst Du ihr nicht, dass sie stört?«

»Stört sie? Ach Maja. Du würdest auch nicht alleine reisen wollen.«

»Tue ich auch nicht! Ich möchte aber auch nicht zu dritt reisen. Ich finde Bea schmeißt sich zu sehr an uns heran.«

»Bis Mamallapuram«, verspreche ich Maja, »bis Mamallapuram.«

Maja

Da ich in der Nacht bereits all meine Sachen sortiert habe, ziehe ich mich für die Zeit, die Paul zum Packen benötigt, auf den Balkon zurück.

In Gedanken bin ich noch beim gestrigen Abend. Paul hat Bea so zuvorkommend behandelt und mich schubst er nur noch herum, drängelt und ist ungeduldig mit mir. Ich bin auf Paul nicht gut zu sprechen und nehme ihm immer noch übel, dass er Bea nicht gesagt hat, dass wir den Abend zu zweit verbringen wollten. Zumal er ihr auch verraten haben muss, in welchem Zimmer, in welcher Pension sie uns findet.

Auch beim Frühstück war die Stimmung mies. Paul hatte schlechte Laune und beschwerte sich über die beiden französischen Damen am Nachbartisch:

»Diese selbstgefälligen Raucher! Keinen Anstand besitzen sie! Zünden sich einfach eine Zigarette an, während andere noch essen wollen!«

»Ach, jetzt auf einmal magst du keine Raucher mehr?«, platzte es aus mir heraus.

»Was soll das denn jetzt heißen?«

»Na, Bea darf neben dir rauchen, aber über andere Raucher regst du dich auf. Ist doch komisch.«

»Das kannst du doch nicht vergleichen. Bei Bea hat es ja auch nicht gestört!«

»Hat es nicht? Also, mich stört es, wenn sie raucht!«

»Und warum sagst du ihr das nicht einfach?«

»Du hast es ihr schließlich sofort erlaubt«, lag mir auf der Zunge. Aber ich sprach meinen Gedanken nicht aus. Ich wollte nicht schon wieder einen Streit vom Zaun brechen.

Ich sitze mit geschlossenen Augen im Korbstuhl und versuche zur Ruhe zu kommen. Die Mittagshitze zieht auf und die Straßen sind leer und friedlich. Nur der Hund unseres Gasthauses bellt aufgeregt. Ich trete an die Brüstung und schaue nach ihm. Jetzt weiß ich, warum er bellt. Er freut sich, denn er bekommt Aufmerksamkeit – von Bea! Fassungslos starre ich nach unten auf die Szenerie. Bea krault den Hund, der wackelt mit seinem Schwanz. Nebenan steht ein großer Rucksack gegen die Hauswand gelehnt. Plötzlich schaut Bea hoch und ruft: »Hallo, Maja.«

»Ach du heilige Scheiße!« Schnell trete ich zurück und stürme ins Zimmer.

»Paul! Was soll das? Schicke sie weg!«

Der tut jedoch lediglich so, als wüsste er von nichts. Eine weitere Auseinandersetzung ist nicht möglich. Bea muss die vielen Stufen hochgeflogen sein, schon steht sie auf der Matte. Sie ist glücklich und strahlt uns an. Ein bisschen tut es mir leid, dass ich bei ihrem Anblick sofort allergisch reagiere. Dabei scheint sie besonders erfreut, mich zu sehen, lässt Paul erst einmal links liegen und zieht mich auf den Balkon.

Dennoch nutze ich den kurzen Augenblick beim Aufbruch, als Paul und ich alleine im Zimmer bleiben, und versuche erneut auf ihn einzuwirken, dass er mal Partei ergreift und sie wegschickt. Ich fühle mich arg von Bea bedrängt und unfreiwillig in Beschlag genommen. Ich wollte keine Klette, aber mein übersozialer Freund kommt mit dem „Sie ist ja ganz alleine. Du würdest auch nicht alleine reisen wollen"-Argument und versucht mein Mitleid zu wecken.

Ich bin zwar fürchterlich angepisst von der Situation zu dritt, aber ein wenig plagt mich das schlechte Gewissen. Er hat ja recht, ich wäre an ihrer Stelle auch froh über Anschluss. So gebe ich mich erneut geschlagen und wir machen uns gemeinsam auf den Weg nach Mamallapuram. Schnell schlägt das vage Mitgefühl für Bea allerdings wieder um. Ihr Verhalten ist unmöglich. Sie quetscht sich in der Riksha zum Busbahnhof ungefragt zwischen Paul und mich auf die Rückbank. Wie immer kommentiert sie alles aufgeregt und merkt nicht, was sie da überhaupt gemacht hat.

Okay, ich bin die Kluge. Sie macht es sicher nicht aus Bosheit. Ich muss halt gönnerhaft über ihre Naivität und Oberflächlichkeit hinwegsehen. Aber es fällt mir nicht leicht.

Im Bus setze ich mich extra an den Gang und schiebe den verblüfften Paul ans Fenster. Aber mein Plan misslingt. Bea setzt sich in die Reihe vor uns und dreht sich einfach um. Sie und Paul haben ihre gestrige Unterhaltung aufgegriffen und Bea erzählt wieder vom Tauchen.

»Schnorcheln im Roten Meer, das war ja so toll!«

Nun wechselt sie über zu ihren anderen Urlaubserlebnissen und berichtet von La Gomera, wo es traumhaft gewesen sei. Pauls Interesse steigert sich noch und er verfällt in Lobeshymnen auf diese Insel und seinen Urlaub dort. Mein Herz sticht, denn ich weiß, dass er dort mit seiner Ex Simone vor zwei Jahren war. Bea hingegen stellt hellauf begeistert fest:

»Toll! Jetzt haben wir wieder eine Gemeinsamkeit entdeckt. Wir drei passen echt gut zusammen!«

Paul

Wir fahren mit dem Bus in Richtung Norden. An einem Abzweig werden wir vom Busfahrer herausgelassen: Mamallapuram. Wir laufen in den Ort hinein. Bea kramt ihren Reiseführer hervor.

»Ich hatte mir überlegt, hier zu übernachten. Wie schaut es bei euch aus?«

»Einen genauen Plan haben wir noch nicht«, antworte ich.

»Das mag ich an Euch so sehr. Ihr seid so toll spontan. Wollen wir uns das hier mal anschauen?«

Sie tippt mit ihren Fingern auf ein bestimmtes Hotel im Buch. Ich kann mich gar nicht darauf konzentrieren, wohin sie zeigt. Meine Augen folgen nur den Bewegungen ihrer Finger.

Als diese zur Ruhe kommen, blicke ich auf und schaue ihr in die Augen. Die Sonnenbrille hat sie über die Stirn geschoben. Bea schaut mich erwartungsfroh an. Sie hat braune Augen. Das ist mir bislang noch gar nicht aufgefallen. Ich schaue mir ihre Nase an, die Ohren, den Haaransatz, ihren Mund.

»Was meint ihr? Das wird bestimmt spaßig.« Sie klappt das Buch zu und wendet sich an Maja. »Dann müssen wir uns am Abend auch nicht mehr trennen.«

Maja blickt unsicher zu mir herüber. Was möchte sie, frage ich mich. *Schicke sie weg. Schicke sie weg!*, hallt es noch in meinen Ohren. Hat Bea Lippenstift aufliegen? *Das ist jetzt nicht dein Ernst!?* Ich höre Majas Worte überdeutlich. *Warum sagst Du ihr nicht einfach, dass sie stört? Nicht zu dritt. Nicht zu dritt!*

Ich schlucke. Eigentlich wollten wir ein anderes Hotel

als Bea aufsuchen. Zumindest Maja. Jetzt steht Bea vor mir. Dahinter Maja.

»Lass es uns anschauen. Aber kein Zimmer zu dritt!«, schmettere ich heraus. Bea schaut mich fragend an. Maja schüttelt den Kopf. Habe ich etwas Falsches gesagt?

»Genau. Ich nehme eins mit Maja und du bekommst ein Einzelzimmer«, sagt Bea. Sie mustert mich. Einen Moment kann sie ihr Lachen hinauszögern, doch dann bricht es aus ihr hervor. Bea lacht und Maja gleich mit. Das zweite Mal heute. Ich bleibe zurück, peinlich berührt von mir selbst.

»War nur Spaß!«, sagt Bea kurz. Ich bin mir nicht sicher, ob dem so ist. Sie packt ihren Reiseführer ein, klappt die Sonnenbrille hinunter und führt uns schnurstracks zum Hotel. Wenn Bea etwas will, dann übernimmt sie das Ruder. Ich werde aus ihr nicht schlau. Manchmal tänzelt sie um mich herum, berührt mich beiläufig, macht mir schöne Augen. Im anderen Augenblick haut sie mir einen vor den Latz und wendet sich Maja zu, und dann stilisiert sie mich und Maja zum Traumpaar des Jahrzehnts. Was will sie?

An der Rezeption drängt sich Maja vor und macht dem Mann dahinter unmissverständlich klar, dass wir beide zusammen ein Zimmer nehmen und „Die" da ein anderes bekommen soll. Ein Dreier-Zimmer sei aber billiger!

»No thank you. It's my husband. We want to be alone.«

Der Rezeptionist grinst, nimmt die Schlüssel vom Brett und drückt sie einem Angestellten in die Hand. »I show you some rooms.« Und so nimmt Bea ein Zimmer für sich, schräg gegenüber von unserem.

Nachmittags verabreden wir uns noch für einen Strandspaziergang. Einen Traumstrand hat Mamallapuram zwar nicht, aber man kommt direkt ans Meer. Bea sprintet sofort voran. »He, kommt ihr zwei. Ab ins Wasser!«

Ich krempe mir gerade die Hosenbeine hoch, als ich sehe, wie Bea ihre Bluse fallen lässt und aus ihrem Rock schlüpft. Zum Vorschein kommt ein knallorangefarbener Bikini mit sehr knappen Maßen. Ihr Körper zieht nicht nur meine Blicke auf sich, sondern auch die der wenigen Inder, die sich an den Strand gesetzt haben. Und so bin ich mir nicht sicher, ob mich Scham überkommt oder ich eifersüchtig auf die Blicke der anderen bin, vor deren Augen sie sich zugleich entblößt hat. Ich entscheide mich für den moralischen Ansatz und empöre mich vor Maja, während Bea in der Brandung planscht.

»Du kannst doch nicht …«, versuche ich Bea zu sagen, als sie aus dem Wasser kommt und sich vor mich stellt. Ihre Haare nass und verführerisch. Ich komme mir in meinen hochgekrempelten Hosen ein wenig albern vor. Sie hatte den vollen Spaß und ich noch nicht einmal den halben.

»Die anderen starren«, sage ich etwas sanfter, »Wir sind doch nicht in Goa!«

Als Bea die Aufmerksamkeit, die sie soeben erzeugt hat, realisiert, greift sie nach ihrer Bluse und streift sie sich über. Als wäre nichts gewesen, setzt sie sich neben Maja.

»Du das Wasser ist herrlich. Schade, dass Du nicht mit hineingekommen bist.«

Maja blickt Bea an. »Habe keinen Badeanzug mit.«

»Schade. Dann hätten wir beide es dem Paul mal so richtig gezeigt. Mädchenpower! Wuuuuh!«

Ihre Bluse schmiegt sich eng an ihren nassen Körper.

Maja

Angekommen in Mamallapuram muss ich feststellen, dass Bea vielleicht doch gar nicht so übel ist. Sie hat auch ihre guten Seiten. Aber nicht viele, das ist klar! Doch ihr Humor ist manchmal einfach ansteckend. Ich muss über ihren Witz lachen, ob ich will oder nicht. Und er überspielt die peinliche Situation, die Paul mit seinem panischen Ausruf »Aber kein Zimmer zu dritt« ausgelöst hat.

Ich weiß nicht, was Paul da durch den Kopf gegangen ist. Dass wir um ein gemeinsames Hotel nicht herumkommen, war mir schon lange bewusst. Aber ein gemeinsames Zimmer mit Bea stand doch überhaupt nicht zur Diskussion. Wie kommt er bloß darauf? Logo, dass sie ein Eigenes nimmt. Und für sie war das auch keine Frage. Die belastende Spannung, die Paul auslöste, irritiert Bea nicht. »Ein Zimmer für uns Mädels.« Ihr Einwurf ist einfach super und ich muss lachen, auch über Pauls verdutztes Gesicht.

Inzwischen ist es später Nachmittag geworden und wir möchten unbedingt noch das Meer sehen. Natürlich wieder zu dritt. Wir sind ja so ein tolles Trio! Am Wasser wird erneut offenbar, warum mich Bea so nervt. Auf einmal steht sie vor uns, in einem Bikini mit einem winzigen Tangahöschen – und das in grellem orange.

Sie rennt zum Wasser und ich kann nicht anders, als auf ihren festen runden Po zu starren. Er ist nahtlos braun. Wie hat sie das bloß hinbekommen? Auch die Inder am Strand können ihre Augen nicht von ihr lassen. Allein die Farbe des winzigen Fetzen Stoffes schreit nach Aufmerksamkeit. Bea sieht total billig aus!

Mir ist ihr Auftreten unangenehm. Hat sie denn gar kein Schamgefühl? Eigentlich wollten Paul und ich unsere Füße ins Meer halten, aber auch er ist peinlich berührt von ihrer Freizügigkeit und wir bleiben gemeinsam am Strand sitzen. Mich beruhigt es, dass wir endlich mal wieder einer Meinung sind und Paul Bea drängt, schnell etwas überzuziehen, als sie dem Wasser entsteigt. Da auch Paul sich aufgeregt hat, sind meine Sorgen wohl unbegründet. Es besteht kein Anlass zur Eifersucht! Er legt doch großen Wert auf Moral und achtet schließlich auch immer darauf, dass ich ordentlich angezogen bin. Er steht nicht auf Frauen, die ihre Reize so offenherzig präsentieren. Dennoch nagen die Zweifel an mir und ich bekomme das Bild von Beas halb nacktem Körper nicht aus meiner Vorstellung. Wenn ich schon nicht anders kann, als an Beas Blöße zu denken, wie wird es Paul ergehen? Aber ich traue mich nicht ihn zu fragen, als wir nebeneinander im Bett liegen. So schlafen wir ohne eine weitere Aussprache ein, jeder auf seiner Seite.

Geheimnisse

Paul

Ich habe in der Nacht von orangefarbenen Bikinis geträumt. Bea hatte einen an. Maja hatte einen an. Und als Bea begann, ihr Oberteil zu lösen, kam eine riesige Welle und ist über uns zusammengebrochen. Danach waren sowohl Bea als auch Maja weg. Nur das orange Oberteil lag noch am Strand.

Wir treffen uns nach dem Frühstück vor der Veranda unseres Hotels. Bea hat sich auf die Stufen gesetzt und raucht. Ich tippe ihr auf die Schulter, um ihr zu signalisieren, dass wir da sind.

»Wartet noch einen Moment. Ich möchte euch etwas zeigen.« Sie kramt aus ihrer Tasche ihren Reiseführer hervor. Die Zigarette balanciert sie dabei elegant auf ihren Lippen. Dann nimmt sie noch einen tiefen Zug und drückt sie in den Sand.

»Sorry Maja. Ich weiß ja, dass Du den Rauch nicht magst. Ich habe mal nachgeschaut. Es gibt drei wichtige Sehenswürdigkeiten. Ich schlage vor, wir machen heute die beiden wichtigsten.«

»Lass mal sehen!« Ich setze mich neben Bea und rücke an sie heran.

Bea lässt ihre Finger über die Karte gleiten. Ich folge ihnen zu dem Tempel am Meer und den fünf Rathas, die etwas außerhalb liegen. Ich schaue auf und blicke ihr in die Augen.

»Machen wir so«, bestimme ich und schaue kurz zu

Maja herüber. »Den Berg können wir dann morgen besuchen.«

Bea klappt ihr Buch zusammen, verstaut es in der Tasche und steht auf. Sehr bunt ist sie heute. Sie trägt ein ärmelloses lila Top und eine weite türkisfarbene Hose. Atemberaubend sieht sie aus. Dagegen wirkt Maja recht zurückhaltend. Über den Strand und einen Acker kommen wir zum Eingang der Sehenswürdigkeit. Maja möchte vorher noch mal auf die Toilette. Ich warte mit Bea auf der Wiese davor.

»Das mit den Andamanen klappt irgendwie nicht«, teilt sie mir traurig mit.

Ich schaue sie an und frage nach: »Gibt es Probleme? Kann ich helfen?«

»Morgen muss ich unbedingt ins Internet. Ich habe mir eine Nummer herausgeschrieben, aber die scheint falsch zu sein. Da geht niemand ran. Dabei will ich doch nur wissen, wie man an Tickets kommt.«

»Was steht denn dazu im Buch?«

»Dass es recht kompliziert ist und die Schiffe nicht so häufig fahren. Aber nicht, dass es quasi-unmöglich ist.«

»Wieso fliegst Du nicht?«

»Nein, ich würde gerne mit dem Schiff dahin. Zum einen kostet es weniger und ich habe gelesen, es ist der einzige Weg, den man machen sollte. Es soll toll sein, man ist drei Tage unterwegs und kommt mit den Einheimischen ins Gespräch. Vielleicht fliege ich dann zurück. Mal schauen.«

»Und was hast Du vor, wenn es nicht klappt?«

Bevor Bea mir antworten kann, ist Maja zurück und wir besichtigen die Tempelanlagen. Das Meer ist kaum zu sehen. Ich dachte, der Tempel stünde direkt am Wasser. Ich mache ein paar Fotos von dem Gebäude und ein paar von Bea. Maja scheint heute nicht so gut drauf zu sein. Sie schleicht hinter uns her und gibt sich wortkarg. Ich weiß nicht, warum sie sich bei Besichtigungen immer so anstellen muss. Ihre schlechte Laune lasse ich heute aber nicht an mich heran: Wer kein nettes Gesicht macht, bekommt heute kein Foto! Sie darf aber mal eins von mir und Bea machen. Murrend willigt sie ein und siehe da: »Sieht ja ganz gut aus«, lobe ich Maja.

»Lass mich auch mal gucken. Oh wie toll.« Bea hüpft wie ein Schulkind umher. »Jetzt noch eins mit Maja. Komm Maja, meine Teure!« Na gut, also ein Bild von Maja und Bea vor dem Tempel. Einmal mit meiner Kamera, einmal mit Beas. Aber noch nicht einmal jetzt konnte Maja lachen.

Dagegen ist Bea ein regelrechter Sonnenschein.

»Hey Bea, deine Hose sieht echt toll aus.« Ich gebe modischen Sachverstand vor.

»Nicht wahr? Habe ich mir in Bangalore gekauft.«

»Steht Dir super!«, versuche ich das Gespräch aufzulockern, aber die Stimmung, die Maja verbreitet bleibt mies. Sie rümpft nur die Nase und entfernt sich von uns in Richtung eines kleinen Ruinenfeldes.

»Was hat sie denn?«, versucht Bea in Erfahrung zu bringen.

»Ich weiß nicht. Ich glaube, ihr ist alles zu viel.«

»Das verstehe ich nur zu gut.« Zum Trost legt Bea ihren Arm um meine Schulter und lotst mich in Richtung Maja. Bevor wir sie einholen, hat sie ihren Griff wieder gelöst und versucht Maja in die Arme zu bekommen.

Maja

Ich sehe es auf den ersten Blick: Bea trägt meine Hose! Das heißt, die türkisfarbene „Esotrulla-Hose", wie Paul sie in Bangalore bezeichnet hat. Ein weiterer Fakt dafür, dass Bea nicht Pauls Typ ist!

Bea entscheidet heute mal wieder unser Sightsee-ing-Programm. Ich segne alles ab, obwohl ich nur halb zugehört habe. Ich will unbedingt mit Paul über Beas Hose lachen und kann mich gar nicht richtig konzentrieren. Nun schwärmt sie von dem Tempel am Meer. Den wollten Paul und ich eh anschauen, also: »Ja, prima, so machen wir das!« Bea strahlt mich erfreut an, springt auf und schreitet voran. Die Chance mit Paul alleine zu sprechen ist ge-kommen.

»Hey Paul, lustig was? Sieht Bea nicht heute wie 'ne Esotrulla aus?« Ich grinse ihn an, aber er guckt nur ver-ständnislos.

»Hä? Was meinst du? Ich verstehe dich nicht. Komm schnell, wir müssen los.« Er dreht sich um und beeilt sich zu Bea aufzuschließen, ohne ein weiteres Wort mit mir zu wechseln. Hallo? Der kann mich doch nicht einfach so stehen lassen! Ich bin völlig vor den Kopf gestoßen. Ich renne hinter den beiden her, und als ich sie erreicht habe, hakt sich Bea bei mir unter.

»Mensch, da haben wir ja einen tollen Tag vor uns, ich freue mich!« Dann plaudert sie gut gelaunt mit Paul, der wie ausgetauscht scheint. Er hört Bea zu, gibt kluge Ant-worten und beide lachen. In meinem Kopf überschlagen sich die Gedanken. Würde Bea mich nicht mitziehen, ich wäre kaum in der Lage einen Schritt zu tun. Dabei mag ich ihre Berührung nicht. Aber ihr Griff ist kompromisslos, ich kann mich ihm nicht entwinden. Ich kämpfe mit den Tränen und kann meine Enttäuschung nicht zurückhalten. Als wir die Wiese vor der Tempelanlage erreichen, sehe ich sofort den Toilettenblock.

»Wartet mal, ich muss kurz aufs Klo.«

Endlich lockert Bea ihren Arm und ich stürme davon. In der Kabine versuche ich mich zu beruhigen. Der Blick in den Spiegel über dem Waschbecken offenbart mir, dass ich ziemlich fertig aussehe. Ich entferne die verräterischen Spuren, putze meine Nase und trockne die Augen. So kann ich den beiden wieder gegenübertreten. Sie sitzen einträchtig auf der Wiese. Als ich hinzutrete, brechen sie ihr Gespräch ab.

Wir sehen uns den Tempel an. Bea ist bester Laune und hüpft durch die Anlage. Ich hingegen muss mich sehr zusammenreißen, um den Tag zu überstehen. Ihr Anblick und ihr gespieltes Überinteresse an allem kotzen mich an. Paul hingegen findet das anscheinend attraktiv. Sowohl ihre Erscheinung als auch ihr Auftreten. Er hat heute nur Augen für Bea und hängt an ihren Lippen. Mich würdigt er kaum eines Blickes und richtig geredet hat er seit dem Frühstück auch nicht mehr mit mir. Außer »Hier Maja, nimm deine Karte«, als wir den Eintritt gezahlt haben, hat er mir nichts zu sagen gehabt. So wandle ich geistesabwesend hinter den beiden her und sehe kaum den Tempel. Ich muss unbedingt mit Paul alleine reden. Wir müssen das klären! Als Bea mit einem lang gezogenen Quietschton auf eine Steinfigur zustürmt, halte ich Paul am Ärmel zurück.

»Und ich bin heute Luft für dich, oder was?!« Okay, das war eher ein Vorwurf, als eine klärende Frage. Paul fühlt sich sofort angegriffen und schleudert mir nur einen Satz an den Kopf, ehe er mich heute zum zweiten Mal stehen lässt:

»Schlechte Laune kann ich halt nicht leiden!«

Schlechte Laune? Ja, habe ich. Wegen seines Verhaltens! Solange er sich nicht für seine unmöglichen Reaktionen mir gegenüber entschuldigt, werde ich heute kein Wort mehr mit ihm reden!

Der Zweifel nagt jetzt immer stärker an mir. Sein Verhalten lässt eigentlich nur einen Schluss zu: Paul hat sich in Bea verliebt. Aber diesen Gedanken versuche ich nicht an mich herankommen zu lassen. Das kann nicht sein. Nein, nein, nein! Wir sind doch glücklich miteinander, daran sollte das Auftauchen eines billigen Flittchens nichts ändern! Auch wenn Bea sich noch so offensiv an ihn heranschmeißt. Paul ist doch intelligent und durchschaut das! Aber die Beweise sprechen dagegen. Er hat seine Kamera aus der Tasche geholt und macht Fotos. Und das nicht vom Tempel, nein von Bea. Diese räkelt sich auf den Steinmauern und setzt sich verführerisch in Szene. Ihr Spaghetti-Träger vom Top ist heruntergerutscht und gibt den Blick auf die Spitze ihres BHs frei. Lachend schießt Paul ein Foto nach dem anderen. Mich fotografiert er nicht. Ich erkenne Paul überhaupt nicht wieder. Doch dann wendet er endlich das Wort an mich:

»Maja, machst du mal ein Foto von uns?«

In mir sträubt sich alles. Aber dann ringe ich mich durch, springe über meinen Schatten und mache ohne zu murren die Aufnahme. Das sollte Paul zeigen, was er für eine tolle Freundin hat. Daraufhin müsste jetzt seine Entschuldigung folgen. Doch es ist nicht Paul, der, wie ich dachte, jetzt auch ein Foto mit mir zusammen fordert, sondern Bea.

»Majalein, und jetzt wir Frauen!«

Widerwillig stelle ich mich zu ihr. Aber Paul soll sein Fehlverhalten erkennen. Ich mache hier keine Probleme und verbreite auch keine schlechte Laune! Ich versuche für das Bild ein nettes Gesicht zu machen, aber ich kann nur an die Hose denken, dass Bea sie hier neben mir trägt und nicht ich. Ehe ich ein Lachen aufsetzen konnte, hat Paul den Auslöser gedrückt. Ich sehe unmöglich aus, aber Bea freut sich über das Foto. Wahrscheinlich, weil sie neben meiner Trauermiene umso begehrenswerter wirkt. Dennoch spüre ich ein ganz kleines bisschen Dankbarkeit. Denn nur wegen ihr bin ich heute überhaupt auf einem Foto vor dem Tempel drauf.

Das aufflackernde positive Gefühl ist jedoch nur von kurzer Dauer. Ich kann es nicht glauben, aber Paul lobt jetzt auch noch Beas Hose. Ich höre nur noch: »Steht dir super!«, ehe ich die Flucht ergreife. Da hätte mir Paul auch direkt mit der Faust ins Gesicht schlagen können. Was will er damit bezwecken? Ich verstehe ihn nicht mehr, er ist heute nicht mein Paul. Ich will nur noch nach Hause. Nicht ins Hotel. Richtig nach Hause.

Es ist wieder nicht Paul, der mir nachläuft, sondern die Person, die ich gerade am wenigsten sehen möchte. Ihren Versuch mich zu umarmen wehre ich ab.

»Maja, geht es dir nicht gut? Was können wir für dich tun?«

Ich bin überrascht von ihrer Besorgnis. Sie scheint echt zu sein. Ihre Albernheit und ihr aufgedrehtes Geplapper sind wie weggeblasen. Ich bin perplex von ihrer Wandlung und stammle einige Ausreden.

»Ach, mir ist irgendwie alles zu viel heute. Und mir ist

zu heiß …«

»Ach Maja, du Arme! Ich verstehe dich. Wir kaufen gleich Kokosnüsse und machen eine Pause, dann geht es dir bestimmt wieder besser!«

»Ja, du hast recht. So machen wir das.« Ich bemühe mich mit fester Stimme zu sprechen. Ich möchte auf keinen Fall, dass sie mitbekommt, was wirklich los ist.

Paul tut so, als wäre nichts gewesen und ich ernte lediglich einen vorwurfsvollen Blick. Ich würde ihn am liebsten anschreien, will ihm aber keine Eifersuchts-Szene liefern. Die Fünf Rathas werde ich jetzt auch noch überstehen, aber heute Abend kann er sich auf was gefasst machen!

Paul

Der Weg zu den Fünf Rathas ist weit, aber wir beschließen, ihn zu laufen. Bei den Tempeln hat sich auch eine Schulklasse eingefunden. Als sie uns entdecken, stürmen die ersten Mädchen sofort los, mit den üblichen Fragen und dem bekannten Wunsch: »One Photo, please!« Noch ehe ich Bea warnen kann, erfüllt sie alle Wünsche konzentriert und gewissenhaft. Inmitten der Kinder scheint sie sich wohlzufühlen. So eine Masse an Aufmerksamkeit ist mir zu viel.

Ich setze mich auf einen Stein, um das Schauspiel zu bestaunen. Maja tut hingegen so, als würde sie sich für den großen Steinelefanten interessieren, der in der Mitte des Geländes steht. Irgendwann schaut Bea flehentlich zu mir herüber und lacht. Ich zucke mit den Schultern. Ich werde mich nicht mit indischen Schulmädchen anlegen, um Bea zu retten. Irgendwann hat der Lehrer wohl Mitleid mit ihr und ruft die Kinder, die sich um ihn herum in einen Kreis setzen.

Bevor sie wieder von der Leine gelassen werden, verschwinden wir. Draußen gibt es noch drei Kokosnüsse, aber die Stimmung wird immer schlechter. Keine Ahnung, was Maja heute hat. Sie mault herum, möchte zurück ins Zimmer.

Dort legt sie los. Sie ist mächtig sauer auf mich.

»Diese Hose …« - ist mir nicht aufgefallen;

»Die Fotos …« - wer so miesepetrig dreinschaut;

»Nur Augen für Bea …« - stimmt doch nicht!

Meine Antworten scheinen ihr nicht zu gefallen. Sie steht auf und schlägt die Tür hinter sich zu.

Einen kurzen Augenblick später klopft es. Ich öffne und denke, Maja hat sich beruhigt. Doch Bea steht vor der Tür.

»Was ist denn los?«, fragt sie mich.

»Ich glaube, Maja ist eifersüchtig auf dich.«

»Auf mich? Wie kommt sie denn darauf? Habe ich irgendetwas gemacht?«

»Nein, du nicht. Aber ich habe mich heute wohl etwas daneben benommen.«

Bea nimmt mich in den Arm und drückt mich ganz fest an sich. Ich spüre ihre Brüste und mein Herz überschlägt sich. Ich lege meinen Kopf auf ihrer Schulter ab und genieße still den Moment. Sie streicht mir über das Haar.

»Da gibt es doch keinen Grund. Ich mag Maja doch so gerne«, sagt Bea und lässt mich los. »Wir warten hier auf sie.«

Wir spielen ein paar Runden Backgammon. Es ist schön und vertreibt mir die Sorgen. Es ist so ungezwungen mit ihr. Aber es wird spät und Bea meint, es wäre besser, wenn sie nicht hier liege, falls Maja erst morgen früh zurückkehre. Wir tauschen unsere E-Mail-Adressen und Facebook-Profile aus und sagen leise »Tschüss«. Kuss auf die linke Wange. Kuss auf die rechte Wange.

Ich grüble noch ein wenig alleine auf dem Bett über mich und die Situation. Meine Gefühle für Bea kann ich nicht leugnen. Sie ist eine tolle Frau. Aber mein Herz gehört Maja. Eindeutig.

Maja

»Was ist los? Was habe ich dir getan?« Ich schreie Paul an, sobald die Zimmertür hinter uns zugefallen ist. Vor Aufregung überschlägt sich meine Stimme.

»Was soll los sein? Du bist doch diejenige, die schlechte Laune hat!«

»Ja, habe ich. Wegen dir!«

»Wegen mir? Dass ich nicht lache. Dir passt es doch einfach nicht, dass wir heute ein schönes Sightseeing-Programm gemacht haben. Ich will was von Indien sehen, nicht immer nur rumhängen und shoppen.«

»Was? Darum geht es doch gar nicht! Außerdem hast du heute wohl kaum etwas von Indien gesehen. Du hattest schließlich nur Augen für Bea.«

»Du spinnst ja! Wir haben uns die Tempel angeschaut. Und ich finde es klasse, dass Bea sich für die Kultur begeistern kann!«

»Ich glaube eher, du bist von etwas ganz anderem begeistert. Wenn ich es nicht besser wüsste – dass du mit mir zusammen bist – dann würde ich sagen, dass du heute den ganzen Tag wie ein verliebter Gockel hinter Bea herschlawenzelt bist!«

»Maja, übertreib nicht! Du hattest so eine miese Stimmung, dass ich einfach keinen Bock darauf hatte, mir den Tag von dir verderben zu lassen!«

»Ach, und deshalb lässt du mich völlig links liegen und redest nicht mit mir? Du hast heute nur Fotos von Bea gemacht, nicht eins von mir!«

»Erstens stimmt das nicht, und zweitens fotografiere ich niemanden, der kein freundliches Gesicht machen kann. So einfach ist das!«

»Ich bin deine Freundin, Paul. Aber du hast heute von Bea 43 Fotos gemacht. Ich habe mitgezählt!«

»Bist du krank, oder was? Ich habe Erinnerungsfotos von den Tempeln gemacht. Natürlich war auch mal Bea mit drauf. Wir waren heute zu dritt unterwegs …«

»Ja, zu dritt! Du sagst es. Es sah aber eher so aus, als ob du lieber zu zweit unterwegs gewesen wärst!«

»Wie gesagt Maja, du hattest eine scheiß Laune …«

»Und Bea ist in der Hose hübsch und mich lachst du aus?«

»Hä?«

»Na, die Hose, aus Bangalore. Die Esotrulla-Hose!«

»Ach, das war die gleiche Hose? Ist mir gar nicht aufgefallen.«

»Nicht aufgefallen? Ich habe doch heute Morgen noch einen Witz darüber gemacht, als du mich stehen gelassen hast.«

»Na, dann hättest du das mal besser erklärt. Ich kann mir doch nicht jede Hose merken.«

»Du hast mir ja gar nicht erst zugehört, mich den ganzen Tag links liegen gelassen. Und nichts Besseres zu tun gehabt, als Bea anzuhimmeln. Stehst du jetzt auf billige

Flittchen?«

»Nee Maja, du bist heute echt nicht zu gebrauchen. Hast du einen Sonnenstich, oder was? Bea ist eine tolle, intelligente Frau. Sie hat Humor, Maja. Den verstehst du nur anscheinend nicht. Trotzdem bin ich nicht in sie verliebt. Du übertreibst es echt mit deiner Eifersucht. Wenn du mir jetzt hier eine Szene machen willst, ohne mich! Dann kannst du auch gleich gehen ...«

Das hat gesessen. Ich drehe mich um und renne aus dem Zimmer. Die Tür schlage ich mit lautem Knall hinter mir zu. Vor lauter Tränen sehe ich kaum, wo ich hinlaufe. Bloß schnell weit weg.

Ich irre durch die Korridore. Wo soll ich denn jetzt hin? Es ist dunkel draußen, ich kann doch nicht als heulende Europäerin auf die Straße gehen. Als ich um die nächste Ecke biege, treffe ich auf meine Rettung.

»Oh my goodness. What's wrong with you? You look awful! I think you need a drink. Come, I'll guide you to the rooftop.«

Fürsorglich ergreift ein Mann meinen Arm und führt mich die Stufen zur Dachterrasse hinauf. Mir ist das Ganze schrecklich peinlich. Ich schniefe in mein Taschentuch und traue mich nicht, ihn anzuschauen. Aber seine Stimme klingt freundlich. Ich bin froh, dass er sich meiner angenommen hat. Die Erleichterung, einen Halt gefunden zu haben, lässt meine Tränen versiegen. Ich wische sie mit dem Handrücken von meinen Wangen. Der Mann kommt mit zwei Cocktails an den Tisch in der hinteren Ecke, an dem er mich zuvor platziert hat. Ich mustere ihn verstohlen. Er ist so groß wie Paul, sonnengebräunt und hat einen feschen Zopf.

»Here, your drink. Tell me, what happened? Oh, sorry,

I forgot: My name is Peter.« Er schüttelt meine Hand und lächelt mich freundlich an.

»Maja, my name is Maja«, stammle ich.

Wir trinken die Cocktails und der Streit mit Paul sprudelt nur so aus mir heraus. Peter ist ein guter Zuhörer. Genau das habe ich gebraucht. Ich bin ihm sehr dankbar. Er versucht nicht, klug daher zu reden, sondern zeigt sich verständig und beruhigt mich. Als der zweite Cocktail geleert ist, fühle ich mich wesentlich gelöster. Peter hat bestimmt recht, Paul wird mich schon nicht abschießen, nur weil wir eine attraktive Frau kennengelernt haben. Er meint, dazu sei ich doch viel zu hübsch. So eine gut aussehende Frau wie mich verlässt man nicht einfach im Urlaub für eine andere.

»You are very beautiful, you know? How could another woman be more beautiful? I think, that's not possible.« Er imitiert dabei den indischen Akzent. Ich kann schon wieder lachen. Heute Abend bin ich mal nicht die Vernünftige. Heute amüsiere ich mich, ohne Paul. Was der kann, kann ich schon lange!

Peter organisiert uns den nächsten Cocktail. Jetzt erzählt er von sich. Er kommt aus Aberdeen und arbeitet als Webdesigner. Doch das hat ihn gelangweilt. Er wollte noch mal raus, bevor er 30 wird. Abenteuer erleben. So hat er sich ein halbes Jahr freigenommen und ist in die Wärme geflüchtet. Er reist nun bereits den vierten Monat durch Indien. Wahnsinn, es gibt so interessante Menschen! Während er von sich berichtet, betrachte ich ihn eingehender. Er hat sein Hemd ausgezogen. Über seiner braun gebrannten Brust trägt er jetzt nur noch eine kurze Häkelweste. Durch die vielen bunten Ketten, die er umgehangen hat, sieht er angezogener aus, als er es tatsächlich ist. Seine

Hose sitzt ganz knapp auf seiner Hüfte und gibt den Blick auf einen schmalen Streifen Schambehaarung frei. Peters Gesamtbild gefällt mir gut.

Jetzt lacht er und offenbart seine weißen geraden Zähne. Ich starre auf seinen Mund. Was hat er gerade gesagt? Ich kann seinen Worten nicht mehr folgen. In meinem Kopf steigt weißer Nebel empor. Peter rückt seinen Stuhl direkt an meinen. Er zieht mich näher an sich heran und küsst mich. Es fühlt sich gut an. Richtig gut. Ich erwidere seinen Kuss. Lange und intensiv bleiben unsere Lippen aufeinander und unsere Zungen vollführen einen Tanz. Mir wird schwindelig. Mir wird heiß. Er führt meine Hand unter seine Weste. Seine Brust fühlt sich glatt und fest an.

»Can you feel my heartbeat?« Er flüstert mir ins Ohr und seine Lippen berühren sacht mein Ohrläppchen.

»What about your heartbeat?«, haucht er nun. Seine Hand wandert unter meine Bluse. Er schiebt sie unter meinen BH auf meine nackte Brust. Ich atme schwer und wir nehmen leidenschaftlich unseren Kuss wieder auf.

»Come sweet Maja. Let's go to my room.«

Erst bei diesen Worten werde ich mir der Situation bewusst. Mir wird schlecht. Was mache ich bloß hier? Ich schiebe Peters Hand weg und mache mich von ihm los. Er versucht meine Hände zu ergreifen.

»Maja, wait!«

Aber ich reiße mich los und renne davon. Dabei habe ich allerdings meinen Alkoholpegel unterschätzt. Ich komme sofort ins Taumeln und kann mich gerade noch an einem Tisch festhalten. Zum Glück ist die Terrasse inzwischen fast leer. Oh mein Gott, wie spät ist es überhaupt? Ich konzentriere mich auf meine Beine und wanke zur Treppe. Ein letzter kurzer Blick auf Peter. Er kramt eine

Zigarettenschachtel aus seiner Hosentasche und schüttelt den Kopf. Enttäuscht schaut er mir hinterher.

Ich taumle nach unten in unseren Flur. Alles ist still. Vor der Tür zu unserem Zimmer verharre ich, mein Herz schlägt wie wild.

Was hat Paul eigentlich in der Zwischenzeit gemacht? Schläft er schon? Ich öffne die Tür einen Spalt und luge hinein. Er liegt im Bett, alleine. Einen kurzen Moment hatte ich die Befürchtung Bea neben ihm liegen zu sehen. Jetzt wird mir richtig übel.

Ich schaffe es gerade noch ins Bad zu stürmen und die Tür hinter mir zu schließen. Dann wandern die drei Cocktails in die Toilettenschüssel. Jetzt weiß ich wieder, warum ich normalerweise vorsichtig mit Alkohol bin. Aber heute war kein normaler Tag. Ich muss dringend mit Kathi sprechen. Wo hat Paul sein Handy? Es liegt offen auf der Ablage beim Spiegel. Leise schleiche ich ins Zimmer, Paul hat zum Glück einen festen Schlaf. Mit dem Telefon kehre ich ins Bad zurück. Bitte, lass Kathi da sein! Es klingelt lange.

»Hallo?« Die vertraute Stimme klingt skeptisch.

»Hi Kathi, ich bin's, Maja.«

»Oh, Maja. Welch schöne Überraschung! Ich hatte mich schon über die komische Nummer gewundert und wollte erst gar nicht rangehen. Aber ich dachte, so spät am Abend wird's was Wichtiges sein … Bist du eigentlich betrunken?«

»Ich brauche deine Hilfe«, lalle ich. Dann erzähle ich ihr alles. Von Bea, Pauls Verhalten und dem Kuss mit Peter.« Ich fange an zu schluchzen.

»Oh«, ist das Einzige, was ich höre. Dann ist es erst einmal still am anderen Ende der Leitung.

»Also«, beginnt Kathi. »Habe ich das richtig verstanden? Ihr habt eine billige Schlampe am Hals, die sich an Paul rangemacht hat, ihr hattet einen üblen Streit und du wolltest es ihm heimzahlen und hast mit einem Schotten rumgemacht?«

»Ja, so in der Art. Kathi, was soll ich denn jetzt machen?«

»Okay. Beruhige dich erstmal. Was ist jetzt genau passiert mit Peter?«

»Na, er hat mich geküsst.«

»Also, es war nur ein Kuss, ja? Nicht mehr!?«

»Na ja, seine Hand war auf meiner Brust.«

»Aber du hast ihn nicht unsittlich berührt?«

»Nein, glaube nicht …«, schniefe ich verzweifelt.

»Liebst du Paul, auch nachdem ihr jetzt so viel Streit hattet?«

»Ich glaube schon …«

»Gut, dann darfst du ihm nichts sagen.«

»Ich weiß nicht, ob ich das kann.«

»Weißt du noch, mit Henning?«

»Wieso Henning?«

»Na, du hast dich doch sofort von ihm getrennt, als er dir gebeichtet hat, dass er Sibylle bei der Segelregatta geküsst hat!«

»Oh, stimmt ja. Hast recht. Paul würde bestimmt auch sofort Schluss machen. Zumal er dann ja freie Fahrt bei Bea hätte. Die würde ihn sicher gerne trösten …«, jammere ich.

»Und dann stehst du alleine in Indien. Wie willst du denn da zurechtkommen? Alleine weiterreisen?«

»Neee, auf keinen Fall«, protestiere ich. »Gut, ich darf Paul also nichts sagen. Er hat mich ja auch erst in diese Situation getrieben.«

»Genau. Es war eine Extremsituation. Eigentlich ist ja nicht viel passiert. Also Süße, bist du jetzt beruhigt? Geht es dir besser?«

»Jaaaaa, daaaanke. Du bist echt ein Schatz.«

»Super, denn Roberto wartet schon die ganze Zeit. Wir wollen noch feiern gehen. Grüße mir Paul. Tschüssi.« Und schon hat sie aufgelegt.

Ich schleiche mich ins Bett.

Paul

»Ist sie da?«

»Ja sie schläft noch«, antworte ich.

»Ich habe doch gesagt, dass sie zurückkommt.«

Bea steckt ihre Nase durch die Tür und wirft einen Blick auf Maja.

»Da hat sie aber eine harte Nacht gehabt. Kommst Du mit frühstücken?«

»Nein, ich warte bis sie aufgewacht ist.«

»Ist wohl auch besser. Bis heute Abend dann.«

Sie wirft noch ihre Arme um mich, setzt ein Küsschen auf die linke Wange und befiehlt, ich solle mich heute schön um Maja kümmern. Bea will versuchen ihre Fahrt auf die Andamanen zu organisieren und hofft uns heute Abend bei einem Bier auf dem Dach etwas Erfolgreiches berichten zu können. Bis dahin habe ich das mit der Eifersucht mit Maja zu klären.

Eifersucht? Gibt es dazu einen Grund? Ich warte bis Bea die Tür hinter sich zugemacht hat und lege mich neben Maja aufs Bett. Ich starre an die Decke und denke.

Welche Szenarien hatte sich mein Kumpel Leo beim

Abschiedsbier in der Kneipe einige Tage vor unserem Abflug noch für mich ausgemalt? »Was ist, wenn Du dort deine wahre Traumfrau findest? Was machst Du dann mit Maja?«, fragte er und ließ nicht locker. Ich wiegelte ab. Und was wäre, wenn Maja in Indien einen knackigen Typen fände? Käme ich damit klar, wenn sie hier wild herumknutschen würde?

Nein, so was macht Maja nicht. Ich muss an Bea denken. Würde ich es ablehnen, wenn ihr Kuss meine Wange hinunter wandert und auf meinem Mund landet? Mir wird heiß. Ich finde Bea klasse und ich bin gerne in ihrer Nähe. Ich mag ihre Berührungen. Ich träume von ihr. Aber ist sie deswegen meine Traumfrau?

Auf der anderen Seite wirkt sie zu leicht. Maja ist anders. Oft ernst, aber mit Klasse. Ich bin verwirrt. Vielleicht sollte ich meine Entscheidung vertagen.

Nein, eigentlich sollte ich gar nicht darüber nachdenken. Ich und Maja haben eine Krise, aber die bekommen wir doch wieder geradegebogen. Maja und ich gehören zusammen.

Der Ventilator surrt beständig und bläst mir kühle Luft ins Gesicht. Ich werde wieder klar. Maja ist meine Traumfrau. Nicht Bea. Ich würde sie nicht küssen. Ich schmiege mich an Maja an und streiche ihr über die Wange.

»Aufstehen Maja. Es ist schon spät.«

»Wie viel Uhr haben wir denn?«, murmelt sie schlaftrunken.

»Kurz vor zehn. Auf dem Dach gibt es noch Frühstück.«

»Nein, lass mal.«

»Komm bitte. Bis elf haben wir noch Zeit. Da oben ist es ganz schön und Bea ist bestimmt nicht dort.«

»Woher willst Du das wissen. Hast Du Röntgenaugen?«

»Nein sie war eben hier und hat sich nach Dir erkundigt.«

Maja schweigt und vergräbt ihr Gesicht unter der Decke. Ich reiße mich zusammen und sage sanft:

»Entschuldige bitte. Zwischen mir und Bea läuft nichts und es wird nichts laufen. Ich bin mit Dir zusammen. Bea ist so was wie eine gute Freundin. Für Dich wie für mich. Hast Du noch nicht mitbekommen, wie sehr sie dich eigentlich mag?«

Da ist mir aber etwas Nettes eingefallen. Denn es stimmt ja, dass Bea sehr oft die Nähe zu Maja sucht. Darauf bin ich sogar eifersüchtig. Und meine Gefühle für Bea? Die dürfen hier kein Thema sein.

Maja schaut mich verlegen an: »Ich mache mich gleich fertig und dann gehen wir raus was frühstücken, irgendwo ans Meer.«

Wir finden ein gemütliches Café, in dem wir gegen halb zwölf unser Frühstück nachholen.

Wir besichtigen Mamallapuram. Nur ich und Maja. Ich hofiere sie und mache ein lustiges Bild von ihr an Krishnas Butterball. Wir setzen uns noch mal in das Café am Meer und starren auf die Weite des Ozeans hinaus. Die Brandung donnert. Langsam kehren die Fischerboote an den Strand zurück. Ich mache noch ein paar Fotos, auch von Maja. Eigentlich ist es ein netter Tag, aber die Stimmung ist beiweiten nicht so schön wie früher. Ich habe gehofft, jetzt wäre wieder alles gut. Aber Maja bleibt kühl und zurückhaltend.

»Wir setzen uns gleich noch ein bisschen im Hotel auf das Dach und genießen den Sonnenuntergang«, schlage ich ihr vor, aber Maja will nicht. Zurück im Hotel verkriecht sie sich mit mir im Zimmer. Zaghaft klopft es an unserer Tür. Maja erschrickt.

»Ist alles in Ordnung?« Bea schaut hinein.

»Ja alles bestens«, gebe ich vor. Aber es ist eine Lüge. Ich bin von Majas kühlem Verhalten sehr verunsichert. Ich biete Bea an, hereinzukommen. Freudig nimmt sie das Angebot an, streift mir mit ihrem Finger über den Kopf und setzt sich sofort neben Maja. Sie legt ihren Arm um sie: »Wenn Du wen zum Quatschen brauchst, kannst Du gerne zu mir kommen. Dann lassen wir Paul hier und gehen rüber zu mir.«

Maja wehrt freundlich aber bestimmt ab. »Nein danke, es geht schon.«

Bea merkt, dass sie sich besser zurückziehen sollte, und verabredet sich mit uns für die morgige Weiterfahrt. In Beas Gesicht sehe ich heute kein Lachen. Sie sieht bedrückt aus. Aber ich komme noch nicht einmal dazu zu fragen, wie ihr Tag heute war, so schnell ist sie aus unserem Zimmer verschwunden.

»Ich habe Kopfschmerzen«, meint Maja zu mir als Bea die Tür hinter sich geschlossen hat, »ich lege mich schon mal schlafen.«

Ich lege mich dazu, sie an der einen Seite des Bettes, ich auf der anderen.

Maja

Roberto? Wer ist eigentlich Roberto? Der erste Gedanke des Morgens. Kathi hat noch nie zuvor einen Roberto erwähnt. Wollte sie nicht etwas von einem Tim, als wir nach

Indien aufgebrochen sind? Mein Kopf dröhnt. So schlimme Kopfschmerzen hatte ich lange nicht. Ich habe gestern wohl zu viel getrunken. Und warum habe ich eigentlich mit Kathi gesprochen? Erst langsam, nach und nach, setzt sich der gestrige Abend in meinem Kopf zusammen. Wie ein Puzzle fügen sich die Teile. Der Streit mit Paul wegen Bea, meine Flucht, die Cocktails mit Peter, der Kuss, das Telefonat. Ach du meine Güte! Was habe ich bloß gemacht? Mich plagen heftige Gewissensbisse. Wie kann ich Paul jetzt noch gegenübertreten?

Mir fällt Kathis Rat ein. Gut, ich muss also so tun, als wäre nichts passiert. Ist es ja streng genommen auch nicht. Zumindest nichts was Bedeutung für mich hätte. Ein kleiner Fehltritt, verursacht durch Herzschmerz und zu viel Alkohol. Das zählt ja eigentlich nicht. Eigentlich …

Paul bewegt sich neben mir und streichelt meine Wange. Seine Berührung befeuert meine Schuldgefühle weiter. Er scheint allerdings wegen gestern Abend nicht mehr sauer zu sein. Zumindest gibt es dann keine weitere Auseinandersetzung mit ihm. Ich will zurück zur Normalität. Alles vergessen.

»Aufstehen Maja. Es ist schon spät.«

Mein Kopf ist so schwer, ich brauche noch Zeit. Ich muss mich innerlich wappnen, um Paul unbeschwert begegnen zu können, damit er keinen Verdacht schöpft. Also heißt es Zeit gewinnen.

»Wie viel Uhr haben wir es denn?« Ich versuche zu klingen, als hätte er mich gerade geweckt.

»Kurz vor zehn. Auf dem Dach gibt es noch Frühstück.«

Dach? Oh mein Gott. Bloß nicht! Vor meinen Augen taucht Peter auf. Sein brauner Oberkörper, sein Mund. Ich muss das verdrängen, ich darf nie wieder auf diese Dach-terrasse. Außerdem ist die Gefahr zu groß, Peter dort erneut in die Arme zu laufen.

»Nein, lass mal.« Wie schaffe ich es, Paul auf direktem Weg aus dem Hotel zu lotsen?

Paul versucht mich zu beruhigen, Bea sei sicher nicht dort. Oh je, das hat er wohl nett gemeint, ein Versöhnungsangebot. Dabei ist Bea jetzt mein geringstes Problem. Trotzdem versuche ich, realistisch auf Pauls Bemerkung zu reagieren. »Röntgenaugen?« Still gratuliere ich mir zu dieser genialen Antwort. Paul berichtet nun, dass Bea heute Morgen nach mir geschaut hat. Und er stellt klar, dass sie nur eine gute Freundin sei. An dieser Stelle meldet sich wieder mein schlechtes Gewissen. Er ist ein guter Freund. Er ist treu und ich bin unmöglich!

Und Bea hat auch ihre netten Seiten. Es sieht wirklich so aus, als ob sie mich möge. So ablehnend, wie ich ihr gegenüber war und trotzdem ist sie mir immer freundlich begegnet und besorgt um mich. Aber warum macht sie sich dann so an Paul ran? Ich weiß einfach nicht, was ich von ihr halten soll.

Ich schlage Paul vor, draußen frühstücken zu gehen. Im Badezimmer lasse ich kaltes Wasser über meinen Kopf laufen und nehme heimlich zwei Kopfschmerztabletten ein. Davon braucht Paul nichts zu wissen. Dann kommen nur die Fragen auf, was denn geschehen sei. Und ich müsste lügen. Nein, lieber für Ablenkung sorgen und so tun als wäre jetzt, nach Pauls Entschuldigung, alles wieder im Lot.

Im Hotelflur durchlebe ich Höllenqualen. Jedes Geräusch macht mich nervös. Unruhig blicke ich mich um, stets bereit sofort hinter der nächsten Ecke zu verschwinden, sobald Peter auftauchen sollte. Aber er ist nicht zu sehen und wir erreichen ohne Zwischenfall die Straße. Schnell weg vom Hotel. Ich hoffe, Paul hat von meinen Problemen nichts mitbekommen. Das Frühstück ist ganz nett, aber ich bin viel zu angespannt und habe keinen Appetit. Die kleine Wanderung durch den Hügelzug am Ortsrand wäre ebenfalls schön, wenn ich unbeschwert sein könnte. Paul ist heute sehr um mich bemüht. Aber ich kann die Zweisamkeit nicht genießen. Fast wünschte ich, dass Bea dabei sei, dann wäre Paul abgelenkt. So reagiere ich jedes Mal leicht panisch, wenn er mich anschaut. Kennt er mich nicht inzwischen so gut, dass er bei einem Blick in meine Augen weiß, was Sache ist? Ich versuche ihm nicht zu nahe zu kommen.

Abends bei der Rückkehr ins Hotel das gleiche Spiel wie mittags. Gehetzt durchquere ich die Korridore und bin heilfroh, als wir unser Zimmer erreichen.

Paul würde gerne noch aufs Dach gehen und ich rechne ihm hoch an, dass er dennoch bei mir bleibt. Sogar als Bea noch reinschaut. Ich genieße den Triumph, dass er nicht die Gelegenheit ergreift und sich mit Bea noch einen schönen Abend macht. Dabei hätte ich die Bitte nicht abschlagen können, wenn er gefragt hätte.

Bea ist seltsam besorgt um mich, aber ihre Nähe ist mir unangenehm. Ich wehre ihre Umarmung verwirrt ab. Ist sie wirklich an meiner Freundschaft interessiert, oder will sie einfach über mich näher an Paul herankommen?

Ich gebe vor, schnell schlafen zu wollen. Tatsächlich hat mich der Tag sehr erschöpft, aber müde bin ich nicht. Meine Gedanken überschlagen sich und lassen mich nicht zur Ruhe kommen.

Paul

Maja liegt am nächsten Morgen dort, wo sie gestern Nacht eingeschlafen ist. Ihre Augen sehen aus, als hätte sie in der Nacht geweint. Ich fühle mich schlecht, denn ich habe wieder von Bea geträumt. Sie kam zu mir ins Zimmer. Maja war nicht da. Sie drückte sich ganz fest an mich. Ich spürte ihren entblößten Busen auf meiner nackten Haut und unser beider Herz pochte. Dann gab sie mir einen Kuss auf die Stirn und sagte »Adieu. Ich muss jetzt gehen. Maja wartet auf mich. Wir fahren auf die Andamanen.«

Ich kratze mich am Kopf und bin sauer auf Maja. Aber eigentlich kann sie ja nichts dafür. Sie mag Bea noch nicht einmal.

»Mir ist heute nicht so gut«, sagt Maja mit gequälter Stimme, als sie bemerkt, dass ich wach bin. »Du kannst heute alleine mit Bea frühstücken gehen. Ich bekomme nichts hinunter.«

Habe ich das richtig verstanden? Mit Bea?

Es klopft an der Tür und Bea tritt ein.

»Guten Morgen. Wie steht es? Wollen wir was essen gehen. Die haben ein tolles Frühstück hier.«

»Maja geht es nicht so gut. Ich bleibe bei ihr, bis es ihr besser geht und wir losfahren können«, antworte ich ihr. Da lasse ich gerade die Chance an mir vorbeiziehen: Alleine mit Bea den Morgen zu verbringen. Aber ehrlich gesagt, ich möchte nicht in Versuchung geraten. Ich bleibe standhaft und treu.

Bea geht zu Maja, setzt sich auf die Bettkante und streichelt über Majas Haare.

»Ach meine Maja. Ich bleibe auch. Wenn es Dir besser geht, fahren wir nach Chennai.«

So sitzen ich und Bea an Majas Seite und betüddeln sie solange, bis wir los können.

Maja

Lange habe ich noch wach gelegen, mich aber nicht zu bewegen getraut. Starr verharrte ich im Bett und habe stumm einige Tränen vergossen. Nach einer Ewigkeit fiel ich doch noch in einen tiefen, schweren Schlaf. Die Erschöpfung hat gesiegt. Die Kopfschmerzen sind beim Erwachen weg, aber frisch und erholt fühle ich mich bei Weitem nicht. Zum Glück verlassen wir heute Mamallapuram. Vielleicht wird alles wieder leichter, wenn ich Peter auch räumlich hinter mir gelassen habe.

Ich traue mich wegen ihm auch heute nicht aufs Dach. Ich fühle mich miserabel. Die Schuld des Kusses plagt mich schwer. Paul hat das nicht verdient. Er kann ja nichts dafür, dass Bea ihm schöne Augen macht. Am liebsten würde ich heute beide nicht sehen. Aber das wird nichts, wir sind zu dritt für die Weiterreise verabredet. Zumindest eine Stunde wäre ich gerne noch alleine mit meinen Gedanken.

Ich sage Paul, dass es mir nicht gut gehe, und schlage ihm vor, dass er mit Bea alleine frühstücken gehen solle. In mir sträubt sich zwar alles bei der Vorstellung von den beiden alleine auf dem Dach, aber auf diese Weise kann ich Paul zeigen, dass ich ihm vertraue, dass ich nicht eifersüchtig bin. Und ich habe noch meine Ruhe.

Wer konnte ahnen, dass er diese Vorlage nicht annimmt, seine Chance auf ein romantisches Frühstück mit Bea nicht ergreift? Und auch Bea scheint es tatsächlich nicht auf Intimität mit Paul abgesehen zu haben. Als sie bei uns klopft und ins Zimmer schaut, kommt sie sofort zu mir herüber und setzt sich neben mich aufs Bett. Paul auf die andere Seite. Jetzt warten wir also, bis es mir besser geht, aber so wird das natürlich nichts. Mit beiden so eng in einem Raum verstärkt sich mein schlechtes Gefühl nur mehr und mehr. Aber jetzt aufspringen und sagen: »He he, mir geht es schon viel besser«, ist nicht möglich, denn dann würde schließlich vor unserer Abfahrt noch ein Frühstück von den beiden eingefordert werden. So müssen die Stunden bis elf Uhr ausgehalten werden.

Die Zeit vergeht im Schneckentempo und ich leide. Ich muss nichts vorspielen, denn die Situation macht mir echte Bauchschmerzen. Besonders, wenn mir Bea ganz fürsorglich über den Kopf streicht und Paul es ihr sofort gleichtut. Endlich ist die Frühstückszeit vorüber und ich kann die unangenehme Atmosphäre durchbrechen: »Danke, das hat gut getan. Ich glaube mir geht es jetzt gut genug für die Fahrt.« Ich versuche mich an einem schiefen Lächeln.

Bea geht ihre Sachen holen und auch wir schultern unsere Rucksäcke. Mir entgeht der enttäuschte Blick von Paul nicht, als Bea aus unserem Zimmer verschwindet. Habe ich mit meiner Vermutung über seine Gefühle doch nicht unrecht? Bea jedenfalls macht heute nicht den Eindruck, als sei sie traurig über eine verpasste Chance. Im Bus ist sie sogar so umsichtig, sich nicht in unsere Mitte zu drängen, sondern mich dorthin zu lassen. Sie sitzt zufrieden am Fenster und akzeptiert mein Schweigen, während Paul sich mit einem Einheimischen unterhält.

Ich versuche meinen Schuldgefühlen keinen Platz einzuräumen und die nagenden Zweifel an Paul und seinem vermeintlichen Interesse an Bea aus meinem Kopf zu verbannen. Mit jedem Meter, den wir uns Chennai nähern, gelingt es mir besser. Neue Stadt, neues Glück für Paul und mich.

Bye Bye, Sweetheart

Paul

Die Großstadt kündigt sich durch immer stärker werdenden Verkehr an. In Chennai-Egmore wartet ein schreckliches Gedränge auf uns. Mindestens ein Dutzend Rikschafahrer fragt uns, wo wir hin wollen und bietet uns eine Fahrt zu einem billigen Hotel an. Ich hatte fast vergessen, wie stressig Großstädte sein können. Auf unseren letzten Stationen hatten wir kaum nervige Situationen, aber hier quasseln alle auf einen ein und wir müssen aufpassen, dass sie uns dabei nicht überfahren. In einer kleinen Seitenstraße finden wir ein günstiges Hotel, das von außen einen hübschen Eindruck macht. Bea erhält ein Zimmer im Geschoss über uns. Maja hat sich wieder ein wenig berappelt und möchte etwas essen gehen. Unten auf der Straße haben wir auf dem Weg zum Hotel ein nettes Restaurant gesehen. Wir machen uns fertig und gehen hoch zu Bea um sie abzuholen. Wir klopfen an.

»Kommt rein. Wartet einen Moment. Ich bin gleich soweit.« Die Tür ist nicht verschlossen und Bea wohl im Bad.

Maja ruft zu ihr: »Wir sind bereit zum Essen gehen und wollten Dich fragen, ob Du mitkommst.« Ich freue mich, dass Maja nun besser mit Bea zurechtkommt und auf sie zugeht.

»Fein. Ich freue mich«, quiekt Bea aus dem Bad.

Wir setzen uns auf ihr Bett. Auf dem Fußboden sehe ich eine Kakerlake vorbeihuschen, sage Maja aber nichts.

Wenn hier eine entlangläuft, muss das ja nicht bedeuten, dass wir in unserem Zimmer auch welche haben.

Endlich kommt Bea aus dem Bad, nur mit einem Handtuch bekleidet. Mir wird heiß und ich weiß nicht, ob ich wegschauen oder mich natürlich verhalten soll, was beinhaltet, zu hoffen, einen Blick auf ihren nackten Körper erspähen zu können. Ich blicke zu Maja. Hinter ihr läuft gerade eine weitere Kakerlake die Wand entlang. Ich blicke zu Bea, die gerade ihr Handtuch fallen lässt. Das hätte ich jetzt besser nicht sehen sollen und schwenke meinen Kopf zurück auf Maja.

»Ich ziehe mir gerade noch was an. Dann können wir los.« Bea steht nackt vor mir. Ich möchte weder spießig noch zügellos wirken. Meine Augen wandern panisch zwischen Majas Nacken und Beas Brüsten hin und her, aber sie finden keinen Halt. Ich schließe meine Augen und lasse mich aufs Bett fallen. Aber es hilft nicht. Das Bild der nackten Bea ist fest in meinem Kopf eingebrannt.

Was Maja jetzt denken mag? Ich öffne meine Augen und versuche ihr mit meinen Blicken verständlich zu machen, dass mir die Szene gerade gar nicht recht ist. Was ich dabei aber verschweige: Majas Anwesenheit in Kombination mit Beas Nacktheit ist mir am unangenehmsten, und dass ich das Erregende der Situation nicht genießen darf. Maja blickt zu mir zurück und ich kann in ihren Augen lesen, dass sie sehr genervt ist.

Bea schließt ihren BH und streift sich eine Bluse über. »Wisst ihr. Ich finde es schade, dass sich unsere Wege bald trennen werden. Ich mag euch so gerne. Ich fühle mich in eurer Nähe so frei, als ob wir uns bereits eine Ewigkeit kennen. Aber lasst uns los. Ich habe euch schon genug aufgehalten.«

Sie reicht mir die Hand und zieht mich mit Elan hoch. Dabei bekomme ich einen solchen Schwung, dass ich zwangsläufig in ihre breit aufgehaltenen Arme falle. Es ist wohlig. Es ist warm. Es riecht gut. Bevor ich in ihr versinke, versuche ich die Situation zu entschärfen und lache auf. Ich wende mich schnell von Bea ab, um Maja meine Hand zu reichen. Zaghaft greift sie zu und steht auf. Ich lege meinen Arm um sie und ziehe sie an mich heran, so wie Bea eben mich.

Bea lächelt. »Ich hätte auch gerne so einen Freund.« Ich muss schlucken.

Maja rückt ein Stück näher an mich heran und markiert ihr Revier: »Vielleicht findest Du ja auf den Andamanen jemanden.«

»Schön wär's«, seufzt Bea.

Buhlen da gerade zwei hübsche Frauen um mich? Ich fühle mich geschmeichelt.

Wir essen im Saravana Bhavan, danach trennen sich unsere Wege. Bea möchte versuchen ein Ticket für die Fähre zu ergattern und muss hinaus zum Hafen. Maja hat mich fürs Shoppen eingeplant, so fahren wir mit der S-Bahn in die entgegengesetzte Richtung von Bea zum T-Nagar. Wir durchstöbern die Kaufhäuser, fahren mit dem Bus zur Spencer Shopping Mall. Über Bea reden wir nicht.

Morgen reisen ich und Maja in die Berge und Bea, wenn sie Glück hat, auf das Meer hinaus in ihr tropisches Paradies. Morgen schließt sich die Pforte. Zurück bleibt ein Traum: Was-wäre-wenn? Ich schaue mir Maja an, mustere sie noch einmal. Wir entscheiden uns in unserem Leben häufig ohne zu wissen, was noch kommen wird. Wie ernst ist mir die Sache mit Maja? Und wäre es mit Bea jemals ernst? Soll man kurzzeitiges Glück dem länger angelegten vorziehen? Wie gut, dass ich mich nicht entscheiden muss. Die Zeit regelt alles. Morgen gehen ich und Maja unsere Wege, die uns in ein paar Wochen nach Hause führen und Bea bleibt Erinnerung, an die Chance, als geträumter Zwischenfall. All das wird Maja vielleicht ahnen, aber nie erfahren. Und letztendlich ist auch nichts passiert. Ich bin ein Guter.

Heute klappt weder Shoppen noch Sightseeing. Nachdem wir uns von der Aufdringlichkeit der Verkäufer aus allen Läden vertrieben fühlten, lässt uns ein Armee-Checkposten nicht zum Museum im Fort. Das Museum habe geschlossen. Wir dürfen nicht ins Fort hinein und es auch nicht von außen betrachten. Zur gleichen Zeit fahren unzählige Inder auf Motorrollern unbehelligt vorbei. Ich fühle mich als Gast schlecht behandelt und frage nach dem Wieso. Als Antwort erhalte ich aber nur ein aggressives »Go away!« Ich bin sauer, als wir wieder in die S-Bahn steigen, um nach Hause zu fahren. Wir essen zu zweit im Saravana Bhavan unser Abendessen und möchten danach nur ausspannen. Grummelnd schließe ich die Türe auf.

»Paul, lass gut sein. Das Museum wäre eh zu gewesen.«

»Ja, aber geht man so mit interessierten Gästen um? Ich wollte mir doch nur das alte Fort ansehen.«

»Das durften wir halt nicht. Aber das Essen eben war lecker.«

»Ich fand es heute Mittag besser.«

»Wegen Bea?« Maja verschränkt ihre Arme und schaut mich entrüstet an.

Daran hatte ich eigentlich nicht gedacht. »Nein, das hatte jetzt nichts mit Bea zu tun. Es war der Thali, den ich toll fand.«

»Nicht Beas Brüste?«

»Nein, deine sind toller.«

»Ach, du kannst vergleichen? Hast du so genau hinge-guckt?«

»Unweigerlich. Ich hatte ja gar keine andere Chance.«

»Jetzt kannst du nicht mehr leugnen, dass sie was von dir will. Erst entblößt sie ihren Busen vor deinen Augen und dann meint sie noch *Ich hätte auch gerne so einen Freund.* Gut, dass wir sie morgen los sind!«

»Maja, das war ein Lob.«

»Tolles Lob!«, setzt sie an, doch ich unterbreche ihren Ärger mit einem intensiven Kuss.

»Gehe duschen, ich warte auf dich!«, sage ich zu ihr und streife mit meinem Zeigefinger über ihren Hals.

»Nein Paul. Heute nicht!«

Enttäuscht lasse ich mich aufs Bett fallen. Maja zieht sich aus und ich betrachte ihre Nacktheit. Schnell, ohne mich eines weiteren Blickes zu würdigen, verschwindet sie unter der Dusche. Was soll ich jetzt tun? Ich fühle mich von ihr zurückgesetzt. Ich hadere. Was wäre, wenn jetzt Bea statt Maja da wäre? Plötzlich ein Schrei: »Paul komm schnell!« Ich springe auf.

»Was ist denn?« Ich blicke abwechselnd in ihr Gesicht und auf ihre eingeschäumten Brüste.

»Guck hier. Überall Kakerlaken.« Sie zeigt auf die Wand und das Waschbecken. Ich lasse meine Augen nur ungern von ihr ab und sehe mindestens ein Dutzend kleinster wuseliger Babykakerlaken und eine große Schwarze im Waschbecken, die ich nur „die Mutter" nen-ne. Maja hüpft aufgeregt davon. Im Zimmer ruft sie mich zu sich. »Hier, Paul, schnell. Hier sind auch welche.«

»Warte. Ziehe Dich an. Ich rufe wen, der sie gleich wegmachen soll.«

Der Hotelboy versteht mein Anliegen und bringt eine Spraydose mit Baygon: »German Quality«. Ein wenig ist mir mulmig zumute.

»Maja komm, wir lassen hier alles einsprühen und klopfen oben bei Bea an, während das Zeug wirkt. Ich habe keine Lust mich vergiften zu lassen.«

»Ich habe keine Lust auf Bea«, antwortet Maja pampig. Doch sie erkennt, wie kindisch ihr Reflex war, und gibt nach.

Bea ist froh, als sie uns sieht, und nimmt uns sofort in Beschlag, ohne zu fragen, weswegen wir eigentlich zu ihr gekommen sind. Sie ist traurig.

»Heute hatten sie keine Tickets mehr für die Fähre. Ich soll übermorgen noch mal wiederkommen, mit Passbildern und Ausweiskopien. Ich wollte doch nur unbeschwert tauchen gehen. Wieso wollen die das nicht?«

Maja beruhigt sie, bestimmt nicht ganz uneigennützig, denn in ihrem Gesicht ist die Panik eingeschrieben, dass, wenn es mit den Andamanen nicht klappt, wir Bea weiter an der Backe kleben haben. Das kann sie nicht zulassen. Nur so ist zu erklären, warum sie Bea tröstet.

»Gib nicht auf. Das ist immer kompliziert in Indien, aber am Ende klappt es schon. Du hast dich so auf die Andamanen gefreut.« Sie nimmt Bea in den Arm, die ihren Kopf auf ihre Schultern legt.

»Ach Maja. Du bist so eine tolle Freundin.«

Maja

Bea hat diesmal ein Zimmer im Stockwerk über uns erhalten. Die strikte räumliche Trennung gefällt mir, ich bekomme sogar wieder Appetit. Es macht mir erstmals nichts aus, Bea zum Essen abzuholen. Doch das bereue ich schnell. Bea kommt hoch erfreut über unsere Anfrage aus dem Bad. Ein Handtuch bedeckt knapp die wichtigen Stellen, unten heraus ragen ihre langen schlanken Beine. Dann lockert sie das Tuch und beginnt sich abzutrocknen. Splitterfasernackt steht sie dabei vor uns. Paul weiß sichtlich nicht wohin mit seinen Blicken und ich bin entsetzt.

Okay, sie als billiges Flittchen zu bezeichnen war vielleicht ein bisschen zu hart von mir. Aber moralisch gefestigt ist sie offensichtlich nicht und von Anstand scheint sie auch noch nicht viel gehört zu haben. Seelenruhig streicht sie mit dem Handtuch über ihre Brüste. Sie sind größer als meine, das ist Paul sicher nicht entgangen. Und sie sind braun gebrannt. Hat sie eigentlich, bevor wir sie kennengelernt haben, ständig vollkommen nackt auf dem Balkon gelegen? Muss sie wohl, zuzutrauen ist es ihr allemal. Als sie beginnt sich zwischen den Beinen abzutrocknen, schaue ich schnell weg. Noch mehr möchte ich nicht sehen. Ist Bea tatsächlich so einfach gestrickt, sich ohne Hintergedanken auf diese Weise Paul und mir zu präsentieren? Aber es wirkt nicht so, als ob sie es darauf angelegt hätte, Paul zu verführen. Oder gar uns beide. Nein, ich bin nicht sauer auf Bea, aber extrem genervt von ihrer Naivität und ihrem kindlichen Gemüt.

Ich drehe mich zu Paul um, der sich mit geschlossenen Augen aufs Bett gelegt hat. Zumindest hat er sich für eine angemessene Reaktion entschieden. Ich schaue auf seine

Hose. Ob wohl Beas nackter Körper etwas in ihm ausgelöst haben könnte? Aber dort ist nichts Verdächtiges zu sehen, alles entspannt. Dagegen sieht Pauls Gesicht sehr angestrengt aus und ich würde nur zu gerne seine Gedanken lesen können.

Bea ist endlich wieder vollständig bekleidet. Nachdem ich ihr, und vor allem Paul, unsere Beziehungsverhältnisse noch einmal physisch deutlich gemacht habe, können wir endlich essen gehen. Das sollte beiden gezeigt haben, dass ich Paul nicht kampflos hergeben werde!

Bea lässt uns heute alleine zum Shoppen aufbrechen. Ich freue mich, dass sich die Buchung der Schifffahrt zu den Andamanen so umfangreich und zeitintensiv gestaltet. Beas Blick wird ganz starr und glasig, wenn sie von den Andamanen und der Fähre dorthin spricht. Sie scheint dann in Gedanken schon weg. Das gefällt mir.

Das Einkaufen gestaltet sich schwierig. Überall werden wir belagert und ich habe auch gar keine rechte Lust. Auf jeden Fall werde ich keine Klamotten mehr mit Paul anprobieren. Immerhin sind wir den Nachmittag über abgelenkt und nicht gezwungen, uns zu unterhalten. Ich weiß momentan gar nicht, was ich mit ihm reden sollte. Ich habe das Gefühl, als wäre er in Gedanken woanders. Lediglich die kleine Pause an einem Obststand bringt uns wieder näher zusammen. Wir entdecken auf einem Karren eine riesige stachelige Frucht. Der Verkäufer hat eine Ecke herausgeschlagen. Der Blick auf das gelbe Innere macht neugierig.

Als wir näher treten, fragt der Mann: »You want jackfruit?« Aha, das ist also eine Jackfruit, interessant. Wir hatten sie ja schon als Eis. Der Verkäufer pult aus der großen Frucht kleinere Stücke heraus und schält sie. Was üb-

rig bleibt, sieht ein wenig so aus wie gelbe Artischo-
cken-Herzen. Wir teilen uns eine Portion. Der Geschmack
ist mit nichts zu vergleichen. Kauend schauen wir uns das
erste Mal seit Tagen in die Augen.

»Mhm, lecker, oder? Was sagst du Maja?«

»Absolut! Warte, ich kaufe uns noch eine Portion!«

Das soll jedoch der einzige vertraute Augenblick des
Nachmittags bleiben. Nach der missglückten Besichtigung
des Forts ist Paul gereizt und nölig. Wie kann eine solche
Nichtigkeit ihn nur so runterziehen? In Indien klappt halt
nicht alles, ist doch nichts Neues! Aber er meckert nur
noch und das Essen zum Abend schmeckt ihm auch nicht.
Dabei sind die Parotta lecker! Ich würde gerne das Essen
genießen, aber mit einem solchen Miesepeter, hua, nein
Miesepaul, an meiner Seite ist das kaum möglich.

Auch zurück im Hotel ist Paul weiter genervt. Mich
regt sein Verhalten auf. Es verleitet mich zu Sticheleien
wegen Bea. Wahrscheinlich vermisst er sie schon und ist
deshalb so schlecht drauf. Kaum ein Nachmittag, den er sie
mal nicht gesehen hat. Ich reibe ihm unter die Nase, dass
Bea sicher etwas von ihm wolle, warum würde sie sich
sonst vor seinen Augen entblößen? Ich will ihn herausfor-
dern, um herauszufinden, wie er zu Bea wirklich steht.
Denn eigentlich glaube ich nicht mehr, dass Bea was von
Paul will, auch wenn sie ständig sagt, dass sie auch gerne
so einen Freund hätte. Aber es wirkt eher so auf mich, als
wäre sie gnadenlos einfältig. Und daher unschuldig. Mir
passt ihre Anwesenheit dennoch nicht. Aber nicht mehr so
sehr wegen ihr, sondern wegen Paul. Ich habe Angst um
seine Gefühle.

Er leugnet jedoch alles und weist meine Anschuldi-
gungen weit von sich. Wohl um seine Aussagen zu

untermauern, versucht er es sogar mit einem Annäherungsversuch an mich. Völlig unpassend! Solange die Sache mit Bea zwischen uns nicht geklärt ist, wird gar nichts laufen!

Ich ziehe mich unbeeindruckt weiter aus, um unter die Dusche zu hüpfen. Heute ist mir Pauls Blick dabei mehr als unangenehm. Irre ich mich, oder taxiert er mich prüfend? Vergleicht er gerade meinen Körper mit Beas? Schnell verziehe ich mich ins Bad. Als ich unter dem tröpfelnden Strahl der Dusche stehe und mich gerade eingeseift habe, bemerke ich die schnellen Bewegungen. Winzig kleine Tierchen, kaum zu erkennen, wuseln im Bad umher. Ich stimme der Chemiekeule nur zu gerne zu. Uns bleibt jetzt nichts anderes übrig, als zu Bea zu gehen und die Wartezeit dort zu überbrücken.

So wie Bea sich freut, als wir auftauchen, tut sie mir leid. Ganz alleine unterwegs, niemand mit dem sie ihre Erlebnisse teilen kann. Was macht sie, wenn in ihrem Zimmer Kakerlaken auftauchen? Oder eine Spinne, oder ein Gecko?

Bea ist geknickt, weil es so kompliziert mit den Andamanen ist. Bis jetzt ist sie kaum weiter gekommen. Ich hoffe sehr, sie schafft es noch, denn es war in den letzten Tagen nicht zu überhören, wie sehr sie sich darauf freut. Ich gebe meinen Widerstand auf, umarme sie zum ersten Mal von mir aus und rede ihr gut zu. Ein wenig dient das auch meiner eigenen Beruhigung. Ich möchte mir nicht vorstellen noch weitere Tage mit ihr zu verbringen. Dass ich eine tolle Freundin sei, überhöre ich lieber.

Paul

Heute heißt es Abschied nehmen: vom Meer, von Chennai, von Bea. Unser Zug wird uns über Nacht in die Berge bringen. Ich freue mich auf die Natur und die klare Luft, die mir in den indischen Städten so fehlt. Ich freue mich aufs Wandern und die Möglichkeit, klare Gedanken fassen zu können.

Wir klopfen bei Bea an die Tür. Sie hat sich bereit erklärt, unsere Rucksäcke in ihrem Zimmer aufzunehmen, da sie noch mindestens eine Nacht hier verbringen muss. Die Tür ist nicht abgeschlossen. Vorsichtig steckt Maja ihre Nase ins Zimmer, auf der Hut vor dem, was uns gestern hier erwartet hatte. Als sie Bea angezogen auf dem Bett sitzen sieht, geht sie erleichtert hinein und ich hinterher.

»Guten Morgen, Bea. Danke, dass wir unsere Sachen bei dir lassen können«, ergreift Maja als Erste das Wort.

»Ja, keine Ursache. Wartet einen Moment. Ich möchte noch kurz meinen letzten Tag in mein Buch aufschreiben, dann können wir uns begrüßen.«

Bea blickt kurz auf und schreibt weiter eifrig in ihr kleines Notizbuch. Ich setze meinen Rucksack ab und stelle ihn neben Majas vor den Schrank. Dann nehme ich auf einem weißen Plastikstuhl platz und schaue Bea zu, wie sie konzentriert ihre Zeilen aufschreibt. Maja setzt sich mit etwas Abstand zu ihr auf das Bett und blättert in Beas Reiseführer. Bea blickt sie mit Unbehagen an, als hätte sie kleine Geheimnisse dort gelagert. Schnell klappt sie ihr Notizbuch zu und schnappt sich Maja, um sie zu herzen. Leider befinde ich mich außerhalb ihrer Reichweite, so bedenkt sie mich lediglich mit einem netten Blick und einem bezaubernden Lächeln. Schade, ich werde ihre

Umarmungen vermissen.

»Ich würde gerne mit Euch in die Berge fahren.« Bea schaut Maja mit einem tiefen Hundeblick an. »Ich bin mir nicht sicher, ob sich der Stress wegen der Andamanen lohnt. Da gehen bestimmt zwei Wochen drauf. Die könnten wir drei viel spaßiger nutzen.«

Maja schreckt auf und wehrt ab: »Ja, aber den Zug muss man leider Wochen im Voraus buchen, sonst bekommt man keine Tickets mehr.«

Ich blicke zu Maja, die von mir einen bestätigenden Kommentar einfordert. Je länger ich zögere, desto intensiver wird ihr Blick.

»Ja, wir haben gerade noch so Karten bekommen«, stimme ich ihr schließlich zu.

Zufrieden entspannen sich Majas Augen, die sich wieder Bea zuwenden: »Aber wir machen uns heute noch einen schönen Tag am Meer, komm Bea.«

»Trotzdem schade«, seufzt Bea und möchte mit ihrem Kopf in Majas Arme gleiten. Doch Maja steht auf und so fällt Bea ins Nichts auf die Decke.

»Ich wünsche mir, dass du dich nicht entmutigen lässt. Du schaffst das schon mit den Andamanen. Das wird dein Traumurlaub. Ich glaube das ganz fest«, spricht Maja ihr Mut zu.

Ich grinse vor mich hin und wundere mich darüber, dass Bea Majas Manöver nicht durchschaut. Um ihr nicht in den Rücken zu fallen, halte ich meinen Mund und reiche Bea meine Hand, um ihr sacht aus dem Bett zu helfen.

»Ich kann es ja morgen noch einmal versuchen.« Bea ist bemüht, Zuversicht zu zeigen. Maja ist zufrieden mit ihr.

Maja

Heute ist der ersehnte Tag. Der Abschied von Bea, nur noch wenige Stunden entfernt. Dann kann sich Paul endlich wieder voll und ganz mir widmen! Diese Aussicht versetzt mich in freudige Stimmung. Und doch, mir hallen ihre Worte noch nach: *tolle Freundin.* Oh je, das habe ich nicht verdient. Wenigstens unseren letzten gemeinsamen Tag werde ich noch versuchen, richtig nett zu ihr zu sein. Gemeinsam gehen wir an den Strand, Marina Beach. Die Sonne ist heiß und der Sand zieht sich eine Ewigkeit hin, bis wir endlich das Meer erreichen. Lange halten wir es am Wasser allerdings nicht aus, wir zerfließen in der prallen Sonne. Wir müssen zurück in den Schatten. Bea wirft heute ihre Prinzipien über Bord und kauft sich mit uns ein Eis von einem mobilen Händler.

»Aber ein Fruchteis!«, wie sie bei der Auswahl betont.

»Oh ja, ein Fruchteis ist sicher gesünder«, bemerke ich scherzhaft.

Bea ist kurz verwirrt. »Ach Maja, bin ich so schlimm mit meinem gesunden Essen?«

»Ein wenig«, entgegne ich. »Aber es ist gut, wenn man auch mal eine Ausnahme macht.«

»Ja Maja, du hast recht! Toll, dass du so ehrlich bist. Das gefällt mir.«

Bea hakt sich mit ihrem freien Arm bei mir unter und wir schlendern in Richtung Straße. Ich bin in gelöster Stimmung. Heute gefällt mir Beas lockere Art und wir haben viel zu lachen. Besonders bei einem Fotostudio unter freiem Himmel. Dort stehen lebensgroße Pappfiguren, mit denen man sich gemeinsam ablichten lassen kann.

»Das ist ja super!«, ruft Bea aus. »Kommt, Paul, Maja,

wir lassen uns fotografiiiieren!«

Sie stürmt vorneweg und schaut sich die Aufsteller an. Ich kenne kaum jemanden von den Figuren. Nur ein paar Gesichter kommen mir bekannt vor. Es sind wohl größtenteils Schauspieler, aber ein Tiger ist auch dabei.

Bea hält vor einem Pappmann. »Guckt mal, der ist total ulkig. Der hat einen witzigen Schnurrbart.« Der Fotograf, der vor den Figuren an einem Tisch sitzt, erhebt sich. Bea gibt ihm zu verstehen, das sie mit dem ulkigen Mann ein Foto wünscht.

»It's an actor. Surya«, erklärt er ihr.

»Surya. Nice name. Okay, I want a photo with Surya«, bestätigt Bea und grinst in die Kamera.

Anschließend lassen Paul und ich uns mit dem Tiger fotografieren. Beide Fotos werden zweimal ausgedruckt. Je eins für uns, eins für Bea.

»Wie schön, jetzt haben wir voll die tolle Erinnerung an unsere gemeinsame Zeit!« Bea strahlt begeistert.

Paul

Nach dem Ausflug an den Strand gehen wir zum Abschied noch mal in das Saravana Bhavan essen. Wie immer ist das Restaurant gut gefüllt, sowohl mit indischen als auch europäischen Gästen. Wir setzen uns an einen Tisch am Rand. Als wir auf unser Essen warten, beobachten wir ein paar europäische Gäste und machen uns über sie lustig. Nach drei Wochen Indien komme ich mir wie ein Experte vor und bedaure die anderen Wesen. In kaum einem Gesicht kann ich Glück erkennen. Ich schaue zu Bea. Ihre Augen erfassen kurz meinen Blick und wenden sich blitzartig von mir ab. Ich verharre seelenruhig, ich möchte den Moment noch ein wenig genießen. Ihre Pupillen wandern wieder kurz zu mir. Unsere Blicke treffen sich. Es kribbelt. Kurz, aber intensiv. Hastig dreht sie ihren Kopf zu Maja und spricht mit ihr. Ich höre nicht zu und schließe meine Augen. Ich träume vor mich hin. Erst als der Kellner mir meine Platte mit dem Seven Taste Uthappam vor die Nase stellt, öffne ich sie wieder.

Beim Essen reden wir kaum miteinander. Eine bedrückende Stimmung herrscht zwischen uns. Von der freudigen Unbeschwertheit Beas ist heute keine Spur mehr auszumachen.

Nach dem Essen nehmen wir unsere Rucksäcke aus ihrem Zimmer. Die Rezeption begutachtet uns skeptisch, da wir heute Morgen doch schon ausgecheckt haben. Nur mürrisch lässt uns der Mann unsere Lageridee durchgehen. Fast hätten wir noch eine Nacht zahlen müssen.

Die S-Bahn bringt uns eine Station bis in die Nähe vom Hauptbahnhof. Vor den Eingangstüren des Gebäudes stehen schwerbewaffnete Soldaten und Detektoren, die „was-weiß-ich-auch-immer" aufspüren sollen. Während viele Reisende ihre Sachen zusätzlich auf ein Fließband legen müssen, um sie durchleuchten zu lassen, kommen wir einfach durch. An Privilegien kann ich mich gewöhnen.

Bea bringt uns noch auf den Bahnsteig, wo unser Zug bereitsteht. In den unreservierten Wagen sind schon fast alle Plätze belegt, obwohl der Zug erst in einer halben Stunde losfahren wird. Wir entscheiden uns, noch gemeinsam mit Bea zu warten und setzen uns auf eine Bank.

»Ich werde euch wirklich sehr vermissen«, sagt Bea traurig.

»Es war schön, dich getroffen zu haben«, versuche ich

sie aufzuheitern, in der Furcht, jedes nette Wort, dass ich an Bea richte, später von Maja um die Ohren gehauen zu bekommen. »Wir hatten viel Spaß mit dir.«

»Besonders dich werde ich vermissen, Majalein. So eine tolle Freundin wie dich hatte ich noch nie.«

Maja wirkt ganz verlegen. Bea legt ihre Hand auf Majas.

Ich hingegen werde ganz traurig, denn Bea hat mich nicht in ihren Worten bedacht und vermeidet sowohl Blick- als auch Körperkontakt. So schwermütig hatte ich mir unseren Abschied nicht vorgestellt.

Als es an der Zeit ist, den Zug zu betreten und unsere Plätze zu suchen, erhalte ich doch noch meine ersehnte Umarmung. Bea schmiegt ihren Kopf an meine Brust und streichelt mir zart über den Rücken. Einen Kuss bekomme ich nicht. Die Umarmung, die Maja erhält, ist länger und intensiver. Zum Schluss kramt Bea aus ihrer Tasche eine Box hervor.

»Ich habe euch noch ein paar Süßigkeiten zusammenstellen lassen. Paul probiert doch gerne Neues.«

Ich strahle innerlich. Sie hat an mich gedacht.

»Das wäre doch nicht nötig gewesen«, antwortet Maja, als sie für mich die kleine Kiste annimmt.

»Doch, doch! Dann könnt ihr noch ein wenig an mich und die süßen Momente denken.«

Artig sage ich »Danke« und verschwinde im Zug.

»Ich hoffe, wir werden uns irgendwann mal wiedersehen«, ruft Bea uns noch nach.

Maja

Bea begleitet uns zum Bahnsteig. Zum Abschied überreicht sie uns eine Schachtel mit indischen Süßigkeiten. Ihre Geste rührt mich. »Ich werde dich in Erinnerung behalten«, sage ich ihr, als wir in den Zug steigen und von der Tür aus ein letztes Mal winken.

Ich bin heilfroh, dass wir Bea jetzt hinter uns lassen! Erleichtert wende ich mich Paul zu. Er sieht traurig aus. Sehe ich eine Träne in seinen Augen glitzern? Ich weiß es nicht, schnell schaut Paul weg und geht voran, um unsere Plätze zu suchen. Wir finden sie in der Mitte des Wagens. Nicht zu übersehen, denn es sind die beiden einzigen, die noch nicht belegt sind. Als wir darauf zusteuern, huscht eine braune Kakerlake über das Polster.

»Nein«, schreie ich auf. »Das kann nicht wahr sein! Bitte Paul, mach, dass das nicht wahr ist!« Aber es ist wahr. Unser Zug ist kakerlakenverseucht.

Vor lauter Enttäuschung und Entsetzen kommen jetzt mir die Tränen. Ich verharre auf der äußersten Kante meines Sitzes, beobachte die Kakerlaken, die über den Boden und unsere Bänke flitzen, und versuche ruhig zu bleiben. Paul ist über die Kakerlaken ebenfalls nicht erfreut, aber er sieht es pragmatisch und ist mir keine Hilfe:

»Komm Maja, daran können wir nichts ändern. Da müssen wir durch.«

»Na super«, zische ich ihn an. »Und wie soll ich hier bitte schlafen? Wenn mir ständig Kakerlaken übers Gesicht krabbeln?«

Darauf weiß Paul nichts zu erwidern und tätschelt nur kurz mein Knie. Die indische Großfamilie neben uns schaut verständnislos hinüber und lästert offensichtlich über uns. Wahrscheinlich kann sie nicht verstehen, warum die Europäerin ihrem Mann eine tränenreiche Szene macht, in aller Öffentlichkeit.

Die beiden indischen Frauen legen dabei seelenruhig ihre kleinen Kinder schlafen, auf die Pritschen, die dutzenden Kakerlaken als Rennstrecke und Sprungschanze dienen. Ich glaube, sie sehen die Tiere gar nicht. Vielleicht kann man das mit Fliegen bei uns vergleichen, die sehe ich in Deutschland auch nicht als störend an. Aber Kakerlaken? Wenn ich mir vorstelle, meine Kinder in einem Zug schlafen zu legen, in dem Kakerlaken über ihre kleinen Körper laufen … Nein, da wird mir ganz anders!

Als alle vier Kinder ruhig liegen, möchte einer der Männer das Licht in dem schmalen Gang zwischen uns löschen. Ich protestiere und versuche ihm klar zu machen, dass ich durchdrehen würde, wenn es ganz dunkel sei. Aber er versteht kaum Englisch und sagt nachdrücklich: »Sleep, sleep!« Dann drückt er den Schalter. Ein Albtraum! Paul meint nur: »Lass uns auch hinlegen. Wird schon nicht so schlimm sein, jetzt siehst du die Tierchen ja nicht mehr.«

Versteht denn keiner, dass es umso schlimmer ist, wenn man nicht genau weiß, wo die Viecher lang krabbeln? Paul inspiziert mein oberes Bett, kann aber nichts entdecken. Na eben, es ist ja auch dunkel! Ich habe keine andere Wahl und klettere hinauf. Mit mulmigem Gefühl lege ich mich hin. Mein korallenfarbenes Tuch ziehe ich mir so vor das Gesicht, dass ich zumindest nicht befürchten muss, dass mir Kakerlaken über den Mund krabbeln werden. An meiner Hand habe ich allerdings eine gespürt.

Kapitel 4
Romantik, mehr nicht

Bewährungsfrist

Maja

Überraschenderweise bin ich eingeschlafen. Ich träumte von einer Riesenkakerlake, die in meinen Mund krabbelt. Sie war jedoch so groß, dass sie auf halbem Wege stecken blieb.

Am Morgen erwache ich mit Bauchschmerzen, die von meiner Periode künden. Stimmt, ich bin heute dran, das hatte ich im Trubel der letzten Tage ganz vergessen. Auch das noch, ausgerechnet im unpassendsten Moment. Ich nehme meinen Mut zusammen und klettere im Dunkeln auf den Zugflur. Paul schläft. Ich versuche leise an ihm vorbei zur Toilette zu schleichen, um ihn nicht aufzuwecken. Auf dem Weg schaue ich starr gerade aus, um ja keine Kakerlake zu sehen. In der Toilette selbst begegne ich zum Glück nur zwei kleinen. Mit denen komme ich zurecht. Gut versorgt will ich mich wieder auf meine Pritsche begeben, doch bevor ich hochklettern kann, läuft plötzlich der Schaffner durch den Wagen, schaltet alle Lichter an und weckt die Reisenden. Wir sind schon in Mettupalayam, eine halbe Stunde vor der planmäßigen Ankunft. Ich bin erfreut, den Zug unverhofft früh verlassen zu können.

Wir frühstücken auf dem Bahnhof. Aber mir ist gar nicht wohl. Zu den Bauchschmerzen gesellt sich leichte Übelkeit und ich schaffe es kaum einen Idli hinunter zu würgen. Aber wir werden sechs Stunden in der Schmalspurbahn hoch nach Ooty unterwegs sein. Da muss ich wenigstens etwas im Magen haben. Eine Stunde später besteigen wir den Zug. Die Waggons sind äußerst schmal. Man sitzt unangenehm nah beieinander. Und meine Befürchtung bewahrheitet sich: Es gibt keine Toilette. Verdammt.

Da ich den Ausblick heute kaum genießen kann, lasse ich Paul ans Fenster. Der Zug ruckelt langsam vor sich hin. Die alte Lok braucht ständig Pausen und so halten wir fast jede halbe Stunde für mehrere Minuten. Meist an atemberaubenden Stellen der Strecke, die sich durch die Schönheit der Landschaft gut als Fotomotive eignen. Alle Passagiere stürmen dann aus ihren Waggons und knipsen wild drauf los. Ich schleppe mich nur zum ersten Halt mit Paul ins Freie. Nach jeder Pause ruckelt der Zug beim Anfahren extrem. Das ist nichts für meinen Bauch! Nur mäßig gewinnt die Lok danach an Fahrt. Ein paar Mal habe ich Angst, dass sie ausgerechnet heute ihren Geist aufgeben wird. Aber zuverlässig überwindet sie ächzend einen Höhenmeter nach dem anderen.

Durch die vielen Pausen nimmt der Zug beständig an Verspätung zu. Gut, dass wir noch die Süßigkeiten von Bea haben. Mein Appetit ist inzwischen zurückgekehrt und wir lassen sie uns schmecken. Sie sind zuckrig süß, schmecken stark nach Ghee und Kichererbsen. »Interessant lecker«, findet Paul. Als die Schachtel leer ist, sage ich ihm, dass er sie bei der nächsten Station draußen entsorgen könne, aber Paul verstaut sie schnell in seiner Umhängetasche. »Hey«, protestiert er, »vielleicht können wir sie ja noch gebrauchen!«

»Ja klar. So eine olle Plastikbox«, antworte ich ihm. Ich ernte einen vorwurfsvollen Blick.

Paul

Wer schon einmal eine Nacht in einem Zug mit tausend Kakerlaken verbracht hat, der kann verstehen, dass mein Schlaf nicht gut war. Ich habe kein Auge zugemacht. Ein paar Mal habe ich es versucht. Dabei habe ich ganz fest an Bea gedacht, aber es hat nicht geholfen. Kaum waren die Augen geschlossen, hat es an meinen Beinen gekribbelt. Was war das? Eine Kakerlake? Meine Horrorvorstellung ist, dass mir eine in den Mund krabbelt, oder noch schlimmer, in die Nase. Dort macht sie es sich bequem und legt ihre Eier ab. Noch bevor ich es merke, ist sie fort und irgendwann, in naher Zukunft, denke ich, was kribbelt mir denn da in der Nase? Und dann kommen Hunderte Minikakerlaken heraus und machen es sich in meiner Wohnung gemütlich. Ich bin auf der Hut.

Die Bahn, die sich dampfend und schnaubend die Berge hoch quält, ist nicht sehr bequem. Ich habe mir die erste Klasse luxuriöser vorgestellt. Der Wagen fällt fast auseinander, die Sitze sind hart und eng. Aber dafür ist das Abteil exklusiv, denn hier sitzen außer einem älteren indischen Ehepaar, das gegenüber von uns Platz genommen hat, ausschließlich Europäer. Neben Maja hat sich eine blonde Frau in unserem Alter hingesetzt, gegenüber ihr Lebensgefährte. Wir hören schnell heraus, dass es ebenfalls Deutsche sind. Doch sie geben sich arrogant und würdigen uns keines Blickes. Aus ihrer Unterhaltung erfahre ich, dass sie auf einem Asientrip sind: Vietnam, Thailand, Indien – in vier Wochen. Das ist pro Land knapp neun Tage. Für Indien viel zu wenig. Sie fotografieren eifrig alles was sie aus ihrer Position erhaschen können.

Das deutsche Pärchen hat nicht unsere Klasse. Sicher

verdient er gut und gönnt sich und seiner „Liebsten" eine tolle Reise. Wir sind Luft für die, dabei müssen sie mitbekommen haben, dass wir Landsleute sind. Ein wenig ärgere ich mich darüber, aber im Grunde ist mir das egal, denn ich interessiere mich ja auch nicht für sie.

Spannender sind die Affen, die an der Station Hillgrove aus den Bäumen gesprungen kommen und über unser Zugdach klettern. Sie stellen sich aufgeregt am Bahnsteig auf. Bestimmt haben sie uns erwartet. Die jungen Affen sichern sich die besten Plätze, aber bald kommen die Alten. Sie zischen und fletschen ihre Zähne. Meine Fresse, sehen die übel aus. Ihre Zähne sind kaputt und an ihren Körpern wuchern Ekzeme. Schnell wird mir klar weshalb. So sehen also Affen aus, die zu viel Zucker bekommen: Die Touristen werfen den Affen Süßigkeiten, Kekse und Bananen zu und ergötzen sich an dem Schauspiel.

»Siehst du Maja, Affen gibt man keine Kekse!«

»Das wollte ich auch gar nicht. Die Affen in Varanasi haben mich angegriffen und mir die Packung geklaut!«

»Ich sah dich die Kekse eher werfen …«

»Egal. Ich muss auf's Klo.«

»Dann gehe doch, der Zug hält bestimmt eine Weile.«

»Aber seit der Affenattacke habe ich eine Affenphobie.«

Ich gebe mich barmherzig und geleite Maja todesmutig durch die Affenhorde. Ehrlich gesagt ist mir auch ziemlich mulmig dabei, denn wer weiß, welche Krankheiten die Viecher in sich tragen. Aber kaum betrete ich den Boden, weichen sie zurück und lassen mich und Maja ohne Probleme durch.

Die Fahrt ist lang, länger als angenommen. Aber irgendwann hat es die altersschwache Lokomotive geschafft und fährt in den Bahnhof von Ooty ein. Oben in den Bergen ist es empfindlich kühl. Besonders, wenn man am Tag vorher noch am Strand des Indischen Ozeans gebraten wurde. Ich schaue mich um. Der Weg zum Hotel ist weit, dennoch beschließen wir, ihn zu laufen. Wir kommen aber nur bis zu einem Taxistand, den Rest des Weges fahren wir, da Maja doch zu schlapp ist.

Das Hotel ist einladend. Im Garten warten Kaninchen und Gänse auf uns. Hier wird sich Maja mit Sicherheit wohlfühlen, denn anders als bei Beas Großmutter, dürften diese Tiere den Koch überleben.

Am Nachmittag erkunden wir den Ort, aber ganz so toll, wie ich ihn mir vorgestellt habe, ist er nicht: viel Verkehr, schlechte Luft und dreckige Flüsse.

Maja

Die Gänse leisten uns Gesellschaft. Draußen vor der Hoteltür werden sie vom Hausmeister gefüttert. Das verliebte Gänsepaar umrundet sich aufgeregt, schnäbelt miteinander und stürzt sich gemeinsam auf den Trog. Durch die offene Tür und die großen Glasfenster vom Restaurant können wir ihnen zuschauen, während wir uns selbst unser Frühstück schmecken lassen. Wir haben uns für Zwiebel- und Tomatenuthappam entschieden, dazu Ananassaft und süßen Milchkaffee.

Voller Hingabe planschen die Gänse in einer Matschpfütze, ehe sie in einem Teich eine Runde schwimmen gehen. Herrlich, genauso habe ich mir den Urlaub mit Paul vorgestellt. Hier ist die Welt in Ordnung. Nur das klärende Gespräch hängt noch wie eine schwarze Wolke über uns.

Solange das zwischen uns steht, ist es schwierig, sich unbeschwert zu begegnen. Wir müssen die Aussprache unbedingt heute nachholen.

Einen größeren Ausflug können wir nicht machen. Meine Bauchschmerzen sind noch nicht ganz weggegangen. Also fahren wir nicht raus in die Teeplantagen. Die Taxipreise sind horrende. Wenn einer den Ausflug nicht hundertprozentig genießen kann, lohnt sich die Fahrt nicht. So spazieren wir noch mal kurz durch den Ort, der seit gestern allerdings nicht hübscher geworden ist, und landen schließlich im Botanischen Garten. Wunderbar grün und ruhig ist er das genaue Gegenteil der Stadt. Wir bestaunen die großen Bäume und vielfältigen Pflanzen. Doch indische Flora suchen wir vergebens, dafür stehen wir irgendwann vor einer Eiche.

Wir setzen uns auf eine Bank und ich ergreife Pauls Hand. In Ooty sind so viele junge Pärchen auf Liebesurlaub, da fallen wir gar nicht auf. Auch ältere Ehepaare genießen hier ein freies Wochenende. Gegenüber auf einer Anhöhe ist ein kleines Aussichtsrondell. Auf diesem stehen einige dicke indische Damen und winken ihren ergrauten Männern zu, die unten mit dem Fotoapparat stehen und den heiteren Moment einfangen. Der passende Moment für eine Aussprache.

Ich frage Paul, wie er die letzten Tage mit Bea gesehen hat. Er beharrt darauf, dass er nicht in Bea verliebt ist und auch nicht auf sie stehe. Komisch, dass er sofort damit beginnt, sich zu verteidigen. Ich finde das verdächtig.

»Das sah aber anders aus, Paul.«

»Maja, zum allerletzten Mal: Ich hege für Bea nur freundschaftliche Gefühle …«

»Aha, du sagt also selber, dass du Gefühle für Bea hast,

interessant!«

»Och nee, Maja, du kannst einem auch die Worte im Mund herumdrehen. Also noch mal: Bea ist nur eine Freundin, mehr nicht. Warum zweifelst du an mir? Wir sind uns doch gar nicht näher gekommen.«

Paul schaut mir in die Augen. Beim Wort *nähergekommen* muss ich schlucken. Peter war mir mehr als nahe. Ich sollte Paul sein nicht ganz einwandfreies Verhalten jetzt einfach nachsehen!

»Ich weiß auch nicht. Ihr habt Euch so gut verstanden, das hat mich irritiert. Aber okay, wenn du mir sagst, du hattest keine Absichten bei Bea …«

»Nein, ich liebe nur dich, Maja. Das weißt du doch!«

»Gut. Wir haben also Bea jetzt wirklich hinter uns gelassen, ja? Ich möchte nicht, dass sie in deinen Gedanken weiter mit uns reist. Klar, Paul?« Ich schaue ihn prüfend an.

»Ja. Sie sitzt schließlich nicht neben uns auf der Bank. Oder siehst du sie?«

»Nein. Aber wenn, dann würde sie auch eher in der Mitte zwischen uns sitzen.« Ich muss jetzt lachen und Paul stimmt ein.

»Ja, manchmal ist sie ein bisschen übers Ziel hinausgeschossen«, pflichtet er mir bei. »Jetzt sitzen aber wieder nur wir beide nebeneinander und aus den restlichen Tagen in Indien machen wir uns einen romantischen Liebesurlaub!«

»Ja, so machen wir das. Und Paul …, ich weiß, ich habe mich manchmal auch nicht gut verhalten. Ich möchte mich entschuldigen …, für alles.«

»Angenommen! Und, wollen wir heute Abend …?«

»Nein, geht nicht!« Schon ist Paul wieder unsensibel.

Aber wir sind wieder im Reinen. Mir fällt ein Stein vom Herzen.

»Komm, du Lüstling! Lass uns lieber etwas essen gehen«, necke ich ihn. Auf dem Weg in die Stadt spiele ich noch meine Trumpfkarte aus.

»Hast du eigentlich mitbekommen, dass Bea keinen Kaffee mag?«

»Was? Nein, habe ich nicht.«

»Doch, beim Essen im Saravana Bhavan hat sie mir gesagt, dass sie es komisch findet, dass du so viel Kaffee trinkst. Sie meinte, der wäre nicht gesund, wegen des Koffeins und der Röstung.«

»Oh. Tatsächlich? Das hat sie gesagt?«

»Ja! Und weißt du was? Ich mag jetzt Kaffee!«

»Hui, dann passt du ja gut zu mir, meine Kaffeetante!«

Paul

So ein Mist! Wir kommen aus Ooty einfach nicht raus. Statt in die Natur, ging es nur in den Botanischen Garten. Hier versuchte Maja mich zu stellen und forderte ein klärendes Gespräch. Ich beharrte auf meinem Standpunkt und versicherte ihr nochmals, dass ich nicht auf Bea stehe: »Nein, ich stehe nicht auf Bea!« Wir vertrugen uns und beschlossen, dass unsere weitere Reise ein romantischer Liebesurlaub wird.

Aber ich hoffe, es wird nicht zu schmalzig. Ein wenig bin ich ja auch an der Situation schuld. Dass ich ein paar Gefühle für Bea habe, scheint Maja zu ahnen. Aber was soll ich machen? Meine Gefühle kann ich nicht steuern. Ich liebe Bea nicht. Ich mag sie. Sie ist nicht mein Typ. Aber ich fühle mich zu ihr hingezogen. Das ist etwas, was ich mit mir alleine ausmachen muss. Die Beziehung zu Maja berührt das nicht. Und jetzt ist Bea fort und damit alles klar. Meine gesamte Energie gehört jetzt Maja.

»Wieso denn nicht heute Abend …?«, frage ich ganz unschuldig, als wir in Ooty-City sind.

»Geht halt nicht!«, antwortet sie kurz und lässt mich stehen.

Von oben kommt ein Platzregen mit riesigen Tropfen. Einer trifft mich genau auf die Nase. Maja hat ein Café gefunden und stellt sich schnell unter.

»Willst du mich hier im Regen stehen lassen?«, klage ich wehleidig.

»Wenn du dich benimmst, kannst du zu mir kommen. Deine Bewährungsfrist beginnt …, jetzt!«

Ich hüpfe zu ihr unter das Dach und stehe wie ein begossener Pudel neben ihr. Wir schauen hinaus. Die dunklen Wolken hängen tief in den Bergen und möchten sich nicht verziehen. Wir setzen uns an einen der freien Tische und ordern einen Kaffee. Dass der Boden klebt und eine Horde Fliegen unter dem Tisch eine Party feiert, muss ich jetzt mal übersehen.

Mit dem Regen kühlt es sich ab. Ich friere. Auch Maja ist es kalt. Wir beschließen, sobald der Schauer nachlässt, uns auf den Weg zurück zum Hotel zu machen. In der Zwischenzeit sehe ich den Tropfen hinterher und frage mich, wie der Monsun hier so sein wird. Die Tropfen werden kleiner.

»Sollen wir jetzt?«, frage ich.

»Wie jetzt, hier? Auf dem klebrigen Boden?«

»Nein, ins Hotel meine ich!«

»Na gut, aber nur kuscheln.«

246

Maja macht ihre Späße, aber mir ist gerade nicht nach Lachen zumute. Im Hotel sehen wir auf dem Flur ein altes Carrom Brett. Ich betrachte es interessiert. Sofort eilt ein aufmerksamer Hotelangestellter herbei und erklärt uns das Spiel. Ich freue mich, wenn ich es schaffe, einen Stein ins Loch zu befördern. Wirklich professionell sieht es nicht aus. Wir schnippen ein wenig die Steine über die Platte, bis wir uns mit schmerzendem Mittelfinger auf unser Zimmer zurückziehen. Ich lasse mich auf das Bett fallen. Maja schaut aus dem Fenster:

»Es sieht nicht aus, als würde sich der Regen noch verziehen. Die Wolken hängen tief.«

»Wollen wir dann hier etwas essen? Ich rufe mal den Zimmerservice an und bestelle was«, biete ich ihr an.

Im Fernsehen läuft wieder Cricket, Bangladesh gegen England. Aber das interessiert mich gerade nicht. Ich suche die Nähe zu Maja und kuschel mich an sie. Dabei streichle ich ihr über Bauch und Brüste. Weiter komme ich nicht an sie heran. Sie habe „ihre Tage", aber das stört sie sonst doch auch nicht.

Maja

Heute ist das gemeinsame Frühstück mit Paul und den Gänsen noch schöner. Die Atmosphäre ist entspannt und locker. Ich fühle mich wieder wie frisch verliebt. Der gestrige Abend war prickelnd. Lange haben wir gekuschelt und ich habe Pauls Berührungen genossen. Ich glaube, er war etwas enttäuscht, dass er nicht zum Zuge kam, aber mir war halt nicht gut. Außerdem finde ich es nur richtig, wenn wir uns langsam wieder annähern. Immerhin ist viel zwischen uns vorgefallen, und so tun, als wäre nichts gewesen, kann ich nicht.

Nach dem Essen setzen wir uns auf eine Bank in den Garten und schauen dem turtelnden Gänsepaar zu, wie es sich neckt. Nach und nach stellt der Hausmeister weitere Tiere auf den Rasen. Zwei Vogelkäfige und einen Verschlag, in dem Kaninchen hoppeln. Wie schade, dass wir bereits wieder aufbrechen müssen. Ich streichle noch ausgiebig die schneeweißen Kaninchen, aber Paul fängt an zu drängeln. Wir haben noch eine lange Busfahrt vor uns.

Ich bin eindeutig ein Kind des Flachlandes. Die Fahrt hinunter nach Coimbatore bekommt mir gar nicht gut. Der Busfahrer rast die engen Serpentinen hinunter, als gelte es einen neuen Rekord aufzustellen. Mir wird so elendig schlecht, dass ich mich übergeben muss. Einer Nonne, die einige Reihen vor uns sitzt, geht es ähnlich. Nur hat sie wohl keine Tüte dabei und übergibt sich aus dem Fenster. Keine gute Idee. Alle, die wie wir auf der rechten Seite im Bus sitzen, fangen an zu schreien. Hastig werden die Fensterläden hinunter gelassen, denn die Fenster sind komplett offen, Scheiben gibt es nicht. Ich weiß nicht, ob jemand von der Nonnenkotze getroffen wurde, da ich zu dieser Zeit gerade mit meiner eigenen zu kämpfen habe. In meiner Notlage greife ich das Erste, was mir in die Finger kommt: Beas Süßigkeitenbox. Da hatte Paul doch eine gute Idee sie aufzubewahren, sie ist wirklich noch zu gebrauchen.

Paul ist allerdings total sauer auf mich. Dabei kann ich doch gar nichts dafür.

»Hätte ich dir lieber über die Hose spucken sollen?«

»Nein, natürlich nicht! Aber du hättest deinen Mageninhalt ja auch aus dem Fenster entsorgen können.«

»Du hast doch bei der Nonne gesehen, dass das nicht gut geht.«

»Aber die schöne Schachtel von Bea musste es ja wirklich nicht sein!«

»Sorry, ich wusste ja nicht, dass du dir daraus noch einen Heiligenschrein für sie basteln wolltest.«

»Maja, du bist unmöglich.« Erst schaut Paul mich vorwurfsvoll an, dann dreht er seinen Kopf beleidigt weg. Und ich verstehe gar nicht, was ich falsch gemacht haben soll.

Paul

Die Fahrt hinunter war rasant. Es wäre lustig gewesen, hätte Maja nicht in die Box gekotzt, die mir Bea in Chennai geschenkt hat. Das musste wirklich nicht sein. Mein Mitleid mit ihr hält sich in Grenzen. Beas Geschenk musste ich entsorgen. Wie unsensibel kann man bloß sein.

Als wir das Tal erreicht haben, geht es Maja viel besser. Wir kommen in Coimbatore an einem der vielen Busbahnhöfe an. Von dort geht es weiter zum Bahnhof. Der Schaffner sagt uns nach zehn Minuten Fahrtzeit Bescheid, dass wir an der nächsten Station aussteigen sollen. Wenn das mal kein Service ist. Die Bushaltestelle befindet sich vor einem Kino. Riesige Plakate prangen von der Wand und künden vom aktuellen Film. Mir sagt er nichts, ist wohl eine einheimische Produktion. Ich gähne und strecke mich. Die Fahrt war anstrengend.

Die Hotels sind fast alle in einer kleinen Straße, die ähnlich wie in Chennai direkt vom Bahnhof abgeht. Wir versuchen unser Glück.

»No, sorry Sir, rooms are not available«, heißt es im Ersten. »Sorry, we are full«, im Zweiten und »No room«, im Dritten.

Keine Chance. Alles voll, wie in Hyderabad. Wir heben unser Limit und probieren es in einem Hotel, das deutlich über unserer Preisklasse liegt. Aber auch hier blitzen wir ab. Im nächsten Hotel erfahren wir, weshalb es heute so schwierig sei, ein Zimmer zu bekommen. Zwei große Hochzeiten finden am Wochenende in der Gegend statt. Mist!

Aber wir sind nicht die Einzigen. Viele Touristen laufen panisch durch die Gegend. Ich blicke sie an: alles unsere Feinde! Kampfeslustig drehe ich meine Kappe mit dem Schirm nach hinten und rücke meine Sonnenbrille gerade. Maja lacht.

»Lass es uns an der Ecke versuchen, irgendwo muss es doch noch ein Hotel geben.« Ich schreite voran wie ein Kämpfer im Betondschungel. Und tatsächlich, nach zwei-stündigem Irren durch die Straßen Coimbatores, machen wir doch noch ein Hotel aus, das uns ein Zimmer anbietet. Es wirkt sauber, aber ist zugleich ziemlich seltsam. Unser Raum liegt auf einer Galerie, von der man einen perfekten Ausblick auf die ebenerdige Parkgarage hat. Das Fenster ist verspiegelt und lässt keinen Blick nach draußen zu. Wir schließen die Tür hinter uns ab und Maja zieht sich aus, um sich frisch zu machen. Sie räkelt sich vor dem Spiegel-fenster und begutachtet ihren Körper.

»Ich habe schon gut Farbe bekommen. Hier meine Arme.« Sie legt ihre braunen Arme auf ihren Oberkörper. Dann verschwindet sie unter der Dusche.

Ich schaue mir das Fenster genauer an.

»Hey Maja. Das Fenster ist witzig!«

»Wieso?«, ruft sie mir aus der Dusche zu.

»Komm mal, ich will dir was zeigen.«

»Ja, gleich«, Maja scheint wenig an meinen Neuigkeiten interessiert.

»Aber ziehe Dir was über.« Ich kichere still und heimlich vor mich hin. Als sie sich endlich bequemt zu mir zu kommen, zeige ich ihr das geheimnisvolle Fenster.

»Schau mal. Die haben das Spiegelfenster falsch herum eingebaut. Von draußen kann man wunderbar hineingucken!«

Maja

Nach der anstrengenden Hotelsuche gehen wir nur noch nach draußen um etwas zu essen. Wir landen im Restaurant Annapurna – „Der Stolz von Coimbatore". Wenn das mal nicht gut klingt! Ich esse einen Masala Dosa, aber lecker ist er nicht. Labberig der Teig, und die Kartoffel-Zwiebel-Füllung ist nur scharf. Ansonsten schmeckt sie nach nichts.

Schon auf der Treppe beim Verlassen der Lokalität wird mir schlecht. Ich muss anhalten. Paul meint, ich solle mich direkt hier vorm Restaurant übergeben, damit die Belegschaft auch mitbekomme, dass ihr Essen mies sei. Aber dazu bin ich zu gut erzogen.

Auf unserem Zimmer spucke ich also zum zweiten Mal an diesem Tag, aber zu spät. Mein Magen ist schon in Mitleidenschaft gezogen und die Übelkeit geht nicht mehr weg. Ohne mich umzuziehen, krieche ich ins Bett. Mir ist so schlecht wie noch nie zuvor.

Paul

Das Hupen auf der Straße weckt mich auf. Die ersten Sonnenstrahlen hinterlassen helle Flecken an der Zimmerwand. Es ist Morgen.

»Wie geht es dir, meine Süße?« Ich schaue Maja in die Augen, doch sie blickt nur leidend zurück. »Ich bleibe erst einmal bei dir und gehe nicht hinunter zum Frühstücken«, biete ich ihr an.

Ich kann Maja in diesem Zustand nicht alleine lassen. Es wirkt ernster als in Mamallapuram. Sie leidet richtig und ich weiß nicht, wie ich ihr helfen kann. Wäre doch bloß Bea hier.

Der Morgen verläuft schleppend. Maja liegt im Bett und ich wache neben ihr. Zum Glück müssen wir dank unserer langen Suche gestern, heute nicht ganz so früh aus dem Hotel raus. Unser Zug fährt um halb neun, das heißt, wir müssen uns nach dem Check-out nur noch drei Stunden die Zeit vertreiben. Ich zappe mich gelangweilt durchs Fernsehprogramm.

Von Coimbatore haben wir nicht viel gesehen. Kurz nach Mittag gehe ich doch mal hinaus und steure ein Internetcafé an. Ich schreibe ein paar Leuten und kehre mit Keksen, Wasser und Toilettenpapier zurück. Maja liegt noch genauso elend da, wie ich sie verlassen habe.

Als wir dann auschecken müssen, vertreiben wir uns die Zeit in einem Restaurant, wo ich die erste anständige Mahlzeit des Tages einnehme. Maja bekommt aber nichts hinunter. Sie sieht kreidebleich aus. Die letzte Stunde warten wir auf dem Bahnhof, wo sich die ersten Leute schon zur Nachtruhe breitgemacht haben.

Maja

Langsam geht es mir besser. Gestern war ich zu nichts in der Lage. Ich konnte nur reglos auf dem Bett verharren. Bei der kleinsten Bewegung zog eine Übelkeit durch meinen Körper, wie ich sie bislang nicht kannte. Indisches Essen werde ich nicht mehr anrühren! Wenn ich es nur rieche, wird mir schon wieder schlecht.

Ich weiß nicht, wie ich es geschafft habe, aber mit winzigen Schritten bin ich zum Bahnhof geschlurft. Im Nachtzug habe ich mich sofort hingelegt und durchgeschlafen.

Jetzt stehen wir in Nagercoil, wo uns der Zug pünktlich um 6:55 Uhr herausgelassen hat. Mir ist nicht mehr schlecht, dafür fühle ich mich unendlich schlapp. Die Sonne ist vor einer halben Stunde aufgegangen und ich genieße ihre ersten zarten Strahlen. Bald schon werden sie wieder auf der Haut brennen.

Wir müssen mit dem Bus weiter, um nach Kanyakumari zu gelangen. In wenigen Stunden werden wir an der südlichsten Spitze Indiens sein. Die Busstation finden wir mit der Hilfe von drei jungen Mädchen. Erst tuscheln sie, blicken „unauffällig" zu uns hinüber und kichern. Die Mutigste von ihnen kommt schließlich auf uns zu und fragt mich:

»What's your country?«

»Germany.«

»Nice. Your husband?« Die Mädels blicken zu Paul und kichern wieder.

»Äh, yes.« Paul guckt irritiert, aber ich habe das Gefühl, meine Lüge ist hier die richtige Antwort. Die drei haben sicher nicht die Möglichkeit unverheiratet mit einem Mann zu verreisen. Sie scheinen auch äußerst zufrieden mit meiner Antwort.

»Beautiful couple. Love marriage?«

»Äh, yes.«

Sie kichern wieder. »Where do you go?«

»Kanyakumari.«

Sie geleiten uns aus dem Bahnhof eine Straße hinunter. Sie erzählen mir, dass sie gerade auf dem Weg zum Medical College sind. Dann fragen sie mich weiter aus. Wollen meinen Namen wissen und ob mir mein Mann erlaubt zur Universität zu gehen. Ich erzähle, dass ich in Deutschland Literaturwissenschaft studiere. Sie sind erfreut. Paul trottet neben uns her, gelangweilt. Wahrscheinlich, weil er keine Aufmerksamkeit erhält.

Als wir die Bushaltestelle erreichen, verabschieden sich die Mädchen kichernd und winken uns noch mal zu. »Bye, bye«, rufen auch wir ihnen hinterher. Dann rennen sie schnell den Weg zurück. Ich hoffe, sie kommen wegen uns nicht zu spät zum Unterricht.

Im Bus lege ich mich wieder schlafen. Die Begegnung mit den tamilischen Mädchen war äußerst nett, hat mich aber unglaublich angestrengt. Immerhin habe ich jetzt seit einem Tag gar nichts mehr gegessen. Bei einer Zwischenstation kaufen wir uns Bananen zum Frühstück. Anschließend schlafe ich weiter und wache erst in Kanyakumari wieder auf.

Die Hotelsuche gestaltet sich dort schwieriger als erwartet. Kanyakumari ist ein heiliger Ort und von Pilgern gut besucht. Viele der Hotels sind bereits kurz vor Mittag komplett ausgebucht oder zu teuer für uns. In einer der wenigen Unterkünfte, welche von außen modern aussieht und uns moderate Preise offeriert, werden wir zur Zimmerbesichtigung in ein noch im Bau befindliches Geschoss geleitet. Der ganze Flur ist aufgerissen, überall liegt Sand und Kabel schauen aus den Wänden. In dieser Etage, inmitten des Bauchaos, liegt ein Zimmer, das komplett renoviert und eingerichtet ist. Eine schimmernde Oase in der Wüste. Die Hotelangestellten können überhaupt nicht verstehen, warum wir das Zimmer nicht wollen.

»Why not comfortable? Look, Flatscreen!« Stolz wird uns der Fernseher präsentiert. Lachend winken wir ab und verlassen das Hotel. Die Angestellten schauen uns irritiert hinterher. Im gesamten Zentrum des Ortes klappern wir die Hotels ab, aber ohne Erfolg. Es ist zudem wahnsinnig heiß. Trotz Sonnenbrille auf der Nase, werden wir alle paar Meter von Verkäufern angesprochen, die uns was? Ja, Sonnenbrillen verkaufen wollen! Komischer Ort.

Langsam bekommen wir Panik. Klatschnass vom Schweiß und hungrig schleppen wir uns eine Straße einen Berg hinauf, wo wir von unten hohe Gebäude entdeckt haben, die nach Hotels aussehen. Und wir haben Glück. Das eine ist noch halb im Bau, das Nachbargebäude aber gerade fertiggestellt. Ein modernes sauberes Hochhaus mit offener Veranda, von der die Zimmer abgehen. Dort haben wir sogar Blick auf die beiden vorgelagerten Inseln mit dem Tempel und der großen Statue. Da sehe ich auch über die kitschige Fototapete im Zimmer großzügig hinweg. Nach Dusche und Ruhepause vorm Fernseher gehen wir essen. Ich nehme ein CTC-Sandwich: Gurken, Tomaten und Käse auf einem Toast, von dem die Kruste entfernt wurde. Genau das Richtige für mich!

Paul

Wir sind an der Südspitze Indiens! Vor uns thront auf einer kleinen vorgelagerten Insel eine riesige Statue. Dahinter: das weite Meer. Offen bis zur Antarktis. Ehrfurcht überkommt mich, wie wir da an dem zerklüfteten Ufer am Ende der Welt stehen. Ich stemme meine Arme in die Seite und hole tief Luft. Der Wind zerwuselt meine Haare. Maja geht es zum Glück besser. Hinter mir befindet sich ein wichtiger, aber unspektakulärer Tempel, an dem Massen anstehen. Davor sitzen Wahrsager mit Papageienkäfigen, die ihrer Kundschaft Weissagungen machen und Astrologen, die dein Schicksal kennen. Ich habe kein Interesse daran.

In grellem Rosa scheint auf der Sonnenuntergangsseite das Gandhi-Ehrenmal. Die Besichtigung kostet eigentlich nichts, aber ein Wärter erkennt die Gunst der Stunde und quatscht sich als unser Führer auf. Wir waren nicht erpicht darauf, aber er erzählt uns dieses und jenes. Ich bemühe mich, nicht den Wahrheitsgehalt zu hinterfragen. Er berichtet von dem schrecklichen Tsunami 2004, bei dem er viele Verwandte verloren hat und seitdem er auf einem Auge blind ist. Er zeigt, wie hoch das Wasser im Gebäude gestanden hat. Ich bin sehr betroffen.

Der Wärter führt uns in einen abgesperrten Bereich in der Mitte des Raumes, während die anderen Gäste außen herumlaufen müssen. Dieses Privileg ist natürlich nicht umsonst. Am Ende seiner Tour hält er uns ein Buch vor die Nase, in dem ein paar Hundert-Rupienscheine stecken. Ich drücke ihm 100 Rupien in die Hand. Er hatte sich wohl mehr erhofft und hält das Buch auch Maja unter die Nase. Aber wir weisen sein Verlangen zurück. Ich habe das Geld, meine Frau doch nicht! Er muss lachen.

Ich lache mit und auch Majas Mund formt sich zu einem Lächeln. Wir klettern noch auf das Dach des Gebäudes und schauen auf das Meer hinaus. Eine steife Brise bläst uns entgegen, es ist schwer, sich für ein Foto hübsch zu machen.

Rechtzeitig zum Sonnenuntergang finden wir uns wieder an der Meeresspitze ein. Es haben sich dort bereits viele andere Leute versammelt. Sie drängen zur Ufermauer und schauen auf das Meer hinaus. Es herrscht Jahrmarktatmosphäre. Es gibt ein Karussell und Pferdereiten. Ein paar Mal müssen wir für ein Foto posieren, aber dann wird die Sonne zum Hauptakteur. Wie ein riesiger roter Feuerball versinkt sie im Meer. Die Leute applaudieren und johlen. Sie hat es geschafft. Sie ist untergegangen. Faszinierend.

Am nächsten Morgen sind wir früh auf den Beinen. Wir reihen uns in die Schlange vor dem Kassenhäuschen ein und warten, bis wir dran sind. Zwei Tickets! Endlich, wir haben es geschafft. Gleich geht es auf das offene Meer, hinüber zu der Statue und dem kleinen Tempel, der sich auf der Nachbarinsel befindet. Maja ist nicht ganz wohl bei dem Gedanken sich mit einer indischen Barkasse auf den Ozean zu wagen. Ich necke sie.

»Wer ist denn hier die Segelmeisterin?«

Stolz antwortet sie: »Ich natürlich«, und grinst über beide Ohren.

»Die Fahrt ist nur kurz, das werden wir doch wohl schaffen?«

»Ja, wir schon, aber die Fähre?«, Maja ist wieder zum Spaßen zumute. Die gespannte Stimmung der letzten Wochen scheint gelöst. Maja und ich verstehen uns heute prächtig.

Als wir den Weg hinunter um die Ecke biegen, stockt Maja kurz: »Hui. Die ist aber lang!«

Sie meint damit aber nicht die Barkasse, sondern die nächste Schlange, die mehrfach gewunden in ein Gebäude führt. Von einem Boot ist weit und breit nichts zu sehen. Der Blick durch den Eingang des Gebäudes sorgt bei mir für Ernüchterung. Die Schlange nimmt kein Ende. Aber wenigstens ist man nicht der Sonne ausgesetzt. Hat man es aus der Halle herausgeschafft, so dauert es nicht mehr lange. Eine Barkasse legt an, die Leute steigen aus und werfen orangefarbene Schwimmwesten auf einen Haufen.

»Siehste! Alles sicher.«

»Ja, ja. Hauptsache, die Weste sitzt.« Maja schaut mich an. »Auf jeden Fall besser als deine Frisur.«

»Lass meine Haare aus dem Spiel, die haben es bei dem Wind nicht leicht.« Ich versuche sie platt zu drücken. Es weht ein starker Wind. Das Meer ist unruhig, das Schiff schaukelt extrem. Wasserspritzer treffen meinen Arm, den ich elegant aus dem Fenster baumeln lasse. Die Fahrt ist kurz. Kaum losgefahren legen wir schon wieder an. Wie so oft müssen wir am Fähranleger unsere Schuhe abgeben. Die Steine sind heiß, so machen wir uns schnell hoch in den Tempel. Von der Plattform davor hat man einen schönen Blick. Wir setzen noch hinüber zu der Statue auf der Nachbarinsel. Hier haben wir einen fast ebenso schönen Blick, diesmal nur ohne die Statue zu sehen. Ist ja auch schwer, wenn man in ihr ist.

Maja

Der Ausflug übers Meer war aufregend, aber auch anstrengend. Mein T-Shirt stinkt nach Schweiß. Meinem Eigenen, gemischt mit dem unzähliger Kanyakumari-Pilger vor mir, welche die gleiche Rettungsweste umgelegt hatten. Diese siffigen und klammen Dinger sind sicher nicht hygienisch. Aber beim Anblick des angerosteten Kahns habe ich sie dennoch ohne zu zögern übergezogen.

Der Tag mit Paul war heiter und vertraut. Wie in der Vor-Bea-Zeit. Wir schlendern einträchtig zum Sunsetpoint. Auch heute haben sich die Papageien-Wahrsager an der Promenade aufgereiht, direkt anschließend an die Muschelverkäufer. Ihre grünen Vögel verharren in einem winzigen Käfig. Nur wenn ein Kunde sich niederlässt, wird der Papagei ins Freie geholt und verkündet die Zukunft des Menschen.

Ein Wahrsager ruft mir zu, ob ich nicht wissen wolle, wie viele Kinder ich bekomme.

Ich stupse Paul an. »Na, wollen wir?«

Er stöhnt auf. »Danke, nein. Mir reicht es schon, seit gestern verheiratet zu sein. Keine Lust, dass heute noch fünf Kinder dazukommen.« Charmant wie eh und je!

Im Hotel kaufen wir noch jeder ein Eis aus der Truhe bei der Rezeption. Die Tüten sind hier allerdings nur an einer Seite zugeklebt. Wer macht denn so was? Ich packe an der falschen Seite zu, als Paul mir mein Eis nach der Bezahlung überreicht. Es landet vor dem Tresen auf dem Boden. Soll wohl nicht sein. Vielleicht bekommt es meinem Magen auch noch nicht. Ich gönne Paul seines und beobachte ihn beim Schlecken, ehe wir für den Abend auf unser Zimmer verschwinden.

Wir waren doppelt so lange wie der normale Kanyakumari-Tourist an der Südspitze. Die typische Verweildauer beträgt nur einen Tag: Ankommen, den südlichsten Tempel auf indischem Festland besichtigen, rüber auf die zwei Inseln, abends Sonnenuntergang und am nächsten Tag wieder weg. Heute geht es auch für uns weiter, rüber nach Kerala. Wir steigen in den Bus nach Thiruvananthapuram, der Hauptstadt. Mit Glück ergattern wir die letzten zwei Plätze nebeneinander und ich sitze am Fenster. Nach uns wird der Bus proppenvoll, der Gang ist komplett mit stehenden Passagieren belegt. Das Fenster habe ich ganz aufgeschoben, damit auch Paul etwas vom kühlen Fahrtwind abbekommt. Ich lehne mich nach hinten und döse, als plötzlich – flatsch. Meine Hose ist mit roten Flecken übersät.

»Ihhh, Paul, was ist das?«, schreie ich panisch. Dann trifft mich die zweite Ladung. Jetzt habe ich genau gesehen, was es war. Ich schiebe schnell das Fenster zu, ehe ich erneut getroffen werde. In der Reihe vor uns sitzen zwei ältere Frauen, die ungeniert Paan kauen und es, ohne den Fahrtwind zu beachten, einfach aus dem Fenster spucken.

»Sagt mal, geht's noch!«, rege ich mich auf Deutsch auf. Die Frauen drehen sich um und starren mich mit roten Mündern an. Ihre Unterkiefer hängen schlaff nach unten und geben den Blick auf wenige Zahnstummel frei.

»Erst ruiniert ihr meine schöne Hose und jetzt guckt ihr blöd, oder was?« Ich ereifere mich weiter und versuche die Flecken mit einem Taschentuch zu entfernen, reibe sie aber nur weiter hinein. Inzwischen ist den Damen die Tragweite ihrer Tat anscheinend bewusst geworden. Schnell drehen sie sich wieder um, schließen ihr Fenster und schauen betreten zu Boden.

»Maja, rege dich nicht auf. Die armen Frauen wissen es nicht besser, die kommen sicher irgendwo vom Dorf.«

»Aber Paul, schau meine schöne beige Leinenhose. Meinst du, das geht wieder raus?«

Paul versucht mich erneut zu beruhigen. »Bestimmt! Wir geben sie gleich, wenn wir in Kovalam sind, zum Waschen ab. Du weißt doch, wie gründlich die Inder mit dem Waschen sind. Dabei geht doch auch immer die Farbe raus. Dann werden sie sicher auch ein paar rote Flecken entfernen können.«

Aber es hilft nichts. Ich fühle mich elend und unwohl angespuckt worden zu sein. Und jetzt mit den Flecken rumlaufen zu müssen. Paul streichelt mir den Rücken. Der Tag ist für mich gelaufen. In Thiruvananthapuram steigen wir um in den Bus nach Kovalam. Angekommen im Hotel reiße ich mir die Klamotten vom Leib und springe schnellstens unter die Dusche.

Paul

Ich stelle meinen Rucksack ab und lege mich unter den Ventilator. Ich finde, heute ist es heißer als zuvor. Maja ist wieder im Bad verschwunden. Es wäre schön, wenn sie sich mal um mich kümmern würde. Ich habe schließlich lange nicht mehr an Bea gedacht.

Ich möchte noch raus. Ich setze mich durch und wir gehen, nachdem wir den Leuchtturm besucht haben, zum Strand und noch ein Bier im „Beatles" trinken.

Wollen wir nicht?

Maja

Nach dem reichhaltigen Frühstück im deutschen Café fühle ich mich erstmals seit Coimbatore wieder richtig gestärkt. In den letzten Tagen konnte ich kaum etwas essen. Sobald mir der Geruch von indischen Speisen in die Nase stieg, war mein Appetit schlagartig weg.

Ich schaffte es immer nur, ein paar Bissen zu mir zu nehmen. Hauptsächlich Toast, den ich entweder mit der roten Marmelade oder winzigen Käsefetzen bekam. Heute: knuspriges Weißbrot mit Cheddar. Köstlich! Und dazu eine Kanne frisch gebrühten Filterkaffee. Paul ist begeistert und ich bin mit der Welt wieder im Reinen. Zufrieden genieße ich den Ausblick über den Palmenstrand, der sich unter uns ausbreitet. Zum Abschluss gönnen wir uns einen Kokos-Eisshake.

Nach dem Frühstück gehen wir ins Internet. Kathi hat mir eine kurze Mail geschickt. Nur drei Sätze: »Hey Maja, wie geht's? Wo seid ihr beiden? Viel Spaß noch, Kathi.«

Ich wundere mich, sonst haben wir uns immer so viel zu erzählen. Komisch, ob dieser Roberto etwas damit zu tun hat? Ich schreibe ihr ebenfalls kurz zurück und frage sie, wer Roberto sei. Jetzt ärgere ich mich, dass ich Facebook so kategorisch ablehne. Sonst wüsste ich sicher mehr.

Anschließend steuern wir einen abgelegenen Strand an. Dafür müssen wir zwar weiter laufen, aber wir werden nicht jede Minute von Händlern angequatscht und die aufdringlichen männlichen Jugendlichen tummeln sich lieber am Hauptstrand. Dort können sie ungeniert die mehr als halb nackten Europäerinnen beobachten, die scheinbar nach Blicken gieren. Wenn ich ein junger Inder wäre, ich würde mir diese Chance auch nicht nehmen lassen. So viele Frauenkörper, ganz umsonst.

Wir hingegen breiten unsere Tücher fast alleine unter einer Palme aus. Ich habe am Morgen meinen Badeanzug direkt drunter gezogen. Nun schlüpfe ich aus meinen Klamotten und wir hüpfen kurz ins Wasser. Dann cremen wir uns erneut ein und legen uns zum Sonnen in den Schatten. Ich genieße die Ruhe und schlummere ein. Als ich erwache und mich aufsetze, guckt mich Paul vorwurfsvoll an. Er beklagt sich über mangelnde Intimitäten.

Niedlich, wie er dabei halb beleidigt, halb leidend schaut. In den vergangenen Tagen ging es mir einfach gar nicht gut. Paul hat doch mitbekommen, dass ich ganz schön gebeutelt wurde. Ein wenig habe ich ihn auch extra hingehalten. Für Bea soll er nicht ungestraft davon kommen. Dabei sieht Paul gerade richtig heiß aus in seinen kurzen Badeshorts. Braun ist er inzwischen auch geworden. Aber nein! Ich halte mich zurück. Ein wenig länger soll er noch zappeln. Ich gebe ihm einen flüchtigen Kuss und verspreche ihm, dass er sich nicht mehr allzu lange gedulden muss.

Paul

Endlich geht es Maja wieder besser. Als die Nacht hereinbricht, möchte ich mich nicht länger gedulden. Ich kuschel mich an sie heran, aber sie schiebt meine Hand weg. Dabei hatte ich gar nichts Böses im Sinn. Ich bin frustriert.

»Ich dachte, es sollte ein schöner Liebesurlaub werden«, beginne ich das Gespräch, nachdem ich eine Stunde lang im Bett gegrübelt habe, wie ich das Thema am besten noch mal anspreche.

»Ist es doch. Oder liebst Du mich nicht?«

»Ja schon, aber zum Liebesurlaub gehört doch mehr.«

»Urlaub haben wir doch auch«, Maja grinst ob meiner Unbeholfenheit. »Oder geht es dir nur Darum?«

Ich stammle herum. Hat sie tatsächlich Oberwasser und ich bin der kleine Bittsteller?

»Maja lass das! Ständig hältst du mich hin oder weist mich zurück. Was soll ich da denn denken?«

»Also habe ich recht. Es geht dir nur Darum!«

»Na und. Das gehört doch dazu«, sage ich beleidigt und schmolle vor mich hin.

»Warte. Lass mir noch ein wenig Zeit«, versucht sie mein Gemüt zu beruhigen.

Maja

Heute machen wir wieder einen auf Kultur. Paul scheint aber gar nicht so begeistert bei der Sache zu sein. Dabei sind wir extra nach Thiruvananthapuram gefahren, um uns den Tempel und das angrenzende Palastmuseum anzuschauen. Ich dachte, er würde sich mehr darüber freuen. Aber egal, nach dem Erholungstag machen mir die Besichtigungen viel Freude. Ich erzähle Paul alles, was mir zuvor der Reiseführer mitgeteilt hat. Er lässt sich anstecken und läuft bald mit dem gewohnten Interesse voraus.

Paul

Es gibt nicht viel zu berichten. Nach vier Wochen Indien ist vieles Normal geworden. Ich begebe mich in den Trott der Menschen, gehe Essen, schaue mir etwas an und am Abend schließe ich die Augen. Gestern habe ich mit Maja den ganzen Tag am Strand verbracht. Es war nett, aber wo bleibt dabei das Neue, das Aufregende? Ich verstehe mich mit Maja wieder gut, aber der Zauber hat gelitten.

Der Urlaub mit meiner damaligen Freundin Simone auf La Gomera war das Ende unserer Beziehung. Sie war meist schlecht gelaunt, wollte dies und das nicht und hat mir immer Riesenszenen gemacht, wenn ich ohne sie in den Bergen wandern wollte oder in die Bar gegangen bin. Sie wollte ja nie mit, sprach immer von der trauten Zweisamkeit. Ich habe mich gelangweilt. Sie langweilte sich ebenso und so langweilten wir uns gegenseitig an. Wir schliefen abends ein und wachten morgens auf, ohne dass wir noch nett miteinander gewesen sind. Es hat nicht mehr geklappt. Wir haben versucht, unsere Beziehung wieder ins Lot zu bekommen, aber es ging nicht mehr. Irgendwann war der letzte Rest vom Zauber verflogen.

Macht ein Urlaub eine Beziehung kaputt? Man gerät unweigerlich in Extremsituationen und ist dann voneinander abhängig. Ich konnte Simone nicht einfach stehen lassen und wandern gehen. Ich war ihren schlechten Launen ausgesetzt, ohne einen Rückzugsort für mich zu haben. Gestern habe ich ihr Grüße aus Indien gesendet. Mal sehen, ob sie mir darauf antwortet. Nachdem ich mit ihr Schluss gemacht hatte, tobte sie wie eine Furie. Sie hat sogar meinen Pokal, den ich als bester Spieler bei einem Jugendwettbewerb gewonnen hatte, auf den Boden geworfen, so dass die Figur auf dem Pokaldeckel abgebrochen ist. Ich habe sie nie wieder gesehen. Beide nicht.

Ich werde melancholisch und denke über meine Fehler nach. Meine Fehler von damals und von heute. Ich hätte Bea niemals diese Aufmerksamkeit schenken dürfen. Ihr Wesen hat mir den Kopf verdreht. Sie verströmte das, was mir an Maja zu dem Zeitpunkt gefehlt hat. Ich hatte keine Lust mehr auf die ganzen Klagen.

Mit Simone hatte ich Schluss gemacht. Mit ihrer Vorgängerin Patricia auch, weil sie, als ich nach Berlin gezogen bin, mir ständig Szenen gemacht hat. Ihre Eifersucht war einfach riesengroß. Ach Patricia. Sollte ich dir eine Ansichtskarte schicken? Es war in Essen eine schöne Zeit mit dir, aber mit meinem Umzug war unser Kapitel einfach gegessen. Von einem ehemaligen Klassenkameraden habe ich gehört, dass sie vor einem Jahr einen Thomas geheiratet haben soll und mit ihm jetzt ein Kind habe. Wenn das der Thomas ist, den ich vom Abi noch kenne, dann hat sie wirklich einen schlechten Fang gemacht. Der hatte mit achtzehn schon eine Glatze und war total unsportlich. Ob sie über mich hinweg ist? Ich sollte ihr schreiben!

Im Gegensatz zu Simone und Patricia ist Maja eine tolle Frau, die ich, wenn sie mir auch gerade sehr auf die Nerven geht, auf keinen Fall verlieren möchte. »Mensch Bea! Was hast Du gemacht?«

Als hätte mich Maja bei dem Gedanken erwischt, schaut sie zu mir auf.

»Hast Du was gesagt?«, fragt mich Maja direkt.

»Nein«, antworte ich kurz und drehe mich weg. War das jetzt auffällig? Maja darf nicht merken, dass ich gerade an andere Frauen gedacht habe.

»Oh Maja, wie schön mit dir hier zu sein. Ich freue mich.«

»Danke«, antwortet sie und strahlt über beide Ohren.

Wir besichtigen das Areal und gehen anschließend noch zum Bahnhof um uns Tickets für die Fahrt nach Kochi und dann weiter nach Goa zu besorgen.

Am Abend kehren wir nach Kovalam zurück und setzen uns gemütlich an den Strand und bewundern den Sonnenuntergang. Der Moment ist fast so magisch wie in Kanyakumari, aber eigentlich besser. Ich nehme Maja in den Arm und flüstere ihr romantische Worte ins Ohr. Die Dunkelheit bricht an und es ist an der Zeit, zurück ins Hotel zu gehen. Jetzt gibt es nur noch Maja. Wir werfen uns ins Bett und können nicht voneinander lassen. Sie gleitet mit ihrem Körper über meinen und lässt mich alles was vorher war vergessen.

Maja

Gestern Abend bin ich früher als von mir gedacht schwach geworden. Der Sonnenuntergang, die zärtlichen Worte und Berührungen von Paul … Nein, ich konnte nicht länger widerstehen. Die Erinnerung an unsere Nacht lässt mich grinsen und macht mir Lust auf mehr. Ich bin immer noch nackt und so rolle ich mich auf Paul. Unser schönes Hotel müssen wir ausnutzen, wer weiß, wie sauber das nächste sein wird.

Heute geht es weiter nach Kochi. Zuerst mit dem Zug nach Ernakulam. Dort laufen wir zu Fuß zum Fähranleger. Vor dem Ticketschalter steht eine lange Schlange. Daneben eine kurze, wie es scheint die Frauenschlange. Paul schiebt mich zum Anstellen dort hin. Eigentlich ist es gar keine Schlange, eher ein Knäuel, und als ich versuche meinen Platz zu behaupten, spüre ich Ellenbogen in meinen Rippen. Indische Frauen können ganz schön durchsetzungsstark sein. Aber ich bin größer. Ich drücke zurück und lasse mich nicht abdrängen. Stolz halte ich Paul unsere Tickets unter die Nase.

Wir sind anders. Wir sind besser!

Paul

Vor uns liegt auf einer Insel in der Lagune die alte Stadt von Kochi. Sie ist nett, nur wenig Verkehr stört die Ruhe. Ein herrlicher Ort. Wir suchen unsere Unterkunft, wo wir ein Zimmer direkt neben der Rezeption beziehen. Leider haben wir keine Auswahlmöglichkeit.

Alle anderen Zimmer sind belegt oder sehr teuer. Der Raum ist riesig, in der Mitte steht eine Art Himmelbett mit Moskitonetzen und alles ist schön eingerichtet. Aber wie intim ist der Platz wirklich? Was sollen die Rezeptionisten von uns denken?

Nachdem wir uns ein wenig ausgeruht haben, bekomme ich Hunger. Auf der Suche nach einem vegetarischen Restaurant laufen wir an den Chinesischen Fischernetzen vorbei. Sie reichen weit in das Wasser hinein. Wir bleiben kurz stehen und beobachten die Fischer, wie sie ihren Fang aus dem Wasser holen. Zu dritt arbeiten sie an der Koordination, balancieren auf den Stangen und ziehen die Fische in die Höhe. Am Strand wird das Gefangene sogleich verarbeitet. Ich zücke den Fotoapparat und mache ein paar Fotos als Maja mich am Arm zerrt und mich fortzieht. Der Geruch stört sie. Überall riecht es nach gegrilltem Fisch, die Rauchschwaden ziehen an den Restaurant-Zelten am Ufer entlang. Kochi ist eine tropische Perle aus dem Katalog. Nur bislang ohne etwas Vegetarisches zu essen.

Nach langer Suche finden wir für Maja endlich ein

Restaurant. Das Essen ist teuer und nicht sonderlich gut. Minuspunkte für Kochi. Zurück im Hotel bekommen wir vom Besitzer eine Backwatertour aufgeschwatzt, ganz exklusiv, mit nur acht Gästen. Da es heißt, dass dies eine Sache ist, die man unbedingt gemacht haben muss und wir das sowieso vorhatten, melden wir uns erwartungsfroh an. Morgen soll es schon ganz früh los gehen.

Der Hotel-Besitzer schlägt ein großes Buch auf und trägt unsere Namen für den morgigen Tag ein. Wie es scheint, hat er hiermit seine acht Plätze voll bekommen. Er lächelt zufrieden. Als Bonbon teilt er uns mit, dass heute Abend in der Nähe ein Tempelfest stattfindet. Ich werde neugierig und frage nach. Er beschreibt uns den Weg, aber als wir ankommen, merken wir, dass wir nicht die einzigen Touristen dort sind. Viele stehen mit ihren Fotoapparaten am Rand und blitzen ziellos in die Menge. Hinten stehen große Elefanten und ich hoffe, dass das Blitzlichtgewitter ihnen nichts ausmacht. An der Straße haben sich Buden aufgestellt, die für das leibliche Wohl der Besucher sorgen. Mit dem Anbruch der Dunkelheit geht das Spektakel los.

Maja

Schon von Weitem dringt die laute Musik zu uns und weist den Weg. Die fünf gewaltigen Elefantenbullen, die mit Schirmen geschmückt und bunt verziert neben den Musikern stehen, lassen sich von den eindringlichen Klängen nicht aus der Ruhe bringen. Gelassen warten sie ab, bis sie von ihren Führern in Bewegung gesetzt werden und den Tempel umrunden. Wir gehen an die Seite und setzen uns auf eine Mauer, um das Schauspiel mit etwas Abstand zu überblicken. Die Elefanten flößen mir Respekt ein. Als sie an uns vorbeiziehen, fährt einer sein fünftes Bein aus und setzt damit den halben Tempelplatz unter Wasser. Ich habe noch nie zuvor einen Elefanten so nahe gesehen, geschweige denn einen Elefantenpenis. Auch Paul betrachtet ihn ehrfürchtig. Die Pfütze breitet sich schnell zu einem See aus. Ich bin froh, dass wir erhöht sitzen.

Wir beobachten entspannt die Szenerie, als es neben uns kracht. Ein Feuerwerk startet mit lauten Böllern, die mir einen heiden Schreck einjagen. Ich springe von der Mauer mitten in den See und dränge mich, zusammen mit Paul und einigen Inderinnen, zum Schutz in eine Ecke. Die Knaller sind einfach an einem langen Seil quer über das Gelände gespannt. Das eine Ende an unserer Mauer festgemacht.

Nach dem Feuerwerk folgt eine Bühnenshow. Die Akteure haben die Verstärker bis zum Anschlag aufgedreht und mir plärren fast die Ohren weg. So machen wir uns zeitig auf den Heimweg, um morgen für die Bootstour ausgeschlafen zu sein.

Paul

Unser Wecker klingelt mich früh aus dem Bett. Benommen springe ich auf und versuche Maja zu wecken, bevor ich unter die Dusche springe. Das warme Wasser mag nicht kommen, die Tropfen rieseln kalt auf mich herab. Erfrischt wundere ich mich über Maja, die bereitsteht, ihrerseits unter der Dusche zu verschwinden. Das wird wohl ein außergewöhnlicher Tag.

Im Foyer haben sich außer uns noch sechs andere Personen eingefunden. Ein spartanisches Frühstück: Jeder bekommt zwei Toastscheiben und einen Marmeladennapf vor die Nase gestellt. Aber wir haben sowieso nicht viel Zeit zur Verfügung um das Frühstück zu genießen. Der Kleinbus vor der Tür drängelt und der vom Hotel angestellte Führer beäugt kritisch das Tempo unseres Essens. Die Stimmung ist nicht gerade berauschend. Wir werden regelrecht in den Bus getrieben. Auf geht es in die unergründlichen Weiten der keralesischen Backwater. Wenn ich nicht noch Hunger hätte, könnte es richtig schön sein.

»Hier nimm. Ich kann dich doch nicht leiden sehen.« Maja stößt mich an und reicht mir eine Packung mit Keksen.

»Du kannst Gedanken lesen. Du bist die Beste!«, sage ich und greife zu. Kann sie wirklich Gedanken lesen? Das wäre nicht ideal. Ich sollte mal darüber nachdenken, was ich den Tag über denke.

Nach gut einer Stunde Fahrt erreichen wir einen Pier. Um ihn herum hat sich ein Touristendorf ausgebreitet. Ein kleines Boot liegt bereit, um uns einzuladen. Ein spannender Trip steht uns bevor, meint zumindest der Führer, der uns bis hierher begleitet hat. Nun übergibt er uns in die Hände eines alten Bootsmannes: hager, dunkle Haut, nur mit einem Unterhemd und einem Tuch um die Hüfte bekleidet. Er ruckelt an der Leine des Motors, einmal, zweimal, dreimal. Dann eine Pause. Er wischt sich den Schweiß von der Stirn. Obwohl es erst acht Uhr am Morgen ist, drückt die Hitze. Da unser Boot kein Dach hat, befürchte ich Schlimmes. Erst in fünf Stunden werden wir wieder am Anleger sein. Ich habe meine Kappe und Maja einen Hut. Doch Josephine und Matthieu, die sich direkt vor uns in die erste Reihe gedrängt haben, sitzen ohne Kopfbedeckung da. Er in ärmellosem Shirt, sie mit einem Bügeltop, beide an den Füßen diese hässlichen Trekkingsandalen. Sie ahnen wohl nicht, dass die Fahrt für ihre Haut ein Höllentrip werden wird.

Unser Führer kommt noch mal zurück zum Boot und fragt uns, ob wir alle genug zu trinken hätten und verkauft jedem Pärchen noch eine Zwei-Liter-Flasche Wasser für 25 Rupien. Mit den Scheinen in der Hand verlässt er uns in Richtung eines Teestandes. In der Zwischenzeit hat es unser Bootsmann geschafft den Motor zum Laufen zu bringen.

Hinter uns sitzen zwei amerikanische Paare, die zwar ganz witzig scheinen, sich aber nur um sich selbst kümmern und nicht auf Kontakt aus sind. So bleiben uns Josephine und ihr Kerl, aber viel Spaß macht es mit den beiden nicht. Er fotografiert jeden Wasserhalm, und wenn er nicht den Auslöseknopf bedient, quatscht er ohne Ende mit Josephine. Ich langweile mich. Da hilft es nichts, ständig auf den Rücken von Josephine zu schauen und jede einzelne Hautunreinheit auszumachen, die einen wirklich davor feien, sie attraktiv zu finden. Matthieus Rücken ist nicht wesentlich hübscher, so drehe ich mich zu Maja und schaue mit ihr auf das Wasser hinaus.

In den kleinen Kanälen schaltet der Bootsmann den Motor aus und stakt ein wenig herum. Das sanfte Gleiten über das Wasser macht Maja schläfrig. Sie döst immer wieder weg, bis sie schlussendlich einschläft und mich alleine mit den Rücken von Josephine und Matthieu lässt. Die Stunden wollen einfach nicht verrinnen. Von einem Kanal kommen wir in den nächsten, Palmen säumen den

Weg, hier und da mal eine Hütte. Auf größeren Kanälen begegnen wir den berühmten Hausbooten, die mit einem Fernseher und Koch ausgestattet sind. Was gäbe ich jetzt für einen Fernseher. Und was mehr, für einen Koch.

Irgendwann hat die Fahrt ein Ende. Der Bootsmann vertäut sein Schiff und wir werden ausgeladen. Ein Uhr: Es ist Zeit zu essen. Wie gut, dass unser Führer vom Hotel auf uns gewartet hat. Er geleitet uns in ein kleines Restaurant, deren Angestellte schon bereitstehen. Wir sitzen zu viert an einem Tisch, natürlich mit unseren französischen Freunden. Sie brabbeln weiterhin die ganze Zeit auf Französisch. Ich verstehe nichts.

»Bin ich eigentlich auch so rot?«, Maja stupst mich an.

»Nein, nicht ganz so.«

»Was Sonnencreme und Hut alles bewirken.« Maja grinst mich zufrieden und ausgeschlafen an.

Maja

Der Toast war einer der schlechteren. Seit Coimbatore habe ich mich zu einer Spezialistin entwickelt und unterscheide verschiedene Labberigkeitsstadien. Dieser war eine Vier von Fünf. Zum Glück sind meine Toasttage eigentlich vorbei. Gestern habe ich wieder mit indischem Essen begonnen und hatte mich zum Frühstück auf Idlis gefreut. Doch die Backwatertour beinhaltete ein Europäerkompatibles Frühstück. Zumindest schien es den anderen Paaren zu schmecken, mit denen wir heute den Tag verbringen.

Wir schippern los. Das Gefühl, wie wir sanft über das Wasser gleiten, die schöne Natur, ich fühle mich erhaben.

Doch ab der zweiten Stunde wird es eintönig und heiß. Das stupide Tuckern des Motors, das Schaukeln des Bootes und die Sonne machen mich müde und ich verschlafe die restlichen Stunden.

Als ich erwache, legen wir gerade wieder an Land an.

»Huch, habe ich was verpasst Paul?«

»Ü-ber-haupt nichts!«, und er beeilt sich als Erster vom Boot zu kommen.

Mit dem französischen Pärchen ist leider nicht viel los. Wir sitzen ihnen beim Abschlussessen (das natürlich nicht im Preis inbegriffen ist, wie sich jetzt herausstellt) gegenüber, aber ein Gespräch kommt nicht in Gang. Sie sind damit beschäftigt, die Backwatertour durch ihre Kamera Revue passieren zu lassen. Begeistert schauen sie sich am kleinen Monitor all ihre Fotos an. Wir blicken nur auf ihre roten Nasen. Es müssen hunderte Fotos sein. Bis der Thali kommt, schauen sie nicht mehr auf.

Auf der Platte, die vor mich hingestellt wird, liegt ein ganzer gebratener Fisch. Alles ist noch dran: Augen, Schwanzflosse, Schuppen.

»Das arme Fischilein. Paul, den kann man doch nicht essen!«

»Schieb ihn einfach zur Seite und bedecke ihn mit Reis, dann kann er dich nicht mehr anschauen.« Paul knabbert dabei ein wenig von seinem Fisch ab, scheint aber auch nicht überzeugt. Kerala ist kulinarisch überhaupt nicht mein Fall.

Paul will am Abend noch mal ins Internet. Ich bin dabei, denn ich erwarte gespannt Kathis Antwort. Wir finden einen kleinen gemütlichen Laden unterm Dach. Im Halbkreis stehen etwa zehn Computer. Über die Hälfte davon ist bereits von Europäern belegt, doch an der Fensterseite sind für uns noch zwei Plätze nebeneinander frei.

Kathi hat mir nicht geschrieben! Dafür hat meine Schwester Bianca eine Mail und ein lustiges Foto geschickt. Es dauert ewig, bis sich das Bild öffnet, aber die Warterei lohnt sich. Der Schnee in unserem Garten in Travemünde hat gerade so für einen kleinen knubbeligen Schneemann gereicht. Neben ihm posieren Bianca und ein hübscher junger Mann. Hui, meine kleine Schwester hat einen neuen Freund. Wenigstens eine, die mich informiert! Kathi enttäuscht mich, jetzt muss ich wohl doch zu anderen Mitteln greifen.

»Paul, kann ich über deinen Facebook-Account mal nach Kathi schauen? Sie meldet sich gar nicht bei mir.«

»Ähm ja, nee sorry, ich habe Facebook gerade geschlossen und schreibe noch Mails. Isses denn wichtig?«

»Ach nee, nicht wirklich.« Ich kann ihm ja leider nichts vom Telefonat erzählen und dass ich nach dem ominösen Roberto recherchieren will.

»Na dann«, meint Paul. »Mach dir keine Sorgen. Philipp meldet sich auch nicht bei mir. In Berlin ist halt immer was los, die sind einfach zu beschäftigt, um zu schreiben.«

»Ja, das glaube ich auch.« Und ich wüsste zu gerne, mit wem Kathi beschäftigt ist! Auch wüsste ich gerne, wem Paul so lange schreibt. Aber meine Neugierde wird heute nicht befriedigt.

Ich bezahle meinen Computer und nutze die Zeit, um die Toilette zu suchen. Sie ist direkt unter der Dachschräge. Der dunkle Weg dorthin führt mich unter Holzbalken hindurch, die mit Spinnenweben verbunden sind. Im Normalfall wäre ich direkt umgedreht, aber das letzte Klo habe ich im Restaurant heute Mittag besucht. Das ist eine ganze Flasche Wasser, zwei Kaffee und eine Bovonto her. Ich öffne die Toilette und taste nach dem Lichtschalter, finde aber keinen. Ich schließe dennoch die Tür und verriegele das Schloss. Als sich meine Augen an die Dunkelheit gewöhnt haben, entdecke ich den Lichtschalter, ein kleiner Haken, den ich nach oben schiebe.

Das Licht ist grell. Ich blinzle und drehe mich zur Toilettenschüssel um. Direkt darüber sitzt eine schwarze Spinne, so groß wie meine Hand. Aber nicht flauschig, sondern einfach nackt. Eine glänzende schwarze Riesenspinne, die aussieht als könne sie gut springen. Mit zitternden Händen ziehe ich hinter mir an der Tür, während ich das Tier im Auge behalte. Aber das Schloss klemmt. Mein Hals schmerzt vom Schrei, der vor Schreck dort stecken geblieben ist. Unruhig wackle und zerre ich an der Tür, zu der ich mich jetzt umgedreht habe. In der Erwartung, dass die Spinne jeden Moment auf meinen Rücken hüpft. Als die Tür endlich aufspringt, renne ich zu Paul. Hysterisch hüpfe ich auf und ab.

»Hua, Paul, Riesenspinne! Guck mal auf meinen Rücken.«

»Da ist keine Spinne.«

»Auf dem Klo war eine. Sie war riesig. Ich konnte die Toilette gar nicht benutzen.«

»Oh, soll ich dich begleiten und sie wegsetzen?«

»Nein, bloß nicht!« Ich stelle mir vor, wie die Spinne, von Paul unbemerkt, in seine Hosentasche krabbelt.

»Okay, dann schreibe ich noch zu Ende.«

Ich sitze neben Paul und spüre die amüsierten Blicke der anderen Touristen. Angespannt starre ich auf den Boden und versuche meine Blase in Schach zu halten.

Paul

Der heutige Abend soll uns für den lahmen Bootstrip am Vormittag entschädigen. Maja macht sich für mich hübsch und ich rasiere meinen üppig gewordenen Stoppelbart.

»Schick«, strahlt sie mich an und streicht mir über die Wange. »Wenn wir nicht hinaus müssten …«

»Wir müssen doch nicht«, werfe ich ein.

»Doch! Meine hübsche Tasche aus Pondicherry benötigt Auslauf. Und wenn Du deine Kultur nicht bekommst, wirst du garstig.«

»Aber …«, versuche ich einzuwerfen als Maja zu mir meint, der Abend sei ja noch lang.

Nach dem Essen besuchen wir eine Kathakali Vorstellung. Das Masken-Tanz-Theater ist ein Muss, wenn man in Kerala ist. Maja hat recht, ich wäre traurig gewesen, wenn ich es nicht hätte sehen können.

Als wir das Theater, das eher eine mit Plastikstühlen vollgestellte Lagerhalle ist, betreten, werden auf der Bühne die Schauspieler geschminkt. Der Raum ist nur zu einem Viertel gefüllt und von einer erhabenen Stimmung ist nichts zu spüren. Der Theaterleiter gibt uns eine Einführung und preist uns die gleich stattfindende Vorstellung an. Es ist eine Zusammenstellung der Höhepunkte eines populären Stückes.

Musiker spielen auf und zwei Darsteller wedeln mit

den Händen Zeichen, stampfen mit den Füssen oder starren sich mit weit aufgerissenen Augen an. Gesprochen wird nicht. Nach gut einer Stunde werden wir wieder aus der Halle entlassen und ich bin enttäuscht. Das war so eine Ethno-Touri-Veranstaltung.

Maja versucht mich auf dem Heimweg aufzuheitern. »Grün sähest du bestimmt auch gut aus. Grün wie der König. Oder war er ein Gott? Das habe ich jetzt vergessen.«

»Mich schminken? Das hättest du wohl gerne«, antworte ich ihr. Maja lacht. Ich lache mit. Fröhlich laufen wir zurück zum Hotel.

Zufrieden wache ich am nächsten Morgen auf. Ich freue mich auf unser nächstes Ziel. Nur eine Nachtzugfahrt und wir sind wieder am Strand. So richtig am Meer ist es doch am Schönsten. Ich erinnere mich an Pondicherry, an Mamallapuram, an Kovalam. Okay, wir sind gerade auf einer Insel, also faktisch im Meer. Nicht weit von hier entfernt sollen auch schöne Strände sein, aber Kochi ist in meinen Augen eher ein Stadturlaub, mit Sightseeing und so. Die Stadt ist schön, eigentlich traumhaft, aber so wenig lebendig, ein Touristenressort.

Maja ist ganz aufgeregt, denn wir kommen morgen nach Goa. Ein magischer Ort der alten Hippie-Zeiten. Ihr Herz hüpft und freudig packt sie ihren Kram: »Können wir?«

Ja, wir können. Und es wird ganz toll.

Am Bahnhof von Ernakulam begegnen wir unserer ersten Gruppe Hippies. Sie sitzen nicht weit von uns entfernt auf dem Boden und warten bestimmt auf den gleichen Zug wie wir. Nervös schauen sie sich um. Die drei Männer sind rot verbrannt, im Gesicht und auf den Armen. Es ist unglaublich, wie viele Menschen wir hier in Indien mit schwerem Sonnenbrand gesehen haben. Die Haut blättert sich vom Körper, der aber weiterhin gnadenlos der Sonne ausgesetzt wird.

Und wie ich sie beobachte, entdecken sie uns. Einer löst sich aus der Gruppe und kommt auf uns zu.

»Was mag er wollen?«, fragt Maja mich belustigt. Wir haben es uns zur Angewohnheit gemacht, über eine gewisse Art von Indien-Urlaubern zu lästern, wenn es die Zeit erlaubt. Da sind einmal die Ashramis, denen man in einigen Orten begegnet. Die leben in ihrer eigenen Welt und wollen mit so profanen Wesen wie uns nichts zu tun haben. Sie fühlen sich erhaben, weil sie den Spirit besitzen und felsenfest davon überzeugt sind, die Wahrheit für sich gepachtet zu haben. Dabei erinnere ich mich unweigerlich an Pondicherry. Hier kamen mir ernste Zweifel an der Erhabenheit und Zufriedenheit der Ashramis. Aber sie sind drollig anzuschauen.

An zweiter Stelle kommen die Sinnsucher, die sich in ihrer Haut nicht wohlfühlen und nach der Wahrheit suchen. Sie sind sozusagen eine Vorstufe zum Ashrami. Manche landen in den Ashrams, andere geistern durch das Land und suchen verzweifelt nach Anschluss. Wo Silvie jetzt wohl sein mag?

Die dritte Gruppe findet es hip durch Indien zu reisen und trampelt auf den ausgetretenen Pfaden der Reiseführer entlang und sucht Kontakt nur zu Ihresgleichen. Dazu gesellen sich Pauschaltouristen und die wahren Abenteurer. Eine Gruppe, die aus der Zeit gefallen scheint, sind die Hippies.

»Ich dachte, die gibt es längst nicht mehr«, sage ich noch zu Maja, als der waschechte Hippie vor uns steht und fragt, wo der Zug nach Goa abfahren würde. Der Zug ist noch nicht da, werde aber aller Voraussicht nach hier ankommen, versuche ich ihm verständlich zu machen. Er kneift den Mund zusammen als müsse er nachdenken. Ich blicke ihm ins Gesicht. Um seinen Mund befindet sich ein stattlicher Vollbart, der in lange zottelige Haare übergeht, die an den Seiten aus einem Strohhut hervorlugen. Um seinen Hals trägt er eine Menge bunter Holzketten.

Er kratzt sich über die Schläfe und fragt weiter, wann der Zug in Goa ankäme. Mir ist neu, dass ich seit Kurzem für die indische Eisenbahn als Fahrauskunftler eingestellt worden bin, aber er hat Glück, dass wir auch dort hin wollen. Ich krame mein Notizbuch hervor, in das ich mir die Zeiten aus dem Internet herausgeschrieben habe, nenne ihm die planmäßige Ankunftszeit und deute an, dass auch wir nach Goa fahren werden. Ein kurzes »Danke« und er zieht von dannen, zurück zu seiner Gruppe, die ihn anschaut als würde er ihnen eine Heilsbotschaft übermitteln.

»Hippies. Sage ich nur. Hippies!«, stichel ich zu Maja hinüber, die mich fragend anschaut.

»Was hast du gegen Hippies?«

»Na, hast du den nicht gesehen? Vollkommen fertig sah er aus. Und diese albernen Holzketten um seinen Hals. So super-alternativ.«

»Du musst auch an allem herummäkeln«, gibt sie mir kontra und schaut mich beleidigt an.

Ich stocke. Wir hatten doch immer so viel Spaß daran, über andere Reisende herumzulästern.

»Maja. Majalein. Lass mir doch die Freude«, bettel ich

sie an.

»Paul, du musst schon zugeben, dass es ein wenig intolerant ist, über andere Lebensformen hochnäsig zu urteilen.«

Intolerant? Das hat gesessen. Eigentlich bin ich äußerst tolerant. Dass Maja das nun infrage stellt. Nein. Ich bin empört.

»Ich bin nicht intolerant. Und schon gar nicht hochnäsig.«

»Sind wir denn soviel besser als die anderen Reisenden?«, zertrümmert sie mein gesamtes Weltbild.

Nein, sind wir nicht und ich weiß nicht, wie es geschehen konnte, dass ich mich so über andere Menschen gestellt habe.

»Wohl nicht«, antworte ich. »Aber du musst auch zugeben, dass sie das provozieren. Und über die Leute im Ashram hast auch du gelacht!«

»Die waren aber auch wirklich lustig«, gibt Maja nach und lacht.

Was hat sie dazu bewogen, die Hippies zu verteidigen? Mir wird das nicht klar.

Blöderweise besteigen die Hippies den gleichen Wagen wie wir, nur zwei Abteile weiter. Sie grüßen nicht, gehen an uns vorbei als hätten wir vor zehn Minuten nicht noch miteinander geredet.

»Die sehen zwar aus wie Hippies, aber eigentlich sind das doch keine«, meint Maja skeptisch.

Interessiert hake ich nach. »Und wie erkennt man echte Hippies?«

Maja bleibt ganz ernst und versucht mir zu erläutern, weswegen die keine Hippies seien, obwohl sie so ausschauen.

»Maja, bist Du ein Hippie?«

»Wäre das so schlimm?«

Ich weiß, ihre Eltern leben alternativ und ich finde das okay. Mein Vater hingegen ist Geologe und daher sehr nüchtern und sachlich. Ihn interessieren Fakten und Steine. Meine Mutter ist Oberstufenlehrerin für Kunst und Sozialkunde, sie steht sämtlichen Ideologien ebenso skeptisch gegenüber wie mein Vater.

»Nein, schlimm wäre es nicht.«

»Dann ist ja gut. Aber ich bin kein Hippie.«

Maja erzählt mir ein wenig, wie sie aufgewachsen ist. Ich finde es interessant, Seiten von ihr zu erfahren, die ich bislang noch nicht kannte. Wie Eltern ihre Kinder prägen können. Meine Kindheit bestand hauptsächlich aus Museums- und Galeriebesuchen sowie aus Reisen zu geologisch auffälligen Formationen. Es war als Kind immer anstrengend, aber jetzt bin ich traurig, wenn ich nicht alles zu sehen bekomme.

Während wir unsere Kindheitserfahrungen austauschen, bemitleiden wir uns gegenseitig.

Maja

Ein wenig habe ich Bammel vor der erneuten Nachtzugfahrt, aber die Freude überwiegt. Es geht schließlich nach Goa. Mein Onkel war Anfang der 70er Jahre einige Monate dort und schwärmt mir, seit ich klein bin, von den malerischen Stränden, der lockeren Atmosphäre und den interessanten Menschen vor. Wahrscheinlich hat er alles in so guter Erinnerung, weil er dort meine Tante kennengelernt hat. Ich bin sehr gespannt, inwieweit Goa noch seinen

Erzählungen entspricht und wie viel vom Hippie-Spirit heute noch übrig sein wird.

Passend zur Fahrt nach Goa treffen wir auf dem Bahnsteig eine Gruppe Hippies. Etwa acht Leute mit langen Haaren, zerschlissenen bunten Klamotten und teilweise barfuß, hocken neben ihren Rucksäcken in einem Kreis auf dem Boden.

Paul macht sofort seine Witze und im Normalfall wäre ich sicher mit eingestiegen. Aber heute ist es anders. Ich mag nicht, wie Paul sich über die »Alternativen« erhebt. Ich selbst bin sicher kein Hippie, verstehe die Idee von Freiheit, selbstbestimmtem und selbstversorgtem Leben allerdings durch meine Familie gut. Meine Eltern haben mich in diesen Idealen erzogen, aber trotzdem sind und waren wir keine Hippies (okay, bis auf meinen Onkel), sondern ganz normale Ökospießer, mit großem Gemüsegarten, Komposthaufen, vegetarischer Ernährung und Holzspielzeug. Den Begriff der Freiheit haben meine Eltern eher im Kleinen gesehen. Flugreisen und Autofahrten waren in der Ideologie nicht vorgesehen.

Ich hingegen bin ganz pragmatisch geworden und stelle meinem persönlichen Freiheitsdrang keine Überzeugungsmauern entgegen. Wenn es eines Flugzeuges bedarf, um nach Indien zu kommen, ich bin dabei! Aber über alternative Lebensformen lästern, das kann ich nicht, dafür habe ich mir als Kind zu viele blöde Sprüche anhören müssen. Da muss ich diese Gruppe vor Paul auch mal in Schutz nehmen!

Meine Einstellung ändert sich im Zug allerdings schnell. Ganz un-Hippie-like schotten sich die Möchtegern-Alternativen von uns übrigen Mitreisenden komplett ab. Sie widmen sich nun ihrem technischen Equipment, fotografieren und filmen alles. Sie verwenden dabei die neusten Geräte und sehen alles nur durch einen Bildschirm, statt die Erlebnisse im Zug mit ihren eigenen Augen wahrzunehmen. Und nicht nur einer, nein alle haben irgendeine Kamera in der Hand. Wahrscheinlich stellen sie ihre Fotos jetzt in ihrem Privatabteil via Smartphone der Welt zur Verfügung, posten die Bilder in ihren Blogs oder bei Facebook. Ich bin entsetzt. Nein, das sind wahrlich keine Hippies! Nicht einmal ein kleines Hasch-Wölkchen weht zu uns. Als es dunkel wird, verhängen sie „ihr Abteil" blickdicht mit Tüchern und beginnen völlig unentspannt „Kalinka" in zig Versionen zu spielen. Vielleicht versuchen sie gerade ein perfektes Musikvideo aufzunehmen. Ich gebe meine Verteidigungshaltung auf und ziehe mit Paul wieder meinen Spaß aus der Vielfalt an Indienreisenden. Heute sind die 1A-Pseudohippies dran!

»Die denken wohl, ihre Tücher seien nicht nur blick-, sondern auch schalldicht. Sind sie aber nicht!«, beschwert sich Paul.

Nach dem zehnten Mal „Kalinka" hat der Schaffner ein Erbarmen und stoppt das kostenlose Konzert, sehr zum Wohlgefallen von uns und den anderen Mitreisenden.

»Hippies«, murmelt Paul vor sich hin.

»Paul, das hatten wir schon!«

»Ich meine ja nur«, gibt er kleinlaut von sich.

Schließlich sind das ja gar keine Hippies. Das muss mein Freund auch mal erkennen.

Paul

Der Zug hält. Verschlafen schaue ich aus dem Fenster: Madgaon. Ich schrecke auf und wecke Maja.

»Schnell Maja, wir sind da.«

»Was? Wie spät ist es denn?«

Ich schaue auf meine Uhr: »Bei mir ist es 5:20 Uhr. Nach meinem Plan sollte der Zug heute aber erst um 6:10 Uhr ankommen.«

»Das hatten wir doch erst«, wundert sich Maja.

Unsere Hektik weckt einen Mitreisenden auf, der in der Nacht in Mangalore zugestiegen ist. Er sieht aber nicht erbost aus. Er schaut aus dem Fenster und bestätigt: »Madgaon, Madgaon.«

Wir verabschieden uns nett und steigen, in der Hoffnung alles gepackt zu haben, aus. Es ist ruhig am Bahnhof, kaum jemand verlässt den Zug oder steigt ein. Um uns erst einmal zu sammeln, stellen wir unser Gepäck ab und setzen uns auf eine Bank.

»Aber wir sind richtig hier?«, fragt mich Maja verunsichert.

»Ja, alles in Ordnung. Unser Schnellzug hält in Goa nur hier. Um in den Norden zu kommen, müssen wir mit dem Bus weiter.«

»Da bin ich aber beruhigt«, sagt Maja und lässt sich von mir unser Ticket zeigen. »Madgaon, stimmt!«

Ich strecke meine Beine aus. Die Pritschen in den Zügen sind etwas kurz für mich.

»Ich würde jetzt ja gerne etwas frühstücken«, meint Maja zu mir.

Ich schaue mich um. Untypisch für indische Bahnhöfe ist an unserem Bahnsteig kein Kiosk auszumachen. Ich biete ihr eine Banane und ein paar Kekse. Als ich meinen Kopf zu Maja drehe, sehe ich, wie der Hippie, der uns gestern angesprochen hat, aus dem Zug springt. Er muss gesehen haben, wie wir mit Rucksack auf dem Bahnsteig sitzen, aber er registriert uns nicht weiter. Er schaut sich kurz um und steckt sich eine Zigarette an.

»Wollten die nicht auch nach Goa?«, stellt Maja überrascht fest.

»Das klang gestern zumindest so.«

»Dann würde ich an deren Stelle meine Sachen packen und aussteigen, statt hier draußen in aller Ruhe eine zu rauchen. Oder hält der doch noch anderswo?«

»Nein, ich habe mir aufgeschrieben …«, ich blättere in meinem Notizbuch »… nächster Halt in Ratnagiri, irgendwann heute Mittag.«

»Sollen wir ihnen Bescheid sagen?«

»Wieso? Er könnte ja auch zu uns kommen und fragen.«

Das macht er aber nicht, sondern steigt nach seiner Zigarette wieder in den Wagen. Früher als in meinem Plan lässt der Zugführer das Signalhorn ertönen und die Lokomotive setzt sich langsam ruckelnd in Bewegung. Wir sitzen in Goa. Unsere Hippies fahren weiter, in Richtung Norden. Ich stelle mir vor, wie sie aus dem Fenster starrend an Goa vorbeifahren und panisch versuchen die Notbremse zu ziehen. Ich grinse hämisch vor mich hin.

»Du kannst aber auch ganz schön fies sein«, meint Maja.

Jetzt hat sie schon wieder meine Gedanken gelesen. Ich muss vorsichtiger denken.

Mit der Rikscha fahren wir zum Busbahnhof und von dort weiter nach Panjim und Calangute. Wir sind in Goa.

Und wer ist nicht da!?

Maja

In Calangute lassen wir die großen Pauschaltouristen-blöcke direkt links liegen und schauen uns kleinere Hotels an. Schnell ist ein nettes Gasthaus gefunden, mit einem gemütlichen Zimmer und einem sauberen, großen Bad, in dem beim Duschen nicht gleich die Toilette mit unter Wasser gesetzt wird. Auf den Fluren und unten in der ein-ladenden Lobby stehen überall Kübel mit Pflanzen. Eine perfekte grüne Oase! Ich freue mich, hier zu sein. Mein Onkel Klaus hatte recht, die Strände und das Meer sind klasse. Nur die vielen aufdringlichen Händler und die unzähligen Touristen trüben das Bild. Ich mache etliche Fotos, obwohl Klaus sicher von den Veränderungen ent-täuscht sein wird.

Danach schlendern wir gemütlich am Strand entlang. Hand in Hand, hier ist es so westlich, da geht das in Ord-nung. Wir finden einen Strandabschnitt, der nicht ganz so überlaufen ist, und lassen uns nieder. Jeder hüpft mal kurz ins Wasser, während der andere die Sachen bewacht. An-schließend sonne ich mich. Paul hat sich drei Westlern angeschlossen und spielt mit ihnen etwas weiter weg Fußball mit einer Kokosnuss. Ich finde das Leben gerade großartig und das Tollste ist, dass wir noch ganze drei weitere Tage hier verbringen werden. Herrlich!

Am späten Nachmittag suchen wir uns am Strand ein Restaurant. Nach dem Essen gönnen wir uns noch einen Bananen-Milchshake und genießen den Blick auf den Sonnenuntergang. So viele Sonnenuntergänge wie in Indien habe ich in Deutschland noch nie bewusst erlebt. Diesen Sommer werde ich mit Paul öfter mal ins Grüne fahren und diesen Mangel beheben.

Zurück im Hotel treffen wir in der Lobby auf eine Gruppe Engländer, die bereits gut angeheitert ist. Wir setzen uns zu ihnen und trinken noch ein Bier mit. Der Engländer gegenüber von uns stellt sich als John vor. Je höher sein Promillepegel steigt, desto versautere Witze gibt er lautstark zum Besten. Zumindest nehme ich das an, denn so gut ist mein Englisch nicht, dass ich das benötigte dreckige Vokabular besäße. Aber seine Anspielungen sind eindeutig. Irgendwann zieht er seine Hose runter und präsentiert seinen bleichen nackten Po. So viel Schamlosigkeit ist für uns das Zeichen zum Aufbruch. Auf dem Weg zu unserem Zimmer sehen wir noch, wie er versucht, seine Hose wieder anzuziehen. Doch er steht auf einem Hosenbein, kommt ins Stolpern und knallt der Länge nach auf den Boden. Wir schaffen vor Lachen kaum den Weg die Treppe hoch und auch im Zimmer kriegen wir uns erst langsam wieder ein.

Kapitel 5
Das Fünfte Rad

Überraschung!

Paul

So müsste es funktionieren. Ich habe das in Gedanken ein paarmal durchgespielt: Maja liebt Shoppen. Heute ist der große Flohmarkt von Anjuna. Da bieten die ganzen in Goa hängen gebliebenen Alternativen und Alt-Hippies ihre Sachen an. Darauf wird sie sich freuen. Und vorher ein schönes Frühstück in einem romantischen Café, idyllisch gelegen am Fluss. Maja müsste in meinen Händen schmelzen.

»Guten Morgen Maja. Zeit aufzustehen«, beginne ich ihren Tag und setze einen Kuss auf ihre Wange. Ich streichle ihr sanft über ihren Bauch und sie schnurrt wie eine Katze, streckt und räkelt sich.

»Schön. Mach weiter«, beschwert sie sich, als ich meine Hand zurückziehe, um unter der Dusche zu verschwinden.

»Gut, aber nur einen Moment. Wir haben heute ja etwas vor.«

Maja schließt die Augen und führt meine Hand unter ihr Shirt. Sie atmet tief. Ich schaue zur Uhr. Während meine Hände sanft mit ihr spielen, berichte ich ihr von der heutigen Tagesplanung, aber sie führt ihren Zeigefinger an meine Lippen und zieht sich aus. Das passt jetzt nicht in meine Planung. Meine fehlende Stimmung hat sie mit ein paar Handgriffen gedreht.

Ich blicke wieder zur Uhr. Noch ist es nicht zu spät. Wir sollten aber das Kuscheln danach abkürzen. Ich beginne zu drängen und denke kurz: »Was mache ich hier eigentlich? Ist es mir wirklich so wichtig, dass ich mir diesen Moment vermassle?«

Ich halte mich zurück und versinke in den Armen von Maja. Das ist der Augenblick, den es zu genießen gilt. »Lebe im Jetzt, Paul!«, sage ich mir still. Und es ist so erregend, dass mein Körper mitspielt und das Vergnügen mit meiner Zeitplanung in Einklang bringt.

Maja ist mir nicht böse und schaut mich mit verliebten Augen an: »So habe ich mir unseren Liebesurlaub vorgestellt.«

Maja

Ich schwelge in den Erinnerungen an den gelungenen Abend und werde langsam wach. Paul streichelt mir den Bauch. Wie gemütlich, ich könnte den ganzen Morgen mit ihm im Bett verbringen. Plötzlich zieht Paul seine Hand weg. Was soll denn das? Ich protestiere und bekomme sie zurück. Damit er sie nicht wieder wegnimmt, schiebe ich sie unter mein T-Shirt. Paul scheint großen Hunger zu haben. Er redet die ganze Zeit von einem besonderen Café, in dem er mit mir frühstücken will. Aber das kann warten! Vorher soll Paul noch mich vernaschen. Oder eher ich ihn, denn irgendwie scheint er mir in Gedanken woanders. Schon wieder redet er vom Café und dem Flohmarkt in Anjuna, wo er heute mit mir hin möchte. Tja, und da heißt es immer, Männer würden nur an das Eine denken. Mein Paul aber nicht.

Gerade fände ich es aber klasse, wenn er sich mir widmen würde und aufhören zu quatschen. Ich bringe ihn zum Schweigen, ziehe erst mich, dann ihn aus und nehme die Dinge selbst in die Hand. Jetzt ist auch Paul bei der Sache. Das gefällt mir, auch wenn es heute schnell vorbei ist. Ich sollte ihm den Gefallen tun und mich beeilen, so wie er drängelt, hat er sicher mächtigen Kohldampf.

Ich freue mich auch sehr auf ein westliches Frühstück. Aber Paul wirkt, als hätte er sich irgendwelche bunten Pillen eingeschmissen. Er rennt vor, breitet seine Arme aus und spielt Flugzeug, als wir einen Fußballplatz überqueren. Normalerweise ist er vorm ersten Kaffee doch immer etwas muffelig. Ich finde es schön zu sehen, dass es ihm hier anscheinend genauso gut gefällt wie mir und bemühe mich ihn einzuholen. Das schaffe ich erst, als er von einem Sadhu angehalten wird. Ich stoße zu den beiden Männern. Paul und ich werden gesegnet, ob wir wollen oder nicht. Aber es tut Paul gut, er wird ruhiger und den Rest des Weges gehen wir nebeneinander zum Café.

Der Saal ist schon sehr voll und ich bezweifele, dass wir überhaupt einen Platz bekommen werden. Dann höre ich: »Maja, Maja.« Die Stimme kenne ich doch! Ich blicke mich um. In der Mitte des Lokals ist Bea aufgesprungen und winkt uns freudig zu. Ich blicke sprachlos zu Paul, der zurückwinkt und sich strahlend zu ihr hinüber begibt. Wenn das hier eine zufällige Begegnung ist, dann fresse ich einen Besen! Indien ist riesig und dass wir Bea so rein zufällig in einem Café in Goa wieder treffen … Nein, das halte ich für mehr als unwahrscheinlich! Zumal Bea uns extra an ihrem Tisch zwei Plätze freigehalten hat.

»Wie schön, dich wiederzusehen, Maja.« Bea drückt mich herzlich an sich und küsst mich auf beide Wangen.

Paul! Wenn er dieses Treffen tatsächlich hinter meinem Rücken eingefädelt hat, dann … Keine Ahnung, dazu fällt mir gar nichts ein. Jetzt wird mir auch klar, warum er mich heute Morgen so gehetzt hat und so aufgedreht war. Er hatte schließlich ein Date mit Bea! Ob er sie gestern am Strand getroffen hat, als ich in der Sonne gedöst habe? Aber da hat er doch die ganze Zeit Fußball gespielt? Das kann also nicht sein. Außerdem hätte Bea mich dann sicher begrüßt.

Bea reißt mich jetzt aus meinen Überlegungen und reicht mir die Speisekarte hinüber: »Wir hatten Müsli mit gemischtem Obst und Joghurt. Superlecker! Und danach dunkles Brot mit Käse. Aber es gibt auch Croissants, das wäre doch was für dich, Paul.«

Ich blättere ein wenig in der Karte. Hat Bea gerade »Wir« gesagt? Hoffentlich hat sie sich einen Typen aufgegabelt, dann wäre Paul aus dem Rennen.

Paul bestellt uns Kaffee, Croissants und Käse. Dazu das empfohlene Obst mit Joghurt. Während er mit der Bedienung redet, erspähe ich aus dem Augenwinkel eine Häkelweste und bunte Perlen über einer braunen Brust. Mist, Mist, Mist! Peter ist auch in Goa. Mein Herz fängt an zu rasen. Ich behalte die Speisekarte und gebe vor, noch etwas zu Trinken zu suchen. In Wahrheit dient sie dazu, mich tief hinter ihr zu verstecken.

Bitte, lieber Gott, lass Peter fertig sein mit seinem Frühstück. Mach, dass er schnell das Café verlässt! Ich luge an der Karte vorbei und beobachte, wie Peter einen Tisch umrundet und vor einem anderen stehen bleibt. Er spricht mit einer blonden Frau. Da hat er ja doch noch einen tollen Fang gemacht. Meine Finger krallen sich in Pauls Oberarm, ich halte die Anspannung kaum noch aus.

Peter, jetzt beeil dich mal! Schnapp dir deine Trulla und dann ab an den Strand. Aber Peter hört nicht auf meine

Beschwörungen. Stattdessen dreht er sich um und steuert direkt auf unseren Tisch zu. Oh Gott, ich war zu auffällig, er hat mich erkannt und will mich zur Rede stellen. Ich versinke noch tiefer hinter der Karte. Peter setzt sich gegenüber von mir neben Bea, die aufgeregt verkündet:

»Maja, Paul, ich freue mich ja so, Euch meinen Freund Peter vorzustellen.«

Entsetzt lasse ich die Karte sinken und blicke in das verblüffte Gesicht von Peter, der bei meinem Anblick schlucken muss. Es gibt keinen Ausweg. »Nice to meet you«, heuchle ich.

Indessen Bea von ihrem Kennenlernen in Mamallapuram erzählt, werfe ich Peter einen eindringlichen Blick zu und versuche ihm verstehen zu geben, dass wir uns nie zuvor gesehen haben. Mit meiner flachen Hand mache ich dezente Schneidebewegungen an meinem Hals. Das sollte ihm deutlich machen, dass es kein gutes Ende für ihn hat, sollte er unser Geheimnis lüften. Peter nickt fast unmerklich mit dem Kopf. Bea und Paul bekommen von unserer stummen Konversation nichts mit, aber ich verstehe, dass Peter die erneute Begegnung mit mir ebenfalls unangenehm ist. Danach beschränken wir unseren weiteren Blickkontakt auf ein unverdächtiges Minimum. Bea ist bestens gelaunt und berichtet begeistert von ihrer gemeinsamen Reise mit Peter.

Dass wir zu viert den Flohmarkt besuchen, war anscheinend bereits abgesprochen, denn nahtlos reiht Bea an ihre Schwärmerei die Frage, wie wir denn jetzt nach Anjuna kämen.

Paul

Bea haben wir schnell gefunden, was natürlich nicht schwer ist, wenn sie aufspringt und wild gestikulierend »Maja, Maja« ruft. Welch eine Überraschung! Aber wie es scheint, habe ich mir nicht gut genug überlegt, wie ich Maja unser zufälliges Zusammentreffen mit Bea verkaufen soll. Mein Plan hatte wohl die eine oder andere Schwachstelle.

Maja schaut mich entrüstet an. Ich übergehe ihren Protest und wir setzen uns zu Bea an den Tisch. Sie lehnt sich zu uns herüber und bedenkt zuerst Maja, dann mich mit ihrem intensiven Körperkontakt. Sie fängt an zu erzählen und ich folge ihrer Stimme. Aber was hat sie gerade erzählt? Ich blicke mich um. Ein Platz ist neben ihr noch frei. Es steht ein Teller dort und eine Tasse Tee. Ich bin verunsichert. Hat sie eine neue Freundin? Ich starre auf den freien Platz. Maja versteckt ihren Kopf hinter einer Karte. Sie beachtet Bea nicht weiter, brummelt leise vor sich hin. Ihr Verhalten ist mal wieder unmöglich. Warum kann sie sich nicht freuen? Bea ist eine so tolle und interessante Frau. Sie bietet Maja sogar ihre Freundschaft an. Majas Eifersucht ist einfach kindisch. Ich dachte sie wäre reifer. Sie greift meinen Arm. Ich schaue sie fragend an.

Als ich wieder aufsehe, erspähe ich, wie sich ein Hippie-Typ genau in Richtung unseres Tisches bewegt.

Oh nein! Bitte nicht! Doch alles innere Flehen hilft nicht.

»Das ist Peter«, stellt Bea uns ihren Begleiter vor. Mein Herz setzt kurz aus, bis ich Majas Hand wieder auf meinem Arm spüre. Ihre Fingernägel krallen sich tief in meine Haut.

Ich bin beleidigt. Von einem Peter hat Bea nie etwas

erzählt, weder als wir zusammen in Chennai waren noch in ihren Nachrichten. Wieso hält sie vor mir so etwas geheim? Ich versuche, meine Enttäuschung zu überspielen und eine nette Unterhaltung mit ihr zu führen. Sie erzählt von ihrer Zeit nach unserer Abfahrt und von Hampi.

In Chennai war es schrecklich ohne uns. Nichts hat geklappt. Deswegen ist sie direkt am Tag nachdem wir uns getrennt haben zurück nach Mamallapuram gefahren. So weit wusste ich das ja bereits, aber dass sie von dort aus mit Peter nach Hampi ist und mit ihm eine tolle Zeit hatte, das hat sie mir verschwiegen. Ich dachte noch, von Hampi könne sie mir schön in Goa erzählen. Aber jetzt das! Das ist bestimmt Vorsatz. Ich stehe auf, um mir vorne an der Theke einen zweiten Kaffee zu ordern. Ich brauche etwas Abstand, einmal tief durchatmen.

Bea ist sich anscheinend keiner Schuld bewusst. Ganz unbedarft fragt sie, ob wir gemeinsam zum Flohmarkt laufen wollen oder das Boot nehmen. Peter ergreift die Initiative und meint, das Boot lege hinten vom Strand ab, zu Fuß seien wir näher am Flohmarkt. »Awesome and Incredible« sei der. Als wäre er schon mal da gewesen. Und überhaupt, darf jetzt Peter entscheiden was wir machen?

Das Frühstück schmeckt mir überhaupt nicht. Ich habe das Gefühl, ich würde auf Sand kauen. Meine Zähne knirschen und alles ist fade. Die Aussicht, mit diesem Hippie-Lackaffen zum Flohmarkt zu wandern, schmeckt mir ebenso wenig. Ich verschwinde noch mal auf die Toilette. Bevor ich zurückgehe, sehe ich mich im Spiegel an. Toll, ich habe mir Goa schöner vorgestellt. Ich spritze mir Wasser ins Gesicht.

Bea und Peter schreiten in Richtung Flohmarkt voran. Ich und Maja mit etwas Abstand hinterher.

»Das war Absicht, oder?«, zischt mich Maja an.

Ich versuche zu dementieren, als Bea sich zu uns umdreht und mich noch tiefer ins Verderben treibt:

»Wie war Kovalam? Wie sind die Strände dort? Ich und Peter wollen auch noch runter nach Kerala.«

»Toll«, antworte ich.

»Woher weiß sie von Kovalam?«, hakt Maja nach.

»Das haben wir ihr doch mal gesagt, dass wir dort hin wollen.«

Maja bleibt skeptisch, verlangsamt ihren Schritt, um weiteren Abstand zu den beiden zu gewinnen, und zieht mich am Arm zurück.

»Du hattest die ganze Zeit Kontakt mit ihr. Ich habe dir vertraut, Paul!«

»Über Facebook halt, da schreibe ich was rein und alle meine Freunde können das lesen.«

»Und seit wann ist Bea deine Freundin?«

»Sie hat angefragt und ich habe akzeptiert. Aber das ist doch kein Grund jetzt so eine Szene zu machen. Ich habe schließlich knapp zweihundert Freunde.«

»Und ihren Weg hast du auch verfolgt und so seid ihr zufällig zur gleichen Zeit am selben Ort? Zufällig?!«

Maja möchte weiter ansetzen, aber am Hang des Berges haben Bea und Peter auf uns gewartet. Ab jetzt heißt es klettern, denn der Pfad, dem wir folgen, geht steil bergauf. Bea stürmt nach oben. Grazil erklimmt sie den Berg, während ihr Peter sich nicht ganz so geschickt anstellt. Festes Schuhwerk ist doch was Feines. Seinen Frust, dass eine Frau ihn ohne Mühe abgehangen hat, versteckt er hinter einem falschen Lächeln und einem gcheuchelten Witz. Oh ja, das ist lustig, wie er sich krampfhaft an Grasbüscheln hochziehen muss, oder wie er sich ratlos an einem etwas steileren Bereich aufstellt, die Hände in die Hüfte stemmt und versucht, fachmännisch das weitere Vorgehen zu planen.

Was findet Bea an solch einem Trottel bloß? Ich verstehe das nicht. Sie hat sich derweil auf einen Stein oben am Grad gesetzt und schaut auf das Meer hinaus. Ich wäre auch gerne schon oben, aber ich helfe Maja, stütze sie, reiche ihr die Hand. Wir überholen Peter ohne Mühe und erreichen Bea weit vor ihm. Sie strahlt und applaudiert.

»Super Teamwork! Come on Peter. Come on!«

Irgendwann ist Peter dann auch oben. Der Schweiß läuft ihm die Stirn herunter. Er mag verschnaufen, aber Bea ist es nach Weiterziehen.

»Schaut, da unten ist eine Bar. Da will ich hin!«

Sie greift meine und Majas Hand und möchte losstürmen. Doch Maja wird es zu schnell. Sie lässt los und sich zurückfallen, so stürmen ich und Bea halb rutschend, halb laufend den Hang hinunter. Vergnügt schreit sie ein ausgedehntes »Wuhhh«, während sie fest meine Hand hält. Unten fallen wir uns kurz in die Arme. Wieder in ihren Armen. Sie hat mich entführt. Sie ist alleine mit mir. Sie lässt mich los.

»Hey Maja. Komm runter meine Liebste. Ich fange dich auf«, schreit sie nach oben. Und als Maja doch nur vorsichtig neben Peter den Berg hinunter geht, rennt sie nach oben und hilft ihr. Toll! Jetzt verlässt sie mich wieder und nimmt mir dazu noch meine Heldenaufgabe weg. Ich warte unten ungeduldig auf die beiden und nehme Maja, als sie ankommt, in den Arm. Ich gebe ihr einen Kuss. Außer Bea ist ja gerade keiner da.

»Dream couple, ein Traumpaar«, strahlt sie Peter entgegen, der mit etwas Verspätung sein Ziel erreicht. Missmutig verzieht er sein Gesicht.

Die Bar ist noch leer, so können wir uns die schönsten Plätze mit Aussicht auf den azurblauen Ozean nehmen. Bea und Peter genehmigen sich ein Bier, ich und Maja eine Cola. Es ist doch erst Mittag und wenn die Hitze den Alkohol in meinen Kopf steigen lässt …, dafür ist es jetzt zu früh. Peter hat einen ordentlichen Zug, mag sein, weil ihn die Kletterei unheimlich strapaziert hat oder er ein Alkoholproblem hat. Er setzt einmal an und schon ist das Glas geleert. Ich passe auf, dass mir das mit meiner Cola nicht auch passiert. Peter bestellt sich sofort ein zweites Bier. Meine Zweifel an Beas Geschmack wachsen.

»Morgen möchte Peter mit einem Jeep eine Tour an einen einsamen Strand machen. Maja, Paul, ich wäre so froh, wenn ihr mitkommen würdet«, fleht uns Bea an.

Ich blicke zu Maja. Wenn jemand so nett schaut wie Bea, dann kann man doch nicht Nein sagen. Maja sieht Peter an, mustert ihn und antwortet schließlich: »Vielleicht fahrt ihr besser alleine.«

»Maja, bitte! Bitte, bitte, bitte! Maja!«, dabei greift Bea Majas Arm und tätschelt an ihm herum. Maja lässt sich erweichen und stimmt zu. Mir fällt ein Stein vom Herzen.

Nachdem wir das geklärt haben, erstürmen wir zu viert den Flohmarkt, der idyllisch in einem kleinen Kokosnuss-Hain direkt am Strand liegt. Es gibt alle möglichen Waren. Ein Flohmarkt ist es streng genommen nicht, vielmehr ein Kunsthandwerkermarkt. Ein wenig Tinnef, schöne Sachen dazwischen und ein paar Alt-Hippies, die ihr selbst gebasteltes Zeug verkaufen und im Hintergrund Techno hören. Die Zeiten haben sich gewandelt.

Ich kaufe mir eine stabil aussehende Tasche von einer einheimischen Frau. Die soll mir als Tagesrucksack dienen. Maja und Bea erforschen gemeinsam viele Stände. Alles was sie einkaufen, wandert in meinen Rucksack und wird von mir den Rest des Tages getragen.

Maja

Als Bea mit Peter einige Schritte voraus ist, will ich von Paul die Wahrheit wissen. Aber eine Antwort bekomme ich nicht, denn Bea dreht sich zu uns um und stellt eine Frage, die mir schlagartig alles erklärt:

»Wie war es denn in Kovalam?« Die einzig logische Begründung für ihr Wissen ist, dass Paul die ganze Zeit in Kontakt mit ihr stand, unsere Reiseroute mit ihr geteilt hat und das heutige Treffen wahrscheinlich lange im Vorfeld geplant war. Paul hat mich demnach die letzten Wochen über belogen!

Als sich Bea wieder auf den Weg und Peter konzentriert, räumt Paul ihren Kontakt über Facebook ein. Ich würde ihm am liebsten meine Wut ins Gesicht schreien, aber mir bleibt die Luft weg. Mein Blick ruht auf dem Rücken von Peter. Ich bin nicht in der Position Paul irgendetwas vorzuwerfen. Ich habe ganz andere Probleme. Ich muss aufpassen, dass Peter, oder gar ich selbst, unsere frühere Begegnung nicht verraten, und muss dringend alleine mit ihm sprechen. Mein Streit mit Paul wird erneut unterbrochen, da Bea mit Peter an einer Biegung auf uns wartet.

Ich beschließe, Pauls Lügen auf sich beruhen zu lassen. Wenn ich abwäge, zwischen Küssen und Kontakt halten, bin ich eindeutig die Schlimmere. Damit dies nicht ans Licht kommt und ich mich nicht im Streit verplappere, halte ich lieber meine Klappe.

Der Weg über den Berg, der die Strände voneinander trennt, ist beschwerlich. Peter gibt auf dem Gipfel vor, eine Verschnaufpause zu benötigen. Ich bleibe mit ihm zurück, während Paul und Bea vorweg stürmen. Nett, dass er uns ein ungestörtes Gespräch ermöglicht. Wir können uns allerdings kaum in die Augen schauen. Mir ist es sehr unangenehm, erneut mit Peter alleine zu sein. Ich weiß nicht, wie ich beginnen soll. Peter kommt mir zuvor und zu meiner Überraschung entschuldigt er sich bei mir für sein Verhalten. Ich müsse verstehen, er war, als wir uns trafen, schon über vier Monate unterwegs und hatte Notstand. Er wollte meine Situation sicher nicht vorsätzlich ausnutzen und sowieso wäre ich eigentlich gar nicht sein Typ. Aha!

Ich bestätige ihm, dass ich ihn jetzt, wo ich ihn bei Tageslicht sehe, ebenfalls völlig unattraktiv fände. Das hätten wir also geklärt. Wir grinsen uns verlegen an. Ich instruiere ihn, dass wir kein Wort über unser erstes Zusammentreffen verlieren, da Paul nichts davon wissen solle. Auch Peter möchte nicht, dass Bea etwas von seiner Umtriebigkeit erfährt. So versprechen wir uns gegenseitiges Schweigen, das wir mit einem festen Händedruck besiegeln.

Ich bin erleichtert und schlendere unbeschwert mit Bea über den Flohmarkt. Jetzt, wo sie vergeben ist und keine Gefahr mehr darstellt, kann ich mich auf ihre Freundschaft einlassen. Das fühlt sich richtig gut an. Ich schlage ihr sogar vor, uns an einem Stand von einer alten deutschen Hippiefrau zwei gleiche Stoffarmbänder zu kaufen.

»Damit können wir uns jetzt wirklich nicht mehr vergessen, toll Maja! Wir sind doch beste Freundinnen!« Die Frau hinter dem Stand seufzt und lächelt uns an. »Ich hatte auch mal eine beste Freundin, hier in Goa«, erzählt sie uns. Anfang der 70er kam ich hierher und lernte Birgit kennen. Sie kam dann mit einem Klaus zusammen, den ich auch ganz schmuck fand.«

Klaus und Birgit? Kann das sein? »Klaus und Birgit Gärtner?«, frage ich aufgeregt.

»Du kennst sie?«, die Frau ist verblüfft. »Birgit hieß damals zwar Hübner, aber ja Klaus Gärtner, das war er. Ein hübscher lustiger Mann. Sind die beiden verheiratet?«

»Ja! Das sind mein Onkel und meine Tante!« Wir sind baff. Wie klein die Welt doch ist. »Und was ist passiert?«, frage ich neugierig.

»Ach, das ist so lange her. Eine traurige Geschichte. Wir verbrachten viele Monate in einer kleinen Clique hier. Hatten jede Menge Spaß, bis Klaus und ich uns eines Abends, als Birgit früh zu Bett gegangen war, nähergekommen sind. Ich dachte mir nichts dabei, damals nahmen wir es alle nicht so ernst. Ich hatte wohl mit jedem Mann aus unserer Gruppe mal was. Aber Birgit war sauer, sprach kein Wort mehr mit mir und sie reiste mit Klaus ohne eine Verabschiedung plötzlich zurück nach Deutschland. Wie geht es den beiden denn?«

Aha. Jetzt verstehe ich auch, warum meine Tante nie etwas zu den Berichten meines Onkels über Goa beigetragen hat. Ich erzähle Kirsten, so heißt die Hippiefrau, von ihrem heutigen Leben und meinen beiden älteren Cousins. Dann halte ich nach Paul Ausschau und hole ihn heran, um ihn vorzustellen. Wir tauschen Adressen aus und ich mache mit Pauls Kamera noch ein Erinnerungsfoto, das ich Klaus und Birgit zeigen soll. Kirsten hofft sehr, dass sich die beiden bei ihr melden und inzwischen alles vergessen sei.

»Wahnsinn, was für eine krasse Geschichte.« Bea ist ganz aus dem Häuschen. »Das könnte uns nie passieren, was Maja?«

»Naja. Ich hatte schon Bedenken, dass du was von Paul wollen könntest …«, gebe ich zu.

»Was? Nein Maja, nein!« Bea lacht. »Keine Angst, ich habe kein Interesse an Paul. Klar, Paul ist toll. Er sieht gut aus, ist sympathisch und interessant. Aber ihr seid doch mein Traumpaar, Maja. Vergebene Männer sind nicht mein Typ! Ich hätte mich nie zwischen euch gedrängelt.«

Ich bin erleichtert und falle Bea um den Hals. »Komm, wir binden uns die Freundschaftsbänder um«, ordne ich an. »Wie habt ihr euch eigentlich kennengelernt, Peter und du?«, frage ich, als ich das Band um ihren Arm schlinge und einen Knoten mache.

»Weißt du noch, als ihr in Mamallapuram abends nicht mit mir aufs Dach wolltet? Ich bin alleine hoch und da traf ich ihn.«

Oh. Jetzt will ich es aber genauer wissen. »Und wie seid ihr euch näher gekommen?«

»Ach, das war dann eher Liebe auf den zweiten Blick. Erst dachte ich, er ist ein ziemlicher Aufreißer und etwas wahllos, weil er mich gleich am ersten Abend küssen wollte. Also, das geht ja gar nicht. Nicht mit mir! Wir sind doch anständige Mädchen, nicht war Maja?«

Gut, dass es gleich weiter aus ihr heraussprudelt und mir gar keine Möglichkeit zu einer Antwort lässt.

»Wir tauschten Mail-Adressen aus, und als es mit den Andamanen nicht klappte und ich ganz alleine in Chennai saß, da habe ich dann Kontakt zu ihm aufgenommen. Ich habe ihn gefragt, ob wir nicht zusammen weiterreisen wollen. Zurück in Mamallapuram war er ganz charmant, nicht mehr so aufdringlich. Und dann haben wir uns auf der Reise ineinander verliebt. Ach Maja, ich hätte dir so gerne alles erzählt. Schade, dass du keinen eigenen Facebook-Account hast. So habe ich euch zusammen über Pauls geschrieben. Aber die reinen Mädelsangelegenheiten wollte ich nicht vor ihm ausbreiten.«

Soso, sie hat an uns zusammen geschrieben. Danke Paul, dass ich das auf diese Weise erfahre! Ich nutze die Gelegenheit und tausche mit Bea E-Mail-Adressen aus. Ich möchte nicht noch einmal unschöne Überraschungen erleben, nur weil Paul mir anscheinend so einiges verschweigt. Aber ich will gar nicht mehr wissen, warum er mir die Nachrichten von Bea nicht gezeigt hat. Sicher wollte er einfach keinen Ärger mehr mit mir. Und ich gebe zu, ja, den hätte es auf jeden Fall gegeben. Aber ich habe mich schließlich auch nicht mit Ruhm bekleckert. In Gedanken ziehe ich einen Schlussstrich unter alles. Alles auf Anfang mit Paul. Alles von mir vergessen! Bea ist vergeben und Paul wieder ganz meiner. Da möchte ich an nichts mehr rütteln.

Als wir uns von Bea und Peter am Abend verabschieden, entschuldigt sich Paul freimütig von selbst bei mir für sein Verhalten. Ich bin glücklich.

»Ja, alles ist wieder gut!« Ich nehme seine Entschuldigung mit einem Lächeln an. Da bedarf es keiner Worte mehr!

Der Strand

Paul

Ich sehe das breite Grinsen von Peter. Seine Zähne strahlen mich an, während er mir mit seinen Händen auf die Wangen haut: »Wake up! Wake up!« Am liebsten würde ich meine Augen wieder schließen oder meine Faust in sein Gesicht rammen. Was will der von mir? Er rüttelt an meinen Schultern. »What have you done?« - »Was soll ich getan haben?«, frage ich ihn. »Both are gone, … both are gone!« Beide sind weg. Er wiederholt die Worte. Sie klingen in meinen Ohren wie ein Echo.

Dann verschwindet Peter. Seine Holzketten klappern um seinen Hals als wäre er ein Schlossgespenst. Ich schaue mich um. Niemand ist mehr da. Der Raum ist leer, nur ein Foto fällt in meine Hände. Ein Polaroid: Maja und Bea, Arm in Arm, darunter auf dem weißen Rand steht „Cheese". Beide grinsen mich an. Ich tatsche um mich.

»Hey, was soll das? Ich habe geschlafen«, beschwert sich Maja. Das Foto verschwindet, der Raum versinkt im Dunkeln. »Warum hast du meinen Namen gerufen und mich dann geschlagen?«, fragt sie nach. Entrüstet setzt sie sich auf.

»Was habe ich?« Ich öffne meine Augen.

»Du hast irgendwas gemurmelt, dann laut meinen Namen gerufen und um dich geschlagen«, wiederholt sie.

»Ich habe geträumt.«

»Und was, wenn ich fragen darf?«

»Von Peter …«

Maja schluckt kurz und fällt mir ins Wort. »Von Peter?«

»Ja, er hat mich erst angegrinst und dann angetatscht. Und dann warst du weg. Übrig blieb nur ein Bild von dir und Bea.«

»Träume sind schon albern«, versucht mich Maja zu beruhigen. »Jetzt lass mich aber noch ein bisschen schlafen.« Sie dreht sich um und schläft sofort wieder ein.

Ich versuche ebenfalls einzuschlafen, aber meine Gedanken kreisen unaufhörlich. Weshalb träume ich immerzu von Maja und Bea? Und warum sind beide am Ende immer fort? Ich schließe meine Augen und sehe erneut das breite Grinsen von Peter. Ich richte mich auf und schaue auf meine Uhr: halb sechs. Es sind also noch ein paar Stunden, bis der Tag meinen Kopf füllen wird und diese komischen Gedanken vertreibt.

Ich habe nicht mehr geschlafen. Ich lag die ganze Zeit wach neben Maja. Jetzt fühle ich mich schwer und habe keine Lust auf den Tag. Ein Ausflug mit Bea und Peter an einen einsamen Strand. Was gestern noch verlockend klang, stimmt mich heute nicht gerade glücklich.

Das Frühstück auf der Terrasse vom Subway ist inspirierend. Zum Sandwich gibt es eine Tüte Chips. Merkwürdig! Aber Bea wollte sich hier mit uns treffen und so frühstücken wir, während wir auf sie warten. Wir warten länger als gedacht. Aus Langeweile knabbern wir die beiden Chipstüten leer.

»Also, dass mein Onkel so ein Schlawiner war, das hätte ich nie von ihm gedacht!«, stellt Maja fest.

»Tja, das waren halt die Zeiten damals. Da gab es noch kein Fernsehen und die Leute hatten mehr Zeit für andere Dinge.«

»Hey, machst du dich gerade wieder lustig?«, empört

sich Maja.

»Ja«, grinse ich. »Nein, im Ernst, er hat sich doch für die Richtige entschieden. Deine Tante ist eine klasse Frau.«

Majas zustimmende Antwort geht im Quietschen der Reifen unter. Peter bringt den geliehenen Jeep rasant neben uns zum Stehen. Bea strahlt neben ihm vom Beifahrersitz. Sie springt zu uns hinaus.

»Ich freue mich, dass ihr gewartet habt.« Bea fällt mir um den Hals, sehr zum Missfallen von Peter. Er hat sich den Tag bestimmt anders vorgestellt. »Entschuldigt, dass wir zu spät sind. Peter hat heute Morgen so getrödelt. Aber jetzt können wir los.« Bea setzt ein Lächeln auf, das über beide Ohren strahlt. »Schau Maja, das ist das Shirt vom Flohmarkt. Schade, dass du deines nicht anhast, dann sähen wir aus wie Schwestern.«

Während Bea redet, sitzt Peter schweigend im Auto. Er ist entsetzt, als sich Bea nach hinten zu Maja setzt und mich neben ihn platziert. Grimmig breitet er eine Goa-Karte aus und zeigt mir, wo er hin möchte. Dort soll es unheimlich schöne Strände geben, habe ich gestern von den Hippies vom Flohmarkt erfahren.

Die Fahrt geht kurz durch den Ort und dann über Reisfelder ein paar Kilometer in Richtung Norden. Es sieht aus, als wüsste er, wo er hin muss. Ich bin erstaunt, auch darüber, wie souverän er sich durch den indischen Verkehr bewegt.

Maja

Bea hüpft galant aus dem Jeep und begrüßt uns wie üblich. Ich habe mich inzwischen daran gewöhnt und gebe ihr artig zwei Küsschen. Anschließend setzen wir uns zusammen auf die Rückbank.

Peter brettert los. Mit freiem Oberkörper und Sonnenbrille versucht er seine Männlichkeit unter Beweis zu stellen. Wie ein Irrer nimmt er jede Bodenwelle mit. Mir ist seine Raserei nicht geheuer. Keine Ahnung, was mit ihm los ist, warum er so angeben muss. Offensichtlich ist, dass er Paul meidet und kaum ein Wort mit ihm spricht. Sieht er Paul als Konkurrenten, oder hat er neben ihm einfach Minderwertigkeitskomplexe? Vielleicht hat er einen kleinen Schniepel und muss deshalb auf supercool und sexy machen, um diesen Missstand auszugleichen. Am liebsten würde ich Bea direkt danach fragen, aber meine Gedanken sind natürlich albern und ich traue mich nicht.

Bea ist ganz aufgedreht. »Super Maja, wir machen uns heute einen richtig schönen Strandtag! Wuhhh!«, schreit sie in den Fahrtwind und reißt die Arme nach oben. »Vorsicht!« Ich halte sie am T-Shirt fest, damit sie bei der nächsten Welle nicht aus dem Jeep fliegt.

»Ich hoffe, du hast diesmal deinen Bikini mit?! Obwohl«, kichert sie, »wir sind ja heute am Strand unter uns, da können wir doch auch nackt baden.«

»Nein, nein«, beeile ich mich zu antworten. »Keine Sorge, meinen Badeanzug habe ich schon drunter gezogen.«

»Gut! Obwohl …, eigentlich auch schade! Wäre doch lustig gewesen, wie früher die Hippies!«

»Nein, ich glaube nicht Bea. Den Schniepel von deinem

Peter möchte ich lieber nicht sehen.«

Bea kreischt vergnügt auf. »Ach, da gibt es auch nicht viel zu sehen. Hups, habe ich das wirklich gesagt? Das war jetzt aber gemein von mir, was Maja? Das bleibt unter uns, ja? Unser Mädelgeheimnis!«

»Du bist aber eine, Bea. Also wirklich«, empöre ich mich kichernd. »Hab ich es doch gewusst«, denke ich bei mir. Da hat mich meine Menschenkenntnis also nicht getäuscht.

Unser Lachen wird vom Fahrtwind geschluckt. Wir rasen durch Reisfelder. Seit Peters überraschendem Auftauchen gestern plagt mich erneut das schlechte Gewissen. Das gemeinsame Lachen mit Bea über ihn tut mir gut und schafft Abstand. Ich fühle mich etwas befreiter. Bea scheint allerdings trotz ihres Lachanfalls nachdenklich, als sie wieder anfängt zu reden.

»Weißt du, Maja, nicht dass es jetzt falsch rüber kommt. Ich mag Peter echt gerne. Ich will mich nicht über ihn lustig machen. Dafür gibt es auch gar keinen Grund, er hat einen tollen Körper.«

»Ach Quatsch, keine Sorge. Wir albern doch nur ein bisschen herum. Peter ist bestimmt ein toller Mann.«

»Ja, findest du Maja? Das freut mich! Ich wünschte, ich könnte ihm auch so nahe kommen wie du und Paul es einander seid. Aber in zwei Wochen muss ich schon wieder zurück in die Schweiz und Peter fliegt nach Schottland. Dann war alles nur eine nette Affäre … Ach, schau mal, da ist ja unser Strand!«

Bea ist von einer auf die andere Sekunde wieder die Alte. Ich kann ihr gar nichts Aufmunterndes mehr sagen.

Paul

»Girls: A bump!«, sagt Peter kurz und nimmt mit Schwung eine Bodenwelle, so dass wir aus den Sitzen gehoben werden. An mich richtet er kein Wort mehr. Wir sind uns nicht sympathisch. An einem kleinen Pfad, der von unserer Straße abgeht, stoppt er abrupt. Er schaut sich kurz um, biegt links ein und nach ein paar Minuten halten wir oberhalb eines kleinen Strandes. Es geht eine Klippe hinab, unten stehen Kokosnusspalmen, die den Rand des feinen Sandstrandes säumen. Der Ozean schmiegt sich an die Küstenlinie und bildet eine kleine Bucht. Wir klettern hinunter und breiten uns im Schatten einer Palme aus. Bea wirft sogleich ihre schicken Sachen ab und steht in ihrem orangefarbenen Bikini vor mir. Sie streckt ihre Brüste vor mir raus und lächelt mich an.

»Kommst du mit ins Wasser?«, fragt sie mich.

Ich bin begeistert und mache mich badefein. Peter ist nicht ganz so schnell. Er zieht sich gemächlich aus und setzt sich erst einmal in den Sand. Ich verschwinde mit Bea in der Brandung. Wir lachen viel, berühren uns aber nicht. Maja hat es sich im Schatten gemütlich gemacht. Sie schaut zu uns herüber. Ich winke ihr zu. Alles ist sehr entspannt. Als ich nach ein paar Minuten wieder aus dem Wasser gesprungen komme, fragt sie ganz normal: »Und wie ist es?« Ich antworte ihr, indem ich meine nassen Haare auf ihrem Bauch wuschel, »Toll«, sage und ihr einen kleinen Kuss auf den Mund setze.

»Komm Maja. Jetzt mit dir! Lassen wir die Jungs mal hier alleine.« Bea versucht, Maja an den Händen hochzuziehen. Maja winkt ab und vertröstet Bea auf später. Sie wolle gerade lieber bei mir bleiben.

Später springen wir auch zu viert ins Wasser, spritzen uns ein wenig nass, bis wir uns alle am Strand erholen müssen. Ich und Maja teilen uns ein Mineralwasser, während Peter aus seiner Kühlbox zwei Biere zaubert. Bier am Strand? Ich hoffe mal nicht, dass ich Bea gleich aus dem Wasser retten muss. Oder doch? Ich schüttle den Kopf.

»Hey, das ist kalt! Fantastic!«, lobt sie Peter. Er grinst. Nach dem Bier verschwinden beide im Wasser. Maja und ich bleiben am Strand und beobachten die beiden.

Maja

Paul planscht vergnügt in seinen engen Badeshorts mit Bea. Ich hoffe, er ist wirklich nicht ihr Typ. Mir ist die Lust aufs Schwimmen erstmal vergangen. Ich ziehe mich auch aus und lege mich im Badeanzug auf die Decke. Jetzt zu den beiden dazu zu stoßen und ihnen womöglich den Spaß verderben … Ach, sollen sie sich amüsieren. Paul soll mir nichts vorzuwerfen haben. Ich bin locker drauf! Schließlich bin ich mit Hippies verwandt. Ich bleibe mit Peter unter den Palmen und arbeite daran, unseren Umgang miteinander zu normalisieren. Er schaut missmutig zu den beiden im Wasser. Offensichtlich ist er ebenfalls nicht begeistert vom vertrauten Umgang unserer Partner.

»You wanna swim with me?«, richtet er seine Aufmerksamkeit auf mich.

Schwimmen mit ihm? »No. Better not«, antworte ich.

»Sorry. Bad joke, I know.« Peter seufzt und legt sich neben mich in den Schatten. Ich sage ihm, dass er sich keine Sorgen machen braucht, Paul sei nicht Beas Typ.

»I hope so. Bea is the woman of my dreams. Bea

Lannou, her name is music!« Er seufzt erneut und beobachtet Bea beim Planschen. »I like her very much. She's a funny girl. And hot! I like her orange bikini!«

Oh ja, dass er Bea in ihrem knappen Bikini heiß findet, das kann ich mir nur zu gut vorstellen!

Die Stunden plätschern gemächlich dahin. Wir sonnen uns, gehen baden und genießen die Ruhe unserer Privatbucht. Ich versuche abzuschalten und den Tag zu genießen, ohne schlechte Gefühle aufgrund Peters Gegenwart. Ich brauche keine Angst zu haben, er hält dicht. Er ist viel zu fixiert auf Bea, um sich zu verplappern. Er umsorgt und umgarnt sie. Und ich gehöre zu Paul. Der Kuss mit Peter scheint weit weg. Fand er überhaupt statt? Ich habe keine Erinnerung an das Gefühl. Peters Lippen hängen auf Beas. Ich kuschel mich an Paul. Wir beobachten die beiden. Zum Abschluss des Tages sind sie noch mal alleine ins Meer. Sie stehen bis zur Brust im Wasser, eng umschlungen. Sie verweilen verdächtig lange in dieser Position. Die werden doch nicht? Ich kann mir ein Grinsen nicht verkneifen.

»Sind die da gerade am Poppen?«, frage ich Paul.

»Nein, kann nicht sein«, antwortet er schockiert. »Die knutschen bestimmt nur.«

»Warum kann das nicht sein? Peter hat mir, als du mit Bea zusammen im Wasser warst, gesagt, dass ihr Bikini ihn total heiß macht!«

»Aber deshalb treibt es Bea doch nicht gleich mit dem im Wasser. Vor unseren Augen.« Paul steht auf und beginnt die Decken zusammenzulegen. »Es ist schon spät. Komm, lass uns schon mal einräumen!«

Schade. Sonst philosophiert Paul doch mit Hingabe über die verschiedensten Problematiken. Ich hätte gerne noch ein bisschen mit ihm herumgesponnen.

Wir ziehen uns um und bringen die Sachen zum Jeep, wo wir auf Bea und Peter warten. Paul schaut verstohlen in ihre Richtung. Die Zwei entsteigen Hand in Hand dem Wasser und schlendern zu uns hinauf.

Abschiedsstimmung

Paul

»Nein, kann nicht sein.«

»Doch. Das hat man genau gesehen. Die waren intim im Wasser.« Maja setzt ein zufriedenes Siegerlächeln auf und gibt mir einen Kuss. Ich schüttle weiter ungläubig den Kopf.

»Komm Paul, es ist gleich Zeit zum Frühstücken. Und dann geht es zum Sightseeing!«

»Aber sie hatte ihre Hose doch noch an, als sie aus dem Wasser kam.«

»Paul, du hast keine Fantasie. So viel hat ihr Bikini auch nicht bedeckt. Das kann man ganz einfach zur Seite schieben.«

Ich stelle mir Peters Grinsen vor, als er sich Bea nähert und ihr an die Hose fasst. Es schüttelt mich.

»Ich finde Peter schon ganz schön widerlich. Der gräbt doch alles an, was nicht bei drei auf den Bäumen ist.«

Maja lacht kurz auf und meint Bea sei aber auch genau sein Beuteschema: »Naiv, locker, … Wie gut, dass du nicht ihr Typ bist.«

»Wie kommst du darauf? Wieso bin ich nicht ihr Typ?«

»Hat sie mir gesagt.«

Ich bin entsetzt. Und plötzlich erscheinen meine Erinnerungen von gestern in neuem Licht. Wirklich, die waren ganz schön lange da draußen im Wasser, immer an derselben Stelle.

»Wie gut, dass du nicht an so einen wie Peter geraten

bist«, sage ich zu Maja.

»Wie gut, dass Du nicht an Bea geraten bist.«

Wir nehmen uns in den Arm und küssen uns.

»Ja, wie gut, dass wir uns haben«, sage ich ihr und drücke sie ganz fest an mich.

Ich weiß nicht, ob Bea es nun mit Peter im Wasser gemacht hat oder nicht. Ich will es mir auch lieber nicht vorstellen. Aber es befreit mich von einer Last. Ich weiß jetzt, dass ich wirklich zu Maja gehöre. Lass Bea und Peter glücklich werden. Sei es für den Moment oder die Ewigkeit. Töricht von mir, mich zu Bea hingezogen zu fühlen, wenn ich eine Maja an meiner Seite habe. Beas Lockerheit hat mich verblendet. Jetzt hat sie Peter und ich bin nicht ihr Typ.

Wir treffen uns mit den beiden wieder an der Ecke von Subway. Heute ist kein Auto mit dabei. Bea erzählt, es habe gestern noch Stress mit dem Verleiher gegeben. Er wollte die Kaution nicht rausrücken, weil der Wagen einen kleinen Kratzer gehabt habe.

»Und was habt ihr dann getan?«, frage ich nach.

»Ich bin laut geworden. Wir schenken dem doch nicht 5000 Rupien. Bin ich denn blöd? Dann wollte er immer noch 1000 Rupien haben, er sei ja kulant. Aber nicht mit mir«, erzählt sie. »Dabei war das gestern ein so toller Tag mit euch.«

»Schön, dass er dir gefallen hat«, sage ich in schnippischem Ton, »besonders im Wasser war es bestimmt befriedigend.«

»Wieso im Wasser?«

»Ich fand es einfach schön«, bemerke ich lapidar und versuche schnell abzulenken. »Heute nach Alt-Goa. Fahren wir mit dem Bus?«

Maja

Wir schlendern durch Alt-Goa und versuchen uns die
Pracht der alten Portugiesen-Stadt vorzustellen. Außer
ihren Kirchen ist fast nichts übrig geblieben. Mit einer
Busladung westlicher Touristen und etlichen indischen
Pilgern stehen wir zu viert vor den Überresten des Heiligen Xavier, in der »Basilica of Bom Jesus«. Bea schafft es
nicht einmal, in der Kirche die Klappe zu halten. Wenigstens flüstert sie:

»Schaut mal, die silberne Box. Ist darin der Xavier?
Aber viel zu sehen ist ja nicht, oder?«

Warum muss sie immer alles kommentieren? Sogar
wenn es nichts zu kommentieren gibt? Inzwischen mag ich
Bea zwar richtig gerne, einzig ihre viele Plapperei geht mir
immer noch auf die Nerven. Ich glaube, Peter hält es so gut
mit ihr aus, weil er kein Deutsch versteht. Und wenn Bea
Englisch spricht, überlegt sie zumindest, bevor sie den
Mund aufmacht.

Peter ist sichtlich scharf auf Bea. Sie trägt ein knappes
gelbes Top und ihren orangefarbenen Rock. Wenn es nach
Peters Blicken gehen würde, wäre Bea schon lange split-
ternackt. Arm in Arm schlendern die beiden an den Überresten der Portugiesen vorbei und küssen sich ungeniert
bei jeder sich bietenden Gelegenheit. Auch Paul weicht
heute nicht von meiner Seite, allerdings im Gegensatz zu
Peter auf anständige Weise. So oft wie möglich ergreift er
meine Hand und ich freue mich über die viele Zuwendung, die ich von ihm erhalte. Er sucht heute kaum die
Nähe zu Bea, was aufgrund der Präsenz von Peter auch
schwerlich möglich ist.

In den Kusspausen gibt Bea uns ihr angelesenes Wissen

über die Sehenswürdigkeiten Alt-Goas zum Besten und wir schießen Erinnerungsfotos. Heute ist unser letzter Tag zu viert. Ich freue mich sehr, das Peter-Kapitel morgen ein für allemal zuzuschlagen.

Paul

Peter muss mal. An einem Kiosk geht er auf die Toilette. Maja besorgt uns etwas zu trinken.

»Ich finde euch echt klasse«, sagt Bea, als wir uns auf eine Mauer gesetzt haben. »Ihr versprüht so viel Harmonie. Ich weiß nicht, weshalb ich nicht so viel Glück habe.«

»Was ist denn mit Peter? Ihr versteht euch doch auch ganz gut.«

»Aber das ist doch was ganz anderes als bei euch. Ihr seid ja richtig zusammen. Ihr seid gemeinsam hergekommen, gemeinsam gereist, fahrt gemeinsam nach Hause und teilt gemeinsame Erinnerungen. Aber was ist mit mir? Zurück in Basel habe ich niemanden, mit dem ich Anekdoten austauschen kann.«

»Ach Bea.« Ich nehme sie freundschaftlich in den Arm. Maja kommt von dem kleinen Verkaufsstand mit zwei Thums Up, in denen bunte Strohhalme versuchen aus der Flasche zu hüpfen. Mit Mühe hält Maja sie gebannt. Ich richte mich auf und lasse Bea los.

»Oh, was ist denn?«, fragt Maja besorgt. Sie reicht mir meine Cola. »Ich wusste nicht, was du willst, Bea, du stehst ja nicht auf Softdrinks.« Maja setzt sich neben mich.

»Ach Maja«, seufzt Bea, »ich vermisse euch ja jetzt schon.« Maja widmet sich ihr fürsorglich. Ich kümmere mich um meine Cola.

»Musst Du nicht. Du hast doch Peter«, sagt Maja.

Bea zieht ihre Mundwinkel zu einem Lächeln hoch, aber schweigt. Peter kommt um die Ecke und hat ihr einen Tee mitgebracht. Bea nimmt ihn dankbar an.

Nach den Besichtigungen fahren wir zurück nach Panjim und bummeln durch die Stadt. In einem kleinen Restaurant in der ersten Etage eines alten Hauses gehen wir zum Abschluss essen. Über die kleinen Balkone haben wir einen schönen Ausblick auf die Straße. Leider sind sie so klein, dass wir da nicht zu viert drauf passen. So begnügen wir uns drinnen mit einem großen Tisch.

»Unser letztes Mahl«, seufzt Bea pathetisch. Sie setzt sich mir gegenüber, streift mit ihrem Bein meines und lächelt mich an. Ich lächle zurück, aber der Zauber ist gestern gebrochen.

Ich und Maja stimmen uns bei der Essenswahl ab und bestellen beide etwas von den raren vegetarischen Gerichten, damit wir teilen können. Heute ist ein wunderbarer Tag. Die Harmonie macht mich selig.

»Nach dem Essen würde ich dich gerne vernaschen«, flüstere ich in Majas Ohr.

»Uih«, ruft sie und hält sich schnell die Hand vor den Mund. Sie flüstert weiter: »Wollten wir mit den beiden nicht noch an den Strand?«

»Och Schade! Aber danach?«

»Gerne«, sagt Maja in normal lautem Ton.

»Was gerne?« Verwundert und interessiert schaut Bea zu uns herüber. Maja blickt sie an und bewegt ihre Pupillen von links nach rechts.

»Ich verstehe«, gibt Bea vor. »Ich verstehe.«

Wir fahren mit dem Bus zurück nach Calangute. Die Sonne ist schon untergegangen und anstatt an den Strand zu gehen, verabschieden wir uns. Peter will lieber direkt ins Hotel. Wir verabreden uns für morgen, um ein letztes Mal gemeinsam Frühstücken zu gehen. Dann trennen sich unsere Wege.

Der nächste Morgen begrüßt uns mit einem perfekt blauen Himmel. Die Sonne strahlt herab, die Palmen rascheln sanft im Wind. Ein schöner Tag. Heute sind wir vor Bea im Café und sichern uns vier Plätze. Maja studiert intensiv die interessante Speisekarte, die sie ja eigentlich schon auswendig kennen müsste. Neben dem westlichen Frühstücksangebot finde ich nichts Indisches. Wir haben in der letzten Zeit so oft europäisch gegessen, dass mein Magen bestimmt denkt, wir seien gar nicht mehr in Indien. Ich bestelle mir ein Omelett. Bea und Peter kommen wieder etwas spät und setzen sich zu uns. Höflich gebe ich Peter die Hand und drücke Bea nur kurz.

»Also heute fahrt ihr runter nach Kerala?«, beginne ich das Gespräch.

»Ja, irgendwann heute mit dem Zug.«

»Oh schön«, gebe ich den Fachmann und blicke zu Maja. Sie beendet meinen Satz: »Dann fahrt ihr über Nacht. Das ist praktisch.«

»Meine erste Nachtzugfahrt«, bemerkt Bea. Bislang hat sie alle ihre Stationen mit dem Bus abgegrast. Sie ist aufgeregt. Sie verspricht, unsere Tipps anzunehmen und sie zu beherzigen.

»Habt ihr auch Plätze zusammen?«, möchte Maja wissen.

»Keine Ahnung. Peter hat das Ticket. Hey Peter, show

me the ticket.«

Er kramt in seiner Tasche einen Computerausdruck hervor, den er in einem Reisebüro im Ort bekommen hat. Bea schaut sich das Blatt Papier besorgt an. Das Ticket sieht nicht so aus, wie sie es erwartet hatte. So wenig offiziell.

»Keine Sorge. Unsere sehen ähnlich aus. Und ihr habt Glück, das sind zwei zusammenhängende Plätze an der Seite.«

Beruhigt faltet Bea das Blatt zusammen und gibt es Peter zurück.

»Und was macht ihr beiden Süßen heute noch?«, möchte sie wissen.

Maja antwortet ihr: »Einen gemütlichen Strandtag. Ich habe in Kerala ein Buch gekauft und will das noch bevor wir weiterfahren durchlesen.«

»Ich finde hier keine Ruhe zum Lesen. Irgendwie schafft mich Indien total«, gibt Bea zu.

»Das wirkt gar nicht so«, werfe ich ein.

»Manchmal trügt der Schein.« Bea schließt für einen Moment die Augen.

»The eggs are fantastic. Spectacular!« Peter mischt sich ins Gespräch ein. Da wir untereinander meist Deutsch reden, fühlt er sich wohl ausgeschlossen. Heute ist er offener. Bestimmt freut er sich, uns loszuwerden und wieder alleine Zugriff auf Bea zu haben. Er fragt Maja, wie Kerala war und ob sie ein paar Tipps für ihn hätte. Mich ignoriert er geflissentlich.

Auf dem Weg in den Ort begleiten wir die beiden noch ein Stück. Maja stürmt vorneweg, Peter schlurft hinterher und ich gehe neben Bea. Auf der Brücke über den Fluss sagt sie zu mir:

»Es wäre schön, dich mal wieder zu sehen. Lass uns bitte in Kontakt bleiben.«

Ich bin unsicher, ob das ihr Ernst gewesen ist, als sie Maja gesagt hatte, ich sei nicht ihr Typ.

»Sicher! Du hast ja meine Daten.«

Wir schließen zu Maja auf. Bea hakt sich bei ihr unter. Wie ich die beiden vor mir laufen sehe, bemerke ich, dass sich da etwas gedreht hat. Jetzt ist Bea die Nachdenkliche und Maja die Fröhliche.

»Ich habe Paul eben schon gesagt, dass ich gerne mit euch in Kontakt bleiben möchte. Kommt doch mal in die Schweiz hinunter. Oder ich komme euch im Sommer in Berlin besuchen. Da machen wir Mädels die Stadt unsicher. Nicht wahr, Maja?«

Maja bietet Bea an: »Sicher. Du kannst gerne bei mir und Kathi schlafen.«

Bea fällt ihr um den Hals und muss eine Träne unterdrücken. Wir verabschieden uns am Sportplatz. Wir wollen weiter an den Strand, die beiden müssen zurück nach Calangute. Am Fußballtor nehmen wir uns in den Arm. Dann ziehen Bea und Peter fort.

»Du sagst mir aber Bescheid, wenn sich Bea meldet?«

»Ja, sicher«, antworte ich Maja. »Auf jeden Fall.«

Maja

Die Verabschiedung ist kurz und schmerzlos. Bea umarmt uns, Peter schütteln wir die Hand. Dann sind sie weg. Ich bin so erleichtert, Peter von dannen ziehen zu sehen, dass ich kaum traurig über den Abschied von Bea bin. Wir werden sie in Berlin wiederschen, wahrscheinlich früher als mir lieb ist. Paul und ich schäkern ausgelassen auf dem Weg zum Strand. Ich hatte erwartet, dass ihm die Trennung näher gehen würde, aber er ist guter Dinge und freut sich auf den Strandtag zu zweit. Wir breiten unsere Decken aus und ich mache es mir mit meinem Buch gemütlich. Paul hält die Ruhe nicht lange aus und zieht los, um ein paar Westler für Kokosnuss-Fußball zu begeistern. Die Anspannung, die in den letzten Tagen mein ständiger Begleiter war, fällt nun von mir ab. Ich beobachte Paul. Braun gebrannt und voller Lebensfreude stürmt er mit der Kokosnuss über den Strand. Ich lächle und schließe meine Augen. Ich bin glücklich, ihn zu haben.

Paul

Schon wieder habe ich von Bea geträumt. Warum folgt sie mir immer noch in meine Träume? Sie hat ihren orangefarbenen Bikini an und hüpft mit mir ins Wasser. Es ist lustig. Das Wasser spritzt und die Wellen heben uns vom Grund. Dann öffnet sie ihr Oberteil und streckt mir ihre Brüste entgegen. Sie führt meine Hände auf ihren Busen und lässt sie ein wenig kreisen. Ich bekomme Panik. Auf uns rollt eine haushohe Welle zu. Aber glücklicherweise sind wir so weit im Meer, dass sie sich nicht über uns bricht. Sie hebt uns in die Höhe. Ich spüre das Wasser zwischen meinen Beinen. Als wir wieder Grund unter den Füssen haben, fährt Bea fort. Sie führt meine Hände hinunter zu ihrer Hose. »Schiebe sie zur Seite. Schiebe sie zur Seite!«, flüstert sie in mein Ohr. »Nein, ich möchte nicht«, schreie ich in die Wellen hinaus und versuche meine Hände zu befreien. Aber Bea lässt mich nicht. Hinter mir taucht Peter auf. Er ist nicht so zimperlich. Bea stößt mich weg und lässt Peter an sich ran. Eine neue Welle kommt. Ich werde hochgehoben. Im Wellental hinter mir verschwinden beide. Ich bin alleine im Wasser und schwimme zurück.

Ich wache auf und blicke zur Uhr: Kurz vor Sieben, es ist schon hell. Ich mag meine Träume nicht. Neben mir liegt Maja. Ich schaue sie an: Das ist meine Maja, schwärme ich und kuschle mich an sie heran. Meine Hände fahren unter ihr Shirt und kreisen über ihre Brüste. Sie atmet erregt. Ich streichle ihr den Bauch. Sie strahlt.

»Womit verdiene ich die Ehre? Wartet Bea wieder im Café auf uns?«

»Nein, Bea hat nichts damit zu tun!« Schlagartig ziehe ich meine Hände zurück, aber Maja lässt mich nicht.

»Da bin ich aber froh. Du darfst weiter machen.«

Sie zieht ihr Shirt und ihre Hose aus und streichelt mich sanft. Wir verschmelzen und werden eins: meine Maja!

Maja

»Du machst mich glücklich, Paul! Weißt du das?«

Wir liegen nackt aneinander gekuschelt auf dem Bett, meine Wange auf seiner Brust. Paul antwortet mir nicht. Ich drehe meinen Kopf zu ihm hoch. Er ist noch mal eingeschlafen. Ich streichle sanft über seine Nase und seine Wangen. Paul lässt ein zufriedenes Brummen von sich. Ich mache weiter, bis er die Augen öffnet.

»Habe ich was verpasst?«

»Ja, dass du mich glücklich machst!«

»Oh schön! Soll ich dich gleich noch mal beglücken?«

Er schaut mich lüstern an.

»Nein danke. Du darfst mich aber zum Frühstück einladen. Das würde mich jetzt noch glücklicher machen.«

»Am liebsten würde ich den ganzen Tag hier liegen bleiben«, seufzt Paul. »Aber für das Glück meiner Süßen mache ich doch alles.«

»Super, dann zieh dich mal an.«

»Ay Ay, madam!«

Wir gehen ein letztes Mal ins deutsche Café. Ich genieße es, mit Paul alleine zu sein. Wir teilen einen großen Obstbecher und lassen uns das Brot schmecken. Es ist angenehm hier in Goa, wir würden am liebsten bleiben. Ich versuche uns für die erneute Weiterreise zu motivieren.

»Komm schon Paul. Nur noch eine Woche, dann gibt es zu Hause wieder jeden Tag leckeres Brot. Die paar Tage schaffen wir jetzt auch noch. Und Bombay ist sicher aufregend, also müssen wir weiter reisen.«

Was wir uns in aller Welt dabei gedacht haben, vorher noch über Nacht nach Pune zu fahren, das kann ich mir nicht mehr erklären. Ich bin absolut reisemüde, tue diesen Umstand aber nicht kund. Den Streit, der durchs letzte Jammern über die Reiseplanung entstanden ist, möchte ich nicht wiederholt wissen. Stattdessen versuche ich den Reisestress zu verdrängen.

Also gut, packen und auf zum Bus. Erst geht es nach Panjim, von dort in den Nachtbus nach Pune. Er sieht komfortabel und modern aus, aber vom Anblick lasse ich mich in Indien nicht mehr täuschen. Ich mache mich auf eine anstrengende Fahrt gefasst. Wir kaufen schnell noch Snacks, dann nehmen wir unsere Plätze ein. Der Fahrer läuft bereits die Reihen ab und verteilt Decken.

»Na, das wird doch eine gemütliche Nacht.« Ich lehne

mich in meinem Fensterplatz zurück.

»Oh ja, und schau mal, es gibt auch für jeden eine Spucktüte.« Paul angelt sich die Tüten aus den Netzen unserer Vordersitze und wedelt damit vor meiner Nase herum.

»Hier nimm, ich überlasse dir meine lieber gleich.«

»Pack die ja schnell zurück, Paul. Sonst schaller ich dir eine. Die werde ich heute hoffentlich nicht brauchen!«

»Na gut, wäre auch besser. Nicht, dass du wieder alles vollkotzt. Bea hat uns diesmal schließlich keine Süßigkeiten-Box mitgegeben.«

Ich entwende Paul die Tüte mit den Samosas. »Ha, das haste jetzt davon. Ich werde alle alleine aufessen.«

»Och nö, Majalein. War doch bloß Spaß. Und außerdem, du weist doch, alleine essen macht dick.« Er streichelt mir über den Bauch. Grummelnd nehme ich mir ein Samosa aus der Tüte und gebe sie Paul zurück.

»Da hast du ja noch mal Glück gehabt. Freche Gören gehen bei mir eigentlich ohne was zu Essen ins Bett.«

»Bin ich froh, dass ich schon erwachsen bin.« Genüsslich beißt Paul in seinen Samosa.

Die Fahrt führt uns durch Berge und der Fahrer rast wie üblich. Nach dem Verspeisen der Samosas wird mir übel, aller guten Vorsätze zum Trotz. Zudem sind die Fenster blickdicht getönt. Ich kann nicht herausschauen, um mich auf scharfe Kurven vorzubereiten. So werden wir willkürlich durchgeschüttelt. Paul hat kein Problem damit. Er hat seine Tasche als Kissen hinter seinen Kopf geschoben und schläft, eingemummelt in seine Decke. Ich bekomme kein Auge zu. Mein Magen rumort.

Nach zwei Stunden Tortur halten wir an einem Rastplatz. Ich will mich lieber direkt in die Toilette übergeben, statt in die kleinen Tüten. Vielleicht geht es mir dann den Rest der Fahrt besser. Paul ist aufgewacht und begleitet mich zum Toilettenblock. Wir trennen uns davor und ich schleppe mich hinüber zum Damenklo. Drei Kabinen gibt es. Zwei sind bereits besetzt. In der Dritten empfängt mich eine Kröte. Eine fette Kröte! Sie sitzt mitten in der Porzellanschüssel und lässt sich von mir nicht beeindrucken. Ich mache sofort kehrt und wanke zurück zum Bus. Paul kommt hinter mir hergerannt. Er will wissen, was los war, aber ich winke nur ab. Im Bus ziehe ich die Decke um mich und lege eine Tüte griffbereit auf meinen Schoß. Nach einer gefühlten Ewigkeit des stillen Vor-mich-hin-Leidens schlafe ich doch noch ein, ohne von der Tüte Gebrauch machen zu müssen.

Kapitel 6
Dem Paradies entschwunden

Feindesland

Maja

Als ich wieder erwache, ist die Übelkeit verflogen. Zurück bleiben Rückenschmerzen und schwache Beine von der langen Fahrt. Ich schaue auf die Uhr, es ist halb sechs. Unser Bus erreicht gerade den Busbahnhof von Swargate. Wir sind in Pune angekommen. Ich fühle mich wie achtzig und schaffe es nur mit Pauls Hilfe aus dem Bus zu klettern. Die Kantine am Busbahnhof ist unser erstes Ziel. Ich bin froh, mich nach drei Schritten wieder niederlassen zu können. Kaffee gibt es hier leider nicht. Doch auch der Chai entfaltet seine Wirkung und langsam spüre ich wie die Kräfte in meinen Körper zurückkehren. Im Zentrum von Pune wollen wir uns ein ordentliches Frühstück gönnen. Hier am wühligen Busbahnhof ist uns das Essen nicht geheuer und die Uhrzeit ist eindeutig zu früh.

Die Suche nach dem richtigen Bus ist schwierig. Wir fragen herum, bekommen allerdings keine richtigen Antworten. Anscheinend versteht uns keiner. Aber was ist an »local bus« und »station« nicht zu verstehen? Ich habe das Gefühl, dass niemand mit uns sprechen will. Das habe ich in Indien bislang noch nicht erlebt. Meistens war es eher so, dass die Inder von sich aus Kontakt gesucht haben und ganz begierig darauf waren, uns weiter zu helfen. Ich erspähe einen Mann mit Laptop-Tasche und denke, der wird sicher gut Englisch sprechen. Doch ich liege falsch. Immerhin ist er halbwegs bemüht uns zu helfen und scheint zu verstehen, wohin wir wollen. Er weist uns die Richtung.

Dort, wo der Mann hingezeigt hat, steht ein Bus. Wir gucken durch die offene Tür hinein. Ein paar Leute sitzen schon drin, der Fahrer dreht sich zu uns herum. Auf unsere Frage, ob sein Bus zum Bahnhof ins Zentrum führe, wackelt er bejahend mit dem Kopf. Auch der Kontrolleur und ein Mitfahrer winken uns herein. Wir setzen uns in das Heck des Busses. Hier ist am meisten Platz für unsere Rucksäcke. Der Bus fährt los und wird rasch voll und voller. Wir rücken mit unserem Gepäck so gut wie möglich zusammen, dennoch ernten wir von der Bank gegenüber kritische Blicke. Paul kramt in seinen Hosentaschen nach Kleingeld, findet einen Zehn-Rupienschein und steckt ihn in seine Hemdtasche. Der Kontrolleur klappert während der Fahrt die Reihen ab und kassiert das Fahrgeld. Kurz bevor er uns erreicht, dreht er abrupt um und kehrt in den vorderen Teil des Busses zurück.

»Hä? Warum wollte er kein Geld von uns?« Ich blicke fragend zu Paul.

»Weiß nicht, vielleicht brauchte er neues Wechselgeld und kommt gleich wieder.«

»Aber die Kontrolleure haben das ganze Geld doch immer in ihrer schwarzen Tasche dabei.« Wir sind irritiert. Nicht allein vom Kontrolleur, auch von der Umgebung, die am Fenster vorbeizieht.

»Komisch. Ich glaube wir sind hier nicht richtig.« Paul verrenkt sich, um aus dem Fenster zu schauen. »Das sieht mir nicht nach Innenstadt aus!« Er wendet sich an einen jungen Mann, der vor uns steht, und fragt ihn, wann der Bus am Hauptbahnhof hält.

»Station? Next stop.«

»Next stop. Okay, thanks!«

Wir warten also auf den nächsten Halt. Doch als der

Bus stoppt, ist weit und breit kein Bahnhof zu sehen. Niemand steigt aus, nur ein paar Leute hinzu. An der Tür hängt inzwischen eine Traube junger Männer. Wir werden immer unsicherer und fragen erneut unseren Vordermann.

»Station? Oh, next stop.«

»Sure?« Wir sind uns mehr als unsicher.

»Yes yes, next stop.«

Gut, vielleicht hat er sich zuvor ja einfach vertan. Das passiert mir in Berlin auch mal, wenn Touristen fragen. Die genauen U- und S-Bahnstationen habe ich auch nicht immer im Kopf parat. Das wird schon, am nächsten Halt ist bestimmt der Bahnhof zu sehen.

Doch er taucht nicht auf und unser Frage- und Antwort-Spiel wiederholt sich noch zwei Mal. Währenddessen rutschen wir angespannt auf unseren Sitzen hin und her und starren angestrengt nach draußen. Vielleicht sehen wir ja endlich mal ein Schild, damit wir wenigstens ungefähr wissen, wo wir jetzt sind.

Der Kontrolleur kämpft sich erneut nach hinten durch. Auch diesmal ignoriert er uns. Wir versuchen auf uns aufmerksam zu machen. Paul wedelt mit dem Rupienschein, doch der Kontrolleur würdigt ihn keines Blickes. Beim nächsten Halt wird es uns zu bunt. Etliche Mitfahrer strömen hier ins Freie und Paul gibt auch mir Bescheid, den Rucksack zu schultern.

»Hier steigen so viele aus, da ist die Chance groß auch gut wieder wegzukommen. Hoffentlich in Richtung Bahnhof.«

Wir drängeln uns durch zur Tür und springen auf die Straße. Ein dürrer Mann mit strenger Hornbrille tritt vor mich und fuchtelt mit seinen Armen. »Ticket, ticket!« Ich verstehe nicht.

»Show your ticket!« Er blickt mich finster an. Mir dämmert Schreckliches. Ich wusste bislang nicht, dass es auch Ticketkontrolleure gibt, denen man beim Aussteigen sein Ticket vorzeigen muss. Nun bin ich schlauer. Und ausgerechnet heute machen wir Bekanntschaft mit einem. Paul springt mir zur Seite und erklärt, warum wir kein Ticket bekommen haben. Der Mann hört jedoch gar nicht zu, sondern geht gleich in Forderungen über. Er will 500 Rupien, von jedem! Das ist ja der Hammer! Wir zahlen doch keine 1000 Rupien, nur weil wir im Bus missachtet wurden.

»No, that's a mistake!« Paul versucht vehement unsere Situation zu erklären. Doch der Mann bleibt stur: »500 Rupies, 500 Rupies«. Er zeigt auf jeden von uns. Paul lässt sich jedoch nicht beirren und redet weiter auf den Mann ein. Jetzt schreit dieser: »No Englisch! Marathi!« Um uns herum hat sich inzwischen ein Menschenauflauf gebildet, der stetig größer wird. Immer mehr indische Männer strömen herbei und begaffen das Schauspiel.

»No English! Police, Police!« Der Kontrolleur wird jetzt richtig böse. Mir rutscht das Herz in die Hose. Das kann doch nicht sein Ernst sein. Ich befürchte das Schlimmste. Ich bin mit meinen Nerven am Ende. Ohne Frühstück stehe ich irgendwo am Rand von Pune und bin noch nie in meinem Leben so unfreundlich behandelt worden. Mir kommen die Tränen. Ungeniert starrt der Pulk Männer uns an. Haben sie denn noch nie eine heulende Westlerin gesehen? Was ist daran so interessant?

Aufgebracht ruft der Mann immer lauter nach der Polizei. Schließlich dreht er sich schimpfend um und schreitet voran. Er will anscheinend zur Polizeistation laufen. Uns bleibt nichts anderes übrig, als zu folgen, da die

Menschentraube uns flankiert. Ich sehe Paul und mich schon in einer indischen Gefängniszelle. Schluchzend wanke ich hinter den Männern her. Die Tränen strömen jetzt nur so meine Wangen hinunter, ich kann gar nicht mehr aufhören zu weinen. Einige hundert Meter weiter taucht vor uns die Polizeiwache auf. Paul löst sich aus der Gruppe und eilt schnellen Schrittes voran in die Station. Ohne den Kontrolleur zu Wort kommen zu lassen, wendet er sich an die Frau, die dort hinter einem Schreibtisch sitzt. Ich schließe schnell zu Paul auf und weiche ihm nicht mehr von der Seite. Die Frau und auch der Officer, der aus dem Nebenzimmer herbeieilt, können kein Englisch.

Wir müssen warten, bis jemand kommt, der Englisch spricht. Es dauert zum Glück nicht lange. Ein freundlicher Mann mittleren Alters erscheint, der sich als Mr. Kumar vorstellt und sich von Paul seine Version erzählen lässt.

Wir wollten doch zahlen! Paul zieht den Rupienschein aus seiner Hemdtasche und erklärt, dass wir das Geld schon zurechtgelegt hatten, aber keine Möglichkeit bekamen, es los zu werden. Der Kontrolleur versucht gleichzeitig lautstark seine Wahrheit kundzutun. Es ist ein heilloses Durcheinander. Doch Herr Kumar behält die Ruhe und entscheidet zu unseren Gunsten. Wir seien doch Ausländer. »It's okay.« Der Kontrolleur regt sich jetzt fürchterlich auf, doch die Entscheidung steht. Paul will seine zehn Rupien noch an den Mann bringen, doch die Polizisten möchten den Aufruhr nur schnell beenden.

Wir werden auf die Straße gedrängt, wo bereits eine Rikscha auf uns wartet. Die Polizisten schieben die Rucksäcke und uns auf den Rücksitz, erklären dem Fahrer, wo wir hin wollen, und verkünden uns den Fahrpreis: »60 Rupies, not more!« Wir rattern los. So schnell, wie der

Albtraum begonnen hatte, so schnell ist auf einmal alles vorbei. Nur ich bleibe aufgelöst zurück. Pauls Auftreten war hingegen stark! Er hat uns gerettet. Ich fühle mich gut bei ihm.

Paul

»Ist alles in Ordnung?«, frage ich Maja. Sie wischt ihre Tränen aus dem Gesicht.

»Ja, es geht schon. Aber was soll das? Mögen die keine Touristen?«

»Maja, das war einfach ein Arschloch! Ein frustrierter Kontrolleur, der sich mal wichtig machen wollte.«

»Wieso hat er uns nicht verstanden? Weshalb konnte er kein Englisch? Es ist doch die Cricket-WM im Land. Da muss er doch Englisch können!«

»Der war einfach ausländerfeindlich. Der konnte Englisch. Der wollte aber nicht diskutieren.«

Ich bin mir sicher, dass der Kontrolleur Englisch konnte. Als er uns seine Forderungen präsentierte, war er noch gut dabei. Erst als ich anfing, mit ihm zu streiten, vergaß er die Sprache und meinte, er könne nur Marathi. Überall auf der Welt gibt es solche Wichtigtuer. Und dieser dachte wohl, er hätte ein einfaches Spiel mit uns. Aber er hat verloren. In Südindien ist uns so etwas nie passiert. Mein Puls schlägt noch wie wild. Es war mein erstes Mal. Ich bin noch nie auf einer Polizeiwache gewesen. Und jetzt: wegen Schwarzfahrens. Ich glaube es nicht.

Am liebsten würde ich Maja in den Arm nehmen, aber wir kurven gerade durch den Verkehr in Pune. Ich schaue hinaus, sehe aber nur staubige Straßen. Keine Ahnung, wo wir sind, und noch weniger, wo wir gerade hinfahren. Wie gut, dass der Rikschafahrer den Durchblick hat und uns vor dem richtigen Hotel heraus lässt.

Da die Hotelsuche in Pune schwierig sein soll, haben wir im Internet das Hotel Shivam vorgebucht. Also kann nichts mehr schief gehen. Der Typ an der Rezeption schaut mich finster an. Von einer Reservierung will er nichts wissen. Sie hätten nichts von uns bekommen: keine Buchung und keine Bestätigung. Ich krame meinen Ausdruck der Mail vom Hotel heraus: ein Zimmer, zwei Betten am 28.3., Paul Brugge. Der Mann schaut sich kurz mein Blatt an, wedelt damit herum und meint lapidar, hier stehe, wir kämen um 8 Uhr. Jetzt sei es schon 9 Uhr. Das Zimmer sei weg.

Und was nun? Das sei ihm egal. Fassungslos stehen ich und Maja auf der Straße vor dem Shivam. Heute scheint nicht unser Tag zu sein. Wir müssen weiter suchen und steuern zuerst das große Hotel schräg gegenüber an. Leider können wir uns den Preis nicht leisten, aber die Frau hinter der Rezeption bestätigt uns, dass das Hotel Shivam Ausländer nicht möge. Wir sollten es eventuell in der Nähe des Ashrams in Koregaon Park versuchen. Ashram, wie schön! Ich mache ein genervtes Gesicht, aber die Frau beruhigt mich. Dort seien die Preise niedriger und es sei einfacher ein passendes Hotel zu finden. Wir nehmen eine Rikscha und fahren hinaus. Doch auch in Koregaon Park finden wir kein bezahlbares Hotel. Ratlos stehen wir wieder auf der Straße.

»Wenn ihr eine Unterkunft sucht, kann ich euch helfen.« Eine Frau spricht uns von der Seite an. Sie heißt Iris, ist 32 Jahre alt und schon seit drei Wochen in Pune. Eigentlich kommt sie aus Ulm, aber wirklich zu Hause sei sie nur hier. Ich schaue Maja verdutzt an. Ein Ashrami, aber glücklicherweise nicht ganz so kontaktscheu und entrückt wie unsere letzten. Sie ist freundlich und hilft uns. Da sämtliche Hotels am Platz für uns zu teuer sind, weist sie uns den Weg zu einem Homestay. Das sind Privatunterkünfte in Familien, die Betten für andere Menschen bereitstellen.

»Wie lange habt ihr vor hier zu bleiben?«, fragt sie, als sie uns von der Vermittlungsstelle zur Familie Sharma begleitet.

»Zwei Nächte, dann müssen wir weiter nach Bombay. Unser Flug geht in fünf Tagen«, antwortet Maja.

»Dann habt ihr aber nicht lange Zeit für den Ashram. Da gibt es so einige Regeln.« Iris sieht enttäuscht aus.

»Wir waren auch schon in Pondicherry«, versuche ich mehr Interesse an Spiritualität zu heucheln als mir lieb ist.

»Seid ihr zum ersten Mal in Indien?«

Verlegen bejahe ich, aber nicht ohne vom Land zu schwärmen und beiläufig die anderen fernen Länder aufzuzählen, in denen ich schon gewesen bin. Das setzt Iris ihrerseits unter Druck: »Ich bin schon das dritte Mal in Pune.«

Sie hat Pune gesagt, nicht Indien. Ich gehe nicht davon aus, dass wir uns auf derselben Wellenlänge bewegen. Vor dem Haus verabschiedet sich Iris. Keine Ahnung, ob wir sie je wiedersehen werden. Die Wohnung der Sharmas befindet sich in einem schäbigen Neubau. In den Ecken des Treppenhauses kleben überall Paan-Flecken auf dem nackten Beton. Die Familie begrüßt uns herzlich. Sie haben ein Zimmer, das sie regelmäßig vermieten. Eigentlich gehört es ihrem Sohn und seiner Frau, aber der arbeitet oft in Bombay und ist selten da.

Der Raum wirkt ganz okay, aber es ist seltsam, inmitten einer indischen Familie zu wohnen. Wir müssen das Badezimmer mit Herrn und Frau Sharma, ihren beiden Kindern, der Schwiegertochter und ihrem Baby teilen. Ihre Wohnung hat drei Zimmer. In einem wohnen wir. Mir ist bei der Enge nicht wohl, aber wir haben keine Wahl und können schlecht auf der Schwelle umdrehen. Wir ziehen ein.

Maja

Ich taste mit der Hand nach unserem Reisewecker. 2:40 Uhr. Och nee. Das indische Baby schreit in einer Tour. An Schlaf ist nicht zu denken. Ich fördere die Ohrenstöpsel aus meiner Umhängetasche zutage. Dankbar nimmt auch Paul sein Paar entgegen. Das Geschrei lässt sich nicht vollkommen abstellen, doch dringt es jetzt nur noch gedämpft zu mir. Ich lege mich zurück auf die Matratze und falle in einen unruhigen Schlaf. Ich fantasiere von einem schwarzhaarigen Baby, das auf meinem Schoß liegt. Paul schimpft mit mir:

»Stell doch endlich das plärrende Kind ab!«

»Paul, es ist doch nicht meins. Ich weiß nicht, wo der Ausschaltknopf ist.«

»Gibt ihm 500 Rupien, dann wird es schon aufhören.«

Am Morgen dringen Frauenstimmen zu uns. Die Küche grenzt an unser Zimmer. Wir bleiben noch eine Weile liegen und lauschen der Geschäftigkeit der Familie. Dann flüchten wir, ohne ihr einen guten Morgen zu wünschen, nach draußen. Ich brauche einen Kaffee!

Paul

Ich bin genervt. Die halbe Nacht hat das Kind geschrien. Es hat geraschelt und kurz vor sechs begann das Poltern und Klappern. Ich weiß nicht, was unsere indische Gastfamilie gemacht hat, aber ich bin gerädert. Nach der langen Busfahrt von Goa war das nun die zweite schlaflose Nacht. Da hilft nur ein anständiges Frühstück. Wir wollen es uns gemütlich machen und steuern die berühmte deutsche Bäckerei an. Aber was soll ich sagen? Ist nicht! Wegen eines Terroranschlags ist das Café gesperrt. Vor einem Jahr wurde der Laden von einem Deppen in die Luft gesprengt. Mir laufen eiskalte Schauer den Rücken hinunter. Dass die Reise gefährlich sein könnte, ist mir bislang nicht in den Sinn gekommen. Vollkommen unbedarft habe ich alles genossen. Und jetzt stehe ich vor den Trümmern meiner Unbeschwertheit.

Vor dem Haus sind Bambusgerüste aufgebaut und Arbeiter werkeln geschäftig. Wir gehen einmal um das Gebäude herum und stehen vor einem Schnapsladen. Der Verkäufer starrt uns an. Ich fühle mich unwohl und nehme Maja mit auf die andere Seite.

Statt in die Bäckerei, wo wir ökologisches Essen bekommen hätten, gehen wir in das stylische Mocha. Wir setzen uns draußen in die Hollywoodschaukel und trinken unseren Kaffee. Heute mag er mir aber nicht schmecken.

Träge ziehen wir danach durch die Straßen, vorbei am Ashram, in den mich keine zehn Pferde hineinbringen werden, weiter in einen Park. Wir setzen uns auf eine Wiese. Ich habe keine Lust mehr weiter zu gehen. Meine Beine versagen mir den Dienst.

Ich harre im Schatten und schaue ins Grün. Maja bleibt

einen Moment neben mir sitzen. Dann springt sie auf und geht zu einem kleinen Stand, der sich am Eingang des Parks aufgebaut hat. Sie kommt zurück und präsentiert zwei aufgeschnittene Scheiben einer Wassermelone. Ich nehme eine dankend an und lasse mich, nachdem ich sie verschlungen habe, flach auf die Wiese fallen. Ich fühle mich hier nicht wohl. Mit dieser Feststellung verweigere ich mich einer Besichtigung der Stadt.

Heute will ich nur noch nach Hause. Der Reisekoller überkommt mich und zieht meine Laune nach unten. Zum Glück sind wir bald in Bombay.

Maja ist es langweilig: »Lass uns mal rein in die Stadt. Zur Not zu Fuß, wenn du keine Rikscha nehmen willst.«

Im Gegensatz zu mir ist sie vital. Sie gibt meiner Verweigerungshaltung keine Chance.

»Komm, sonst gehe ich ohne dich!«

»Ist schon gut. Dein Beschützer kommt ja mit.«

»Das ist fein.« Sie wuschelt mir über die Haare als wäre ich ihr Hund. Wir laufen in die Stadt hinein. In der Einkaufsstraße stürmen wir den Barista. Mir ist heiß und der Brrrista Frappé kommt genau im richtigen Moment. Die Kälte brennt auf meiner Zunge und zieht mein Gehirn zusammen. Genau das, was ich gebraucht habe.

»Wie geht es dir?«, fragt Maja besorgt nach. »Du bist heute echt nicht gut drauf!«

»Keine Ahnung. Das ist nicht mein Tag.«

»So was kenne ich. Aber sonst ist alles okay? Du wirkst traurig.«

»Ich bin froh, wenn wir morgen Pune wieder verlassen. Erst der unfreundliche Kontrolleur, das blöde Hotel, die harte Nacht und die zerstörte Bar.«

»Ist alles etwas viel.« Sie legt ihre Hand auf meine.

Maja

Ich verstehe Pauls schlechte Laune. Aber deshalb den ganzen Rest des Tages stupide abhängen? Nein, das ist mir zu öde. Und nach weiteren Unterhaltungen mit deutschen Esos ist mir auch nicht zumute. Dreimal kamen heute bereits Westler auf uns zu. Mit betonter Freundlichkeit und diesem seligen Lächeln sprachen sie uns auf Deutsch an. Doch stets waren sie schnell wieder weg, als klar wurde, dass wir kein Interesse am Ashram haben.

Über dem eisigen Kaffee im Barista schüttet Paul mir sein Herz aus. Ja, ganz Pune hat unsere geringen Erwartungen sogar noch untertroffen. Auch ich bin enttäuscht. Und kann nicht mehr machen, als Paul mein Mitgefühl zu zeigen. Nicht einmal einen schönen Abend kann ich ihm versprechen. Wenn man nicht wegen Osho hier ist, bietet Pune nicht viel. Wir nehmen eine Rikscha und fahren zum Koregaon Park zurück und gehen essen. Halb acht kehren wir heim zu unserer Gastfamilie. Wir werden nett begrüßt und ins Wohnzimmer geleitet. Kaum sitzen wir auf dem Teppichboden, bekommen wir einen Tee in die Hand gedrückt. Das Baby auf dem Arm der Schwiegertochter sieht erkältet aus. Das würde sein ständiges Schreien erklären. Die Familie ist sehr freundlich, doch unser Gespräch unbeholfen. Ich lächle die Frauen an, verstehe jedoch wenig. Ihr Englisch und unser Marathi sind nicht kompatibel. Wir gehen früh ins Bett. Die Hoffnung ruht auf Bombay. Je schneller wir schlafen, desto schneller sind wir dort.

Endlich wieder Metropole

Paul

Die letzte Zugfahrt, der letzte Kaffee im Pappbecher, die letzten Samosas von fliegenden Händlern. Der Zug fährt in den Bahnhof von Bombay ein. Chhatrapati Shivaji Terminus, ein Kopfbahnhof von altertümlicher Eleganz. Hier ist der Endpunkt unserer Reise. Mit staunenden Augen steige ich aus und sie werden immer größer, als wir den alten Bahnhofsteil durchqueren. Menschenmassen strömen aus den Zügen und verlassen das Gebäude. Ich bleibe stehen und setze meinen Rucksack ab. Maja drängelt. Sie möchte schnell ins Hotel, endlich wieder duschen.

Ich schaue mir den Stadtplan an und versuche mir den Weg zu merken. Dann reihen wir uns in den Strom der Menschen ein und fließen mit ihnen aus dem Gebäude. Wir verlassen den Bahnhof durch den Seiteneingang. Die Masse verschwindet in einem Tunnel, aber wir gehen am Bahnhof entlang. Bombay ist hübsch.

Wir laufen zum Hotel, an der Post vorbei eine breite Straße hinunter bis zum Universal Café. Daneben soll unser Hotel liegen und tatsächlich, wir haben es gefunden. Ich klopfe mir auf die Schultern. Stolz nehme ich die Treppe mit Schwung. Hochmut kommt vor dem Fall. Ich beachte nicht, wie niedrig alles ist, und stoße mir den Kopf. Aua, das hat wehgetan. Nachdem wir uns auf dem Zimmer frisch gemacht haben, geht es noch einmal in die Stadt. Wir gehen dorthin, wo die Touristen sind: nach Colaba.

»Schau mal Maja. Ist das nicht das perfekte Geschenk für meine Schwester Kerstin?« Ich halte ihr das Poster eines indischen Schauspielers vor die Nase.

»Ich glaube nicht. Wer ist das überhaupt?«

Ich versuche auf dem Bild einen Namen zu finden. Der Verkäufer grinst mich an und kommt zu uns herüber gewetzt.

»Your girlfriend likes Shahrukh Khan?«

Maja schaut mich entsetzt an und erwartet, dass ich das richtigstelle.

»Du weißt, was ich davon halte!«

»Yes, she likes him a lot!« Ich grinse hämisch. Sie tritt mir auf den Fuß.

»Wie kannst du dem Verkäufer sagen, ich mag den? Ich denke, deine Schwester wird ihn ebenso wenig mögen wie ich.«

»Wer weiß? Es könnte ja auch sein, dass sie von ihm ganz hin und weg ist. Schau mal: Das ist doch ein hübscher Mann.«

»Lass mal sehen. Ja stimmt. Erotisch und attraktiv, nur ein bisschen alt für mich. Wir müssen mal schauen, ob bei den Postern nicht auch ein jüngerer Schauspieler dabei ist.«

»Ich glaube, der ist genau richtig für Kerstin.«

»Nein, ich meine für mich. Du hast mich auf den Geschmack gebracht. Ein hübscher indischer Mann an meiner Wand, dass ich von ihm träumen kann.«

»Du hast doch mich.«

Maja bricht in Lachen aus: »Na gut. Aber schenke deiner Schwester bitte etwas Vernünftiges.«

»Auf gar keinen Fall. Entweder das Poster des Khan

oder gar nichts! Wenn ich gnädig bin, kaufe ich ihr noch eine Packung Räucherstäbchen dazu.«

»Paul, du bist uncharmant.«

Entschlossen krame ich das Geld aus meiner Hemdtasche heraus. Der Verkäufer zieht ein Gummibändchen über das gerollte Poster und überreicht es Maja. Als wir uns von dem Verkaufsstand entfernt haben, stellt mich Maja zur Rede. Sie wedelt mit der Posterrolle: »Du kannst doch Kerstin nicht so einen Blödsinn schenken. Die kann doch Stars nicht leiden.«

»Genau deswegen bekommt sie das auch. Du weißt, was sie mir zu Weihnachten geschenkt hat?«

»Nein, das hast du mir nicht erzählt.«

Ich hole aus und erinnere mich zurück, wie wir alle im Wohnzimmer saßen. Der Tisch war reich gedeckt. Es gibt immer um 18 Uhr unser traditionelles Heiligabendessen. Davor beschenken wir uns gegenseitig. Es sind nur Kleinigkeiten, Gesten. Mein Bruder Raffael schenkte mir eine Basketballkappe der New York Knicks und bekommt dafür von mir aus Indien eine DVD mit Patiala House. Meine Schwester überreichte mir ein hübsches kleines Paket, blau glitzernd mit einer breiten roten Schleife. Und was war drin?

»Ja, sag schon!«

»Sechs Rubbellose.«

»Das nenne ich mal originell.«

»Aber alle waren aufgerubbelt: einmal zwei Euro, ein Freilos und vier Nieten.«

»Das ist gemein.« Maja muss schon wieder lachen. »Na gut, dann gestatte ich dir das. Du darfst ihr den Schauspieler schenken. Meinen Segen hast du.«

Wir gehen weiter. Vor einem Fenster entdecke ich eine

Menschentraube. Dort scheint es etwas zu sehen zu geben. Da muss ich hin. Ich stürme vor. Maja schlendert hinterher.

»Was ist denn nun schon wieder?«

»Mal schauen, was los ist.«

Die Leute stehen vor dem Fenster eines Sportladens. Ich schaue über ihre Köpfe. Im Schaufenster steht ein Fernseher. Es läuft Cricket. Das erste Halbfinale, in dem sich Sri Lanka und Neuseeland gegenüberstehen. Das bringt mich auf eine Idee. Ich betrete den Laden und kaufe mir das Trikot der indischen Mannschaft. Das ist ein gutes Souvenir für mich.

Maja

Colaba ist voll von Westlern. Sie stehen an den vielen Straßenständen und lassen sich unnütze Mitbringsel aufschwatzen oder durchstöbern die Läden mit traditionellem Kunsthandwerk. Da wir ebenfalls noch Souvenirs brauchen, schließen wir uns den anderen Touristen einfach an und tauchen ab in den Kaufrausch. Für meine und Pauls Eltern suchen wir geschnitzte und bunt bemalte Ganesha-Figuren aus. Bianca bekommt einen kleinen metallenen Elefanten als Räucherstäbchenhalter mit einer Großpackung Patchouli-Räucherstäbchen und Kathi einen Pashmina-Schal. Ich kenne sie doch. Wenn sie meinen sieht, ist sie so angetan, dass sie auch einen möchte. Dann kann ich diesen hervorzaubern und sie überraschen. Für mich selbst würde ich gerne noch einen Kaschmirpullover kaufen, aber meine Reisekasse gibt den nicht mehr her. So erstehe ich ein rundes Emailleschild mit einem radschlagenden

Pfau, dem Symboltier Indiens. Wenn ich das über mein Bett hänge, werde ich mich immer an unsere herrliche Zeit hier erinnern.

Langsam stellt sich Wehmut ein. In zwei Tagen ist das Abenteuer vorbei. Adieu freies Leben. Aber auch: Hallo eigenes Bett. Ich freue mich auf erholsamen Schlaf. Doch in meinem Bett werde ich die Hälfte der Zeit wieder alleine schlafen müssen. Dabei habe ich es in den letzten Wochen zu schätzen gelernt jeden Morgen neben Paul zu erwachen und in der Nacht seinen warmen Körper zu spüren. Die Nähe und Vertrautheit, die zwischen uns entstanden ist, möchte ich gar nicht mehr missen. Es fühlt sich alles so richtig an. Wir gehören einfach zusammen!

Im Café Coffee Day hänge ich meinen Gedanken nach und frage mich, was die nächsten Monate für Paul und mich bereithalten werden. Ich hoffe, wir bleiben das eingespielte Team, zu dem wir in Indien geworden sind. Ich möchte nicht mit Betreten des deutschen Bodens wieder in die unverbindlicheren Vor-Urlaubs-Zeiten zurückfallen. Denn ich sehe uns jetzt als richtige Einheit und wünsche mir, Paul fühlt genauso.

Die Shoppingtour hat sehr geschlaucht. Paul ist ebenfalls nicht nach Reden zumute und so trinken wir unseren Eiskaffee in einvernehmlichem Schweigen.

Unsere Pläne noch zum Gate of India zu laufen und nach Elephanta überzusetzen zerschlagen sich in beiderseitiger Sightseeing-Müdigkeit. Auf dem Weg zurück ins Hotel werden wir von einem schick gekleideten Mann angesprochen. Er steckt in einem Anzug, trägt spitze glänzende Schuhe und hat einen Aktenkoffer unter seinen Arm geklemmt. Ob wir nicht morgen in einem Bollywoodfilm mitspielen wollen? Paul und ich sind amüsiert von der Vorstellung, uns in einem dieser Filme wieder zu finden. Dankend lehnen wir ab. Wir müssen schließlich morgen noch die Besichtigungen in Bombay nachholen.

»Obwohl, vielleicht hätte ich dann mit diesem gut aussehenden Mann von dem Poster tanzen dürfen. Sollen wir nicht doch noch zusagen, Paul?«

»Nee, nee, du machst dir morgen lieber einen schönen Tag mit mir! Soweit kommt es noch, dass du dich bauchfrei in einem Film räkelst!«

»Na gut, ich hatte ja eh keine Lust dazu. Aber weißt du, wer sofort zugesagt hätte?«

»Wer denn?«

»Na, Bea natürlich. Da hätte sie gut ihren orangefarbenen Bikini tragen können.« Ich lache und Paul stimmt ein.

Bevor wir unser Hotel erreichen, kommen wir an einem Multiplex Kino vorbei. »Jetzt, wo wir fast Bollywoodstars geworden wären, müssen wir uns auch einen Film anschauen«, sage ich zu Paul.

»Warum nicht. Das muss man wohl mal gemacht haben.«

Wir suchen uns einen Film aus: Tanu Weds Manu. Eine Liebesgeschichte. Der Posterstar ist leider nicht mit dabei. Schade.

Am nächsten Morgen genehmigen wir uns ein ausgiebiges Frühstück im Universal Café. Anschließend machen wir uns auf den Weg zur S-Bahn. Heute wollen wir in die Phoenix-Malls fahren.

Auf dem Weg zum Bahnhof drängeln wir uns durch Menschenmassen. Ganz Bombay scheint auf den Beinen zu sein. Hektisch überqueren einzelne Männer die Straßen und Familien schleppen ihre Großeinkäufe nach Hause. Komisch, gestern war die Stadt noch entspannt, heute liegt plötzlich eine aufgeregte Stimmung in der Luft. Vielleicht ist ja ein hinduistischer Feiertag? Wir bekommen gerade noch einen Sitzplatz in der Bahn nach Lower Parel. Doch der Weg raus zur Mall lohnt sich überhaupt nicht. Westliche Großketten reihen sich aneinander, mit ihren normalen westlichen Preisen. Kein Wunder, denke ich, dass die Mall fast ausgestorben ist. Wenn selbst wir uns die Preise hier kaum leisten können. Einzig der Natural-Ice-Laden im Erdgeschoss kann die Enttäuschung mindern. Wir nehmen zum Abschluss ein letztes Mal unsere Lieblingssorten: Jackfruit, Tender Coconut und Chicku. Ich werde ihren Geschmack vermissen!

Wir steigen erneut in die S-Bahn und fahren raus zum Chowpatty Beach. Diesmal haben wir freie Auswahl der Sitze, der Wagen ist nur halb gefüllt. Auch am Strand herrscht weit und breit Leere. Wir schlendern am Wasser entlang und genießen die Ruhe. Doch merkwürdig ist es und wir wundern uns. Auch an den Ständen am Strand ist kaum etwas los, so entschließen wir uns, bei Coffee Day etwas trinken zu gehen. Der Fernseher im Lokal liefert endlich die Erklärung für den seltsamen Tag. Die wenigen Gäste und die beiden Bedienungen starren gespannt auf den Bildschirm. Cricket läuft, Indien gegen Pakistan. Natürlich, das Halbfinale, wie konnten wir das nur vergessen!

Für den Ausflug nach Elephanta ist es inzwischen recht spät geworden. Ich bin froh, die Uhrzeit als Ausrede nehmen zu können und mir nicht eingestehen zu müssen, dass ich überhaupt keine Lust mehr auf eine anstrengende Tour habe. Paul scheint es ähnlich zu gehen, denn er verzichtet freimütig auf seine geliebte Kultur.

Für den Rückweg nehmen wir einen der alten Doppeldeckerbusse zum Bahnhof. Wir sitzen oben, ganz vorne. Unten am Fenster ist ein großes Loch und der Fahrtwind streichelt unsere Beine. Wir steigen am Hauptbahnhof aus und halten Ausschau nach einem ansprechenden Restaurant für unser Abendessen. Die Freude ist riesig, als wir einen Südinder entdecken. Wir bestellen Idli, Vada und Dosa. Das Essen des Südens ist so lecker!

Paul

Ich hätte schon gerne ein Guten-Abend-Bier im Universal Café gehabt. Aber die Menschentraube davor, die versucht einen Blick auf den Fernseher zu erspähen, schreckt mich ab. Pakistan gegen Indien im Cricket ist so was wie bei uns Deutschland gegen Holland im Fußball. Alle sind gespannt und eine Niederlage ist eine nationale Schande.

Wir schieben uns am Pulk vorbei in unsere kleine Straße. Oben im Zimmer ziehe ich mir zuerst meine Schuhe aus und lasse mich dann aufs Bett fallen. Ich greife zur Fernbedienung. Auf dem kleinen Bildschirm erscheint das Grün des Platzes. Schnitt. Ein pakistanischer Spieler schaut angestrengt aus. Er fixiert den Ball, bevor er zum Schlag ausholt.

Am Ende hat in einem dramatischen Spiel Indien gewonnen. Alle sind froh. Ich auch, denn es ist schöner in einem Land zu sein, wo die Menschen gute Laune haben. Wir hören sie auf der Straße jubeln.

Es ist spät, unsere letzte Nacht in einem indischen Bett.

Die Klimaanlage röhrt vor sich hin. Ich frage mich, ob ich bei dem Geräuschpegel gut schlafen kann. Wir schalten das Gerät ab, doch die Hitze setzt sich sofort wieder in unserem Zimmer fest. Der Ventilator an der Decke verteilt sie lediglich und kühlt nicht.

»Vielleicht solltest du sie doch wieder anschalten«, schlägt Maja vorsichtig vor und ist sichtlich erleichtert, als ich zugebe, dass es mir ebenfalls zu heiß ist. Es ist halb zwölf.

»Gute Nacht, Maja.«

»Gute Nacht, Paul.«

Ein Kuss. Das Licht ist aus.

»Nahi!« - Was ist das denn jetzt? Vom Flur plärrt eine Stimme penetrant zu uns hinein. »Nahiiii. Naahii.« Das Ganze geht eine halbe Stunde so weiter. Es ist halb eins. »Eek, Doo, Tin – Dschihoo – Nahiii.« Ich schalte das Licht an. So kann ich nicht schlafen.

Auch Maja ist außer sich: »Kümmere dich bitte mal darum. Wir haben morgen einen harten Tag.«

Ich ziehe mir Hose, Hemd und Schlappen an und öffne die Tür. »Naaaahii!«

Genau vor unserem Zimmer sitzt eine beleibte junge Frau, umringt von fünf Indern. Ihrem Akzent nach dürfte es sich um eine Amerikanerin handeln, die wie selbstverständlich laut Hindi übt. Sie hat ihren Sprachführer vor sich aufgeschlagen und kritzelt etwas in ihr Notizbuch. Die indische Belegschaft hat sich eng um sie gedrängt. Ich frage die Frau, ob sie wisse, wie spät es sei, und erkläre ihr, dass wir schlafen wollen. Sie schaut mich verdutzt an. »Oh, sorry.« Sie fragt allen Ernstes, ob sie uns gestört habe. Ich bin perplex. Ich bin sauer.

Ich schlage ihr vor, das Beste sei, wenn sie sich ihren

Lieblingsmitarbeiter aussuche, diesen dann in ihr Zimmer geleite und dort mit ihm dieses und jenes üben würde. Da hätten sie und der Angestellte bestimmt ihren Spaß und wir unsere Ruhe.

Ich denke mal, sie hat nicht verstanden, was ich damit gemeint habe. Sie schaut mich nur seltsam beschämt an, aber fortan ist Stille auf dem Flur. Das ist doch das Wichtigste.

Maja

Das Erste was ich am Morgen erblicke ist eine kleine schwarze Kakerlake. Sie flitzt über den Tisch neben unserem Bett, auf dem wir unsere Sachen gelagert haben. Jetzt bin ich hellwach. Ich stupse Paul an.

»Erschlag sie, erschlag sie!«, schreie ich ihn an. Müde dreht sich Paul zu mir um.

»Kakerlake, da! Mach schnell!«, fordere ich. »Ich möchte sie nicht mit nach Deutschland schleppen. Jetzt mach schon!«

»Ach, sie wird schon nicht in deinen Rucksack klettern.«

»Aber in deinen, daran habe ich sie nämlich zuletzt gesehen.«

Jetzt ist Paul doch bereit aufzustehen. Er reibt sich die Augen und schaut zum Tisch, wo in diesem Moment die Kakerlake drüber huscht. Paul greift sich einen meiner Sandalen und zack, das Problem ist behoben. Paul grinst:

»Ich habe schon alle Souvenirs beisammen. Eine schwangere Kakerlake als Mitbringsel brauche ich nicht.«

»Ach Paul, mein Held.« Ich streichle ihm zum Dank

über die Wange.

Jetzt sind wir wenigstens beide wach. Unsere Nachtruhe begann spät. Es ist inzwischen schon halb zehn und wir müssen noch alles zusammenpacken. In Bombay ist schließlich 12 Uhr die übliche Check-out-Zeit. Da müssen wir uns leider mit einem schnellen Frühstück begnügen. Wir bestellen das Indische auf unser Zimmer. Es kommt Masala Omelette und labbriges Toastbrot, Stadium Drei.

Halb zwölf bin ich fertig mit Packen. Der Rucksack geht zwar kaum zu und meine Umhängetasche quillt über, aber alles ist verstaut. Ich bin zufrieden, und hoffe nur, dass ich nicht über die 20 Kilo komme. Ein letzter Sprung unter die Dusche, dann checken wir aus. Unser Gepäck geben wir im Bahnhof ab. Wir wollen noch ins Museum für moderne Kunst, aber mit unserem Restbestand an Rupien ist das bei Weitem nicht bezahlbar. Also geht es in die kostenlose Kunstausstellung und anschließend ins Café Samovar, wo sich die lokale Kunstszene trifft.

Die Stunden rasen nur so vorbei. Für Traurigkeit bleibt gar keine Zeit. Nur Paul hat noch Muße für blöde Witze.

Paul

»Maja. Maaaja!«

Maja dreht sich zu mir um. »Was ist?«

»Maajaa«, wiederhole ich in gequetschtem Ton. »Komm zu Willi!«

Skeptisch beäugt mich Maja. Ich lache sie an und breite meine Arme aus. »Willi möchte dir seinen Stachel zeigen.« Mit einer ausholenden Bewegung zeige ich ihr, dass ich sie von oben nach unten betrachte. »Ach meine Maja. Ich bin's doch, der Willi.«

Wie Maja mich anschaut, ist sicher, dass sie mich für völlig bekloppt hält. Aber jetzt den Witz zu erklären geht nicht, dann hätte ich die Pointe zerstört. Ich bleibe vage.

»Mensch Maja. Ich habe dich überall gesucht. Und ich bin so viel herumgeflogen, dass ich Hunger habe. Flip hat mir gesagt, wo Du steckst. Und jetzt können wir zusammen Nektar schlemmen.«

Bei Maja fällt der Groschen. Sie betrachtet ihre gelb-schwarz gestreifte Bluse und fährt mit ihrer Hand über die schwarze Hose.

»Nein, lass mal stecken. Deinen Stachel, Willi, möchte ich jetzt nicht sehen.«

Sie lacht. Ich nehme sie in den Arm. Es ist spät geworden. Wir stehen am Meer, dem wir leise »Mach's gut. Tschüss. Ciao« sagen. Die gelb-schwarze Maja rückt ganz nahe an mich heran. Die Zeit ist vorbei. In ein paar Stunden sitzen wir im Flugzeug und morgen früh werden wir zu Hause sein. Ich werde nachdenklich.

Die ersten Wochen in Indien waren sehr stressig. Wir wollten zu viel und dafür ist das Land zu groß. Wir fühlten uns gehetzt und fanden erst im Süden unsere Ruhe. Die Tage, die wir dort mit Bea verbracht haben, bleiben unvergesslich. Ich denke an sie und hoffe, sie bald wiederzusehen. Wir haben viele Eindrücke gewonnen, Erfahrungen mitgenommen und eine gute Freundin gefunden. Was will man mehr.

Ich bin auf Berlin gespannt. Bombay ist eine tolle Stadt. Abends am Meer zu sitzen, die frische Brise um die Nase wehen zu lassen, das ist Luxus pur. Ich freue mich darauf, den anderen davon zu erzählen. Leo eine lange Nase zu machen und ihm zu zeigen, wie gut ich mit Maja durch das Land gekommen bin. Ich lege meinen Arm kurz auf Majas Rücken:

»Komm, wir müssen noch ins Internetcafé, einchecken. Nachher haben wir im Flugzeug keine Plätze mehr nebeneinander.«

»Lass uns noch einen Augenblick verweilen. Deine Maja mag nicht fortfliegen.«

Ich gebe ihr eine halbe Stunde. Die Lichter sind an der Promenade angegangen. Wir gehen zurück zum Bahnhof. Um die Ecke haben wir ein Internetcafé gesehen. Wir bekommen zwei benachbarte Boxen zugewiesen.

»Maaja. Maaaja!«

»Was ist denn jetzt schon wieder? Willi!«

»Nein, Spaß beiseite. Bienchen, wir haben ein Problem.«

Maja schreckt auf.

»Schnecke, keine Ahnung was wir jetzt tun sollen.«

Sie schaut mich in erschreckter Erwartung an.

»Maja«, sage ich ernst, um die Dramatik zu verdeutlichen. »Maja, unser Flug ist gestrichen. Die Fluggesellschaft ist pleite. Wir kommen nicht mehr von hier weg.«

Maja wird panisch: »Wie pleite? Die kann doch nicht so mir-nichts-dir-nichts pleitegehen.«

»Doch. Einfach so. Mit dem heutigen Tag ist der Flugverkehr eingestellt. Die Tickets können auch nicht mehr eingetauscht werden.«

»Aber ...«, Maja schluchzt. Am liebsten würde sie in Tränen ausbrechen. »Was sollen wir jetzt tun?«

»Wir müssen hier bleiben. Vielleicht fahren wir zurück nach Goa, um dort Geld zu verdienen.«

»Und unsere Visa?«

»Ja, ich weiß nicht«, gebe ich den Aufgelösten.

»Einmal Indien, und jetzt nicht mehr zurück. Paul, ich

habe Angst.«

»April, April!« Ich setze mein breitestes Grinsen auf.

Maja formt eine saure Miene. »Paul, wie kannst du nur?«

»Wir sitzen zusammen. Ich am Gang und du direkt daneben. Bea lässt aus Kovalam grüßen.«

»Ich bin jetzt nicht zu Spaßen aufgelegt.«

»Bea schreibt wirklich.«

»Nein, das meine ich nicht. Mach niemals mehr so einen blöden Scherz. Ich bin wegen des Fluges schon aufgeregt genug.«

»Versprochen!« Ich blinke mit dem linken Auge und kreuze meine Finger.

»Was schreibt Bea so?«

»Sie hat sich nur ganz kurz auf Facebook gemeldet. Ihr geht es gut. Sie sind in Kerala angekommen und Peter lässt dich grüßen.«

»Oh, Peter. Wieso lässt er mich grüßen?«

»Steht da nicht, aber mich konnte er ja sowieso nicht leiden, der alte Hippie. Ich schreibe Bea zurück. Soll ich Peter von dir grüßen?«

»Nein, lass mal lieber.«

Schon ist es soweit. Wir holen unser Gepäck ab und sitzen im Taxi zum Flughafen. Die Fahrt dauert über eine Stunde. Ich versuche ein Gespräch mit dem Fahrer zu beginnen, doch erhalte als Antwort nur ein »No English«. Na gut, dann unterhalte ich mich eben mit Maja.

Am Flughafen angekommen will der Taxifahrer noch 50 Rupien extra fürs Gepäck. Nun antworten wir unsererseits mit »Sorry, no English!«

Einchecken, warten, Start. Wir fliegen nach Hause, mit lachendem und weinendem Auge.

Epilog:
Die Rückkehr

Paul

Endlich wieder Berliner Boden unter den Füssen. Wir nehmen den TXL'er in die Stadt, steigen am Alex um und fahren über Warschauer Straße zum Schlesischen Tor. Es ist seltsam irreal. Der Frühling beginnt und vertreibt den Winter langsam aus der Stadt. Ein paar Bäume haben bereits einen sanften grünen Flaum. Die morgendliche Frische begrüßt uns am Bahnsteig als wir aus der U-Bahn steigen. Wir gehen die Treppen hinunter, kaufen an der Ecke frische Brötchen und daneben etwas um diese zu belegen. Ich freue mich auf das Frühstück an meinem Küchentisch. Vielleicht ist Philipp auch schon wach. Ich schließe die Haustür auf und gehe zum Briefkasten. Meine Güte, ist da viel Post drinnen. Ich stecke sie in meine Umhängetasche. Zusammen mit Maja schleppe ich mich die Treppen hoch.

»Endlich zu Hause!« Ich drehe meinen Kopf zu Maja.

»Ja, mach schnell. Ich muss aufs Klo.«

Ich schließe auf, lege Post und Schlüssel auf das Flurregal und setze meinen Rucksack ab. Maja stürmt an mir vorbei und verschwindet auf die Toilette. Sonst ist alles ruhig. Ich packe die Brötchen aus und bringe meine Sachen in mein Zimmer.

»Hey. Totale Kacke. Was soll das denn?«, schimpfe ich. Maja stürmt herbei. »Was denn? Ist was passiert?«

»Schau dir das mal an!«

»Oh je, sieht übel aus.«

»Er hat versprochen, dass er sich darum kümmert.«

»Meinst du, da kann man noch was machen, Paul?«

»Keine Ahnung.« Vollkommen fertig setze ich mich auf den Boden. So habe ich mir meine Rückkehr nicht vorgestellt. Maja begutachtet alles genau und tröstet mich.

»Zwei oder drei kommen vielleicht wieder. Aber schau mal, hier: Dein Kaktus hat überlebt.«

Der Rest meiner Pflanzen gibt ein jämmerliches Bild ab. Es ist schwer zu sagen, wann sie das letzte Mal gegossen worden sind, vermutlich noch von mir. Ihr Braun bröselt unter meinen Händen weg.

Maja sieht, wie Philipp unsere Mäntel lieblos hinter das Bett geknallt hat. »Ich möchte jetzt nicht in seiner Haut stecken«, empört sie sich. Wir verlagern unseren Standort in die Küche. Bevor ich ihn in der Luft zerreißen werde, brauche ich noch eine kleine Stärkung.

»Hier: Ein Zettel für dich.« Maja hält mir ein Blatt Papier hin. Ich lese ihr vor:

Hallo Paul

Berlin ist scheiße kalt. Bin weg mit Dimitri, nach Thailand. Keine Ahnung, ob ich zurückkomme. Meine Sachen kannst du behalten. Ich hoffe, deinen Blumen geht's gut.

Gez. Philipp

»Hat der einen Schaden? Sich so einfach zu verdrücken, ohne ein Wort zu sagen? Und wer ist überhaupt Dimitri? Von dem hat er noch nie etwas gesagt.« Beleidigt verschränke ich meine Arme vor der Brust. Ich habe gedacht, ich und Philipp seien befreundet.

»Das Erste, was ich machen werde, ich tausche das Schloss aus. Und dann kommt sein gesamter Plunder auf den Müll.«

Nach Frühstücken ist mir jetzt erst einmal nicht mehr zumute. Um mich abzureagieren, stampfe ich durch die Wohnung, gehe in Philipps Zimmer und werfe ein paar seiner Bücher aus dem Regal.

»Warte«, hält mich Maja im Zaum. »Vielleicht können wir ja ein paar seiner Sachen verkaufen.«

»Stimmt. Er hat sie mir ja vermacht.«

Ich nehme ein Medizinbuch vom Boden und stelle es wieder ins Regal. Wir gehen zurück in die Küche, wo ich mich der Post widme. Fünf Briefe an Philipp wandern ohne Umweg in den Müll. Meine Studienunterlagen, Post von der Krankenkasse, eine Postkarte von Raffael und eine von mir.

»Oh, wie schön. Post aus Indien«, freut sich Maja und zupft mir die Karte sofort aus der Hand.

Ein weiterer Brief ist vom Vermieter: Mahnung – Sie haben die Miete für den letzten Monat nicht gezahlt. Jetzt droht die fristlose Kündigung. »Philipp, du Arsch!« Er muss das Geld von unserem Gemeinschaftskonto geplündert haben. Ich hatte vorsorglich zwei Mieten darauf eingezahlt, damit es keine Schwierigkeiten gibt. Davon wird er den Flug nach Bangkok gezahlt haben.

»Ich werde ihn zerfleischen!«

Maja legt ihre Arme um mich. Ich seufze. Sie setzt mir einen Kuss auf die Lippen. Meine Maja.

Maja

Ich wusste schon immer, dass Philipp einen Knall hat, aber dass er so bösartig sein kann, hätte ich ihm bis heute dann doch nicht zugetraut! Wir sind zu schockiert, um jetzt hier zu frühstücken. Wir müssen erst mal raus aus Pauls Wohnung und etwas Abstand gewinnen. Paul hat sich gerade ein wenig beruhigt. Ich küsse ihn noch mal und mache einen Vorschlag:

»Ich muss ja auch noch meine Sachen nach Hause bringen. Wie wär's, wenn wir einfach zu mir fahren? Dort können wir mit Kathi frühstücken und kommen auf andere Gedanken. Was meinst du?«

»Ja, gute Idee. Ist bestimmt besser. Hier würde ich keinen Bissen hinunter bekommen.«

»Gut, dann fahren wir nach Neukölln. Ich rufe schnell an und sage Bescheid, dass wir Schrippen mitbringen.«

Aufgeregt wähle ich meine eigene Nummer. Ich freue mich, meine Freundin endlich wieder zu sehen.

»Ja hallo, wer ist da?« Kathi klingt skeptisch. Ihre Freude scheint sich in Grenzen zu halten, dabei müsste sie doch wissen, dass ich es bin. PAUL steht schließlich auf dem Display und sie weiß, dass ich heute zurückkomme.

»Ich bin's doch, Maja! Wir sind gerade in Berlin angekommen und wollen mit dir frühstücken. Ich hoffe, du hast Hunger. Wir sind in einer halben Stunde bei dir und bringen Brötchen mit! Machst du uns einen Kaffee?«

»Wie, ihr seid schon da? Das geht jetzt aber nicht. Ihr könnt nicht kommen!«

»Was? Ich darf doch wohl in meine eigene Wohnung!«

»Ja klar, das schon, aber im Moment ist es schlecht. Bleib doch noch das Wochenende bei Paul.«

»Was ist los? Hast du etwa mein Zimmer untervermietet, ohne mich zu fragen? Wenn du das gemacht hast, werde ich echt sauer!«

»Nein, nein, natürlich nicht. Es ist nur so, ich wusste gar nicht mehr, dass du heute schon wieder da bist ...«

»Ähm, Kathi ... Du wusstest genau, dass ich heute wieder komme. Du hast mir zwar per Mail nicht mehr geantwortet, aber ich habe das Datum in unserem Küchenkalender rot umkringelt, mit einem lachenden Männchen. Das hätte dich doch jeden Morgen daran erinnern müssen!«

»Ja, du hast Recht Maja.« Kathi wird kleinlaut. »Es ist nur so, den Kalender habe ich schon länger nicht mehr gesehen.«

»Wieso, gehst du etwa nicht mehr in die Küche?«

»Doch, aber ...«

»Was aber?« Ich schreie in den Hörer. Langsam werde ich unleidlich.

»Na, da steht gerade Robertos Schrank vor«, druckst Kathi herum.

»Wer verdammt ist denn eigentlich dieser Roberto?« Ich werde hysterisch.

»Na, mein neuer Freund. Sorry, habe ich dir nichts von ihm geschrieben?«

»Nein!«

»Oh.« Langes Schweigen folgt, bis ich mich wieder fange.

»Schön, du hast also einen neuen Freund. Und warum steht sein Schrank in meiner Küche?«

»Na, er ist hier eingezogen. Er ist aus seiner WG rausgeschmissen worden. Ich konnte ihn doch nicht auf der Straße schlafen lassen! Und seine Möbel stehen nun in der

Küche und in deinem Zimmer. Aber …«, beeilt sich Kathi hinterher zu schieben, »… es sollte doch nur vorübergehend sein.«

»Na super, aber jetzt bin ich wieder da. Dann lagert seine Sachen halt ein. Schlafen kann er ja meinetwegen bei uns.«

»Das geht nicht. Roberto ist doch Künstler. Er hat im Moment nicht das Geld für einen Lagerraum. Aber mach dir keine Sorgen, wir räumen gleich dein Zimmer frei. Die Möbel können wir ja vielleicht auch im Flur stapeln …«

»Ach, lass gut sein, Kathi.« Ich knalle den Hörer auf die Gabel. Fassungslos blicke ich Paul an.

»So wie es aussieht, habe ich keine Wohnung mehr.«

»Ja, ich hab's gehört. Aber Maja, weißt du was?«

»Was?«

»Dafür habe ich ja jetzt viel Platz.« Paul grinst mich an. Ich grinse zurück.

 -ॐ- Ende -ॐ-

Außerdem erhältlich:

als Buch und E-Book für Kinder ab 3:

Geschichten aus dem Schlampaland

① – Der Weihnachtskuchen

Mampfinchen liebt die Weihnachtszeit, denn dann gibt es viele Leckereien. Mampfinchen hat nämlich ständig Hunger und am liebsten mampft sie Kuchen. Wie gut, dass sie Malte hat, der mit ihr Plätzchen backt und mit ihr auf den Weihnachtsmarkt geht. Und dann hängen auch noch Honigkuchen am Weihnachtsbaum! Mampfinchen ist glücklich. Doch an Heiligabend muss sie um ihren Wunschkuchen vom Weihnachtsmann bangen.

② – Malte und Milchi (ab demnächst)

Eines Abends entdeckt Malte unter seinem Bett ein seltsames Wesen: niedlich, große Augen, weißes Fell und einem unbändigen Durst nach Milch. „Du musst ein Milchi sein!" Zusammen erleben Milchi und Malte Abenteuer. Und das Wichtigste darf niemals fehlen: Milch!

ebenfalls als E-Book erhältlich (ab 3):

Kleine Geschichten aus dem Wald

① - Die Geschichte vom kleinen Honigbären, der Hunger hatte

Es ist Frühling. Der kleine Honigbär wacht auf und bekommt Hunger. Begleite den kleinen Honigbären auf seiner Suche nach etwas zu essen.

② - Die Geschichte vom kleinen Elch, der sich verlaufen hatte

Es ist Sommer. Der kleine Elch spielt im Wald. Doch seine Neugierde führt ihn immer weiter weg von seiner Herde. Findet er den Weg nach Hause? Begleite den kleinen Elch und finde es heraus!

③ - Die Geschichte von der kleinen Eule, die nicht mehr wusste, wer sie war (demnächst erhältlich)

Es ist Herbst. Die kleine Eule fliegt vergnügt durch den Wald. Doch sie stößt mit einem Baum zusammen und vergisst, wer sie war. Begleite sie auf der Suche nach ihrem Namen.